滄海叢刊

# 四說論叢

—三國演義・水滸傳・西遊記・紅樓夢—

羅盤 著

1986

東大圖書公司印行

行政院新聞局登記證局版臺業字第〇一九七號

中華民國七十五年十一月初版

© 四說論叢

基本定價陸元貳角貳分



著作者 羅盤
發行人 劉仲文
出版者 東大圖書股份有限公司
總經銷 三民書局股份有限公司
印刷所 東大圖書股份有限公司
臺北市重慶南路一段六十一號二樓
郵撥：〇一〇七一七五一〇號

# 序

近百年來國人的心態和觀念有巨大的轉變：以前是無理的自大，現在是相當的自卑；以往由於交通工具及傳播媒體的不發達，國人多如井底之蛙，不知天地之大，自古就形成唯我獨尊的思想，以為只有我們華夏民族是萬邦之首，別的國家民族都是草莽夷狄之邦。但是到了滿清末年，在一連串與外人戰爭的失敗後，都被「夷人」的堅甲利兵摧毀得毫無信心，由往日的過分狂妄自大，而一變為充分地自卑自棄了。於是，「外國的月亮大」的崇洋媚外觀念囂於世上。

事實上，過分的狂妄自大與充分地自卑自棄都是一種錯誤。就前者言，人外有人，天外有天，世上優秀的民族何止華夏？殊無過分自尊自大的理由！就後者言，我們雖無堅甲利兵稱雄於世，但我們有悠久的歷史，優美的文化，崇高的倫理道德。縱然科技尚落人後，似也不必自卑得意毫無民族信心！

見賢思齊，情理之常，在科技方面我們應該迎頭趕上，自無待言。但是在文化方面，自有我們的優點與特色，應該充分發揮，也是不容忽視的事實。

在中華優美的文化中，我們的文學是最傑出的一環。早期的詩經，已譜出優美的篇章；秦漢以降，楚辭漢賦，燦出一片繁華；唐詩宋詞，韻律幽雅，意境高逸；元代戲曲，為文學另闢蹊徑，廣闊了文學的領域；明清以還，小說大燦，皇皇巨著，陸續問世。漫步在文學的王國裡，不論那一宗支，於質於量，我們都是豐富無比、高超絕倫的。

但是，環顧我們今天的青年知識份子——尤其那些攻研文學的學子們，都無視我們豐富文學的寶藏，實是一大憾事！

近年筆者曾應邀到幾所大學作專題講演，也曾在某校開過兩年的「文學創作」課程，與青年們接觸的機會較多，發覺現代知識青年對我國的古典文學竟是那麼陌生與疏離，不禁感慨良多！

我並無意强求時下的知識青年都應埋首於文學，畢竟文學不能生產物質，以供民生！不足發展科技，以强國力！然而，一些既經躋身文學行列的青年學子，都只是迷媚於西洋文學，豈不過於消極及妄自菲薄了。

固然，文學藝術是沒有國界的，它應該相互交流，彼此觀摩，期能益事臻美。但是任何文學都與其民族有着極為濃厚的血緣關係。我們可以取人之美，習人之長，然後根植於我們自己的土壤。今天，我們雖然擁有世界上最優美的文學，作家們也不乏高明的寫作技巧，何以世界上最崇高的文學桂冠——諾貝爾文學獎——獨與我們慳緣？此無他，乃是我們沒有寫出真正屬於我們民族的現代作品。易言之，因為近數十年來我們的文學作品摻假太多，令人有不中不西之感。就如同今日的許多漢方成藥，一經分析化驗，都有着若干的西藥成份在內，以致其價值始終不能為醫學界所肯定。

我們的民族文學根植於我們的古典文學中，唯有自其中吸吮奶汁，滋潤營養，才能培育出我們的現代民族文學。筆者因感我們這一代的知識份子承傳有責，乃不揣淺陋，致力於我國古典名著的評介，藉以激發今日青年研讀的興趣。進而希望能有真正民族作家出現。

然而，這不是幾聲感歎、幾句口號卽能建立事功的，尤其青年人率多叛逆性，愈欲强制的事，可能愈加適得其反。因而筆者乃決定不作正面呼籲，而以冷靜客觀的態度，來評介我們一些卓越的古典名著，將它們豐富的內容、深遠的寓意，以及各種表現的技巧，一一加以評析，以誘發之。

當然，筆者也知道，有些青年不讀我國古典文學作品，並非有意排斥，而是由於理解的困難，因此，則這種評介的工作就更具有意義了。

依照筆者最初的計畫，原擬就三國演義、水滸傳、西遊記、紅樓夢、鏡花緣、儒林外史、聊齋志異及今古奇觀等八部名著，逐一評介（注）。因為此八部名著多具代表性，如三國演義為歷史小說的重鎮，水滸傳為俠義小說的翹楚，西遊記是極富創意和寓意的神怪小說，紅樓夢是家庭小說的典範，鏡花緣設計新穎、取材別緻，儒林外史是最具諷刺性的社會小說，聊齋志異是文言小

（注）金瓶梅亦爲我國古典名作之一，以其內容不太適合青年閱讀，故不擬加評介倡導也。

說的代表，今古奇觀是傳奇小說的精華，無一不是我國古典文學的瓌寶。不過目前所評析者僅為前四部，因已得二十萬言，友好們一再鼓勵提前出版，以公同好，才將它先行付梓，冀以產生一點拋磚引玉的廻響。

另須附帶說明者：筆者所寫過有關評析紅樓夢的文章，並不祇此，前此已有三十萬言輯印為「紅樓夢的文學價值」一書，由東大圖書公司出版，三民書局總經銷。此書出版於民國六十八年，翌年即倖獲中山學術文化基金會文學獎。本書之各篇「紅文」，有的是當時失散未能輯入，有的則是成文於斯書出版之後。以紅樓夢的內容技巧最為繁富，若僅讀本書之各文，必有疏漏掛失之感，故此附加說明。

中華民國七十五年十一月羅盤序於台北

# 四說論叢目次

## 水滸單元

## 西遊單元



## 紅樓單元

# 三國單元

# 三國單元

# 三國演義的主題意識

小說是文學體式之一種，初在我國文壇並沒有甚麼地位，原因是它僅具故事軀殼，沒有內涵，缺少生命。迨至後來，若干飽學之士在科擧不第、仕進無緣之後，藉小說為媒介以抒胸中積塊，小說才有了內涵和生命。以其已寓有主題也。

近世論者有謂小說構成的要素有三：為人物、故事與主題；人物是扮演故事的，故事是表現主題的，主題則是作品的靈魂；人物和故事都不過是表達主題的工具而已。

然而，主題的內涵又是甚麼呢？主題是作者所欲表達的思想、意識與情感。易言之，一位眞正的文學作家，從事一部作品的創作，必有其純正的動機和崇高的目的；這其間，可能是要表現他胸中的某種思想、某種意識或某種情感；如果他所表現的思想卓越，意識眞摯，情感豐富，其作品價值必然崇高。

思想、意識、情感是主題的三元素，實則它們是一而三、三而一的東西，互為表裡；蓋思想能產生意識，意識能激發情感，而情感又能影響思想之故也。

單就意識言，意識原是心理學的一個名詞。意指人類精神醒覺之狀態。一切精神現象如知覺、記憶、想像等均爲意識之內容。但本文之所謂意識，則有下列三種：

第一是個人意識，近於上述心理學上的解釋。

第二是時代意識，乃是指某一時代的群衆意識、社會意識、政治意識。譬如當前民主思想發達，自由民主是爲當前的時代意識。共匪作亂，置大陸人民於水火，我們必須反對共匪，消滅共匪，以拯救大陸同胞，人人都有反共的意識，此爲我們當前的時代意識。

第三者是文學意識，文學意識固然不能超越個人意識及時代意識而孤立，但文學意識却難以歷史斷代的方式來劃分；在政權統治上的幾個朝代，在文學意識上可能只是一個時代，也可能在政權統治上的一個朝代，在文學意識上却是兩個時代。

個人意識、時代意識、文學意識三者互爲影響，相互激盪。人類是社會動物和政治動物，個人不能離羣獨立生活，魯濱遜在孤島數年，雖然憑其智慧和雙手克服許多困難，但一旦發現人迹時，還是投回人類社會。因此，個人意識不能脫離時代意識。但人類是有思想有個性的高等動物，個人接受的知識愈多，思想便愈發達，則其思想的獨立性愈强。因而雖同處於一個社會，同屬一個時代，各人思想並非皆同，則意識也就難盡相同了。

至於文學意識與時代意識之異同，這得先從文人的特性說起，約而言之，文人性格爲剛强、耿直、純眞、孤傲等數端；由於剛强乃不肯屈從時勢，由於耿直而不屑於逢迎權貴，由於純眞而不能肆應複雜的社會，由於孤傲而不易合羣結黨，這些都是不合時尚的。所以大凡眞正的文人，多半仕途難以得意。但是往昔的讀書人又都以仕進爲出路，以致產生種種的矛盾；不善制業（八股）的人，縱有八斗高才，不能名登金榜，被摒於仕途以外，不但才華難展，甚且衣食無着。或則縱已倖登仕途，却因不肯屈膝折腰，一如陶淵明者棄官而去。綜此種種，便產生文人獨特的意識，進而匯爲文學意識。

文學意識與時代意識雖非一體，却互爲因果，如果生逢盛世，政治修明，社會和樂，文人的作品便不免多爲歌頌之聲，反之，便是憤懟不滿了。

基於以上的分析，回頭我們再來認識一下羅貫中所處的時代，便不難了解他在「三國演義」裡所表現的意識是什麼了。

羅貫中對我國歷史小說是貢獻最多的人。著作很多，除小說外並及雜劇、詩詞。他的劇作「宋太祖龍虎會風雲」頗享盛名，詩詞也得到「樂府隱語極爲清新」的好評。在歷史小說方面共有十七部之多，總稱爲十七史演義。除本書外，尙有列國志演義、東西漢演義、南北朝演義、隋唐演義、殘唐演義、五代演義、平妖傳、粉粧樓等。在寫作生涯中可謂多彩多姿。但是他初非矢志於寫作，原對政治很有抱負，被視爲「有志圖王」之士，所以曾一度投身於張士誠麾下作幕賓。後來張士誠失敗，朱元璋作了皇帝，在政治上沒有前途，才轉而從事寫作。可能是在張士誠的幕賓時期認識了施耐庵，他本是一個「與人寡合」的人，却與施氏交誼甚深（一說有師徒關係）。相傳施寫水滸，每成一章就與他斟酌。羅貫中在水滸上可能出力不少，所以有些刻本便也有他的名字，甚至有誤傳水滸是他的著作。

羅貫中名本，太原人，因其客居錢塘，乃有「湖海散人」的別號，所以也有誤傳他是錢塘人的。他生於元明之際，詳細生卒年代尙無可考，大約在元文宗至順元年至明惠帝建文二年（公元一三三〇至一四〇〇年）之間。

我們對於這樣一位偉大作家所得資料僅止於此，殊甚遺憾，但是僅此資料，也還能有助於我們對本書的硏究。

原來自元代起，我國讀書人受到很大的衝擊。蒙古人生性好武，不懂文學，藐視讀書人，將人民分爲十等，讀書人列在九等，低於娼妓，僅在乞丐之上，且入主中原後大封功臣，所有重要官職都是世襲。而且元代有數十年不曾擧行科擧；縱有，也是蒙漢分榜錄取，不是公平競爭，漢人很少有作官的機會，堵塞了讀書人的出路。元亡明興，政權雖又復爲漢人所有，但是市井出身的朱元璋也重武輕文，對讀書人施以嚴厲的壓迫，還是沒有出頭的機會。

然而，往日中國讀書人的「志業」都在作官，所謂「學優則仕」，讀書人旣作官無緣，便不免有懷才不遇，抑志難伸的感覺。

以上是就讀書人的利害關係言。在另一方面，堪爲一個作家的讀書人，對現實的觸覺必甚敏感，如果他對整個政治和社會感到不滿，必然不肯緘默。

那麼，我們就來分析一下作者所處的時代之政治社會情形如何？

蒙古人入主中原，前後未逾百年，由於他們是尚武好鬥的游牧民族，不甘於和平寧靜的生活，每每用兵征伐，曾經雄踞歐亞，顯赫一時。可是戰爭不論勝負，代價總是很高，人民負荷必然沈重。再加上蒙古人的貪贓枉法，對漢人的種種壓制，故不數十年間，革命運動頻起。華夏民族本是酷愛和平，最能容忍的，是可忍，孰不可忍，其人民的痛苦可想而知。其時也，羅貫中正當青年，胸羅萬卷，豪氣干雲，怎能不憂時憂國？於是他參加了張士誠所領導的革命行列，企圖爲國建功，解救同胞於水火。可是革命成功的是朱元璋。張、朱本是勢不兩立的雙雄，張既失敗，羅氏便只好轉而從事寫作了。

羅貫中既是生長於這種時代，有過這樣的經歷，則他在思想上便很自然地產生了「反異族的民族意識，反貴族的平民意識」。而這種意識也正是當時的文學意識。

就本書的內容言，由以下各點可以印證。

一、本書的故事以蜀漢爲中心。桃園結義的事在歷史上並無可考。而本書却以此展開故事的序幕，以後卽圍繞着劉備來發展，尤其孔明出山以後，絕大部份的情節又以孔明爲中心。孔明病故後故事就寫得很草率，迨蜀漢滅亡，全書就匆匆結束。所以有人就認爲本書無異是蜀漢演義，甚至是諸葛亮演義，不無道理。

二、用筆繁簡有別。凡是描寫劉備方面的人和事，用筆都很細膩，例如關羽降曹的事，自屯土山約法開始，以次寫到在曹營如何受到禮遇，及待得知劉備在袁紹軍中的消息，便掛印封金，過關斬將，千里護嫂尋兄，等等情節都描寫得十分細膩生動。至於諸葛亮的出山，更是筆墨曲緻，幾乎用去四個回目的篇幅，更不尋常。其後孔明過江，舌戰羣儒、智激周瑜、草船借箭、火燒戰船、三氣周瑜等等，所耗筆墨，更見其比重之大，凡是觸及劉備這方面的人和事，無不傾力以赴，極盡細緻生色之能。

三、對人物的愛憎分明。在人物描寫上更是壁壘分明，凡是對劉備方面的人物都有所偏愛，對曹操和孫權方面的人物則多所損抑。尤其用於劉曹二人的筆觸更是尖銳對比。作者寫劉備極盡所能，將其塑造爲一個仁慈、信義、禮賢下士的完美形象。寫曹操就描寫他如何奸詐、陰險、狠毒、忌才，儘量予以醜化。事實上劉備並不如作者所寫的那麼好，而眞實的曹操却有優長之處被作者抹煞。此外，如周瑜之才智總是爲孔明所掩蓋，甚至被孔明氣死。更有不幸如蔣幹者，本爲一時之才彥，因受曹操之累，而描寫成爲一個庸庸碌碌的小丑，更是城門失火之受害者。

# 三國演義的社教功能

## 小說功能教化娛樂

一般說來，大家都認爲小說的功能在「反映人生」，這說法不算錯，却須引伸。其實小說的功能應概分爲二；一是娛樂的功能，一是敎化的功能。娛樂的功能在先，敎化的功能衍生於後。所謂「反映人生」應歸屬於敎化的範圍。

撇開初期稗官記事及用爲目錄學名詞時代之小說不算以外，正統小說的祖先是神話與傳說；以神爲對象的爲神話，以人爲對象的爲傳說。

在先民時期，大家在狩獵之餘無以爲樂，彼此傳述一些見聞，是爲小說的發軔。

由於先民知識有限，智慧不開，凡是不能了解、無法解釋的事，都歸之於天；認爲天上有諸神在主宰世間一切的事物。因爲神話的誇張性大，傳奇性高，頗能聳人聽聞，以致初期的小說，又以神話多於傳說。

初期的小說，其功能當然是以娛樂爲主，因人類殊少娛樂消遣方式。迨至人類文化智慧逐漸發達以後，逐漸有了善惡之心，是非之感，某些有識之士便不免在小說中加入一些勸世規善的思想，小說方漸漸負有敎化的功能。尤其唐代佛敎盛行，寺院僧侶們爲宣揚敎義衍成的「講唱文學」，由此而匯成的小說巨流，這類小說寓有敎化的功能就更加明顯。

不過小說的功能也並非就此分道揚鑣，或二者之間有所揚棄。它們常是巧妙的結合，兩者兼備。差異之處不在時代，端在作家；如果作者以小說爲商品，旨在以吸引讀者或聽衆，則以娛樂爲主；如果作者是有感而發，旨在藉以抒懷遣興，如同曹雪芹是因歷經滄桑以後而寫紅樓夢，其作品就可能很有思想、很有內涵，作者雖不以敎化爲出發，敎化之意却自在其中。

小說旣有娛樂與敎化兩種功能，其作品也就可以因性質加以分類；凡純以娛樂爲主者，列爲通俗小說，有主題有內涵者則列爲文藝作品。

## 通俗小說娛樂讀者

就通俗小說言，目的旣在娛樂讀者，通俗小說家的職志便在如何經營故事、發展情節，務使讀者能沉浸在小說的故事中，陶醉在五花八門的情節裡，讓讀者愈讀愈有趣，愈讀愈上癮，小說家才能大發利市，財源滾進。

「如何使讀者能「愈讀愈有趣，愈讀愈上癮」？這就涉及到人類天性之探索了。

原來人類都有好奇與愛好刺激的本能。通俗小說家們爲求滿足讀者的好奇，就儘量編撰一些奇情怪誕的故事引人入勝；爲滿足讀者愛好刺激的心理，就饗以色情暴力。所以奇情、怪誕、色情、暴力乃爲構成通俗小說的主要元素。

通俗小說的讀者，因率多知識程度偏低的市井小民、或無可事事的有閒人物。或則他們缺乏鑑賞能力，無法辨別好壞，或則徒殺時間，不計優劣。儘管內容淺陋、情節荒唐，殊無可取，然亦能讀之津津有味，流傳遐邇。

通俗小說在社會上讀者之衆，流傳之廣，對大多數市井讀者發揮了娛樂的功能，固屬不爭的事實，惟其此種功能並非全屬正面，負面的流毒尤多，因而一般論者皆不以此期許於從事筆耕的小說家們，是以本文對通俗小說也就不擬再所費詞了。

## 三國演義魔力驚人

通俗小說在娛樂讀者方面固然具有莫大的功能，而文藝小說對社會所產生的教化功能亦不可漠視。好的文藝小說不但可以排除讀者空閑時的寂寞，尤可撫慰讀者的心靈，使他們抑鬱的情愫得以抒暢，豐富的情感得以交流，甚至由此可以得到啓示和指引。所以上乘的文藝小說不僅是以「反映人生」爲已足，更應負起「表現人生、美化人生、啓迪人生、剖析人生、指導人生」的使命。

大體而言，我國往日的小說，題意率多以敎忠敎孝爲主，對社會所產生的敎化功能難以盡述，但其力量最爲顯著者，就莫過於三國演義了。

三國演義一書魔力是驚人的，且略述其要如次：

**第一、本書塑造了許多典型人物。**提起曹操，無人不知是大大的奸雄；提起劉備，無人不稱讚爲仁慈的君主；提起諸葛亮，無人不敬爲不世的軍事家、政治家；尤其提起關羽，那更是世人心目中的武聖、正義的象徵，死後不但奉之爲神，而且還有人傳說於今已作了玉皇大帝。關帝廟在大陸最多，香火最盛，風光賽過觀音。有的行業奉爲祖師，有的敬爲保護神。關羽果眞如此偉大値得人們如此敬奉？其實未必，而造成此等氣勢的原因，端在「三國演義」所賜耳。

**第二、桃園結義蔚爲風尙。**在演義中，劉、關、張三人曾有結義之舉，正史中却無明確的記載，祇在關羽傳裏說：「先主與二人寢則同床，恩若兄弟。」又在張飛傳中說：「飛少與關羽俱事先主，羽年長數歲，飛兄事之。」並沒有如演義中「不求同年同月同日生，但願同年同月同日死」的誓詞。然三國故事自唐、宋流傳以來，社會上却甚囂結義之風。尤其一般江湖草澤、幫派朋黨更是競相倣尤。此等風尙不但盛於唐、宋，至今歷千年而不衰，對我國的社會習俗及文學，均有深遠的影響。

**第三、改變了歷史、創造了歷史**。我國可考的信史有幾千年，歷來一般人對歷史的引用無不以正史爲依據，惟獨對於東漢最後的百年歷史，率以演義爲依歸。演義中所寫的人與事俱信爲眞。無視於曹操在軍事、政治、文學上的成就，必大罵其爲奸臣梟雄；無視於劉備的背信❶、虛僞❷、剛愎自用、喪師喪國❸，而一味崇爲仁慈的君主；無視於關羽傲慢自大，斷送蜀漢江山的事實，而一味尊爲天神、武聖；無視於周瑜的「雅量高致」❹，而將周瑜寫成一個氣量狹小不能容人的小人，終被諸葛亮三氣而死。其草船借箭的功勞也記在諸葛亮的身上。❺作者抑曹抑孫，將曹操、孫權手下的人物都橫加貶抑，對劉備麾下的人物就多加美化。劉備是聖主，諸葛亮是名相，關雲長更是義薄雲天的武聖。將西蜀寫成一個「道不拾遺、夜不閉戶」的大同世界、理想王國。這些，都是「鐵的事實」，如有疑異，便會視爲大逆不道。

---

❶ 呂布被曹操所捕，求劉備說情，曹操問於劉備：「如何？」劉備答曰：「公不見丁建陽、董卓之事乎？」呂布遂責劉備「是兒最無信者」，曹操乃殺呂布。（三國演義第二十三回）

❷ 劉備兵敗襄陽，趙雲捨死救出阿斗，雙手遞與劉備。劉備接過，擲之於地曰：「爲汝這孺子，幾損我一員大將！」後人有詩議曰：「曹操軍中飛虎出，趙雲懷內小龍眠。無由撫慰忠臣意，故把親兒擲馬前。」（第四十二回）

❸ 關羽死後，劉備不顧諸葛亮、趙雲等羣臣勸阻，舉全國之兵强伐東吳，種下亡國的禍根。（第八十一至八十四回）

❹ 語見「江表傳」。

❺ 參李辰冬「三國演義的價值」

**第四、熱絡了歷史小說**。我們原是歷史資產最為豐富的國家，小說家們取材於歷史向不乏人，但是歷史小說風行社會，想也是自三國演義一書開始。由於本書成就的崇高，受到廣大讀者與聽衆的歡迎，其後各種演義說部諸如東周列國、東西漢、南北朝、隋唐、殘唐、五代、封神榜、粉粧樓、說岳傳、三遂平妖傳等等，無不在其庇蔭下得以流行。

## 教化功能本書卓著

以上數端，不過略舉大要而已。其對社會影響之人，縱任何經典，亦無法比擬。卽使原對本書頗有微詞的胡適之先生，仍不得不承認「三國演義究竟是一部絕好的通俗歷史。在幾千年的通俗教育上，沒有一部書比得上它的魔力。」[6]

小說既在娛樂與教化兩方面均有强大的力量；無可偏廢、不能抹殺，因而如何使之巧妙地結合，達到雅俗共賞、寓教化於娛樂的境地，是為小說家們所應努力的共同目標。

[6] 參胡適文存二集卷四。

# 三國演義的表現技巧

演義不是歷史，却本於歷史；歷史不是演義，却是演義的素材。因而寫演義的人不能拋開歷史，看演義的人也不要忘記看的是演義。

取材於歷史的演義小說很多，或則過於拘泥歷史，看起來不像小說；或則演義的成份太多，與歷史完全離了譜，都不是好的歷史演義小說。唯獨三國演義，能保有相當的眞實，復又發揮演義的效果，因而它受到了許多的讚賞與肯定，在我國歷史小說中無異是一重鎭，它不但對我國歷史小說樹立了一塊里程碑，而且更影響了後世作者對歷史小說的寫作，也提高了社會大衆對歷史小說的喜愛。

羅貫中也許並無意以演義改變歷史，事實上，這部演義却改變了歷史。

在今天，關羽就是義薄雲天的武聖，孔明就是能呼風喚雨的異人，劉備就是仁慈之君的象徵，曹操就是奸詐梟雄的典型。如果有人在鄉中父老面前對這些人物持相反的說法，他們必定會和你爭得面紅耳赤，不得罷休。

羅氏寫作本書何以會獲得如此輝煌的成就？我們不妨自其表現技巧的角度，加以探討一番，也許會發現許多情趣。

## 演義手法 紛陳並具

本書既名爲「三國演義」，我想且從「演義」二字開始。依照詞典的解釋：所謂「演義」者，是依某種字義、某種事理或某種事實，將它的意義加以引伸，將它的事實加以演繹，使得它能變得淺顯通俗，人人易懂。如「演義」一詞用於小說者，則是依歷史的事蹟、人物，以通俗的手法所寫出的歷史故事。

演義的方法和技巧很多，它對於取材的史實人物可以使用誇大、增益、杜撰、改變、歪曲、創造、轉嫁等等的手法。易言之，作家在寫作時，亦享有藝術創作的自由，在某種情形下，它可以不必拘泥於史實，忠實於史實。例如：唐伯虎點秋香的故事，人人皆知。明代確實有位才子詩人畫家唐伯虎，也有一位華姓學者作過皇帝的老師，但唐伯虎比華太師年長二十七歲（依江兆申先生考證），試問唐伯虎怎樣去充任華太師的書僮？又怎能演出流傳後世的風流故事來？另如宋代名臣包拯，他所判獄斷案的事，大多於史實不符，皆爲附會之說。但人們閱讀包公案、或看電視劇「包青天」時，何人會去考證那些故事的史實？讀者及觀衆所關心和要求的，只是故事好不好？能不能滿足伸張正義、代表公理的慾望。因而看演義與讀歷史，兩者應該分開，不能混而為一。

當然，一位演義的作者，如果將它的作品儘量接近史實，忠於史實，又能達到娛樂讀者和教化社會的功能，自是最好不過。而事實上却是很難兼籌並顧。環顧我們所有演義小說中，最能接近史實，忠於史實的，莫過於三國演義了——而它也不過是七分眞實而已。

本書雖然只有七分的眞實，對於演義而言，已屬不易，雖然只有三分的演義，但演義的部份，除了對關羽的死後一再顯靈，以及諸葛亮的呼風喚雨，撒豆成兵外（第九十回，驅巨獸大破蠻兵），都寫得很精采。作者在本書中所用的演義成份雖不多，而各種演義的方法和技巧，却紛陳兼具，値得欣賞。

本書第二回回目的上句是：「張翼德怒鞭督郵」，寫的是張飛怒責督郵的故事。但史書的記載，與本書演義的情形如何呢？且來比較一下。

## 改變事實　轉嫁他人

依據「蜀書先主傳」的記載，是說劉備曾因討伐黃巾賊有功，作了安喜縣的縣尉。一日，督郵有公事來到安喜，劉備到驛館去求見，督郵拒絕，怒惱了劉備，便將督郵綑綁起來，怒杖兩百，然後將縣尉的印綬掛在督郵脖子上，棄官逃亡。

另外依據裴松之的「引典畧註」的說法却不同：「各州郡奉到詔書，凡是因軍功而作長吏的，都要淘汰。劉備預料自己必在淘汰之列。督郵到縣，劉備求見，督郵推說有病不見。劉備懷恨回去，派遣了一些吏卒，詐言奉命來收督郵，把他押到縣界，將印綬掛在督郵頸上，怒鞭一百多杖。有人主張殺死，督猶苦苦哀求，方予釋放。」

以上這兩種記載，雖畧有出入，但怒責督郵的都是劉備則無疑異。可是在演義中，作者的寫法就不同了。

演義說到劉備等征討黃巾有功，但沒有得到封賞，三人悶悶不樂，在街上閒逛，遇到一位官拜「郎中」的張鈞先生，劉備陳說因由，張鈞很爲他們抱不平，就面奏靈帝，說：「黃巾造反，都是由十常侍賣官鬻爵，非親不用，非仇不誅，以致天下大亂。今宜斬十常侍，懸首南門，布告天下，有功者重加賞賜，則四海自清平也。」十常侍狡辯，說張鈞欺主，靈帝反將張鈞驅逐出去。不過十常侍也知道必是征討黃賊有功的人沒有得到封賞，故出怨言，遂權且安撫一下，於是劉備才得到安喜縣縣尉之職。但是到差僅僅幾個月，却奉到朝廷的詔書，對於因軍功而爲長吏的人都應予以淘汰，劉備自思自己必在淘汰之列。其時剛好督郵頒行文書到縣，劉、關、張三人親自出城迎接，劉備向督郵施禮，督郵竟不下馬，到了驛館，督郵南面高坐，劉備侍立階下。很久，督郵才問道：「劉縣尉是何出身？」劉備答道：「備乃中山靖王之後，因勦黃巾有功，得除今職。」督郵大聲喝道：「汝詐稱皇親，虛報功績，因今朝廷降詔，正要淘汰你們這等濫官汚吏！」劉備被罵得唯唯而退。縣吏們向劉備說：「督郵作威作福，無非是要求賄賂。」劉備說：「我與民秋毫無犯，那得錢財與他？」督郵不見劉備納賄，就提去一些縣吏，强逼口供，要他們加罪劉備。

劉備幾次請見均被拒絕。却說這日張飛吃了幾盃悶酒，騎馬從驛館門前經過，看見好幾十位老人在門前痛哭。張飛因問何事？衆老人說：「督郵逼迫縣吏，欲害劉公，我等前來告苦，不得放入，反遭把門人趕打！」張飛大怒，逕入驛館，將督郵揪出，綑在樹上，痛責一番，柳條都打斷幾十枝。劉備聞訊趕來，督郵求告，才命張飛住手。關羽也過來對劉備表示：「兄長建了許多大功，才得到一個縣尉之職，反受督郵這般侮辱，不如殺了督郵，棄官逃走，別圖大計。」劉備卽將印綬掛在督郵的頸上，饒了督郵，棄官而去。

由此我們可以看出，史實與演義之別了。原本是劉備鞭杖督郵，却變成張飛怒責督郵而劉備反居解救的地位。這一改，將劉備的一腔怒憤，變作一腔仁慈。因作者原是要將劉備塑造爲一個仁慈帝王的形象，把張飛寫成一個粗暴的性格，如此一改，且不兩皆相宜？

故事轉嫁的例子並不只此一則。原來諸葛亮大出鋒頭——草船借箭——的事，竟是掠人之美！

草船借箭一事在「三國志」裏雖無記載，三國志平話裏，這一宗鬥智的豐碩成果，乃是周瑜的，而到演義裏，這一宗功勞竟記在諸葛亮的身上了，這又是作者移花接木的例證。

演義中有若干爲人津津樂道的事，一經考證史實，原來竟是杜撰虛構的！

## 杜撰誇張　別有用意

現在我們所能看到的毛本（毛宗岡刪定本）三國演義，開卷第一回就寫的是：「宴桃園豪傑三結義」，其實三國志裏並沒有桃園結義的事，只在關羽傳裏講：「先主與二人寢則同牀，恩若兄弟。」在張飛傳裏說：「飛少與關羽俱事先主，羽年長數歲，飛兄事之。」作者却根據這幾句簡畧的話，演義出一段「不能同年同月同日生，但願同年同月同日死！」的金蘭之義，由此不但發展出他們之間許多感人的故事，而且對後世江湖豪傑誓同生死的結義之風，也深受其影響！

在演義中描寫三人兄弟之義的動人筆墨很多。張飛在徐州一役失去了劉備的妻子，愧不欲生，拔劍自刎，劉備將他抱住，奪下劍來丟在地上，說：「古人云兄弟如手足，妻子如衣服；衣服破尚可補，手足斷安可續？吾三人桃園結義，不求同生，但願同死。今雖失了城池家小，安忍敎兄弟中道而亡！」劉備說罷並大哭。城池家小不如兄弟之義！關羽曾與孔明立下軍令狀，誓守華容道，不得放縱曹操，結果關羽放了曹操。孔明依軍法要斬關羽，劉備講情道：「昔吾三人結義時，誓同生死。今雲長雖犯軍法，不忍違却前盟。」軍法不敵結義之盟。關羽死後，劉備幾次哭得死去活來，不進飲食，不顧衆人勸阻，傾全國之兵，不管利害去伐東吳，結果喪師辱國，竟至身亡。這更是不重江山而重義氣的例證。劉備曾說：「朕不爲弟報仇，雖有江山萬里，何足爲貴？」又說：「孤與關張二弟桃園結義時，誓同生死，今雲長已亡，孤豈能獨享富貴！」爲了義氣可以犧牲妻小，可以犧牲軍法，可以犧牲社稷，可以犧牲富貴，可以犧牲生命！由於關羽的死，張飛也相繼死亡，其兄弟之義，可以說是發揮到極致了。但是有幾多人知道這兄弟結義故事的眞實性呢？

演義中杜撰的故事並不止此一端，還有，劉備領徐州後，曹操恐劉備呂布共成氣候，便使「二虎競食」之計，敎劉備殺呂布，而劉備却將此事告訴呂布，不曾殺他。劉備表示：「他勢窮而來投我，我若殺之，亦是不義，此非大丈夫之所爲也。」

此外，還有曹操行刺董卓，以及事敗逃亡，在中牟被捕，縣令陳宮釋放了他，並隨他一同棄官的故事，也是出於杜撰的。在演義中寫得很生動，因而戲劇中也採用它，演繹爲一齣「捉放曹」。依據史書的記載，只是說曹操認爲董卓不仁，終必失敗，不肯受其官職，乃逃歸故里而已。（關於逃亡途中殺呂伯奢的事，容後再論）。另外有一件說來令人「掃興」的事，那就是美麗勇敢的貂蟬，史書並無記載，乃是作者杜撰的人物；那令人稱讚的美人計，不過是出於作者的巧思而已。照說，如果確有其人，確有其事，雖可不必單獨立傳，至少在董卓、呂布、王允等人的傳裏，應該是有所記載。因其人物之美，故事之美，而流傳下來，使後世信爲不爭的事實，足見作者創作的成功。

## 歪曲史實　變造故事

作者是有心人，寫作本書有其寫作的目的，爲了達到其目的，當然可用演義的手法來改變或歪曲若干細節。譬如作者欲强調曹操有篡奪之心，妬賢之意，便藉兩位謀士之死加以利用。

先說荀彧之死，演義裏是說：曹操在許都威福日盛，長史董昭向他建議：「自古以來，人臣未有如丞相之功者，雖周公、呂望莫可及也。櫛風沐雨，三十餘年，掃蕩羣凶，與百姓除害，使漢室復存，豈可與諸臣宰同列乎？合受魏公之位，加九錫以彰功德。」侍中荀彧說：「不可，丞相本興義兵，匡扶漢室，當秉忠貞之志，守退讓之節，君子愛人以德，不宜如此。」當時曹操聞言色變。而董昭也依然上表請尊曹操爲魏公，加九錫。荀彧遂歎道：「吾不想今日見此也。」自是，曹操便深恨荀彧，以爲荀不忠於他。建安十七年曹操興兵南下，要荀彧同行，荀就知曹操有殺己之心，託病留在壽春，忽然曹操派人送來一個食盒，上有曹操親筆的封記，開盒一看，內無一物，竟是空的，荀彧會意，便服毒而死。然而，依據魏書荀彧傳的記載事實是這樣的：「建安十七年董昭等謂曹操宜進爵國公，九錫備物，以彰殊勳，密以咨彧，或以爲太祖本興義兵以匡朝寧國，秉忠貞之誠，守退讓之實，君子愛人以德，不宜如此。太祖由是心不能平，會征孫權，表請彧勞軍于譙，因輒留彧……至濡須彧疾，留壽春，以憂薨，時年五十，謚曰敬侯，明年太祖遂爲魏公矣。」這兩者相較，事情就頗有出入，予人的印象就有很大的差別了。

至於荀攸之死，演義裏是說：「侍中王粲等四人欲尊曹操爲魏王，中書令荀攸說：『不可，丞相官至魏公，榮加九錫，位已極矣，今又進陞王位，於理不合。』曹操聞之，怒道：『此人欲效荀彧耶！』荀攸知之，憂憤成疾，臥病十餘日而死，亡年五十八歲。曹操厚葬之，遂罷王事。」實際上，在魏書荀攸傳的記叙完全不同：「太祖每稱曰：『公達（荀攸字）外愚內智，外怯內勇，外弱內強，不伐善，無施勞。智可及，愚不可及。雖顏子、甯武，不能過也。』並謂尙在東宮的文帝曰：『荀公達人之師表也，汝當盡禮敬之。』攸曾病，世子問病，獨拜牀下，其見尊異如此，攸從征孫權，道薨，太祖言則流涕。」魏書裏沒有述及阻魏王的事，兩者相較，又是南轅北轍了。

## 情節精采　演義逼真

本書中有幾處非常精采的描寫，雖有據於史實，却是有賴於作者誇大的演義的手法。

千古以來爲文人所仰慕、爲士子所讚賞的「三顧茅廬」故事，在蜀書諸葛亮傳裏，祇說：「時先主屯新野，徐庶謂先主曰：『諸葛孔明者臥龍也」。將軍豈願見之乎？』先主曰：『君與俱來。』庶曰：『此人可就見，不可屈致也，將軍宜枉顧之。』由是，先主遂詣諸葛，凡三往，乃見。」演義作者以此不足百字的記述，却大展才華，大作文章，先從外圍人物寫起。劉備在屯居新野之際，深感麾下人才缺乏，不足以濟大事，懷著一顆求賢欲渴的心，四出求才。他首先認識了司馬德操——水鏡先生。而他結識水鏡，又自一牧童開始，演義的情節大概是這樣：

劉備訪荆州，被蔡瑁等暗算，險送性命，脫險後望南漳而行，日將西沉，正行之間，見一牧童騎牛橫笛而來。劉備自嘆不如，立馬而觀，牧童也停笛而視，說：「將軍莫非破黃巾之劉玄德否？」

劉備驚問何以知其姓名？牧童對曰：「我本不知，因常侍師父……」，「汝師何人？……與誰爲友？……今居何處？」於是便請牧童引見。甫到莊前下馬，忽聞琴聲甚美，劉備敎童子暫休通報，側耳細聽，而琴聲忽止，一人笑迎而出，說：「琴韻淸幽，忽起高亢之調，必有英雄竊聽。」劉備視之，其人松形鶴骨，器宇不凡。牧童爲之相互介紹，劉備急忙近前施禮。水鏡說：「公今幸免大難！」劉備對以：「偶爾經由此地……」水鏡笑道：「公不必隱諱，必逃難到此！……吾久聞明公大名，何故至今猶落魄不偶耶？」於是二人談及時運和人才的問題；劉備認爲他是命運多蹇，水鏡則認爲「將軍左右不得其人耳。」缺乏經綸濟世的人才，劉備乃請荐介，水鏡說：「今天下之奇才，盡在於此……伏龍、鳳雛兩人得一，可安天下。」劉備急問伏龍鳳雛爲何人？水鏡却又連聲哈哈：「好！好！今日天色已晚，將軍可於此暫宿一宵，明日當言之。」

好不容易才提到「伏龍、鳳雛」，水鏡竟要明日再談，眞是吊足劉備的胃口。然而，作者如此著筆，亦且增加水鏡的神秘，令劉備更增尊敬景仰之感。

劉備宿在司馬家中，寢不成寐，深夜，忽又有友人來訪水鏡，因問何來？來人告以：「曾往謁劉景升，以其徒具虛名，留書而別，而來至此。」水鏡說：「公懷王佐之才，宜擇人而事，奈何輕見景升？且英雄豪傑，只在眼前，公自不識耳。」劉備以爲來者必是「伏龍、鳳雛」，所指的「英雄豪傑只在眼前」乃是暗示自己，本欲出見，又恐造次。翌日詢於水鏡，水鏡只說：「吾友也，好，好！」也不肯說出訪客姓名，益增玄虛也。

原來來訪的是元直徐庶。數日後，他便化名爲單福，自荐於劉備。可是不久，徐庶却被曹操設計刼持其母，假造徐母手書，將徐庶騙到曹營。徐庶臨行之際，感於劉備的依依惜別，才折返回來，向劉備推荐諸葛——走馬荐諸葛之典，便出於此——這才正式引出諸葛亮來，以後才接敍劉備三顧茅廬的故事。正所謂名角登場，畢竟氣勢不凡也。諸葛亮的出場，前後共佔去近四個回目的篇幅，描寫之細膩精采，在本書中是無出其右的。

## 過關斬將　說吳伐曹

此外在全書中最爲作者所偏愛的人物，莫過於關羽。關羽的登塲，雖沒有諸葛亮那麼多彩多姿，可是，關羽的降曹，作者却是以最嚴謹、最細膩的筆墨來寫他。先是屯土山的約法三章：降漢不降曹；善待二嫂；但有劉備下落，卽行往就。這投降的條件是史無前例的，曹操竟然一一允許，其後，在曹營，上馬金，下馬銀。三日小宴，五日大宴，美女，錦袍，名駒，待遇之佳，禮遇之隆，也是史無前例的。後來劉備果然有了消息，關羽屢辭不果，只好掛印封金，揚長而去。

由於關羽之行，沒有將令，各處關隘均不得通行，於是關羽就過關斬將，不容阻擋。曹操據報，知道無法挽留，就命人馳馬通報，准予放行。諸關守將雖奉丞相之命，本應放行，但關羽已斬守將多人，故縱有曹操將令，亦難從命，誰知曹操竟一連三派使者前來通報——最後又是曾經勸降的張遼親自出馬，宣達將令：丞相已知關羽過關斬將的事——縱然過關斬將，仍然釋放。

作者以有限的筆墨，描寫漢末的百年大事，照說，不該有這麼多筆墨，用於一名武將的身上。而且細微末節如「秉燭達旦」，「錦袍之上外加舊袍」的事，都寫得巨細無遺。深愛如此，可見一斑。關羽的降曹與棄曹，固然於事有據，可是這一段情節之精采，洵爲後世之美談，使本書大爲增色，以及使關羽在後人心目中被崇爲武聖，視爲正義的代表，武將的典型，莫不是作者以演義的手法執筆濡墨所締造的。

另一段爲人樂道的情節，也是由於作者衍用演義的手法而大放異彩。那就是孔明過江聯吳伐曹的事。那時劉備新敗，流亡於江夏。曹操在橫掃羣雄之後，擬乘勢一擧底定東南。曹操領大軍八十三萬，水陸並進。陳兵於漢上，要與孫權會獵。東吳舉國上下，求戰求和，舉棋不一。魯肅遂邀孔明過江，共商大事。在未晤及吳侯之前，先被江東一班文臣謀士所包圍，紛紛以凌厲的口舌向孔明質疑問難，一個個被孔明駁斥得啞口無言，被諷刺得面紅耳赤。孔明「舌戰羣儒」的美譽，便由此得來。其後，他以激將之法先後說動孫權與周瑜。尤其對周瑜，他建議：只要以千金購得江東二喬，送到曹營，自可罷兵。激得周瑜大罵曹賊不止。原來小喬就是他的妻子也。孔明豈能不知，只是對這位少年得志、文武兼資的東吳大將，不用激將之法，是難以動其心志的。

本書的精采處，當不止此，然可斷言者，凡屬精采的情節必是施以演義的手法，例如空城計和三氣周瑜的故事，皆非據於史實：所謂空城計者，並非孔明風光得意之作，只是被廹無奈的孤注一擲而已。他沒有想到司馬懿的大兵會如此神速，更沒有想到馬謖如此剛愎自用，違背兵法用兵，使得他不得不用險也。至於周瑜被三氣而死的事，更是歪曲事實的寫法。在演義中，周瑜雖有才華，但才智處處被孔明所掩蓋。在史書中，周瑜是個「雅量高致」的謙謙君子，在演義中却是一個器量狹小，忌才妒才的小人，屢欲殺孔明不得，反被三氣而死。這樣的寫法，固然委屈周瑜，却使孔明大增光彩，在一般讀者受着作者心態意識的影響下，也都樂於接受作者的如是安排。

## 素材選擇　有取有捨

不過胡適之先生對本書却有相當的意見，在此擬順便討論一下。

胡適之先生對我國文學具有貢獻和影響，應爲不爭的事實。但是有時他過分偏重於「大膽假設」，缺乏「小心求證」，所以常有「失實之言」。譬如說，他曾說過「紅樓夢毫無價值」的話，(見拙著「紅樓夢的文學價值」之李辰冬先生序)，如果紅樓夢眞是毫無價值，試問他何以對作者的身世和版本的問題，考證得那麼有興趣？同樣，胡先生對本書也有評論失當之處。依他在「三國演義序」中的說法：「拘守歷史的故事太嚴，而想像力太少，創造力太薄弱……最不會剪裁……一切竹頭木屑，破銅爛鐵，不肯遺漏……。」實則這是不公平的。除了本文以上各節已否定了胡氏的說法外，再以選材取材一項畧加申述。且以曹操殺呂伯奢的事爲例。

關於曹操殺呂氏一家的事，根據史料有三種不同的說法，第一種是「魏書」說：「太祖以卓終必覆敗，遂不就拜，逃歸故里，從數騎，過故人成皐呂伯奢。伯奢不在，其子與賓客共刼太祖，取馬及物，太祖手刃擊殺數人。」第二種是「世語」說：「太祖遇伯奢，伯奢出行，五子皆在，備賓主禮。太祖自以背卓命，疑其圖己，手創夜殺八人而去。」第三種是「孫盛雜記」說：「太祖聞其食器聲，以爲圖己，遂夜殺之，既然悽愴曰：『寧我負人，無人負我』遂行。」

這三種說法皆不同，但第二、三兩種比較接近。若按第一說，曹操殺呂家，錯不在曹，照二、三兩說，皆出於曹的疑心。然依此三者記載却均無殺呂伯奢的事。而演義中則說呂伯奢外出沽酒，以待上賓，曹操因聞後庭傳呼殺聲，以爲要殺他，便先下手爲强，殺了呂家人後，才知道他們所傳呼殺聲者，是殺豬待客。曹操錯殺呂家人後，卽與陳宮偕逃，途遇呂伯奢沽酒歸來，便一不作二不休，竟將呂伯奢也殺了。前後相較，我們可以看出，作者取材的依據，是以「世語」和「雜記」兩說爲主，其中又摻以演義的手法，加殺了伯奢。羅氏如此用筆的原因，乃是藉以加强對曹操疑心與殘忍性格的描寫也。所以胡氏指謫「三國演義的作者、修改者以及最後寫定者，都是平凡的陋儒，不是有天才的文學家……」，筆者以爲這種說法如不是胡氏的偏頗武斷，便是胡氏粗心地「大膽假設」了，並沒有細細體味出本書的精髓來。試以殺呂之事而論，我們可以看出，作者對素材是有所選擇的，且亦發揮了再造的功能。脗合他寫作的意旨——他要把曹操寫成一個疑心很重，性格殘忍，薄情寡義，「寧可我負天下人，不叫天下人負我」的人。

## 尊劉抑曹　對比手法

凡是一部文學作品，必有其內涵。作者寫此，必有其動機和目的；也就是作者必有思想、意識、情感要在書中藉人物和故事來表達。關於本書所欲表現的主題意識，筆者業已於「三國演義的主題意識」一文中論列，在此不擬重複。本文只想就作者如何運用技巧，達到其表達主題意識，加以析介。

具有相當水準的讀者都知道，羅氏寫作本書，秉有明顯的「尊劉抑曹」的心態，處處都以對比手法來美化劉備和醜化曹操。玆畧舉數端如下：

一、劉備的仁慈和曹操的殘忍。曹操聞徐庶助劉備，深以為憂，採納了謀士之計，將徐母刼到曹營，然後再偽造家書，將徐庶騙去。徐庶將行之際，孫乾密謀於劉備說：「元直天下奇才，久在新野，盡知我軍中虛實。今若使歸曹操，必然重用，我其危矣。主公宜苦留之，切勿放去。操見元直不去，必斬其母，元直知母死，必為母報仇，力攻曹操也。」劉備說：「不可。使人殺其母，而吾用其子，不仁也；留之不使去，以絕其母子之道，不義也。吾寧死，不為不仁不義之事。」

這是劉備仁慈的一端，反之，我們再來看看作者筆下寫曹操殘忍的面目。話說董承等密謀曹操，事敗，太醫吉平被拘，曹操問吉平說：「誰使汝來藥我？可速招出！」吉平說：「天使我來殺逆賊！」操怒教打，遍身無可容刑之處，董承在座見了，心如刀割。曹操又問道：「你原有十指，今如何只有九指？」吉平說：「嚼以為誓：誓殺國賊！」曹操命人取刀，斬去其餘九指。說：「一發截了，教你為誓！」吉平說：「尚有口可以吞賊，有舌可以罵賊！」曹操便令人割去吉平的舌頭……吉平最後撞階而死，曹操並予分屍號令！

二、劉備的禮賢，曹操的慢賢。劉備爲了敦請孔明出山三顧茅廬，第一次　童子告訴劉備說：「先生今早已出……蹤跡不定，不知何處去了。歸期亦不定，或三五日，或十數日。」第二次，劉備率關張二人冒雪再訪，只見到孔明之弟諸葛均，向劉備說：「昨爲崔州平相約，出外閑遊去矣，……或駕小舟，遊於江湖之中；或訪僧道於山嶺之上，或尋朋友於村落之間；或樂琴棋於洞府之內，往來莫測，不知去所。」及到第三次，選擇吉期，齋戒三日，薰沐更衣，才訪到了孔明。然其時又正值午睡，劉備乃階前立候。

## 愛才嫉才　愛民害民

回頭我們在看看曹操待禰衡。

禰衡是孔融的好友，因敬其才，乃上表薦於靈帝，靈帝就將表交與曹操。曹操卽召見禰衡，見面施禮既畢，曹操竟不命坐，大大地傷損了禰衡的自尊，就仰天長歎說：「天地雖濶，何無一人！」致而引起兩人的一番冷嘲熱諷。曹操並以鼓吏之職來侮辱禰衡，遂演出一段「擊鼓罵曹」的故事：「汝不識賢愚，是眼濁也；不讀詩書，是口濁也；不納忠言，是耳濁也；不通古今，是身濁也；不容諸侯，是腹濁也；常懷篡逆，是心濁也……。」

三、劉備的愛才與曹操的嫉才。劉備三顧茅廬於孔明，是求才愛才的千古佳話，自毋庸贅述。此處我們再擧一段送別徐庶的事例。徐庶離別前夕，劉備治酒話別，徐庶說：「今聞老母被囚，雖金波玉液，不能下咽矣。」劉備則說：「備因公將去，如失左右手，雖龍肝鳳髓，亦不甘味。」二人相對而泣，坐以待旦。次日長亭相送，劉備說：「備分淺緣薄，不能與先生相聚……先生旣去，劉備亦將遠遁山林矣。」劉備送了一程又一程，徐庶辭道：「不勞使君遠送，庶就此告別。」劉備握著徐庶的手說：「先生此去，天各一方，未知相會却在何日？」說罷淚如雨下，劉備立馬於林畔，看著徐庶的馬匆匆而去，哭道：「元直去矣！吾將奈何？」凝淚而望，却被樹林隔斷，劉備以鞭指林說「吾欲盡伐此處樹林。」衆問何故？劉備說：「因阻吾望徐元直之目也。」愛才如此，孰能不感動呢？所以徐庶才去而復返，走馬薦諸葛也。

而另一位天資聰穎，才華橫溢的人，供職於曹操麾下，曹操又待他如何呢？

這人是楊修。他是曹操的隨軍主簿，與曹植很友好。有一年曹操命人造了一所花園，落成之日曹操前往觀看，不置褒貶，只在門上寫了一個「活」字。楊修就告訴主事的人：「丞相嫌門濶了。」改造之後，曹操果然滿意，因問是誰能解其意？人告是楊修。曹操口中雖讚美，心中實甚忌之。又一日，有人送來一盒酥，曹操在盒上寫了「一盒酥」三個字，置之案頭。楊修見了，就叫衆人分而食之。曹操問故，楊修答曰：「盒上明寫一人一口酥，豈敢違丞相之命乎？」曹操雖然喜笑以對，心實惡之。曹操是個疑心病很重的人，恐怕有人暗算，就常對左右說：「吾夢中好殺人，凡吾睡着，汝等切勿近前。」有一天，曹操午睡，一近侍見他被子落於地上，便爲他拾起蓋好。曹操卽一躍而起，將侍衞殺了，復又睡下，半晌醒來，驚問何人殺吾近侍？衆實以對，曹操痛哭並厚葬之。人皆信以爲眞，惟楊修知道曹操的奸詐，臨葬前就指而歎曰：「丞相非在夢中，君乃在夢中耳！」曹操得悉，愈惡之。以後還有許多細故，處處都顯露了楊修的才智，却也一步一步地增加了曹操對他的殺機，後來爲了口令「鷄肋」的事，終於找到一個較好的藉口，將楊修殺了。

四、劉備的愛民與曹操的害民。劉備在新野與人民相處得十分融洽，曹操來攻，衆寡懸殊，只好棄城而走。全城縣民數萬之衆，扶老攜幼，相偕逃亡，曹操大兵在後追趕，而劉備一行軍民每日只能行得十餘里。衆將皆向劉備建議說：「江陵要地，足可拒守，今擁民衆數萬，日行十餘里，似此幾時得至江陵，倘曹兵到如何迎敵？不如暫棄百姓先行爲上。」劉備泣道：「擧大事者必以人爲本。今人歸我，奈何棄之？」不久曹兵果到，劉備一敗塗地。但此役在軍事上雖然失敗，却顯耀了他人性的光輝，使他在當時的聲望大大地提高。

曹操對百姓的態度如何呢？且擧一事爲證。話說曹操之父昔自陳留避難，隱居琅琊。曹操命人接來奉養，路經徐州，太守陶謙爲示友好，就派部將張闓率五百人護送，不意這張闓昔爲黃巾出身，見財起意，就將曹操之父並一家老小殺了，刼走財物。曹操得知後卽興問罪之師，並誓言要血洗徐州，殺盡百姓，以洩其恨。陶謙一再解釋，多人從中斡旋，都不能改其意。昔日曾經釋放他共走天涯的陳宮向他說：「今聞明公以大兵臨徐州，報尊父之仇，所到欲盡殺百姓，某因此特來進言。陶謙乃仁人君子，非好利忘義之輩，尊父遇害，乃張闓之惡，非謙罪也。且州縣之民，與明公何仇？殺之不祥，望三思而行。」曹操怒道：「公昔棄我而去，今有何面目復來相見？陶謙殺吾一家，誓當摘膽剜心，以雪吾恨。公雖爲陶謙遊說，其如吾不聽何？」曹操大軍所到之處，殺戮人民，發掘墳墓。

## 孰忠孰義 誰梟誰雄

五、劉備的義氣與曹操的權詐。劉備與關張誓同生死，爲了履踐他們結義的諾言，可以犧牲家小，可以犧牲法度，可以犧牲富貴，可以犧牲江山，可以犧牲性命，已如前述，不再複贅。且舉一事例以證曹操的權詐。却說某次戰役，曹操領兵十七萬，日費糧食浩大，諸郡又荒旱，接濟不上。曹操本欲速戰速決，但對方堅守不出，相拒月餘，曹營中糧食將盡，雖向孫策借得一些，仍不敷支應。糧食官王垕向曹操稟報：「兵多糧少，當如之何？」曹操告訴他：「可將小斛散之，權且救一時之急。」王垕說：「士兵倘怨，如何？」後來士兵果怨，沸騰一時，曹操就召王垕來說：「吾欲借你一物，以壓衆心，汝必勿吝。」因問何物，曹操說：「欲借汝頭以示衆耳。」王垕大驚說：「某實無罪。」曹操說：「吾亦知汝無罪，但不殺汝，軍必變矣！……」旋斬王垕，懸頭高竿，出榜曉示說：「王垕故行小斛，盜竊官糧，謹按軍法。」此其一也；另一事例爲：曹操奏帝，張繡作亂，領兵討伐。其時麥熟，農人避難，無人收割。曹操號令說：「吾奉天明詔，出兵討逆，與民除惡。方今麥熟之時，不得已而起兵，大小將校，凡過麥田，但有踐踏者，並皆斬首。」可是後來自己的座騎受驚，竄入麥中，踐壞一大塊田，他祇「割髮代首」，使人以髮傳示三軍說：「丞相踐麥，本當斬首號令，今割髮以代。」

六，劉備的忠義與曹操的篡奪。話說劉備在取得漢中以後，衆人欲擁其稱帝，孔明、法正等人稟曰：「今曹操專權，百姓無主；主公仁義著於天下，今已撫有兩川之地，可以順天應人，即皇帝位，名正言順，以討國賊。」劉備大驚說：「軍師之言差矣，劉備雖然漢之宗室，乃臣子也，若爲此事，是反漢矣。」孔明說：「非也。方今天下分崩，英雄並起，各霸一方，四海才德之士，捨死忘生而事其上者，皆欲攀龍附鳳，建立功名也。今主公避嫌守義，恐失衆人之望。願主公熟思之。」以後說來說去，採取一項折中的措施，且進爲漢中王。至於他被擁稱帝，更是費了一番手脚。緣自曹丕篡位，自立爲大魏皇帝。傳言漢獻帝已遇害，孔明等以天下不可一日無君，擬擁劉備稱帝，劉備說：「卿等欲陷孤爲不忠不義之人耶？」孔明奏曰：「非也，曹丕篡漢自立，主上乃漢室苗裔，理合繼統以延漢祀。」劉備即勃然色變，說：「孤豈效逆賊所爲。」言罷拂袖而去。以後孔明用計，詐病不出。劉備往視，問：「軍師所感何疾？」孔明答曰：「憂心如焚，命不久矣。」劉備問他所憂何事？屢問不答，只推病重，劉備請問再三，孔明才喟然歎曰：「臣自出茅廬，得遇大王，相隨至今，言聽計從，……目今曹丕篡位，漢祀將斬，文武欲奉大王為帝，滅魏興漢，共圖功名，不想大王堅持不肯，衆官皆有怨心，不久必散盡矣。文武皆散，吳魏來攻，兩川難保，臣安得不憂乎？」如此這般才使劉備勉强受位。

回頭我們再來看看曹操要進魏公和魏王的情形如何？

前文我們已經引述曹操「饋空食器」於荀彧的事。荀彧是諫阻他不宜受魏公加九錫的，曹操聞諫，勃然變色，非常恨怒。後者又有荀攸阻為魏王，曹操怒道：「此人欲效荀彧耶！」荀彧是於獲饋空食器而自殺的，前車可鑑，曹操既出此言，荀攸焉有不憂懼的？所以憂憤致疾而死。

此外，劉備的三讓徐州，具見其謙讓的美德，千古傳為佳話，而曹操的煑酒論英雄：「天下英雄唯使君與操耳！」具見曹操的高傲，洵皆作者有意之筆。總之，作者用盡對比的手法，來美化劉備，醜化曹操，作者曾假劉備之口說：「今與吾水火相敵者，曹操也。操以急，吾以寬；操以暴，吾以仁，操以譎，吾以忠。每與操相反，事乃可成。」這就是作者描寫本書的基本態度了。胡適之先生批評本書的作者，不會選材，不會創作，毋乃太過耳？

## 揶揄諷刺　不滿阿瞞

其實，世人對曹操的不滿，並非始於本書的作者，昔在「講史」「說三分」的階段，即已然矣。「東坡志林」載：「至說三國事，聞劉玄德敗，頻蹙眉，有出涕者；聞曹操敗，則喜喝快。」

可見曹操爲世人所唾棄係由來有自，不過經過羅貫中氏的一番演繹，曹操的形象益形醜陋矣。除了前文我們引述的許多事例，在在皆是爲了醜化曹操者，但作者似乎還不能以此爲滿足，另外，他又借他人之口，對曹操大大地挖苦諷刺及戲弄一番。

先說劉璋帳下有位謀士張松，其人頗有才華，惟節操不貞，是個賣主求榮的人，曾擬將西川地圖獻與曹操，不意曹操以張松其貌不揚，又兼言語衝撞，接見之時竟拂袖而退。嗣楊修與之交談，發覺張松不但辯才無碍，而且博聞强記，能過目不忘，遂向曹操建議，擬命他面君，教見天朝氣象。曹操則決定來日教塲點軍，以示軍威。曹操自鳴得意問道：「汝川中曾見此英雄人物否？」張松說：「吾蜀中不曾見此兵革，但以仁義治人。」曹操說：「吾視天下鼠輩猶草芥耳。大軍到處戰無不勝，攻無不取，順吾者生，逆吾者死，汝之知乎？」張松說：「丞相驅兵到處，戰必勝，攻必取，松亦素知；昔濮陽攻呂布之時，宛城戰張繡之日，赤壁遇周郎，華容逢關羽，割鬚棄袍於潼關，奪船避箭於渭水，此皆無敵於天下也。」對曹操可謂極盡諷刺挖苦也。

次說華佗（亦作陀），乃當代名醫。曹操患有頭痛重症，遂延華佗前來診治。華佗說：「大王頭腦疼痛，因患風而起。痛根在腦袋中，風涎不能出，枉服湯藥，不可治療。某有一法，先飲麻肺湯，然後用利斧砍開腦袋，取出風涎，方可根除。」這弦外之意，豈不是對曹操恨之入骨，擬以利斧劈之，方能稱快也。

## 借風顯靈　演義過份

本書許多精采的情節，固多出於演義，但是其中演義過份，爲人詬病者也不少，譬如孔明在作者筆下簡直是位「十項全能」：

一、文能治國安邦，內政修明，作到夜不閉戶，道不拾遺，他是傑出的政治家。

二、能著書立說，文章富麗，豪氣干雲，前後出師表爲千古不朽名作，他是卓越的文學家。

三、未出山前就能盱衡天下大勢，算定天下三分，並主張聯吳伐魏的外交政策，他是精明的外交家。

四、領兵作戰，率皆以寡敵衆，以少勝多；出奇謀，用奇兵，佈陣勢，令人聞風喪膽，他是不世的軍事家。

五、發明木牛流馬，解決運輸困難，他是偉大的發明家。

六、善知天文地理，能算陰陽八卦，他是天文星象家。

七、初渡東吳，舌戰羣儒，勸說孫權周瑜發兵，他是個雄辯家。

八、運用謀畧借得荆州，而又使荆州能一再拖而不還，他是個謀畧家。

九、他能算定魏延久後必反，生前定下除魏之計，可謂神算家。

十、他是能呼風喚雨的仙家。

諸此種種實難一一舉例，以上所述雖可謂多出於溢美之筆，却還勉强說得過去，然到後來，可就愈加荒腔走板，不近情理了。且以南征孟獲的情節之一爲例：

「次日，孔明驅兵大進，布於洞口，蠻兵探知，入洞報與蠻王。木鹿大王自謂無敵，即與孟獲引洞兵出。孔明綸巾羽扇，身衣道袍，端坐於車上。孟獲指曰：『車上坐的便是諸葛亮，若擒住此人，大事定矣！』木鹿大王口中唸咒，手搖蒂鐘，頃刻之間，狂風大作，猛獸突出，孔明將羽扇一搖，其風便吹回彼陣中去了。蜀陣中假獸擁出，蠻洞眞獸見到蜀陣巨獸口吐火焰，鼻出黑煙，身搖銅鈴，張牙舞爪而來，諸惡獸不敢前進，皆奔回蠻洞，反將蠻兵衝倒無數……。」

如上所述，讀者試想，這豈不是將諸葛亮寫成了活神仙！惜乎識者卽因此而譏爲妖道也。作者是以一尊神祇的偶像化來寫孔明的，把他過於神化，因而在人性與神性間，神性多於人性，實爲重視理性的智者所不取，這是本書的敗筆之一。

作者寫關羽，筆觸亦若是，他要把關羽塑造爲一個正義、忠貞、勇敢的英雄偶像，所以處處極力美化他；在曹營不爲爵位、美女、金錢所動，當他得了劉備在那裏的消息，便掛印封金而去。曹操曾將他與劉備的兩位妻子同囚一處，他竟秉燭達旦，侍立階下，絲毫不亂。這些美化的手法雖屬誇張，但不失於人性，所以還不算過分，且有激勵志節之功效。可是後來寫到關羽之死，作者用筆却有逾常情，不合邏輯了。例如關羽死後，作者爲對關羽表示敬意，謂其英魂不散，有如下數段描寫：

「却說關公英魂不散，蕩蕩悠悠，直到一處，名爲玉泉山，山上有一老僧，法名普靜，原是汜水關鎮國寺中長老，後因雲遊天下來到此處，見山明水秀，就此結草爲菴，每日坐禪參道，身邊只有一個小行者，化飯度日。是夜月白風淸，三更以後，普靜正在菴中默坐，忽聞空中有人大呼曰：『還我頭來！』普靜仰面諦視，只見空中一人，騎赤兎馬，提靑龍刀，左有一白面將軍，右有一黑面虬髯之人相隨。三人一齊按落雲頭於山頂，普靜認得是關公，遂以手中麈尾擊其戶曰：『雲長安在？』關公英魂頓悟，卽下馬乘風落於菴前，叉手問曰：『吾師何人？願求法號。』普靜曰：『老僧普靜，昔日汜水關前鎮國寺中，曾與君侯相會，今日豈遂忘之耶？』公曰：『向蒙相救，銘感不忘。今某已遇禍而死，願求淸誨，指點迷津。』普靜曰『昔非今是，一切休論，後果前因，彼此不爽。今將軍爲呂蒙所害，大呼還我頭來！然則顏良，文醜，五關六將等衆人之頭，又將向誰索？』於是關公恍然大悟……。」

然而，作者仍不以此爲足，又在東吳的慶功宴上大顯神靈：「……孫權親酌酒賜呂蒙。呂蒙接酒欲飮，忽然擲盃於地，一手揪住孫權，厲聲大罵曰：『碧眼小兒，紫髯鼠輩，還識我否？』衆將大驚，急救時，蒙推倒孫權，大步前進，坐於孫權位上，兩眉倒竪，雙眼圓睜，大喝曰：『我自破黃巾以來，縱橫天下三十餘年，今被汝一旦以奸計圖我，我生不能啖汝之肉，死當追呂賊之魂！我乃漢壽亭侯關雲長也！』權大驚，慌忙率大小將士皆下拜，只見呂蒙倒於地，七竅流血而死……。」

關羽死後的英靈不但嚇壞了孫權，曹操亦未能倖免。原來孫權吃了這一驚駭以後，心有餘悸，乃從張昭之計，將關羽的首級獻與曹操，藉以嫁禍於曹。此事旋被司馬懿識破，曹操因問對策？司馬懿曰：『此事極易，大王可將關公首級，刻一香木之軀以配之，葬以大臣之禮。劉備知之，必深恨孫權，盡力南征，我却觀其勝負……』操大喜，從其計，遂召吳使入，呈上木匣。操開匣視之，見關公面如平日。操笑曰：『雲長公別來無恙？』言未畢，只見關公目開口動，鬚眉皆張。操驚倒，衆官急救，良久方醒……」。（以後在戰陣中關公的英靈又救了關興、張苞，不再一一舉例了。）孫、曹二人，一時之雄，竟如此膽小，豈能取信？

關羽之死是事實，作者沒法改變這一歷史的事實，所以只好寫關公雖死，英靈尚在，讓讀者在心靈中多少得些補償，以此種種來掩蓋關公失敗的弱點，故關公雖敗，而其完美的武聖偶像却未絲豪受損，以致時至今日，各地關帝廟中依然香火鼎盛，信衆如雲。不過本書的文學價值却由於作者演義過份，為識者所不取，大大地打了折扣，這大概是羅貫中先生所始料未及的吧！

# 奇謀鬪智的三國演義

世有「少不看水滸、老不看三國」之說。何也？因水滸中都是描寫草澤英雄好勝鬥狠之事，年輕人「血氣方剛，戒之在鬥。」故少不看水滸。至於「老不看三國」者，言其三國人物都是足智多謀，故事都是勾心鬥角。老年人本已閱歷豐富，處世圓滑，若再看三國益增智謀，豈不可怕？

三國演義是一本充滿智慧的小說，誠屬不虛，不但在用兵遣將時計謀層出，千變萬化，使一部從頭到尾以戰仗串聯故事的巨大說部充滿了趣味，人人愛不釋手，而且後世若干執掌兵符的將軍竟亦有以之視為典範者，使戰爭臻於藝術化，實為我國軍事小說的第一部。

三國演義除用兵打戰屢施妙計外，在戰略、政略、外交等各方面，無不是互用謀略，競比智慧。玆舉書中精采部份介紹於後，以期共賞。

## 離間父子美人計

本書首以奇計流傳後世的，爲王允所獻的美人離間計。

原來東漢初年董卓專權，不可一世，朝野痛恨，欲除不得。董卓所依使者，厥爲呂布之勇猛無雙，世無匹敵，卽使劉、關、張三人聯手與之大戰，也未能擒服。司徒王允認爲欲除董卓，必須離間兩人之合作關係，乃獻美人計，將其府中的歌伎貂蟬先獻與呂布，再獻於董卓。離間其情。貂蟬世之美女；英雄難過美人關。董卓以義父之輩，佔義子之妻。呂布本是有勇無謀的人，怎能識破是計？如何不心生憤怒！是以董卓終被呂布所殺。這段故事寫得曲折細緻，娓娓多姿。

## 獻二喬智激周瑜

世謂三國有三絕，其中之一爲孔明的智絕。所以孔明一經在書中登場，卽光彩奪目，如同夜空中的慧星；他的隆中對策，首度顯示了高度的學養，火燒新野，說明了陣戰的才華。而這一位躬耕南陽的布衣隱士，最令人激賞的則是他應東吳之邀，過江共謀禦曹之事時，所作的種種傑出表現。且先說他的智激周瑜。

其時爲曹操大破群雄之後，軍威日盛，揮軍八十三萬，意圖一舉抵定江東。東吳諸臣，文主降，武主戰，議論不一。周瑜乃請孔明過江，共商禦敵之策。誠實的魯肅一力主戰，周瑜不決。孔明乃獻計說：只要將大喬小喬兩位名媛送與曹操，卽可罷兵，蓋曹操此來實是志在二喬也。周瑜大怒，遂決心應戰。因大喬乃孫策之妻，小喬乃周瑜之婦也。奪妻之辱豈能容忍！

## 草船借箭孔明逞才

周瑜深畏孔明之才，認爲孔明不除，終爲東吳之患。在他被孔明以激將法決心應戰後，心中感到非常屈辱，因而決心要找藉口來殺孔明。因向孔明表示：水戰難以短兵相接，有賴弓箭，刻營中缺箭，要他半月之內造箭十萬，以應軍需。而暗中則故意不供材資，使其誤期，以便科罪。誰知孔明竟慨允三日之內卽可造就。且不支應一切造箭所需之物，只要船隻二十，兵士五百及戰鼓草幔等物。如此一來，急煞了忠厚的魯肅，爲之擔憂不已。而孔明則算就第三日必降大霧，使兵士驅船擂鼓，駛向曹營，曹軍誤爲吳兵乘霧來襲，便盲目放箭，孔明以船左右受之，毫不費力，得箭十萬有餘，如期繳令。

## 計中計蔣幹盜書

蔣幹時之才彥，少與周瑜同窗，供職曹營。曹操伐吳，自薦往說周瑜，使之來降。二人會面，周瑜早知來意，便一語道破說：「子翼此來可是爲曹操作說客乎？」弄得蔣幹沒有啓齒的機會。周瑜以酒宴相待，只敍往日同窗舊情，並參觀吳營軍威及輜重糧草。夜間同榻而眠，以示同窗之誼。故作僞書一封，置於案首。蔣幹輾轉難眠，起床看書，發覺僞函，盜之而去。結果曹操中計，殺了水軍都督蔡瑁、張允，大傷水軍將才。

## 苦肉計周瑜打黃蓋

曹操誤殺蔡瑁張允後，心中慚愧，撫慰蔡瑁之弟蔡中、蔡和。二人因感於曹操的提拔，自願詐降東吳。老將黃蓋愛國心切，感嘆無人詐降，自甘受皮肉之苦，詐降曹操，由闞澤先行達書曹營。曹操識破詐意，喝令要斬闞澤。闞澤從容答辯，譏曹操不識機謀，少讀兵書。其時適有蔡中蔡和通來消息，爲黃蓋來降事作一佐證，曹操才深信不疑。闞澤始在驚險中得以生還。

## 連環計火燒戰船

赤壁鏖兵在三國初期是一次規模龐大的戰役。曹操用兵高達八十三萬之衆，水陸並進，聲勢浩大。龐統獻計，要燒曹操戰船。其時蔣幹適又來訪。周瑜怒斥蔣幹：前次來訪不該不辭而別，盜書誤事，致蔡瑁張允不得來降。現以破曹在卽，無暇接待，命人暫送往西山。於是蔣幹又中計夜訪龐統，邀龐星夜投曹。龐統遂向曹操獻連環計，將大小戰船連結，以使不慣水性之北方兒郞不致暈船。而孔明又算定其時必有東風大作，以火攻之，燒得曹操戰船狼藉不堪。這是周瑜、龐統、孔明三人合演的一齣好戲。

## 三氣周瑜公瑾喪命

三國人才濟濟，率多謀士，但堪與孔明匹敵者，前爲周郞公瑾，後爲司馬仲達。周瑜本是文武兼備的多謀之士，孫權倚爲肱股。可是自從孔明出山後卽處處居於下風，遂以孔明爲敵，幾次欲尋藉口殺之，却反被孔明大顯才能。孔明雖非量小之人，但爲國家計，周瑜逞才，東吳壯大，終非所願，一旦有機，便也不忘示以顏色，周瑜終被孔明三氣而死：第一氣是孔明以逸待勞，智取三城，使周瑜浴血苦戰的成果爲其所享；第二氣是周瑜獻計誆騙劉備過江招親，結果又被孔明將計就計，使得東吳賠了夫人又折兵；第三氣是周瑜屢討荊州不得，欲效「假途滅虢」之計智取荊州，又被孔明識破以奇兵襲之，東吳吃了大虧。周瑜曾臨陣受傷，每逢盛怒，箭傷必裂，三氣三裂，終在「既生亮何生瑜」的長歎聲中，飲恨結束了他三十六年的生命。

## 收伏孟獲七擒七縱

孔明於白帝城受劉備託孤之後，籌謀國是，認爲必須先定南蠻，期無後患，方可專心用兵中原。乃上出師表以奏幼主，領兵去綏靖南疆。誰知蠻王孟獲生性倔强，雖敗不服，寧死不降。孔明爲了要使其心服，乃屢擒屢縱，共達七次之多。孟獲屢敗都是中計，而孔明用計，各有不同，所以這一段七擒七縱的故事，便是兩人鬥智的好戲。作者細細寫來，眞是搖曳多姿，不但孟獲終於誠服，就是後世的讀者也無不敬服羅貫中的生花妙筆也。

## 空城計孔明險用兵

曹營謀士固多，而臨陣鬥智，使孔明常感掣肘的，唯有司馬懿一人。孔明七出祁山與兵伐魏，表面上看來似乎每戰皆捷，其實沒有佔到甚麼便宜，北伐中原統一漢室的局面始終沒有打開。而且最使孔明飽受險驚的，是司馬懿第一次領兵拒蜀，孔明料定司明懿必在數處用兵，乃分兵以拒。孔明固然着着機先，不意馬謖誤失街亭，司馬大軍直驅西城。此時孔明將可用之兵將均派遣在外，西城空虛，一時無法救援，兵臨城下，孔明只好大開城門，命老軍打掃街道。自己却在城樓撫琴以待。司馬懿素仰孔明謹愼，從不用險，認爲內中必有伏兵，遂折師而回，竟不敢入。及待得知確屬空城，趙雲等馳援又到，終於化險爲夷，孔明在驚險萬狀中贏得了這場空城計。

## 諸葛司馬鬪智頻頻

孔明的智絕於世司馬懿早已敬服，而孔明對司馬懿的謀略過人，亦不敢等閒。當孔明獲悉魏國所派的拒蜀主將是司馬懿時也大吃一驚。馬謖說：「量曹叡何足道！若來長安，可就而擒之，丞相何故驚訝？」孔明說：「吾豈懼曹叡耶？所患者惟司馬懿一人而已。」由此可見一斑。果然兩人在第一回合就各露了一手；司馬懿逼得孔明險佈空城之計，而司馬懿又懼孔明素有奇謀却不敢擅入，眞是棋逢對手。不但此也，孔明曾使聯吳之計，請東吳發兵攻魏，魏帝曹叡聞訊驚慌，司馬懿奏曰：「孔明嘗思報猇亭之仇，非不欲吞吳也，只恐中原乘虛擊彼，故暫與東吳結盟。陸遜亦知其意，故假作興兵之勢以應之，實是坐觀成敗耳。陛下不必防吳，只須防蜀。」事實果如所料，陸遜只是虛予允諾，並不曾發兵。當然司馬懿對孔明之折服更不在話下，某次戰役吃了敗仗，衆將慚罪，司馬懿却說：「非汝等之罪，孔明智在吾先。」司馬懿輸得心服口服。兩人之用兵鬥智，各顯奇謀，實難盡述，不過司馬懿總是屈居下風。如孔明之退兵，「減兵增灶」，司馬懿不能識破；孔明生前定下木像驅敵之計，也駭得司馬懿驚惶失措。二人競計，司馬懿終遜一籌。

## 孔明生前定計斬魏延

西蜀的將才，除關、張、趙、馬、黃及後期的姜維外，論武藝勇猛，就要數魏延了。但魏延生性倨傲，劉備在世之日即有此感。孔明亦深知其人的不可靠，曾說：「魏延素有反相，吾知彼常有不平之意，因憐其勇而用之。久後必生患害。」惟後期的蜀漢人才凋落，所謂「蜀中無大將廖化爲先鋒。」所以只好權且用之。但孔明算定他死後魏延必反，故於生前秘密授計於楊儀及馬岱。若魏延言反時，便敎依計而行。後來魏延果然陣前造反。楊儀便手指而笑說：「丞相在日，知汝久後必反，敎我提備，今果應其言，汝敢在馬上連叫三聲『誰敢殺我』，便是眞大丈夫，吾就獻漢中城池與汝。」魏延大笑說：「楊儀匹夫聽着，若孔明在日，吾尚懼三分，他今已亡，天下誰敢敵我？休道連叫三聲，便叫三萬聲，亦有何難？」遂提刀按轡，於馬上大叫曰：「誰敢殺我！」一聲未畢，腦後一人厲聲應曰：「吾敢殺汝！」手起刀落，便斬於馬下。原來是孔明早已授計馬岱出其不意而殺之也。

總之，這是一本出奇謀，鬥計巧，充滿智慧的書，卽如世人盡知的魯莽張飛，猶能以酒慢敵心之計而殺張郃，奪得瓦口隘，就毋容細說那些謀士之獻計，說客之用策，無怪乎世有「老不看三國」，以免益增老年人謀滑之說了。

# 論劉備的帝王形象

## 三國演義的魔力

蜀漢滅亡，東吳降晉，三國歸於一統，至今已有一千七百多年。而三國的故事在我國依然家喻戶曉——尤其關公受世人之崇拜，所享香火之鼎盛，率皆由於羅貫中的三國演義而起。一部小說能產生這麼大的魔力，眞是中外罕見。

爲什麼這本書會有這麼大的魔力？總而言之，它的特點如下：

第一、它是一本充滿智慧的書。全書的故事都是在設謀鬬智中進行，情節生動，變化多端。

第二、它所表現的倫理觀念，道統思想，深深符合人們的心意，咸認劉備是正統，曹操是國賊。

第三、人物忠奸分明。本書寫人用筆雖簡，然刻劃深入。忠臣義士，亂臣賊子，判然若揭，很能迎合讀者愛憎的心理。

第四、它是一本表現平民意識，站在平民立場，爲平民說話的歷史通俗小說。

第五、人才濟濟。戰將如雲，謀士多如繁星，忠臣烈士，賢母節婦，不勝枚擧。

第六、表現技巧高超。發揮高度創作才華，運用演義手法，將一連串的戰亂，變成一部多彩多姿人人愛讀的小說。

以上這些特點，都足以各發篇章，著爲專文。本篇則擬僅自作者如何塑造劉備的帝王形象爲析論的範圍。

## 帝胄、豪傑、孝子

由於這是一本站在平民立場所寫的一部歷史小說，人們無形中受着作者的感染，認定劉備是漢室帝胄。劉備的爭霸，是一種勤王的義擧。及待後來漢帝被廢，人們也認爲這帝位的承繼者應屬劉備。作者基於這一出發點來寫本書，濡墨運筆之間，便不免對劉備這一方面的人和事都有所偏愛。所以三國演義的故事就以桃園結義開端。其實證諸史實並無三人結義的記載，只是在關羽傳裏有：「先主與二人宿則同床，恩若兄弟。」以及張飛傳裏有：「飛少與關羽俱事先主，羽年長數歲，飛兄事之。」作者渲染「誓同生死」的結義，旨在强調他們的義氣而已。

基於作者對劉備的偏愛，每每着筆於他，必多溢美：「那人不甚好讀書；性寬和、寡言語、喜怒不形於色。素有大志，專好結交天下豪傑，生得身長八尺，兩耳垂肩，雙手過膝，目能自顧其耳，面如冠玉，唇若塗脂。中山靖王劉勝之後，漢景閣下玄孫……幼孤，事母至孝……。」這豈不是將劉備寫成一個豪邁的英雄，孝順的兒子；既是帝王之後，又生就一副帝王之相麼！

當然，這戔戔的描述，還不足以塑造成一個活鮮完美的形象，因而作者才又以下列種種手法予以加强！

## 信義著於四海

作者欲美劉備，曾假曹操之口說：「劉備人中之龍也。」（第五十六回）曾假太史慈之口說：「聞君仁義素著，能救人危急。」（第十一回）而他自己也十分强調仁義之要：某次呂布兵敗來投，張飛擬殺之，劉備不允，說：「彼勢窮而來投我，我若殺之，亦是不義。」（第十四回）書中寫到他們兄弟之義，更是重於泰山。某次呂布兵陷徐州，張飛不守，失去劉備家眷，悲憤自刎，劉備向前抱住，奪劍擲地曰：「古人云兄弟如手足，妻子如衣服；衣服破尚可縫，手足斷安可續？吾三人桃園結義，不求同生，但願同死。今雖失了城池家小，安忍教兄弟中道而亡？」（第十五回）徐庶被賺投曹，孫乾獻計挽留：「元直天下奇才，久在新野，盡知我軍虛實。今若使歸曹操，必然重用，我其危矣。主公宜苦留之，切勿放去。操見元直不去，必斬其母。元直知母死，必爲母報仇，力攻曹操也。」劉備說：「不可，使人殺其母，而吾用其子，不仁也；留之不使去，以絕其母子之道，不義也。吾寧死，不爲不仁不義之事。」（第三十六回）孔明勸劉備取荆州爲安身之地，劉備說：「備受景升之恩安可圖之？……吾寧死不忍作負義之事。」（第四十回）

## 仁慈廣被黎民

作者曾經不止一次提到：劉備是仁慈的。爲證其說，乃不惜筆墨對其兵敗携民渡江的情形，有過一段詳細的描寫。

原來孔明出山之後，曾以火攻之計大敗曹兵，而激怒了曹操，揮軍報復。劉備等以新野城小糧少，不能拒守，只好棄城而去，盡遷新野百姓入樊城。曹操勸降，劉備不從，曹操大怒，便即進兵樊城，劉備問計於孔明。孔明說：「可速棄樊城，取襄陽暫歇。」劉備說：「奈百姓相隨已久，安忍棄之？」孔明說：「可令人遍告百姓，有願隨者同去……」一時兩縣之民皆齊聲大呼曰：「我等雖死，亦願隨使君！」即日號泣而行。扶老携幼，將男帶女，滾滾渡河。兩岸哭聲不絕，劉備於船上望見，大慟說：「爲吾一人使百姓遭此大難，吾何生哉！」遂欲投江而死……。

及到襄陽，劉琮不納，只好轉投江陵。於是引着百姓望江陵而走，襄陽城中百姓又多有乘亂逃出城來，跟隨劉備而逃的。因而軍民數逾十萬，車輛數千，行動十分緩慢。衆將乃諫曰：「江陵要地，足可拒守。今擁民衆數萬，日行十餘里，似此幾時得到江陵？倘曹兵到如何迎敵？不如暫棄百姓先行爲上。」劉備却說：「擧大事者必以人爲本。今人歸我，奈何棄之？」

本書從頭至尾幾乎都是描寫戰爭，戰亂之際民衆勢必逃亡，但其他大小百戰，却無此等筆墨，而此處作者蓄意寫來，不外是在强調劉備的愛民如子而已。

## 謙冲為懷三讓徐州

劉備的謙遜也是爲人樂道的事，此可以其三讓徐州爲例：在羣雄爭霸期間，曹操兵困徐州，孔融與劉備發兵馳援，其圍得解。劉備兵入徐州，陶謙延入衙內，設宴相待，因見劉備儀表軒昂，語言豁達，心中大喜，便命人取出印綬，擬讓劉備。劉備驚曰：「公何意也？」陶謙說：「今天下擾亂，王綱不振，公乃漢室宗親，正宜力扶社稷。老夫年邁無能，情願將徐州相讓，公勿推辭，謙當自寫表文申奏朝廷。」劉備愕然離席再拜，說：「劉備雖漢朝苗裔，功微德薄，爲平原相猶恐不稱職。今爲大義，故來相助，公出此言，莫非疑劉備有併吞之心耶？若擧此念，皇天不佑！」陶謙讓之再三，劉備那裏肯受。此爲一讓。

話說此後徐州之圍，後因劉備致書曹操勸和得解。陶謙又提讓州之事，對衆人說：「老夫年邁，二子不才，不堪國家重任。劉公乃帝王之冑，德高才廣，可領徐州，老夫情願乞閒養病。」劉備又拒絕說：「孔文擧令備來救徐州，爲義也；今無端據而有之，天下將以備爲無義之人矣。」僅只肯暫屯小沛。此爲二讓。

其後，陶謙染疾，病勢沉重，難以理事。糜竺就向他說：「曹兵之去，只爲呂布。今因歲荒罷兵，來春又必至矣。府君兩議欲讓位與玄德，時君尙健，故不肯受。今病沉重，正可就此而與之，玄德不便辭矣。」陶謙遂又將劉備自小沛請來，說：「請公來不爲別事，祇因老夫病已危篤，朝夕難保，萬望明公可憐漢家城池爲重，受領徐州牌印，老夫死亦瞑目矣。」劉備尙謙讓至再，後以關、張二人力勸，方才勉强受之。玆此羣雄你爭我奪不惜刀兵之際，劉備且無立身之處，竟而一再謙讓，怎不爲世人欽敬！

## 禮賢下士愛才如渴

桃園結義，誓同生死，是江湖豪傑所津津樂道的事。而劉備三顧孔明於茅廬，則是書生文人心嚮往之的事。

靈帝末年黃巾作亂，獻帝初年羣雄爭霸，劉備以織蓆販履者的布衣出身，赤手空拳，欲圖霸業，談何容易。雖則他結拜了兩位能征慣戰的義弟，後來又收羅了一位勇冠三軍的趙雲。然其時也，各方霸王麾下，文才武將，無不人才濟濟，劉備欲圖人事，豈是他這枝兵微將寡的隊伍可以有成？而尤有進者，關、張、趙雲之輩，只能馳騁疆場，並不能爲他出謀獻策。所以當他偶識司馬徽，得知「天下奇才盡在於此」的一句話，便急切地追問：「奇才安在？果係何人？」「伏龍、鳳雛何人也？」其後，徐庶來訪司馬徽，劉備誤以爲是伏龍或鳳雛，亟欲求見。嗣得徐庶爲助，本可有所作爲，不意又爲曹操所賺。徐庶歸曹，劉備雖然不捨，實出無奈，惜別之際，無限依依，徐庶感於盛德，乃折返而荐諸葛，自是劉備三顧諸葛孔明於茅廬。

第一次，適孔明外出，童子對以：「蹤跡不定。不知何處去了；歸期不定，或三五或十數日。」數日後打聽得孔明已回，劉備等三人乃冒着大雪二次造訪，不意在堂讀書者原是乃弟諸葛均。而這位臥龍先生「昨爲崔州平相約出外閒遊去矣。」劉備問以何處閒遊？諸葛均說：「或駕小舟遊於江湖之中，或訪僧道於山嶺之上，或尋朋友於村落之間，或樂琴棋於洞府之內，往來莫測，不知所去。」劉備只得留書作別。次年新春，劉備特別薰沐更衣，齋戒三日，再訪茅廬。關、張二人以兩訪不遇，顯屬矯情，均感不悅，劉備却說：「汝豈不聞周文王謁姜子牙之事乎？文王且如此敬賢，汝何太無禮……。」關、張二人只得相隨以去。第三次造訪，終得孔明在家，却又草堂高臥，正在午睡。劉備不敢驚動，久候階前，直到孔明覺罷夢迴，方才延之入內。

作者寫劉備訪求孔明出山，花費篇幅幾達四個回目之多，往訪的過程，描寫極爲細膩生動，這是全書所未有的筆墨，足見劉備求賢之切，以及執禮之恭。另如趙雲英勇無雙，沙場奇才，初事他人，不能爲用，劉備每每見之，總是依依不捨，輒流別淚，也足以說明劉備之愛才如渴。至於徐庶別時劉備欲盡除眼前樹林，以免阻礙他瞭望徐庶的視線，更是曠古奇聞，感人至深之筆了。

## 韜光養晦機智識時

獻帝初年，三國鼎足之勢尚未形成，羣雄之間壁壘未明，時敵時友，變幻莫測，即以劉備、呂布、曹操三人間的關係言，就是明顯的例子；呂布曾助劉備守徐州，後又破徐州。呂布曾以轅門射戟爲劉備解危，而後呂布被曹操所執乞救於劉備，曹操愛惜呂布武藝高强，本無必殺的決心，問於劉備，劉備却主張殺之。其後鼎足之勢形成，相爭天下的勁敵者，認眞說來，實爲劉、曹二人，但劉備在氣候未成之前，却曾一度投奔曹操，這其間並有可記之事。

話說劉備在徐州兵敗於呂布後，一時無處可以棲身，只得去投曹操，曹操欣然接納，相偕一同到許都，引見獻帝，表奏其功，拜爲左將軍，封宜城亭侯。就此面帝之際，並和獻帝認了宗親，敍爲皇叔。曹操的一班謀士深爲所慮，說：「天子認劉備爲叔，恐無益於明公。」曹操則不以爲然，原來他已胸有成竹。他說：「彼既認爲皇叔，吾以天子之詔令之，彼愈不敢不服矣。況吾留彼在許都，名雖近君，實在吾掌握之內，吾何懼哉？」

原來曹操是如此居心。而劉備却也機智過人，深識時務，知道韜光養晦，這時竟在家中種菓澆花。關、張二人不解其意說：「兄不留心天下大事，而學小人之事，何也？」他們那裏知道這是劉備防曹之計。一日，劉備正在後園澆菜，曹操命許褚、張遼二人來請，劉備不敢不去，曹操戲說：「在家中做得好大事！」嚇得劉備面如土色，隨後又說：「玄德學圃不易。」劉備這才放心。曹操是日邀劉備並無要事，乃是見青梅，憶往事，又值煮酒正熟，要劉備來小聚一番。二人飲酒之間，由風雲聚會，以龍比人，談到天下英雄。曹操問於劉備今日天下英雄爲誰？劉備支吾其詞，不敢正答，而曹操却說：「今天下英雄，唯使君與操耳。」劉備聞言吃驚，手中匙筯不覺落地，幸好適時雷聲大作，劉備乃掩飾說：「一震之威，乃至於此。」方使曹操未能察出他的心虛。劉備後以此事告知關、張二人說：「吾之學圃，正欲使操知我無大志；不意操指我爲英雄，我乃失驚落筯，又恐操生疑，故借懼雷以掩飾之耳。」二人方悟，劉備處此之境，深感不安，以後終於藉機領兵遠離去了。足徵劉備之知時識務也。

## 人非聖賢終有缺失

關於劉備的優點，以上所述，不過是略舉大要而已，詳情細節，當不止此。作者諸此用筆，旨在將劉備塑造爲一個仁君的形象，乃是衆人皆知的事。他的這種目的，也確曾到達某種程度，一般讀者均已認同。然而，人非聖賢，終有缺失。也許是作者有意不忍完全失眞，細心的讀者仍不難看出劉備也有若干缺點。

劉備最爲人所詬病的是善於作假。除了前文引述的「韜光養晦」一例外，最爲人所不値的是：那次他兵敗當陽，趙雲數次出入重圍，救得他當時唯一的兒子阿斗，他不但不感到驚喜，而從趙雲手中接過阿斗竟擲於地：「汝這孺子，幾損我一員大將！」人皆認爲過於作假，不近人情。

世人又說：「劉備愛哭；江山是哭出來的。」此語雖謔，却非無本，譬如他求孔明出山相助，初未欣允，劉備遂道：「先生不出，如蒼生何？」說罷淚沾袍袖，衣襟盡濕。這一哭，感動了孔明，爲他奔走幾十年，鞠躬盡瘁，死而後已。在趙雲未得其用前，數次相見，都揮淚而別，也使得這沙場英雄畢生爲他馳騁，且在長板坡冒死血戰，七進七出爲他尋救妻、子。張飛曾因失守徐州，並失去劉備眷屬，欲自刎贖罪，劉備將妻子比作衣裳，兄弟比作手足，奪下寶劍棄地大哭；關羽爲東吳所害，劉備更是大哭特哭，且不進飲食；魯肅來討荊州，他也大哭。劉備之愛哭、善哭的是世人皆知的，所以難怪有「哭出來的江山」之譏了。

劉備之哭，不過爲世人譏笑而已，對其人格德望尙無大礙，眞正爲人所不滿的，恐怕還是對呂布的忘恩負義了，呂布曾作過他的戰友，也曾在白門樓轅門射戟爲他解危，而後當呂布被曹操所擒求救於他時，他却向曹操說：「公不見丁建陽、董卓之事乎？」曹操這才下定殺布的決心，毋怪乎呂布要大罵劉備「是兒最無信義」了。

也許有人以爲筆者不該諱人之短，以破壞劉備在讀者心目中完美的形象。但筆者却以爲這正是作者的可愛處，並沒有昧着良心完全欺騙讀者；人非聖賢，保留一點缺憾，又有什麼不好呢！

# 持平客觀論曹操

喜愛三國的人，每每談到三國人物，一提到劉備必想到曹操；一提到曹操也必想到劉備。他倆在讀者心目中的印象，儼如影之隨形。

爲什麼會形成這種情勢？兩人爭霸天下，互爲死敵固是原因。其實，若再深究，這一說法便很難令人滿意。蓋其時也，互相爭雄於世，造成天下三分的還有一個孫權——何以孫權在讀者心目中的份量就會顯遜一籌？居於配角地位。原來作者是以對比的手法來寫劉曹二人的；而孫權不在對比之列。熟悉三國演義的人都知道：作者一方面寫劉備如何仁慈，另一方面就寫曹操怎樣陰毒；劉備怎樣禮賢下士，曹操就怎樣忌賢妬才；劉備怎樣著聲信義，曹操就怎樣薄情負義；劉備怎樣心存漢室，曹操就怎樣圖謀篡奪；劉備怎樣愛民如子，曹操就怎樣塗炭生靈……於是劉備便成了仁慈、禮賢、義氣、忠心、愛民的君主，而曹操就成了奸兇、妬賢、負義、篡奪、害民的奸雄。

關於劉備部份，前文已表，不擬贅述，以下且看看作者以那些事實來醜化曹操？

## 奸詐且狡猾

曹操秉性奸詐狡猾，少年已顯。少時，喜好遊獵歌舞，不愛讀書，叔父見他遊蕩無度，就告之乃父。曹操受責，一日見叔父來，就臥倒地上，佯作中風，叔父急忙走告曹父，父親趕來但見曹操無恙，就詫異問他：「叔言汝中風，今已愈乎？」曹操說：「兒自來無病，因失愛於叔父，故見罔耳。」父信其言，從此叔父但言曹操之過，父親都不再相信。（第一回）

曹操某次用兵，軍中糧草不濟，倉官王垢向他請示如何處理？他告訴倉官說：「可將小斛散之，權且救一時之急」。倉官說：「兵士倘怨，如何？」曹操說：「吾自有策。」後果衆怨，曹操便將倉官找來說：「吾欲問汝借一物，以壓衆心，汝必勿吝。」垢問：「丞相欲用何物？」曹操說：「欲借汝頭以示衆耳？」乃將王垢殺了，以塞衆怒。（第十七回）

某次行軍，他曾號令部屬不得踐踏麥田，觸犯軍令者斬，後來自己的座騎踐踏麥田，他却以「割髮權代首」，敷衍了事。言出不行，因之後人有詩諷道：「十萬貔貅十萬心，一人號令衆難禁。拔刀割髮權代首，方見曹瞞詐術深。」（第十七回）

曹操自登魏王後，朝中忠義之士多有不服，耿紀等人在許都舉火起義，後事敗為曹操所執，盡殺其老小，並在校場立紅旗於左，白旗於右，下令說：「耿紀等造反，放火焚許都，汝等亦有救火者，亦有閉門不出者。如曾救火者，可立於紅旗下；如不曾救火者，可立於白旗下。」衆官暗思救火者必無罪，於是多奔紅旗之下，曹操却令將立於紅旗下的均予拏下。衆官各言無罪。曹操則說：「汝等當時之心，非是救火，實欲助賊耳。」悉予斬首，殺了三百多人。立於白旗下的盡有賞賜。（第六十九回）曹操之奸詐又一寫照。而尤其最爲顯著的，是他臨終遺言，令爲他設立疑塚七十二處，以免後人知道他眞正葬身之處。可謂奸詐之極矣。（第七十八回）

## 妬賢又多疑

孔融漢之名士，四歲知讓梨之禮。上表向靈帝舉荐禰衡，靈帝將表交與曹操。操召禰衡來見，竟不與坐，其對名士之傲慢無禮，與劉備三顧茅廬於孔明的禮賢下士情形，實在是强烈的對比。不幸禰衡又性情剛烈，便將曹操譏諷了一番。曹操老羞成怒，就要他在大宴賓客時充任鼓手，這就是演出了一齣擊鼓罵曹的故事。禰衡算是出了一口怨氣，却也因此斷送了寶貴的生命。

曹操另一妬才的事例是怒殺楊修。楊修是曹操軍中的主簿，極富才華。一次，曹操與馬超作戰，久不得利，進退維谷。夏侯惇入帳請示夜間口令，曹操正在喝雞湯，吃雞肋，忽心有所感，就隨口說「雞肋，雞肋！」楊修聞雞肋口令，就教隨行軍士各收拾行裝，準備歸程。夏侯惇因問其故？楊修告訴他說：「雞肋者，食之無味，棄之可惜。今進不能勝，退恐人笑，來日魏王必班師矣。故先收拾行裝，免得臨時慌亂。」後營中諸軍都紛紛收拾行裝，事爲曹操知之，就以亂軍心之罪將楊修殺了。

其實曹操之欲殺楊修，早有遠因，其一是：曹操曾命人造花園一所，落成之日，前往觀看，不置褒貶，只在門上寫了一個「活」字。楊修就告知主事者：「丞相嫌門闊。」改建之後，曹操果然滿意。

其二是：有人送了一盒酥給曹操，曹操就寫了「一盒酥」三字於其上。楊修見了就叫大家分而食之，曹操問故，楊修答道：「盒上明書『一人一口酥』豈敢違丞相之命乎？」其三是：曹操曾揚言他有夢中殺人之癖，當他睡著時，不可近前。一日，午睡之際被落於地，一近侍忙去爲他蓋好，曹操卽一躍而起將近侍殺了。事後佯問其故？衆人信以爲眞，楊修却說：「丞相非在夢中，君乃在夢中耳。」一語道破曹操心中之詭計。諸此種種，曹操深妬楊修之才，久有殺意，只是未得藉口而已。（第七十二回）

說到曹操之多疑，最典型的事例是誤殺呂伯奢一家。呂伯奢是曹操的父執，曹操刺殺董卓事敗，亡命途中去訪伯奢。伯奢命家人殺猪宰羊欵待，而自去前村沽酒。曹操聽得後院有霍霍磨刀之聲，以爲是要殺他，便將呂家一家人都殺了。途中遇伯奢又一併殺之，使得與他一同逃亡的陳宮傷心之至，而他却說：「寧可我負天下人，毋敎天下人負我。」（第四回）此外，名醫華陀之喪命，也是肇因於曹操之多疑；原來曹操曾患頭痛風的疾病，華陀主張以解剖術治之，曹操懷疑他是蓄意謀殺，就將華陀繫獄，餓死獄中。（第七十八回）其實華陀的診斷沒錯。昔曾為關羽刮骨時，也要將關羽綑於柱上，關羽却無疑心。

## 狂妄復自大

曹操是個非常狂妄自大的人，他曾屢笑「周瑜無謀，諸葛亮少智」，譏諷袁術是「塚中枯骨」；袁紹「色厲膽薄，好謀無斷；幹大事而惜身，見小利而忘命」；劉表「虛名無實」；孫策「藉父之名」；劉璟「乃守戶之犬」；張繡、張魯、韓遂「此等碌碌小人，何足掛齒。」說來說去，原來是「天下英雄，惟使君與操耳！」（第二十一回）這是他與劉備煮酒論英雄的說法。其實曹操此言，還是言不由衷。在他內心裏恐怕還有折扣，只是當著劉備的面不好直說而已。

當然，我們也可以說：這些乃是酒言酒語，不足據論是非。可是許田狩獵的事又怎麼說呢？

當日獻帝馳馬到許田，劉玄德起居道旁。帝曰：「朕今欲看皇叔射獵。」玄德領命上馬，忽草中趕起一兎。玄德射之，一箭正中那兎。帝喝采，轉道土坡，忽見荊棘中趕出一隻大鹿，帝連射三箭不中，顧謂操曰：「卿射之」。就討天子寶雕弓，金鈚箭，扣滿一射，正中鹿背，倒於草中。羣臣將校見了金鈚箭，只道天子射中，都踴躍向帝呼萬歲，曹操縱馬直出，遮於天子之前還受之……竟不獻還寶雕弓，親自懸帶。（第二十回）

這在帝王時代，此等欺君罔上的情形是不可思議的殺頭之罪，只有曹操敢狂妄如此！

## 陰險兼狠毒

提起曹操的陰險狠毒，無論是「說三分」的聽衆，或是三國演義的讀者，莫不咬牙切齒，據「東坡志林」的記載：「至說三國事，聞劉玄德敗，頻蹙眉，聞曹操敗，卽喜喝快。」足見宋時已矣。

關於曹操的陰險狠毒，且擧數例以證其說。其一是：徐州太守陶謙，爲結好曹操，命部將張闓護送曹父過境，不意張闓原爲黃巾餘黨，賊性不改，竟於途中見財起意，將曹嵩並一家老小都殺了，刼財而去。曹操却將這筆帳記在陶謙及徐州全城百姓身上，誓言「但得城池，將城中百姓盡行屠戮，以雪父仇。」陳宮聞訊前來調解，說：「今聞明公以大兵臨徐州，報義父之仇，所到欲盡殺百姓，某因此特來進言；陶謙乃仁人君子，非好利忘義之輩。義父遇害，乃張闓之惡，非謙之罪，且州縣之民，與明公何仇？」曹操不從，堅要興兵攻城。其二是：董承等內閣受詔，欲除曹操，不幸事敗，與事者均爲曹操所執，我們且一閱曹操詰審太醫吉平的情形：

曹操問吉平：「誰使汝來藥我？可速招出！」平曰：「天使我來殺逆賊。」操怒教打，身上無容刑之處。操又問平：「你原有十指，今爲何只有九指？」平曰：「嚼以爲誓，誓殺國賊！」

操就取刀來，就階下截去其九指，曰：「一發截了，教你爲誓！」曰：「尚有口可以吞賊，有舌可以罵賊！」操令割其舌……。

吉平終於受刑不過撞階而死。（第二十三回）這是一則血淋淋的故事，狠毒之情於此可見。此事的餘波是：曹操親自帶箭入宮，拿下董貴妃，縊死於宮門之外，其後伏后也因圖操事敗，被曹操緝去以亂棒打死。一妃一后皆爲所殺，狠毒殘酷於焉可見。

## 另眼看曹操

由以上所舉的事例，曹操誠爲人人痛恨的奸賊，必殺之而後快。其實曹操是否萬惡元兇？一生就沒作過一件好事？也不盡然。細讀書中情節，其可愛可讚之處亦復不少，試舉數例如下：其一是：曹操對關羽獨具慧眼，深愛其才。關羽溫酒斬華雄時，袁術恥關羽爲「縣令手下一小卒，安敢在此耀武揚威！卽予趕出帳去。」曹操却說：「得功者賞，何計貴賤乎！」（第五回）這是正義之聲。最爲後世美談的，是關羽一度降曹，曹操對關羽的禮遇，所謂上馬金，下馬銀，三日一小宴，五日一大宴，並贈予美女、錦袍和赤兎馬。後來關羽得知劉備的下落，便掛印封金，千里單騎，過五關斬六將，護嫂尋兄，曹操竟然一一容忍，而且並數度遣使馳傳放行之令，不要阻撓關某的行程，（第二十八回）殊非易事。

其二是：呂布戰敗，呂布、陳宮均爲曹操所擒。曹操因念陳宮曾有釋己之義，有意想開脫，便說：「公臺別來無恙？公自謂足智多謀，今當如何？」陳宮怒曰：「今日有死而已！」曹操說：「公如是，奈公之老母妻子何？」陳宮說：「吾聞以孝治天下者，不害人之親；施仁政於天下者，不絕人之祀。老母妻子之存亡，亦在於明公耳。吾身既被擒，請卽就戮，並無掛念。」說罷便逕步下樓，左右牽之不住，無奈於陳宮義無反顧，曹操只得起身泣而送之。並卽吩咐：「卽送公台老母妻子回許都養老，怠慢者斬。」（第十九回）這也算是很感人的場面。其三是：袁紹帳下有一謀士曰沮授，袁紹兵敗之後被曹操所擒。二人因素相識，曹操本有羅致之意，沮授卻大呼曰：「授不降也。」曹操說：「本初無謀，不用君言，君何尚執迷耶？吾若早得足下，天下不足慮也。」乃厚待於軍中。不意沮授卻盜馬逃亡，又被擒獲，曹操方命殺之。沮授至死神色不變，曹操嘆曰：「吾誤殺忠義之士也。」遂命厚禮殯殮，爲建墳安葬於黃河渡口，題其墓曰：「忠烈沮君之墓。」這也是曹操令人感動的故事之一。（第三十回）

## 也有可愛處

曹操固然有傲慢賢士、侮辱禰衡的事實，可是也有崇敬義士的時候。曹操除了對舊識陳宮、沮授有憐惜之意不擬殺之之外，袁紹謀士審配被擒時也不想殺他。曹操初問審配：「昨孤至城下，何城中弩箭之多也？」審配說：「恨少！恨少！」又說：「吾生爲袁氏臣，死爲袁氏鬼；吾主在此，不可使我面南而死。」曹操雖然殺了他，卻憐其忠義，命葬於城北。（第三十二回）未幾，袁紹諸子俱敗，袁譚被斬，懸首北門外，並號令：敢有哭者斬。可是偏偏有個不怕死的王修前來哭譚。曹操問他：「汝知吾令否？」對曰：「知之。」操曰：「汝不怕死耶？」王修曰：「吾生受其辟，今亡而不哭，非義也。畏死忘義，何以立世乎？若得收葬譚屍，受戮無恨。」曹操歎道：「河北義士何其多也，可惜袁氏不能用……。」遂命收葬袁譚屍首，並禮王修爲上賓，這也是件難能可貴的事。（第三十三回）

曹操雖奸雖猾，雖狂妄而殘忍，却也不是不明是非。話說他興兵伐張魯，遇强將龐德，屢戰不勝，後納謀士獻離間之策，著人行賄楊松，使其從中離間，張魯龐德終於反目，龐德被嫌降曹，張魯敗亡亦降，曹操因念張魯保全倉庫物資，乃優禮相待，封爲鎭南將軍，而賣主求榮的楊松却被斬首示衆。（第六十七回）

此外，曹操因愛趙雲武藝高强，不忍殺之，必要生擒，也使得趙雲在長板坡得以生還。另一次，許褚因酒醉而兵敗，曹操不但未罰，反令醫士爲褚療傷，並未忘許褚救他的恩。尤其典韋之死，曹操曾哭祭說：「吾折長子，愛侄，俱無深痛，獨號泣典韋也。」

也足見曹操之愛才。本書的作者，雖然懷著揚劉抑曹的心情執筆，終因許多事情難以隱瞞，故曹操的許多功績、優點，還是字裏行間流露出來。

# 羽扇綸巾話諸葛

能知天文地理，善算陰陽八卦；能呼風喚雨，能做木牛流馬；文能治國，武能將兵；隆中對策，料定天下三分，舌戰羣儒，語驚四座；三氣周瑜，公瑾喪命；智壓司馬，聞風喪膽；羽扇綸巾，道骨仙風……諸葛亮在讀者心目中簡直是無所不通，無所不能的大羅神仙。他是軍事家、政治家、文學家、陰陽家、發明家，又是鞠躬盡瘁死而後已的保主忠臣，在歷史人物中、享譽之盛者，可謂無出其右了。

諸葛亮其人固然載諸史實，而演義所述各事却不見得件件皆能印證。他之所以能有今日的令譽，多屬羅貫中的妙筆所賜，一如關羽也。

作者對諸葛亮描寫之力，可謂極其曲致之能，對他的偏愛，縱是他筆下的仁君劉備、武聖關羽亦不能及。試看書中介紹劉備和關羽的出場，均不過三兩百字而已，而用於諸葛亮身上的筆墨何止萬千？作者對書中人物的介紹，率皆出於正筆，儼如某人站在門後，門扉一啓，即見全貌，惟獨對於諸葛亮，却用了極其迂迴的手法。先寫關係人物，次第觸及核心，讀者只能懷着探險尋實的心情，隨着劉備一步步去探索。劉備飢渴如焚，讀者也迫不及待，而作者却慢條斯理，先介紹一個如神仙般的水鏡先生司馬德操與我們見面，好不容易才從他口中得些口風：「今天下奇才盡在於此……伏龍鳳雛兩人得一，可安天下。」劉備追問下去，水鏡又故作神秘：「天色已晚，將軍可於此暫宿一宵，明日當言之。」是夜忽又有人來訪，次日劉備問夜訪何人？水鏡只說：「此吾友也。」再問姓名，只說：「好、好。」這實在吊足胃口的手法。

## 孔明出山　迂迴曲折

劉備在水鏡那兒不得要領，只得返回新野。一日，偶在市上遇到一人，葛巾布袍，長歌而來，以爲必是伏龍、鳳雛，原來是化名而來的徐庶。徐是諸葛好友，亦屬當時名士，日前夜訪水鏡者，卽此君也。大概他是自水鏡口中得知劉備求才如渴，才長歌自荐而來。劉備因乃延爲幕府，禮如上賓。徐庶智謀卓越，識見不羣，不負令譽，劉備正喜得人，無奈曹操計賺徐母，詐書誆徐，徐庶只得投曹。徐庶因感於劉備的知遇，別時去而復返，方走馬荐諸葛，而後來才引出劉備三度求賢於草廬的故事來。

第一次，劉備正擬往隆中之際，忽水鏡先生來訪，盛讚諸葛之才：「可比興周八百年之姜子牙，旺漢四百年之張子房。」次日劉備偕關張同往隆中，途中遙見數人荷鋤而耕，竟唱着諸葛亮所作的歌，又有古風一篇來描寫臥龍居處風景氣象。此皆作者有意渲染的筆墨。及抵莊門，童子却告曰：「先生今早已出……蹤迹不定，或三五日，或十數日。」劉備拜訪不遇，正在留戀觀賞景物之際，忽然來了一個「容貌軒昂，丰姿俊爽」的人，劉備以爲必是臥龍先生，下馬問姓之下，乃是崔州平。

劉備等第二次冒着大風雪去訪，途經酒店，又有人對酒長歌，一人甫畢，又一人擊桌而歌，劉備以爲這回該遇到臥龍了，誰知乃是石廣元和孟公威，臥龍之友而已。劉備等莊前下馬，詢問童子：「先生今日在否?」童子說：「現在堂上讀書。」劉備大喜，不意却是乃弟諸葛均也。諸葛均告訴劉備說：「家兄昨爲崔州平相約，外出閒遊去矣……或駕小舟游於江湖之中；或訪僧道於山嶺之上，或尋朋友於村落之間，或樂琴棋於洞府之內，往來莫測，不知去所。」這簡直是故弄玄虛——而且尚不祗此，當劉備等留書折返之際，忽又一人依歌而來，童子並隔籬招手呼曰：「老先生來也。」却又不是臥龍，而是其丈人黃承彥也。

次年春天，劉備偕二弟第三次造訪，總算沒有撲空，然而「先生正草堂高臥」。待他午覺夢迴，才延入草堂。

作者如此運筆，實具深意。第一是作者有意抬高諸葛亮的身價，一如演藝人員的名角登場，造成先聲奪人之勢，足徵作者的厚愛。第二是：諸葛亮擬藉此一探劉備求賢之誠意，故一再避不見面。蓋其時也，天下英雄並起，率皆擁有兵權領土，擬爭霸業，只有劉備是赤手空拳，也欲爭霸天下，此人果有此能乎？值得追隨乎？諸葛亮不得不謹愼三思。這兩重意思當中雖未正面着筆，實極明顯也。

## 隆中對策　盱衡天下

劉備訪得諸葛亮後，就一再要求「以天下蒼生爲念，開備愚魯而賜敎。」諸葛亮因問將軍之志？劉備就移座促席說：「漢室傾頹，奸臣竊命，備不量力，欲伸大義於天下，而智術淺短，迄無所就，唯先生開其愚拯其厄，實爲萬幸。」於是諸葛亮乃就當時的局勢，及今後的發展，向劉備作了剖析。

第一，自董卓造逆以來，天下豪傑並起，曹操勢不及袁紹，而竟能克袁紹者，非唯天時，抑亦人謀。

第二，今曹操已擁百萬之衆，且挾天子以令諸侯，不可與爭鋒。

第三，孫權據有東吳，已歷三世，國險民附，可用爲援而不可圖。

第四，荆州北據漢沔，利屬南海，東連吳會，西通巴蜀，是用武的好地方，宜取爲根據地。

第五，益州險塞，沃野千里，天府之國，高祖因之以成帝業。應再取益州，以擴充版圖勢力。

第六，有了荆州和益州以後，應該外結孫權，內修政治，以待天時，時機一旦成熟，就可以揮戈中原，以遂大業。

劉備經此一說，乃霍然領悟，說：「先生之言，頓開茅塞，使備如撥雲霧而覩青天。」諸葛亮的這席話不但決定了劉備一生的事業，也決定了漢室天下鼎足三分的命運。諸葛亮高臥隆中，對天下大勢能剖析得如此清楚，對未來局勢發展又判斷得如此正確，難怪他要自比管仲、樂毅，而司馬徽更說他「可比興周八百年的姜子牙，和旺漢四百年的張子房」了。

## 舌戰羣儒　語驚四座

諸葛亮的隆中對策，固然使劉備的茅塞頓開。而他眞正嶄露頭角，却是初度江東的舌戰羣儒。其時劉備新敗，屯兵江夏，曹操惟恐劉備連結孫權，成了氣候，就驅兵八十三萬，要破孫滅劉。東吳文臣主降，武將要戰，魯肅因過江訪劉備，以探虛實，就此請了諸葛亮一同回到江東共議大事。江東諸儒有些看不起諸葛亮，以爲他欺世盜名，就紛紛向他發難，諸葛亮不但一一對答如流，並且把這些自視很高的江東名士，一個個挖苦諷刺得啞口無言。以下且摘錄一些精采片段，以饗讀者。

張昭先以言語挑之曰：「久聞先生高臥隆中，自比管、樂，此語果有之乎？」孔明曰：「此亮平生小可之比也。」昭曰：「近聞劉豫州（註：因劉備曾領豫州牧）三顧先生於茅廬之中，幸得先生，以爲如魚得水，思欲席捲荆、襄，今一旦却屬曹操，未審是何主見？」孔明暗思張昭乃孫權手下第一謀士，若不先難倒他，如何說得孫權？遂答曰：「吾觀取漢土之地易於反掌。我主劉豫州躬行仁義，不忍奪同宗之基業，故力辭之。……今我主屯兵江夏，別有良圖，非等閒可知也。」昭曰：「若此，是先生言行相違也。先生自比管、樂；管仲相桓公，覇諸侯一匡天下，樂毅扶持弱燕，下齊七十餘城。此二人者，眞濟世之才也。先生在草廬之中，但傲笑風月，抱膝危坐，今既從事劉豫州，當爲生靈興利除害，剿滅亂賊。而劉豫州未得先生之前，尚且縱橫寰宇，割據城池，今得先生，人皆仰望……咸謂彪虎生翼，將見漢室復興，曹氏卽滅……何先生自歸豫州，曹兵一出，棄甲拋戈，望風而竄……棄新野、走樊城、敗當陽、奔夏口，無容身之地？是豫州得先生之後，反不如初也。管仲、樂毅果如是乎？……」孔明聽罷啞然而笑曰：「鵬飛萬里，其志豈羣鳥能識哉？譬如人染沈痾，當先用糜粥以飮之，和藥以服之，待其腑臟調和，形體漸安，後用肉食以補之，猛藥以治之，則病根盡去，人得全生也……吾主向日兵敗河南，兵不滿千，將只關、張、趙雲而已……新野山僻小縣，民少糧薄，豈能坐守？……而博望燒屯，白河用水，使夏侯惇、曹仁輩心驚膽裂，竊謂管仲樂毅之用兵，未必過此……吾主不忍乘亂奪同宗之基業，此眞乃大仁大義也……當陽之敗，豫州見有數十萬赴義之民不忍棄之，日行十里，甘與同敗，此亦大仁大義也。寡不敵衆、勝負乃其常事。昔高祖數敗於項羽，而垓下一戰成功，此非韓信之良謀乎？夫信久事高皇，未嘗累勝。蓋國家大計，社稷安危，是有主謀，非比誇辯之徒，虛譽欺人——坐議立談，無人可及，臨機應變，百無一能——誠爲天下笑耳。」說得張昭無言可答。（第四十三回）

以上不過是與張昭一人之辯論，賡續質難者還有很多，諸葛亮對他們的答辯，不但理直氣壯，鏗鏘有聲，而且揶揄諷刺，也極盡其能，說得吳下羣儒一個個面紅耳赤，慚愧無言，眞是字字珠璣，句句金玉，讀者不妨再翻原著一閱，必證吾言不虛也。

## 智激孫周　聯吳伐曹

聯吳伐曹是諸葛亮未出山前既定的政策，然劉備兵敗當陽之後，元氣大傷。沒有實力就沒有外交的資本，如何能使東吳肯與這流亡的劉備締結邦交？必須要有很大的本領。諸葛亮深知這一艱鉅的任務，非他親往不可，所以便藉魯肅來探虛實之便，來到江東。其時，正值東吳羣臣議論不休。而諸葛亮初見孫權就看出其人不宜直諫，只可智激，就說：「向者宇內大亂，故將軍起江東，劉豫州收衆漢南，與操共爭天下。今操芟除大難，畧已平安，近又新破荊州，威震海內；縱有英雄，無用武之地，故豫州逃遁至此，願將軍量力而處之。若能以吳越之衆，與中國抗衡，不如早與之絕，若其不能，何不從衆謀士之論，按兵束甲，北面而事之……將軍外託服從之名，內懷疑異之見，事急不能斷，禍至無日矣。」孫權說：「誠如君言，劉豫州何不降操？」諸葛亮說：「昔田横，齊之壯士耳，猶守義不辱，况劉豫州帝室之胄，英才蓋世，衆士仰慕？事之不濟，此乃天也，又安能屈處人下乎！」

這一席話激得孫權勃然變色，拂袖而去。諸葛亮却笑謂魯肅說：「何如此不能容物耶？我自有破曹之計，彼不問我，我故不言。」於是魯肅又將孫權請出，置酒欵待諸葛亮。酒過數巡，孫權方說：「曹操平生所惡者，呂布、劉表、袁紹、袁術、豫州與孤耳。今數雄已滅，獨豫州與孤尚存。孤不能以全吳之地，受制於人，吾計決矣，非劉豫州莫與當曹操者，然豫州新敗能抗此難乎？」諸葛亮說：「豫州雖新敗，然關雲長猶率精兵萬人，劉琦領江夏戰士亦不下萬人。曹操之衆，遠來疲憊，近追豫州日夜行三百里，此所謂强弩之末，勢不能穿魯縞者也。且北方之人不習水戰，荆州士民，附操者迫於勢耳，非本心也。今將軍誠能與豫州同心協力，破曹軍必矣。曹軍破必北還，則荆吳之勢强，而鼎定之勢成矣，成敗之機，在於今日，唯將軍裁之。」

這席話果然說得孫權大悅，說：「先生之言，頓開茅塞，吾意已決……卽日起兵……。」

但是，主和的衆文臣依然諫阻，又弄得孫權左右爲難，幸好他的後母吳國太提醒他：「昔日伯符曾有遺言，內事不決問張昭，外事不決問周瑜。」於是孫權急召周瑜前來議事。周瑜處此和戰難決的氣氛下，一味以言語挑逗魯肅，諸葛亮深知周瑜是故弄虛懸，尤感不能直說；直說無異搖尾乞憐。便說：「愚有一計，並不勞牽羊擔酒，納土獻印，亦不須親自渡江，只須遣一介之使，扁舟送兩個人到江上，操若得此二人，百萬之衆，皆卸甲捲旗而退矣。」

周瑜問究係何人？原來曹操要的是「江東二喬」。而大喬是孫策之妻，小喬是周瑜之婦，奪妻之辱，安能容忍？使得周瑜指北而誓曰：「老賊欺吾太甚，誓不兩立。」諸葛亮聯吳伐曹之計，終得售矣。

## 運籌帷幄　決勝千里

劉備得諸葛亮曾喩爲如魚得水，殊不爲過也，未遇諸葛亮前，毎事皆須自己籌謀，得諸葛後，運籌帷幄就悉聽謀劃了。隆中對策，使劉備頓開茅塞，猶如撥雲見日；對國家大勢有如此精闢分析，對其前途有如此正確指引，往日實聞所未聞也，博望初度用兵卽大獲全勝；過江聯吳，益顯才能……東吳招親，將計就計，一切事態之發展，無不在其三道錦囊妙計掌握之中……諸此種種，無不顯示諸葛亮經綸滿腹的才華，和料事必中的智慧，無怪乎劉備對他言聽計從，視之爲師了。

諸葛亮常服道袍，羽扇綸巾，行必車出，從容不迫，縱是司馬大兵壓境西城，猶能撫琴飮酒，處之泰然，予人沉着穩重的感覺，殊非他人能及。一生用兵，皆能運籌自如，決勝千里，洵非溢美。最顯著的例子是——劉備初喪，曹丕亟欲乘勢滅蜀，興兵五路，大擧進發，人報後主，驚惶萬狀，諸葛亮却數日不朝，請之不出，劉禪無奈，只得移駕相府，而諸葛先生竟臨池垂釣焉。劉禪說：「今曹丕兵分五路，犯境甚急，相父何故不肯出府視事？」諸葛亮說：「五路兵至，臣安得不知？……四路兵已予退去，只有孫權一路，雖有退兵之計，却尙未得能爲使命之人。」劉禪又驚又喜，說：「相父果有鬼神不測之機也，願聞退兵之策！」諸葛亮說道：「……兵法之妙，貴在使人不測，豈可洩漏於人？老臣先知西番國王軻比能，引兵犯西平關……已令馬超緊守，伏四路奇兵，每日交換，以兵拒之，此一路不必憂；南蠻孟獲，兵犯四郡，臣亦飛檄遣魏延領一軍左出右入，以爲疑兵，蠻兵必不敢進，此一路又不足憂矣；又知孟達引兵出漢中，達與李嚴曾結生死之交……臣已仿李嚴親筆作書一封至孟達，達必推病不出，以慢軍心，此一路又不足憂矣；又曹眞引兵犯陽平關，此地險峻，可以保守，已調趙雲守之，並不出戰，曹眞見我軍不出，不久自退矣。……又命關興、張苞各引兵三萬以爲救應……其四路之兵，何足憂乎？此數處調遣之事，皆不曾經由成都，故無人知覺。」（第八十五回）

後得鄧艾往說東吳，孫權亦不曾發兵，諸葛亮竟然兵不血刃，足未出相府，而退了五路大軍，讚之爲「運籌帷幄，決勝千里」，誰說不宜？

## 過於神化　是為瑕疵

諸葛亮是曠古未有的奇才，空前絕後的全才。文武兼資，無與倫比。不但是領軍作戰，治國理政，功彪蹟炳，著於史册，並曾發明木牛流馬，而且他並有著書二十四篇，內有八務、七戒、六恐、五懼之法。又曾發明有「連弩」之法，一弩可發十矢，皆書成圖本。（第一百四回）

諸葛亮是書生從政，文人領兵及託孤忠臣的典範，他是作者最喜愛的人物，也是後世讀者所喜愛的人物、最崇拜的人物，只可惜由於作者過份的偏愛，將其過於神化，譬如他的設壇祭風（第四十九回），以及第九十回「驅巨獸大破蠻兵」：「木鹿大王口中念咒，手搖蒂鐘，頃刻之間，狂風大作，猛獸突出。孔明綸巾羽扇，身衣道袍，端坐於車中，將羽扇一搖，其風便吹回彼陣中去了。蜀陣中假獸擁出，口出火燄，鼻出黑煙，身搖銅鈴，張牙舞爪而來……。」似此情景，豈不是將諸葛亮描繪成爲一名妖道乎？是爲美中不足也。

# 關雲長堪稱武聖乎

中國民間所供奉的神明中，除了土地以外，香火最盛的，恐怕要首推關公了；大陸各地幾乎處處都有關帝廟。台灣關帝廟的數量雖次於媽祖廟，而日月潭文武廟（內奉孔子與關公）建築的宏偉，却不是各地媽祖廟所能比擬的。

台北市及其近郊的忠義，各有行天宮一所，其中供奉的正神都是關公。尤以忠義行天宮氣勢雄偉，美奐富麗，又非其他各寺廟所能企及，而且最令人感到奇異的是：廟祝們竟說關公是現任的第十七屆玉皇大帝。難怪其廟不叫關帝廟而稱之爲行天宮了。

宇宙間究竟有無天堂？天上究竟有無玉帝？現任的玉帝是否是第十七屆？第十七屆玉帝是不是關公？這都是信者自信，疑者自疑，無法求證的事，自可不必深究，但有一點却可說明關公在中國民間所受到的崇敬，是任何神明都無法望其項背。他不但偉大如神，而且是諸神之冠！

在歷史上關公是確有其人的，爲三國時的名將之一，但審諸史籍，歷代名將豈只關公？何以他人死後未能被敬爲神？唯關公却能獨享盛譽？究其原因，乃是關公之爲人——忠義貫於千秋！他是忠義的代表，正義的象徵，軍人的典型，所以率相崇拜。

關公的武藝在當時雖屬一流，却不是冠軍。他和張飛、劉備三人合戰呂布，未曾取勝，可見呂布的武功還在其上，與龐德大戰百餘合，也只是打成平手而已。其餘馬超、許褚、孫策、太史慈、典韋等人的武藝大概都和他不相上下，而關公獨爲後人所敬仰者，當非單論其武功，端在作者對關某情有獨鍾，十分偏愛，曲意美化所致也。

## 英雄蓋世　義薄雲天

小說家對人物的刻劃，形象的塑造，都是逐漸着筆，使其在讀者的心中慢慢成長，然後才能蔚樹成林，水到渠成。本書的作者自然也不例外。所以作者在執筆之初，心中卽已勾畫出一幅藍圖，要將關公寫成一個武藝高强，義薄雲天的英雄人物。我們且來看看作者如何濡墨落筆。

話說當年董卓專權，天下諸侯結盟勤王，長沙太守孫堅領兵攻打汜水，守將華雄，銳不可擋，一刀斬了鮑忠，三合殲了俞涉，冀州太守韓馥認爲他的大將潘鳳必能戰勝華雄，而潘鳳甫及出馬，卽被華雄斬於馬下，一時衆家諸侯盡皆失色。關公當卽請命應戰，盟主袁紹輕視關公僅是劉備麾下的馬弓手而已，不允。幸得曹操力荐，才勉强允諾。曹操爲壯其威，贈以熱酒一盃。關公曰「酒且斟下，某去便來」。關公立卽提刀上馬，一時外面鼓聲隆隆，殺聲震天，正待派人探

聽，關公却已提著華雄的首級回來繳令，曹操所贈的酒猶溫暖尚存焉。這就是所謂「溫酒斬華雄的故事」。（第五回）

再寫關公之勇，是斬顏良誅文醜的事。且說袁紹進兵伐曹（三國初期壁壘未明，時敵時友）命大將顏良爲先鋒，領大軍十萬，兵臨白馬，曹操命宋憲應戰，謂曰：「吾聞汝乃呂布部下猛將，今可與顏良一戰。」宋憲出陣，戰不三合，被斬陣前。魏續欲爲宋憲報讎，請命上陣，交馬一合，照頭一刀，又被斬於馬下。徐晃繼出，交手二十回合也敗下陣來。其時關公正降曹營，被荐出馬，顏良尚不及交鋒，便被關公刺於馬下，割了首級。河北名將文醜，與顏良情同兄弟，要求爲之復仇，袁紹大喜，也認爲非他不能戰勝關公，誰知也只抵擋了三個回合，亦被關公斬於馬下。（第二十六回）

此外，作者於七十五回寫關公中了毒箭，延得名醫華陀爲其醫治。華陀表示：箭毒入骨，必須剖開皮肉，刮去骨上之毒，方可痊癒。要將關公用繩索縛於柱上，方好手術。關公却說不必，一面飲酒，一面下棋，談笑自若，刮骨之聲瑟瑟作響，關公竟若無其事。作者如此用筆，旨在用另一種手法來寫關公之勇耳。其實，以筆者愚見，以爲華陀施行手術時，可能用了針灸或麻藥（其時已有針灸及麻藥，見第七十八回華歆介紹華陀醫術的話），作者故意隱略也。

## 威震華夏　聞風喪膽

關公自溫酒斬華雄，及斬顏良誅文醜以後，威名大振，連武功高强，文韜武略俱佳的周瑜都十分畏懼。

衆所周知周瑜甚嫉孔明之才，屢擬殺孔明不得，復又欲誘殺劉備，詐言請劉備過江共議大事，周瑜早已暗中埋伏許多刀斧手，擬於席中殺之。忽然見到劉備身後有一赤面將軍，怒目按劍而立，因問何人？劉備說：「吾弟關雲長也。」嚇得周瑜大驚失色，汗流滿面，說：「莫非向日斬顏良、誅文醜者乎？」便急忙斟酒與關公把盞。劉備也就履險爲夷，安然歸來。

另一件威震東吳的事是：孫權周瑜議討荊州，着諸葛瑾爲使，孔明使推脫之計，要乃兄逕赴長沙，面謀關公，關公自是不肯。因借荊州一事魯肅曾經居中作保，魯肅責無旁貸，只得請關公前來面商，關公欣然與會。魯肅曾命呂蒙甘寧等暗中埋伏，如若言不從，即予殺之。但在筵席之間，見關公威風凜凜，只是頻頻舉盃勸酒，却不敢舉目仰視，酒至半酣，方才委婉地提及荊州之事。關公胸有城府，便推說：「此皆吾兄之事，非某所宜與也。」魯肅再言，周倉却在階下厲聲說：「天下土地惟在德者居之……」關公變色而起，奪過周倉手中大刀，斥之說：「此國家之事，汝何敢多言！」周倉會意而去。關公即右手提刀，左手挽住魯肅，佯推酒醉……魯肅魂不附體，被扯至江邊，如痴如獃地目視關公上船，揚長而去，呂蒙甘寧二人也無可奈何！這「單刀赴會」的故事，亦是旨在寫關公之威與勇也。（第六十六回）

關公最感威風的，是：千里單騎、護嫂尋兄，一路上過五關、斬六將，未逢敵手，在古城又於三通鼓中卽斬蔡陽之首。無怪乎曹操都屢讚他：「威震華夏，未逢敵手。」其後，關公水淹七軍，斬了龐德、擒了于禁，竟逼得曹操要遷都以避其鋒，威名遐邇，更可想見。

## 曹操禮遇，不改其志

徐州一役，劉、關、張等兄弟失散。關公被困於土屯山，曹操派張遼勸降，數說如果遽予輕生，獲罪有三。關公覺得有理，遂以三事相約，如允，則降。一爲降漢不降曹，二爲善待二嫂，三爲但有劉備消息卽將往投。曹操一一應允。關公降後，曹操禮遇有加：引見漢帝，先後加封偏將軍及漢壽亭侯，三日一小宴，五日一大宴，上馬贈金，下馬獻銀，並贈以美女、錦袍、赤兔馬等等，禮遇之隆，堪屬空前，可是後來有了劉備消息，關公卽要往投，曹操雖極不忍，又不好公然食言，只好一再託辭不與關公見面。關公無奈，只得將曹操昔日所賜，除赤兎馬外，所有累受金銀都封存於庫，將漢壽亭侯的印信懸於堂上，護嫂尋兄而去。關公這種不貪富貴，不忘舊義的精神，是爲後人崇拜的主因。

在此期間，作者更以三件小事，特意加强關公的忠義。其一是：曹操爲期獲得關公，特施計將關公和劉備的兩位夫人共處一室，希望他（她）們發生曖昧情事，叫關公日後無顏面對劉備。而關公却秉燭達旦，立於門外。其二是：某日曹操見關公身著舊袍，命人量準尺寸，製作錦袍一件相贈。關公穿上新袍，外面仍然罩著舊袍，曹操以爲他是節儉，關公却說：「某非儉也，舊袍乃劉皇叔所賜，某穿之，如見兄面，不敢以丞相之新賜而忘兄長之舊賜，故穿於上。」其三是：某次宴後，曹操見關公的座騎瘦小，便以往日呂布的名駒赤兎馬相贈，關公一再拜謝。曹操頗感不悅地說：「吾累送美女金帛，公未嘗下拜，今吾贈馬，乃喜而再拜，何賤人而貴畜耶？」關公說：「吾知此馬日行千里，今幸得之，若知兄長下落，可一日而見面矣。」（第二十五回）關公之忠義形象，就是作者這樣塑造出來的。

## 剛愎傲慢　喪師辱國

作者對關公的描寫，固是極盡美化之能，但是這部「七分眞實，三分演義」的說部，畢竟要對歷史負責，因而關公的若干瑕疵，作者也就無法爲之隱瞞了。

關公性格上的缺點是：驕傲自負，愛人恭維，以下數事足資佐證：其一是：劉備取得四川後，大封文武，拜馬超爲平西將軍。其時關公正在荆州駐防，聞知此言，就要到四川去與馬超比武，一較高低；其二是：劉備自晉漢中王後，曹操大爲不滿，卽聯吳討伐。諸葛瑾獻計於孫權說：「某聞雲長有一女尚未許字，某願往與主公世子求婚，若允，卽與雲長計議共破曹操，若不允，卽助曹操取荆州。」孫權從其謀，就命諸葛瑾爲使，前往說親，不意却被關公大罵一頓，說甚麼：「吾虎女安肯嫁犬子乎！不看汝弟之面，立斬汝首，再休多言！」將諸葛瑾逐回，以致失和東吳；其三是：劉備將關公、張飛、趙雲、馬超、黃忠等封爲五虎上將，他又怒而不肯受印說：「翼德吾弟也，孟超世代名家，子龍久隨吾兄，卽吾弟也，位與吾相並，可也。黃忠何等人，敢與吾同列，大丈夫終不與老卒爲伍！」後經費詩勸說：「將軍差矣，昔蕭何、曹參與高祖同舉大事，最爲親近，而韓信乃楚之亡將也，然信位爲王，居蕭曹之上，未聞蕭曹以此爲怨。今漢中王雖有五虎將之封，而與將軍有兄弟之義，視同一體；將軍卽漢中王，漢中王卽將軍也，豈與諸人等哉？」如此，關公方肯拜受印信；其四是：由於關公的驕傲自大，剛愎自用，終鑄大錯，導致蜀漢的滅亡。故事的背景是這樣：曹操派人聯吳伐蜀之際，孫權等正在籌謀，其時，陸口守將呂蒙恰好歸來，聞知此事，便向孫權表示：關公兵圍樊城，荆州空虛，可乘機襲之。孫從其言。可是呂蒙返回防地後，又發現關公於沿江高阜遍設烽火臺，原來荆州軍馬早有準備，難以進取。於是乃閉門思計，託病不出。陸遜來訪，知此情形，就獻計呂蒙，正可藉此託病請辭，以慢荆州軍心。呂蒙東返，並擧陸遜爲將，替守陸口。陸遜雖然有才，却無盛名，且陸遜履任後，又以卑躬態度，前來納禮拜訪，關公乃笑「仲謀見識短淺，用此孺子爲將。」自此無復有擾江東之意，而撤荊州之兵，去攻樊城。孫權却又暗中再拜呂蒙爲大都督，統兵喬扮商人，毀去沿江烽火，一舉襲得荊州。於是關公乃敗沔水，走麥城喪師身亡。而後便導致劉備不顧諫阻，誓要復仇，興兵七十萬，連營七百里，大敗於陸遜之手。張飛亦因趕製喪服，毆打士卒，爲部屬所害，蜀漢元氣從此大傷，喪師辱國，肇端於此，蜀漢敗亡，關公實爲罪魁禍首，否則，三國的歷史也許不是今天這般寫法了。

## 作者厚愛　有意美化

然而，關公是作者心中偏愛的人物，縱有瑕疵，也要設法沖淡，即使不能抹去性格上的缺點，何妨從人格上去求美化，所以關公降曹期間，作者不惜以許多瑣事着力一寫，而且於其死後又一再寫其顯靈，毋庸是美化人格，並使其神化也。

關公第一次顯靈，是被害後陰魂不散，到玉泉山，大呼「還我頭來。」老僧普靜是關公舊識，向關公的陰魂勸解說：「將軍爲呂蒙所害，大呼還我頭來，然則顏良、文醜，五關上將等衆人之頭，又將向誰索耶？」第二次顯靈，是孫權舉行慶功宴之際，呂蒙居然揪住孫權，大罵「碧眼小兒，紫髯鼠輩」，後又坐到孫權位上說：「我自破黃巾以來，縱橫天下三十餘年，今被汝一旦以奸計圖我，我生不能啖汝之肉，死當追呂賊之魂，我乃漢壽亭侯關雲長也。」說畢，呂蒙乃七孔流血而死。第三次顯靈是：孫權欲嫁禍曹操，着人將關公的首級送到洛陽。司馬懿識得孫權的詭計，就建議另以香木刻一身軀，以大臣之禮安葬。曹操然其計，就命吳使來見，呈上木匣，曹操命啓匣視之，見關公面目如昔，就笑說：「雲長別來無恙？」誰知一語未畢，關公竟口開目動，鬚髮皆張，駭得曹操驚倒於地，半晌醒來對衆人說：「關將軍眞天神也。」再也不敢開玩笑了。第四次是托夢於劉備：一日劉備夜臥不寧，秉燭看書，忽覺神思昏迷，便伏几而臥，室中一陣冷風，燭光滅而復明，抬頭見一人立於燈下，劉備問：「汝是何人？寅夜至吾內室？」其人不答，劉備驚疑，起而視之，但見關公於燈下往來躱避，劉備說：「賢弟別來無恙？深夜至此必有大故，吾與汝情同骨肉，因何廻避？」關公泣曰：「願兄長起兵以雪弟恨！」言畢，冷風驟起，關公不見。（以上四事均爲第七十七回）其後，關公又一次顯靈係陣戰之中救了關興與張苞。因爲歷史小說，史實俱在，不能大肆篡改，所以作者只好在美化人格上下功夫，以彌補他性格上的缺點，期使讀者對關公的敗亡，感到婉惜，而不損其敬意。

# 池魚之殃論周瑜

「大江東去，浪淘盡，千古風流人物。故壘西邊，人道是三國周郎赤壁。亂石崩雲，驚濤裂岸，捲起千堆雪。江山如畫，一時多少豪傑。遙想公瑾當年，小喬初嫁了，雄姿英發。羽扇綸巾，談笑間，檣櫓灰飛烟滅。故國神遊，多情應笑我，早生華髮。人間如夢。一尊還酹江月。」

這是蘇東坡的一首「赤壁懷古」，緬懷周瑜當年赤壁建功的事蹟。

在蘇東坡筆下，周瑜是「雄姿英發」的豪傑，是「羽扇綸巾」的風流雅士，而在史書中周瑜也是個「雅量高致」的人，不但對孫權執禮甚恭：「時，權位爲將軍，諸將賓客，爲尙簡；而瑜獨先盡敬，便執臣節。性度恢廓，大率爲得人。」就是對他輕藐的人，也能謙讓：「普頗以年長，數陵侮瑜。瑜折節容下，終不與較。普後自敬服，而親重之，乃告人曰：『與周公瑾交，若飲醇醪，不覺自醉。』時人以其謙讓如此。」在政治上，也是很有眼光的人，他曾上疏孫權，說：「劉備以梟雄之姿，而有關羽張飛熊虎之將，必非久屈爲人用者。愚謂大計，宜徙備置吳，盛爲築宮室，多其美女玩好，以娛其耳目，分此二人，各置一方，使如瑜者，得挾與攻戰，大事可定也。今猥割土地以資業之，聚此三人，俱在疆埸，恐蛟龍得雲雨，終非池中物也。」可是到了明代羅貫中的筆下，周瑜變了！變成一個心地狹窄，嫉賢妬才的人，屢欲殺害孔明，復又計害劉備和關羽，都未成功，結果反被孔明三氣而死！

周瑜到底是怎樣的人？前後史家和文人筆下的周瑜爲什麼會變？這是一個頗爲有趣的問題，值得我們來探討一下。

## 心懷韜略　成竹在胸

羅氏寫三國演義，於人於事，有很多主觀的褒貶，約而言之，是基於一種「心存漢室」的心理，所以筆調中充份顯出一種「尊劉抑曹」的濃厚色彩，因而連帶着東吳一方的人也受了貶抑。然而周瑜畢竟還是當世的大將，他的才華，就是以羅氏的筆墨也未能掩蓋。顯著的事例是：曹操興兵八十三萬，大驅江南，東吳舉國枕席難安，朝野沸騰，議論不一，武將主戰，文臣要降，孫權經孔明一番智激，好不容易才下定一戰的決心，但主降的文臣仍多反對，在此舉棋不定的時候，幸好憶及孫策的遺言：「內事不決問張昭，外事不決問周瑜。」因而周瑜奉召回都議事，朝野矚目，一時趨相拜訪、各抒己見的人絡繹不絕。從周瑜以下的應對，可見他是一個深具韜略，胸有成竹的人：

周瑜歸，喘息甫定，張昭、顧雍、張紘、步隲等四謀士卽來相探。張昭說：「曹操擁兵百萬，屯於漢上，昨傳檄文至此，欲請主公會獵於江夏。雖有相吞之意，尙未露其形。昭等勸主且降之，庶免江東之禍。不想魯子敬從江夏帶劉備軍師諸葛亮至此，彼因欲自雪憤，特下說詞以激主公。子敬執迷不悟，正欲待都督一決。」周瑜聞言問衆人說：「公等之見皆同否？」顧雍等說：「所識皆同。」周瑜便說：「吾亦欲降久矣，公等請回，明早見主公自有定議。」

少頃又報程普、黃蓋、韓當等一班戰將來見。程普說：「吾等自隨孫將軍開基創業，大小數百戰，方才戰得六郡城池。今主公聽謀士之言，欲降曹操，此眞可恥可惜之事。吾等寧死不降。望都督勸主公決計興兵，吾等願效死戰……。」周瑜便說：「吾正欲與曹操決戰，安肯投降？將軍等請回，瑜見主公自有定議。」

未幾，諸葛瑾、呂範等一班兒文官前來相候。諸葛瑾說：「舍弟諸葛亮自漢上來，言劉豫州欲結東吳共伐曹操，文武商議未定。因舍弟爲使，瑾不敢多言，專候都督來決此事。」周瑜問他：「以公論之若何？」諸葛瑾說：「降者易安，戰者難保。」周瑜笑道：「瑜自有主張，來日同至府下定議。」

諸葛瑾等甫退，又有呂蒙、甘寧等一班兒來見，有要戰者，有要降者，互相爭論。周瑜說：「不必多言，來日都到府下公議。」

周瑜對以上幾班訪客的應付，各各不一，表面上各遂其意，實際上，他是成竹在胸。

## 智賺蔣幹　兩次上當

赤壁鏖兵，三方動員人馬總逾百萬，規模之大，堪稱空前。其時，不但彼此兵多將廣，智謀之士亦羣聚輩出，各顯神通。蔣幹因見曹操苦於初仗失利，便自荐往說周瑜。緣蔣幹和周瑜有同窗之誼。周瑜知道蔣幹來意，便一語道破：「子翼良苦，遠涉江湖，爲曹氏作說客耶？」使得蔣幹只好支吾說：「吾久別足下，特來敍舊，奈何疑我作說客也？」蔣幹本想藉此告辭，周瑜却又將他留住，並大張筵席，使他會晤東吳文武。又請他參觀糧儲軍實，軍容隊伍，然後還要與他抵足而眠。蔣幹全在他的擺佈中，最後再令蔣幹竊走一封假信，使曹操中計誤殺了兩名水軍大將。是爲一賺蔣幹。

蔣幹的第二次上當，是在周瑜與黃蓋密謀苦肉計的時候。事情的引發與前因有關。原來曹操誤殺水軍都督蔡瑁、張允以後，爲了安撫僚屬，乃重用蔡瑁之弟蔡中、蔡和。二人因感於曹操之提拔，便獻計詐降東吳，黃蓋等人察知是計，便密謀也要以眼還眼，致書曹操，願意來降，並有甘寧作內應。曹操獲書正在疑慮不置之際，蔣幹爲了前此失策，欲要挽回顏面，便自請再往江東，一探虛實。周見蔣幹二次來訪，心中早有對策。見面先責以前次不告而別，繼則表示目前破曹操在卽，無暇接待，請他先赴西山暫住數日。而他却安排好龐統在此，誘蔣幹月夜去訪龐統。龐統一席牢騷，蔣幹信以爲眞，願意引荐，二人遂星夜投曹，龐統的連環計方始得售，曹操的戰船才被東吳燒得那麼慘。

蔣幹兩次來訪，都被周瑜善加利用，蔣幹原欲爲曹操建功，不意兩次被騙，誤事至大，對於這個規模龐大的會戰，註下了失敗的命運。

有人也許要問：蔣幹既然如此無能，曹操何以竟會畀此重任？實則蔣幹絕非泛泛之輩，根據正史的記載，他是一位儀表堂堂，能說善道，辯才獨步江、淮，無人爲對者，否則以曹營謀士之多，以曹操知人之明，何能兩膺重任？只是作者有心存「尊劉抑曹」的底蘊，其事曹事孫者，無人能免「池魚之殃」也。

## 作者偏心　孔明掠美

周瑜在長江督師破曹之際，也正是孔明甫行出山未久，隨劉備流亡江夏之時。此時劉備雖敗，但手下還有關、張、趙雲等數員大將，且孔明智賽子牙，謀勝張良，畢竟還是一枝具有實力的力量，孫權認爲仍有聯盟的價值，方將孔明請來共商禦敵大計，亮、瑜二人方能相聚。此期間，周瑜受命爲東吳主帥，運籌帷幄，指揮若定，正是他一生事業鼎盛最感得意的時候，然而，由於作者「心存劉漢」，總是周瑜每用計，都逃不過孔明的法眼；周瑜僞造一封假信，使蔣、曹中計，心中甚爲得意，使魯肅去探孔明知也不知，孔明却一語道破：「這條計只弄蔣幹……」草船借箭一事，正史無記載，三國志平話中，原是周瑜的傑作，到了演義中，却是孔明最風光的好戲；周瑜面對曹操强大的艦隊，認爲必須用火攻，方克奏效，孔明不待周瑜說出，又在手中寫了個火字；周、黃二人密定苦肉計，黃蓋被打得皮開肉綻，幾次昏絕，魯肅責作客的孔明爲何不說一句求情的話！孔明告以「子敬豈不知公瑾毒打公覆乃其計耶？如何要我勸他？」周瑜的一言一行，一計一謀，無不在孔明的意料中，而予周瑜揶揄最深者，莫過於：「愚有一計，並不勞牽羊擔酒，納土獻印，亦不須親自渡江，只須遣一介之使，扁舟送兩個人到漢上。操若得此二人，百萬之衆卸甲捲旗而退矣……亮居隆中卽聞操於漳河新築一臺，名曰銅雀、極其壯麗、廣選天下美女以實其中。操乃好色之徒，久聞江東喬公有二女，有沈魚落雁之容，閉月羞花之貌。操曾發誓曰：吾一願掃平四海，以成帝業；一願得江東二喬，置之銅雀臺，以樂晚年……將軍何不尋喬公，以千金買此二女，差人送與曹操……」大喬原是孫策之妻，二喬乃是周瑜之婦，孔明豈能不知？却拿這話來戲謔周瑜未免太刻薄了。

## 三氣難忍　一命嗚呼

周瑜的「雅量高致」，是被記於史籍的，「江表傳」：「幹還，稱瑜雅量高致，非言詞所間……」而在演義中却被寫成一個忌才量狹的人，數度欲殺孔明。

孔明初至江東，卽察出孫權有怯敵之心，要周瑜「以軍數開解，使其了然無疑」。周瑜往見孫權，果不出所料，周瑜便產生了欲殺孔明的念頭。暗忖道：「孔明早已料着吳侯之心，其計劃又高我一籌，久必爲江東之患，不如殺之。」次日諸葛瑾來訪，周瑜要他勸弟棄劉投孫，孔明不肯，又生恨念，設計要孔明領兵去斷曹操糧道，期假曹操之手，以殺孔明。不意反被孔明奚落了一頓：「吾水戰、步戰、馬戰、車戰各盡其妙，何愁功績不成，非比周郞止一能也……吾聞江南小兒謠言云：『伏路把關饒子敬，臨江水戰有周郞……。』」孔明並向魯肅說明：「公瑾令吾斷糧者，實欲使曹操殺吾耳。」又要魯肅規勸周瑜說：「目今用人之際，只願彼此同心，則功可成，如各相謀害大事休矣。」不意周瑜却愈堅殺害孔明之意，說：「此人見識勝吾十倍，今不除之，後必爲我國之患。」

周瑜欲殺孔明，可謂處心積慮，惜乎孔明智高一籌，卽如草船借箭的事，依作者的寫法，也是周瑜欲以此來陷害的，豈料又被孔明大大地出了一次鋒頭。周瑜屢欲殺孔明，孔明雖率皆應對於笑談之間，喜怒不形於色，心中豈能釋懷？遂也頻頻還以顏色，周瑜終被三氣而死！

這三氣是：第一氣是孔明以逸待勞，智取三城，掠取周瑜血戰的成果；第二氣是周瑜設美人計，要劉備到東吳招親，結果落了個：「周郎定計安天下，陪了夫人又折兵。」；第三氣是周瑜欲效「假途滅虢」之計，名收西川，實取荊州，又被孔明殺個大敗，以致箭傷崩裂而死。

周瑜本是一個「雄姿英發」的英雄，「羽扇綸巾」的雅士，「雅量高致」的君子，「心懷韜略」的名將，可是經羅貫中氏這麼一寫，却成了一個量狹忌才的失敗人物了，周瑜如地下有知，能不感歎乎！

# 論劉備的領導藝術

## 三分天下 豈是偶然

任何一個領袖人物的成功，重要因素之一必爲其在領導才能上表現了高度的藝術，這是古今中外人所不爭的事實。在我國的歷史中，此類事例更是難以枚擧，而其中最爲顯著的例子，便莫過東漢末年三國時的劉備了。

東漢自黃巾之亂開始，漢室天下已呈現出非常紊亂的局面，由於朝廷的無能，造成了天下諸侯各自爲政；或則擁兵自重，不受朝廷管治，或則野心勃勃，攻城略地，覬覦王朝。在我國兩千多年可考的信史中，此百年的局勢，可以比擬春秋、戰國，是最爲混亂複雜的了。

然而，混亂之世，却也正是文人競策、武人競技的最好時機，所以擧凡亂世，也必是人才最爲鼎盛的時候，戰國時如此，三國時亦復如此。

熟知三國故事者都知道：其時人才之輩出，直似秋夜晴空的繁星，熠熠放光，燦人眼目。在鼎足之勢未成以前，就人才濟濟，或爲忠臣義士、或爲謀士說客、或爲英勇名將。就中較爲傑出者，諸如冒死而諫的劉陶、陳耽，視死如歸的陳宮、高順，嚼舌罵曹的吉平，深識時務的陳珪、賈詡，卓著韜略的田豐、審配，誓死不降的沮受，巧設美人計的王允，草檄討曹的陳琳，刮骨醫毒的華佗，作法戲曹的左慈，能測天機的管輅，捨命收屍的王修，瀝血而諫的黃權、李恢，懸屍死諫的王累，抬櫬死戰的龐德，墮城殉職的王甫、三讓徐州的陶謙等等，至於英勇無雙，雖劉、關、張三人聯手猶不能勝的溫侯呂布，更是鼎鼎大名的了。

東漢三分以後，人才更是接踵輩出，北魏方面的文臣武將便有李肅、許攸、辛毗、荀彧、荀攸、郭嘉、程昱、楊修、劉曄、孔融、滿寵、許褚、典韋、張遼、徐晃、夏侯淵、張郃、司馬懿等人，東吳亦人才不弱，計有孫策、周瑜、魯肅、張昭、張紘、顧雍、闞澤、步騭、趙咨、諸葛瑾、太史慈、呂蒙、陸遜、黃蓋、周泰等人。此等文臣無不精通韜略、善設奇謀，武將莫不勇猛異常、豪氣干雲，環顧如此人才濟濟之世，而劉備乃布衣出身、「織履小兒」，既無分封的疆土，亦無財力與武力，僅憑赤手空拳，竟能爭得三分天下，豈是偶然！

衆所週知，劉備的三分天下是得自諸葛亮獻策用計、運籌帷幄，如果沒有諸葛亮的大力輔佐，劉備早已爲時代的巨浪所吞噬而與草木同朽了。

## 諸葛孔明　不世奇才

諸葛亮是不世的奇才，文能安邦治國、內政修明，作到夜不閉戶，道不拾遺，他是傑出的政治家；能著書立說，文章富麗，義薄雲天，前後出師表爲千古不朽的名作，他是卓越的文學家；盱衡天下大勢，算定天下三分，主張聯吳伐魏的外交政策，他是精明的外交家；領兵作戰，率皆以寡敵衆，以少勝多，出奇謀、用奇兵、佈陣勢、令人聞風喪膽，他是不世的軍事家；發明木牛流馬，解決運輸困難，他是偉大的發明家；善知天文地理，能算陰陽八卦，他是天文星象家；初渡東吳，舌戰羣儒，勸說孫權周瑜發兵，他是個雄辯家；運用謀略借得荊州，又用謀略拖延不還，他是個謀略家；他算定魏延久後必反，生前定下除魏之計，可謂神算家；借得東風，火燒戰船，他是能呼風喚雨的仙家。而這種奇才能爲劉備所用，並且「鞠躬盡瘁，死而後已」。何能臻此？使我們不能不佩服劉備領導才能的卓越。

為領袖者，如能才識恢宏，高瞻遠矚，固然可喜，若非才高學富，也不足憂，蓋為領袖者如何識才、愛才、用才最為重要，劉備本身，並不是個才識恢宏的人，而他在人才的領導和運用方面，却具匠心，許多事例堪資證明。

## 劉備慧識　常山趙雲

首以趙雲為例。

劉備底定西川後，曾拜關、張、趙、馬、黃等五人為五虎上將。此五人個個武藝高强自不在話下，然若細加品評，堪稱翹楚者，則非趙雲莫屬，蓋趙雲不僅一介武夫，擅長征戰殺伐而已，他還是一個重倫理、具德操的人。有一次諸葛亮命他去攻打桂陽，太守趙範不敵，請降，因屬同鄉、同宗，結為兄弟。趙範邀雲入衙飲宴，酒至半酣，範復邀雲入後堂深處，洗盞更酌，雲飲微醉，範忽請出一婦人，與雲把酒。趙雲見婦人身穿素服，却有傾城傾國之貌，乃問道：「此何人也?」範曰：「家嫂也。」趙雲卽改容相敬。婦人辭去後，趙雲對趙範曰：「賢弟何必煩令嫂出來擧盃?」趙範笑道：「中間有緣故，乞兄勿阻，先兄棄世已三載，家嫂寡居，終非了局，弟常勸其改嫁，嫂曰『若得三事兼全，我方嫁之，第一要文武雙全，名聞天下，第二要相貌堂堂，威儀出衆，第三還要姓趙……』」，趙雲聞言，大怒而起，厲聲斥道：「吾旣與汝結為兄弟，汝嫂卽吾嫂也，豈可作此亂倫之事！」後諸葛亮聞知此事，也對趙雲說：「此亦美事，公何如此？」趙雲說：「趙範既與某結爲兄弟，今若娶其嫂，惹人唾駡，一也；其嫂再嫁，便失大節，二也；趙範初降，其心難測，三也。主公初定江漢，枕蓆難安，豈可因一婦人而廢大事？」由是難怪劉備要讚他「子龍眞丈夫也！」

另一事例是：劉備定益州後，大賞功臣，欲將成都有名良田華厦分贈諸官，趙雲諫道：「益州人民，屢遭兵火，田宅皆空，今當歸還百姓，令安居復業，民心方定，不宜奪之爲私賞也。」

諸葛亮初伐中原，在西城一役，險用空城之計後，幸得趙雲及時歸來救援，才得化險爲夷，諸葛亮遂賞黃金五十斤予趙雲，又取絹一萬匹賞其部卒，趙雲辭道：「三軍無尺寸之功，某等俱各有罪，若反受賞，乃丞相賞罰不明也，且請寄庫，候今冬賜與諸軍未遲。」諸葛亮乃歎曰：「先帝在日，常稱子龍，今果如此。」由此俱見趙雲不但是名將，抑且不貪財、不好色、重倫理、具德操，難怪劉備在未得趙雲以前，每每相遇，總是依依不捨，洒淚相別，劉備果有識人之明也。

## 徐元直走馬荐諸葛

劉備之愛才，非此一端。昔兵敗汝南，亡命新野時，偶遇司馬徽，說：「天下奇才，盡在於此，伏龍鳳雛，得一可安天下。」劉備聞言，即頻頻追問：「人才安在？伏龍鳳雛果是何人？」

後得徐庶，惜旋被曹操以僞書騙走，我們且看劉備餞別徐庶的情景，便可證明劉備是如何愛惜人才了。

玄德請徐庶飲酒，庶曰：「今聞老母被囚，雖金波玉液，不能下咽矣！」玄德曰：「備聞公將去，如失左右手，雖龍肝鳳髓，亦不甘味。」二人相對而泣，坐以待旦。次日玄德與徐庶並馬出城，至長亭，下馬相辭。玄德擧盃謂徐庶曰：「備分淺緣薄，不能與先生相聚，望先生善事新主，以成功名。」庶泣曰：「某才微智淺，深荷使君重用。今不幸半途而別，實爲老母故也。縱使曹操相逼，庶亦終身不設一謀。」玄德曰：「先生旣去，劉備亦將遠遁山林矣。」庶曰：「某所以與使君共圖王霸之業者，恃此方寸耳，今以老母之故，方寸亂矣，縱使在此，無益於事。使君宜別求高賢……」徐庶又向送行諸將說：「諸公善事使君，以圖名垂靑史，切勿效庶之無始終也。」諸將無不傷感。玄德不忍相別，送了一程，又送一程。庶再辭曰：「不勞使君，就此告別。」玄德執手曰：「先生此去天各一方，未知相會却在何日！」說罷，淚如雨下。徐庶涕泣別去，玄德立馬於林畔，看徐庶匆匆而去，凝淚而望，却被一樹林隔斷，玄德以鞭指曰：「吾欲盡伐此處林。」衆問何故？玄德曰：「因阻吾望徐元直之目也。」

由於劉備對徐庶愛惜之深，所以徐庶才去而復返，擧薦諸葛亮於劉備，聊表答報之意。

## 三顧茅廬 千古佳話

三顧茅廬，更是求才禮賢最典型的例子。劉備偕關、張，兩訪諸葛，皆不得見，諸葛亮非不知也，故不見也。第三次來訪，天降大雪，却又故意高臥，皆在試其誠意。

諸葛亮允事劉備，是劉備時運最爲舛馳之際，其時，曹操已掃除華北各地諸侯，擁有河南以北的廣大幅員，孫權在江東也擁兵數十萬，據有八十一郡。劉備却四處逃竄，猶無棲身之所。憑諸葛亮的才華，若事曹、孫，不愁不會重用的，但諸葛亮却高臥隆中，等待求賢的人，而且直待三求，才肯出山，這充分說明了讀書人的名士性格，不但非求不往，若求之不恭，亦不往也。劉備三顧茅廬於諸葛，留爲千古佳話，樹立了禮賢下士的典範，而他這三顧的代價也是值得的。

劉備昔訪諸葛亮於隆中時，諸葛亮將天下大勢很仔細地分析：曹操擁有中原的實力，孫權據有江東之險要，劉備所能得到者，爲西川一帶的三分天下。其外交政策應聯吳伐魏，他所言所料，絲毫不爽，次第實現。但劉備死後，諸葛亮却六出祁山，九伐中原，何也？他不是不知道這是勞而無功的事，然而，他亦深知，唯獨以攻爲守，才能保有西蜀的疆土，否則是無法偏安。以諸葛亮之明，何以作些「知不可爲而爲」的事呢？我們看看他在出師表中所說的那段話，就可以了解一位士子的心境了。

「臣本布衣，躬耕南陽，苟全性命於亂世，不求聞達於諸侯。先帝不以臣卑鄙，猥自枉屈，三顧臣於草廬之中，咨臣以當世之事，由是感激，遂許先帝以馳驅……。」

諸葛亮係死於食少事繁，曾有人力勸勿親理細事，諸葛亮泣曰：「吾非不知，但受先帝託孤之重，惟恐他人不似我盡心也。」這眞是「士爲知己者死」的寫照。

## 龐統禰衡　長才未展

諸葛亮爲世之奇才，固爲不爭的事實，但與其伯仲者却也並非無人。昔司馬徽向劉備薦才時說「伏龍鳳雛，得一人可安天下。」足見龐統才智不在諸葛之下。赤壁之役，如果沒有龐統的連環計，曹操的八十三萬大軍，何致一敗如此。但龐統的際遇沒有諸葛亮那麼好，孫權不予借重，劉備(因不知他卽鳳雛先生)也只委以耒陽縣令。龐統不樂，終日醉酒，不理縣政。劉備得知卽命張飛偕孫乾前去一查究竟。上使蒞境，龐統果然宿醉未醒，張飛見責，他却聲稱並未廢事，旋命升堂，將半年積案，一一審理，口中問答，手中疾書，疑難皆斷，曲直分明，一無隕越。使得張飛孫乾不得不服。

諸葛亮在「前出師表」中說「許先帝以馳驅」，是報答先帝之殊遇，而龐統不曾有此赤忱者，乃是由於劉備不曾予以殊遇也。

另外還有一個更爲尖銳的例子，那便是禰衡。

禰衡是孔融向獻帝舉薦的人才。獻帝將薦表交與曹操。曹操召見，禰衡禮畢，竟不命坐，此舉大大地損傷了禰衡的自尊，就將曹操當面諷辱了一場，曹操爲了報復，就命他於來日盛宴中充當鼓吏，禰衡却於大庭廣衆中赤身露體，演出一段擊鼓罵曹的故事。較龐之名士心態更有過之也。

劉備初屈龐統，在他用人方面，是一瑕疵，然而却不能因此一筆抹殺劉備的知人善用。例如他對馬謖之認識就高於諸葛亮。劉備於白帝城託孤之際，身爲參軍的馬謖本侍在側，劉備命馬謖退出後問諸葛亮說：「丞相觀馬謖之才如何？」諸葛亮說：「此人亦當世之英才也。」劉備却說：「不然，朕觀此人言過其實，不可大用。丞相宜深察之。」諸葛亮未深記斯言，以後果有失街亭之慘敗，而不得不揮淚斬馬謖了。

## 知人容人　愛才敬才

人才的定義有廣義狹義之分，就廣義言，「天生我材必有用」，任何具有一技之長的人都可謂之人才。就狹義言則須才識卓越、出類拔萃者，才能算是人才。

假如我們承認有上帝的話，上帝造人，却非十全十美，舉凡性格和順、服從勞怨的人，多半都屬常才和庸才，此等人如土坏泥漿，塑圓塑方，悉聽尊便。眞正的人才則不然，必有理想抱負以及强烈的自尊，要他們委屈性格，拋棄尊顏，是很困難的事，陶淵明不願爲五斗米折腰，卽是一個最好的例子。「大丈夫頭可斷血可流，志不可辱」卽此之謂。不過，如果用之得當，領導得法，也未嘗不可以得到「士爲知己者死」的回饋。諸葛亮受劉備託孤之時，叩頭流血，誓死相酬，也是一則顯例。

一個社會的組合，「常才」乃爲主要構成份子。蓋此輩「常才」有任勞任怨的天性，有服從敬業的美德。他們也許有些金錢物質的慾望，却必未具有强烈的領袖慾望，這是易於統御領導的一羣。但是，一個社會的進步，國家的强盛，則有賴於人才的研究創造、建立事功。故人才方是社會進步的動力，强國固本的核心。因而如何善用人才、領導人才、實爲各界領袖、各方首長所應共同必修的課目。

劉備並不是每科成績都很優秀的學生，唯獨在「統御領導」這門學科却拿了高分，他縱然才不高，學不富，憑赤手空拳，在羣雄環視之下，竟然也能爭得三分天下，唯一可以解釋的，就是他能知人、用人、容人，惜才、愛才、敬才如此而已矣。

# 論劉備的哭和曹操的笑

一個作家用以描寫人物性格的方法很多，殊難詳細列舉。就三國演義而言，羅貫中曾藉「哭」與「笑」兩種形象，來形容劉備與曹操的性格與人格。

哭與笑，都是人類用以表現情緒和情感的一種形象。它的種類很多，一般而言，舉凡人類遇到悲慟哀傷的事故，往往會情不自禁，訴之以哭。哭過一陣以後，由於此種情愫得以發洩，心境就會平靜得多。所以愈是感情豐富，或情感脆弱的人，都易哭都愛哭。基於哭率係悲由衷來的生理與心理現象，所以哭，常易博得別人的憐憫與同情。笑則反是。笑，多半是導於一種欣悅情緒的渲發，同樣屬於人類生理和心理的一種活動現象。就一般常情而論，哭與笑並不足表徵某人的性格和人格。但是哭有多種，有眞哭、僞哭、嚎啕大哭和低聲飲泣，不一而定。笑的種類更多，有狂笑、奸笑、冷笑、苦笑、嘲笑、陰笑、竊笑、僞笑、傻笑等等，其笑貌迥異，是基於心態不一。笑給人的感覺有屬於歡愉方面的正面效果，也有屬於厭惡方面的反面效果。作者就是基於此一原則，巧妙地加以運用。

一位作者對一部作品的經營，均須經過籌畫構思的步驟，愈是成就偉大的作品，作者在這方面花費的心力愈多。本書作者經營這一演義說部，其人物與事蹟，雖不能向壁杜撰，然既屬演義，自然還是有些創作的自由。因而作者在構思的階段，已經決定要把劉備塑造成一個仁慈寬厚的君主形象，把曹操塑造成一個奸詐陰險的梟雄形象。其中方法手段之一，便是藉哭與笑來刻畫之。

書中寫到劉備的哭，約有十次之多。第一、二次是見到趙雲，因愛其才，未能爲用，分別之際，牽手而泣。第三次是因張飛爲失劉備眷屬，愧不欲生，拔劍自刎之際，被劉備奪下劍來，擲之於地而大哭。第四次是三顧茅廬敦請孔明出山，以圖覇業，孔明不允，劉備淚沾袍袖，衣襟盡濕。第五次是長板坡一役，與趙雲及妻小重逢，悲喜交集而泣。第六次是孫權命魯肅來索討荆州，劉備聞言，掩面大哭，聲聲不絕。第七、八次是關羽之死，頻頻哭得氣絕於地，而且一日三番五次，並不進飲食。第九次是因聞獻帝遇害，而痛哭數日。大概哭得最厲害的一次要數張飛之死。張苞和關興兩位穿著孝服前來報喪，劉備見此情景，不禁以頭叩地，哭得死去活來，數次昏絕於地。總之，劉備是善哭愛哭的，歸納他哭的原因，不外是或爲愛才求才、或爲兄弟之情、或爲君臣之義、或爲江山社稷，沒有一次是爲自己而哭，每次都哭得很冠冕堂皇。他的哭充分表現了他心腸的慈悲，顯示出他人性的光輝。縱然有人譏笑說：「劉備的江山是哭出來的。」畢竟他還是博得讀者普遍的憐憫、同情、讚賞。作者於此所耗的筆墨，沒有白費。

回頭我們再看看，作者如何以相同的邏輯，用哭與笑來描寫曹操的性格和人格。

劉備以哭見稱，曹操則以笑見稱，所以且先從曹氏的笑談起。曹操的第一笑，是撫掌大笑，出於演義的第二回。其時正是十常侍專權作亂之際，朝臣莫不以此為憂，一日何進與陳琳正在為此爭論不休；何進擬假外臣之力，以消滅之，陳琳則期期以為不可。旁邊忽有一人撫掌大笑曰：「此事易如反掌，何必多議！」衆人視之，乃曹操也。曹操的此笑，固然顯示了他的胸有成竹，卻也顯示他的恃才傲世。而尤有進者，在第四回中則更為顯著：原來東漢末年朝綱不振，先是十常侍專權作亂，後來十常侍得除，不想前門驅走豺狼，後門又進來了虎豹；不意董卓的專橫淫亂，較前更有過之。所以司徒王允又憂心如焚，一日在宅第中宴請羣臣，掩面而哭，衆人問他：「司徒貴誕，何故發悲？」王允說：「今日並非賤誕，因欲與衆位一敍，恐董卓見疑，故託言耳。董卓欺主弄權，社稷旦夕難保……此吾所以哭也。」於是衆官皆哭。座中一人獨撫掌大笑曰：「滿朝公卿，夜哭到明，明哭到夜，還能哭死董卓否？」曹操的此笑，更是目中無人了。曹操的第三笑，是於濮陽兵敗，中了陳宮之計以後，衆將拜伏問安，曹操卻仰面而笑曰：「誤中匹夫之計，吾必當報之。」這一笑，是陰險的奸笑了，與前又有不同。再一次，是一次狡猾的笑。事出第二十回。其時呂布勢敗，被曹操斬首，呂布猶貪生想要劉備說情，劉備未允，呂布乃責劉備說：「是兒最無信者，大耳兒不記轅門射戟時耶？」張遼則大聲呼曰：「呂布匹夫，死則死耳，何懼之有！」曹操見張遼好生面善。張遼說：「濮陽城中曾相遇，如何忘卻……可惜當日火不大，不曾燒死你這國賊！」曹操大怒，說：「敗將安敢辱吾！」說著持劍就要親殺張遼。張遼卻引頸待殺，面無懼色。劉備關羽急爲求免，曹操乃擲劍於地而笑曰：「我亦知文遠忠義，故戲之耳。」這一笑又別有不同了。此外，曹操的笑，還屢見書中，每每代表一種心態，難以一一枚擧。而作者別有用心的着力一寫曹操的三笑，是出於第五十回。事爲赤壁鏖兵，曹操大敗，亡命於烏林宜都一帶，曹操於馬上仰面大笑不止，諸將問曰：「丞相何故大笑？」曹操說：「吾不笑別人，單笑周瑜無謀，諸葛亮少智，若是吾用兵之時，預先在這裏伏下一軍。爲之奈何？」說猶未了，趙子龍卽大呼而出：「我趙子龍奉軍師將令在此等候多時了。」後來逃至南彝陵途中，一行殘兵敗將正在歇息造飯，曹操坐於疏林之下，又仰面大笑。衆官又問：「適來丞相笑周瑜諸葛亮，引惹趙子龍來，又折了許多人馬，如何又笑？」曹操說：「吾笑周瑜諸葛亮畢竟智謀不足，若是我用兵時，就這個去處，也埋伏一彪軍馬，以逸待勞，我等縱然脫得性命，也不免重傷矣。彼見不到此，我是以笑之。」這一說笑間，忽然又來了燕人張翼德，橫矛立馬於前，大叫道：「操賊那裏走！」後來逃到華容道，曹操在馬上又揚鞭大笑。衆將問：「丞相何又大笑？」曹操說道：「人皆言周瑜諸葛亮足智多謀，以吾觀之，到底是無能之輩。若使此處伏一旅之師，吾等皆束手受縛矣。」言未畢，卻出現了持靑龍刀，騎赤兔馬的關雲長！曹操每笑，每出洋相。這是作者以諷刺的手法，寫曹操的三次慘笑。筆者引述於此，聊博讀者一次會心的微笑。

關於曹操的哭，演義中也出現過數次。第一次是因愛將典韋之死，他哭而奠之說：「吾折長子、愛將、俱無深痛，獨號泣典韋也。」第二次行軍在襄陽淯水間，忽然馬上放聲大哭。衆人驚問其故？曹操說：「吾思去年於此地折了吾大將典韋，不由不哭耳！」第三次是因謀士郭嘉之死，曹操大哭曰：「奉孝死，乃天喪吾也，諸君年齒，皆孤等輩，惟奉孝最少。吾欲託以後事，不期中年夭折，使吾心腸崩裂矣！」第四次是華容獲生之後，曹操在三笑之餘，忽仰天大慟，搥胸大哭，衆謀士說：「丞相於虎窟中逃難之時，全無懼怯；今到城中，人已得食，馬已得料，正須整頓軍馬復仇，何反痛哭？」曹操說：「吾哭郭奉孝耳！若奉孝在，決不使吾有此大失也！哀哉，奉孝！痛哉，奉孝！惜哉，奉孝！」此數次之哭，也都是因爲愛才、失才、惜才而發。但由於曹操平日在言談間，率多傲笑、冷笑、狂笑、奸笑，而形成了一種愛笑——而非善意的笑——的形象，所以他爲喪典韋和郭嘉的痛哭，便不爲世人所重視，這種人性的光輝卻較劉備黯淡了許多。

哭與笑，都是人類生理心理表徵的一種，作家們藉此以爲媒介，對人物性格和人格描寫得如此深刻者，羅貫中氏堪稱此中之翹楚也。

# 從文人心態看三國的狂士

三國演義是我國古典通俗文學中最成功的一部巨著，讀者之多，聽衆之廣（此書首由「說三分」之講史演繹而來），在我國的文學作品中可謂無出其右者，說它是「家喻戶曉、婦孺皆知」絕非溢美。歷來學者，評析本書的價値、技巧及人物者甚多，然所評人物大多以劉備、曹操、孔明、關羽等人爲對象，若干着筆不多而很傑出的人物，如禰衡和龐統，就很少被人談到。

禰衡出於演義的第二十三回，是作者以極少的筆墨，描寫得最爲成功的人物之一。他結怨於曹操，是緣於曹操待他的慢賢無禮。

禰衡與孔融是好友，孔融因敬禰衡之才，特地上表舉薦於漢靈帝。靈帝將表付予曹操，曹操即着人召見禰衡。禰衡到來，施了見面之禮，曹操竟不命坐，禰衡深感曹操慢賢無禮，太不給他面子，大大地傷害了名士的自尊心，就仰天而歎說：「天地雖濶，何無一人也。」曹操說：「吾手下有數十人皆當世英雄，何謂無人？」禰衡說：「願聞。」曹操說：「荀彧、許攸、郭嘉、程昱機謀深遠，雖蕭何、陳平不及也；張遼、許褚、李典、樂進勇不可當，雖岑彭、馬武不及也；

呂虔、滿寵爲從事；于禁、徐晃爲先鋒；夏侯惇天下奇才，曹子孝世間福將，安得無人？」禰衡冷笑說：「公言差矣。此等人物吾盡識之：荀彧可使弔喪問疾，荀攸可使看墳守墓，程昱可使關門閉戶，郭嘉可使白詞念賦，張遼可使擊鼓鳴金，許褚可使牧牛放馬，樂進可使取狀讀詔，李典可使傳書送檄，呂虔可使磨刀鑄劍，滿寵可使飲酒食糟，于禁可使負板築牆，徐晃可使屠豬殺狗；夏侯惇稱爲『完體將軍』，曹子孝稱爲『要錢太守』，其餘皆是衣架，飯囊，酒桶，肉袋耳！」曹操怒道：「汝有何能？」禰衡說：「天文地理，無一不通，三教九流，無所不曉；上可以致君爲堯舜，下可以配德於孔顏。豈與俗子共論乎！」

當時只有張遼在側，便擬掣劍殺他，曹操制止說：「吾正少一鼓吏，早晚朝賀燕享，可令禰衡充此職。」

二人一來一往，可謂針鋒相對。不意禰衡竟不推辭，因而便演出了一場擊鼓罵曹的精采故事。

第二天，曹操於省廳之中，大宴賓客，席間就命禰衡撾鼓。依照慣例，禰衡應該更換鼓吏的制服，而禰衡卻故意穿着一身破舊前來。禰衡擊鼓三通，果然好鼓，一腔慷慨積愫盡洩於鼓聲之中；音節殊妙，淵淵有金石之聲，聽者無不流淚動容。三通已罷，左右喝斥：「何不更衣！」禰衡就當着衆人將衣服一件件地脫下，全身赤裸，一絲不掛，然後才將鼓吏的制服慢慢穿上，顏不動，色不變。曹操責他：「廟堂之上，何太無禮！」禰衡說：「欺君罔上，乃謂無禮！吾露父母之形，以顯清白之體耳！」曹操說：「汝爲清白，誰爲汚濁？」禰衡說：「汝不識賢愚，是眼濁也；不讀詩書，是口濁也；不納忠言，是耳濁也；不通古今，是身濁也；不容諸侯，是腹濁也；常懷篡逆，是心濁也！吾乃天下名士，用爲鼓吏，是猶陽貨輕仲尼，臧倉毁孟子耳！欲成王霸之業，而如此輕人耶？」

禰衡這席罵曹的話，實在痛快淋漓。作者只用些許筆墨，將曹操的傲賢慢士、及禰衡狷介不屈，描寫得何等生動？且曹操不即殺禰衡，而欲假劉表之手殺之，益見其奸，一筆點染，也昭然若揭。

禰衡之出，是因孔融的舉薦。孔融是漢之時彥，一代名儒，竟稱禰衡高己十倍，則禰衡之才當可想見。可惜有才華的讀書人，都太狂狷剛烈。曹操對禰衡固然傲慢無禮，而禰衡對曹操的反諷，也算極盡刻薄了。這種狂傲的行徑是殊難見容於世的，儘管劉表未爲曹操所利用，沒殺禰衡，後來還是爲黃祖所殺。對於這樣一位才華卓絕人物之死，後世讀者的感歎，又豈止限於他一人的命運？

除了禰衡以外，三國還有一位謀士，才智性格亦與禰衡相近，只因他的命運沒有這麼悲慘，予人的印象便沒有這麼深刻；這人便是與伏龍齊名的鳳雛先生龐統是也。

昔日劉備奔走天下，初創基業，廣求賢士之時，司馬徽曾向劉備說：「伏龍、鳳雛兩人得一，可安天下。」龐統之才並非謬傳，赤壁之役，曹操的龐大艦隊，就是燬於他的連環之計。可惜他沒有孔明那麼幸運，受到三顧的禮遇。雖在周瑜死後被魯肅舉薦於孫權，孫權卻因其貌醜而不見用。龐統只得前去投效劉備，惜乎劉備也忘了當年司馬德操之言，亦因貌取人，不肯重用，只命龐統去耒陽充一縣令。龐統自覺委屈，本想以才學動說，以孔明不在，也就只好權且屈就，前往耒陽去了。但他到任之後，終日沉於醉鄉。人報劉備。劉備即令張飛、孫乾二人前往視察，着其就便究問。張孫二人到了耒陽，軍民官吏都出城迎接，獨不見縣令。張飛因問「縣令何在？」同僚回禀說：「龐縣令自到任及今，將百餘日，縣中之事，並不理問。每日飲酒，自旦至夜，只在醉鄉。今日宿酒未醒，猶臥不起。」張飛大怒，到了縣衙，着令來見。龐統衣着不整，方扶醉而出。張飛怒責道：「吾兄以汝爲人，令作縣宰，汝焉敢盡廢縣事！」龐統笑道：「將軍以吾廢了縣中何事？」張飛說：「汝到任百餘日，終日在醉鄉，安得不廢政事？」龐統表示：百里小縣，些小公事，何難決斷？請張飛少坐，待他發落，就命公吏將所有案卷取出，各干人犯帶齊。他手中批判，口中發落，耳內聽詞，曲直分明，並無分毫差錯，不到半天，就將百多天的公事辦理完畢。然後投筆於地，對張飛說：「所廢之事何在……。」

龐統是另一種狂士的形態，惟其狂傲的程度不及禰衡，所以命運不似禰衡那麼不濟，（龐統後係戰死於落鳳坡）不過作者寫這兩位狂士時，心中的悲憫則一，而與他寫劉備三顧茅廬於孔明的心境，就有天壤之別了；讀書人所嚮往的，是明主的賞識和禮遇。孔明之所以「受任於敗軍之際，奉命於危難之間」，知其不可爲而爲，是基於「三顧臣以草廬之中，咨臣以當世之事，由是感激，遂許先帝以馳驅」（前出師表）。這是文人心態的一種。如其不能遇到英明之主，受到賞識和禮遇，或則寧可終老林泉，或則以生命作抗議；這便是禰衡的例子。讀書人的心態，羅貫中先生該是了解最深刻，而又描寫最深刻的了。

# 論三國中傑出的女性

三國演義是一部以描寫帝王將相政治軍事生活的歷史小說，用於描寫女性的筆墨不多，但着筆之處，却率皆可圈可點。作者以最簡練的手法，勾勒出一幅幅賢母、節婦、烈女的畫像，較諸鬚眉，毫不遜色。

## 巧施美人計　貂蟬賽西施

第一位與讀者見面的傑出女性是貂蟬。

貂蟬在史籍中並無可考，可能是作者杜撰的人物。然而她的事蹟却比美於春秋時的西施，是一位不亞鬚眉的勇敢女性，同樣膺負着拯救國家命運的重任，由於她的勇敢、機智、奉獻、犧牲，終於完成一項偉大的任務——離間董卓與呂布。

東漢末年，董卓擁兵自重，挾天子以令諸侯，禍國日亟，篡逆之心日益顯著，有識之士，無不憂心如焚。再加呂布相助，更是如虎添翼，不可一世。一日，司徒王允赴董卓之宴歸來，眼見董卓與呂布義父子狼狽爲奸，不禁仰天垂淚。無意間發覺家中的歌伎貂蟬也在長歎，因問其故，原來貂蟬竟也憂於國事。王允眼見這年輕貌美的貂蟬，忽然計從心來，就將貂蟬延入畫閣，居中而坐，納頭便拜。嚇得貂蟬驚惶不已，也拜倒於地，說：「大人何故如此？」王允說：「請汝可憐大漢天下生靈！」說罷淚如泉湧。貂蟬說：「適間賤妾曾言，但有使令，萬死不辭。」王允仍跪在地上說：「百姓有倒懸之危，君臣有壘卵之急，非汝不能救也。賊臣董卓，將欲篡位，朝中文武，無計可施。董卓有一義兒，姓呂名布，驍勇異常，我觀二人皆好色之徒，今欲用連環計，先將汝許嫁呂布，後獻董卓。汝於中取便，諜間他父子反顏，令布殺卓，以絕大惡，重扶社稷，再立江山，皆汝之力也，不知汝意如何？」貂蟬慨然允諾說：「妾許大人萬死不辭，望卽獻妾於彼，妾自有道理。」王允拜謝不已。次日就將家中明珠數顆，命巧匠製配金冠一頂，獻與呂布。呂布來謝，王允復款以美酒佳餚，並說：「方今天下別無英雄，惟有將軍耳，允非敬將軍之職，實敬將軍之才也。」恭維得呂布大喜不禁。酒至半酣，王允又向左右說：「喚孩兒來。」少時，貂蟬艷裝而出，呂布驚問何人？王允說：「小女貂蟬也。允蒙將軍錯愛，不異至親，故令其與將軍相見。」旋命貂蟬勸酒，並說：「孩兒央及將軍痛飲幾盃，吾一家全靠着將軍哩。」呂布請貂蟬就坐，貂蟬僞意欲入，王允又說：「將軍吾之至友，孩兒便坐何妨？」貂蟬便坐於呂布身旁，二人眉目傳情。王允因向呂布說：「吾欲將此女送與將軍爲妾，還肯納否？」呂布喜不自勝地說：「若得如此，布當效犬馬之報。」王允說：「早晚選一良辰，送至府中。」又說：「本欲留將軍止宿，恐太師見疑。」呂布便再三拜謝而去。過了幾日，王允在朝堂見了董卓，趁呂布不在，又邀請董卓到他家中赴宴。董卓次日如約而至，王允在席間捧觴稱賀說：「允自幼頗習天文，夜觀乾象，漢家氣數已盡，太師功德，據於天下，若舜之受堯，禹之繼舜，正合天心人意。」恭維得董卓喜樂陶陶。王允又說：「敎妨之樂，不足供奉，偶有家伎，敢使承應。」遂命貂蟬出來，先舞後歌。貂蟬歌舞雙絕，董卓讚賞不已。又命把盞，董卓更是神昏飄蕩。王允見狀就說：「欲將此女獻上太師，未審肯容納否？」董卓稱謝再三。王允就命人備車將貂蟬送入相府，途中恰好被呂布遇見，就一把揪住王允，說：「司徒既以貂蟬許我，今又送與太師，何相戲耶！」王允將呂布延入府中，說：「將軍原來不知，昨日太師在朝堂中對老夫說：『我有一事，明日要到你家。』飲酒間又說：『我聞你有一女，名喚貂蟬，已許吾兒奉先，我恐你言未准，特來相求，並請一見。』老夫不敢有違，隨引貂蟬出拜公公。太師說：『今日良辰，吾卽當取此女回去，配與奉先。』將軍試思，太師親臨，老夫焉敢推阻？」

呂布是個粗魯的人，不知此中有計。而貂蟬自入相府後，一面儘量承歡董卓，奉侍無微不至，一面又向呂布頻送秋波，眉目寄情，款吐心曲，於是這兩人終於反目成仇，呂布作了劊子手，殺了董卓。貂蟬在這一段故事中扮演了重要脚色，機警、伶俐、有膽識、有見地。作者在她身上用筆不多，而一個女中英豪的形象，簡單數筆就勾勒出矣！

## 徐庶有賢母 流芳垂千古

劉備在未得諸葛亮前，曾一度得徐庶相助。庶有奇才，屢次大破曹兵。曹操得知徐庶才華卓絕，不能爲用，因歎道：「惜乎賢士歸於劉備，羽翼成矣，奈何？」謀士程昱遂獻計道：「徐庶雖在彼，丞相要用，召來不難。庶爲人至孝，幼喪其父，只有老母在堂，現今其弟徐康已亡，老母無人侍養。丞相可使賺其母至許昌，令作書召其子，則徐庶必至矣！」曹操從其計，不日取徐母至。因謂徐母說：「聞令嗣徐元直，乃天下奇才也。今在新野助逆臣劉備，背叛朝廷，正猶美玉落汚泥之中，誠爲可惜。今煩老母作書，喚回許都，吾於天子之前保奏，必有重賞。」遂命徐母作書。徐母問道：「劉備何如人也？」曹操說：「沛郡小輩，妄稱皇叔，全無信義，所謂外君子而內小人者也。」徐母厲聲說：「汝何虛誑甚也，吾久聞劉玄德乃中山靖王之後，孝景皇帝閣下玄孫，屈身下士，恭己待人，仁聲素著，世之黃童、白叟、牧子、樵夫，皆知其名，眞當世之英雄也。吾兒輔之，得其主矣。汝雖託名漢相，實爲漢賊，乃反以玄德爲逆臣，欲使吾兒背明投暗，豈不自恥乎！」言畢，並以石硯打曹操。曹操大怒，卽欲斬之。但程昱諫道：「徐母觸忤丞相者，欲求死也。丞相若殺之，則招不義之名，而成徐母之德。徐母旣死，徐庶必死心助劉備以報仇矣。不如留之，使徐庶身心兩處，縱使助劉備，亦不盡力也。且留徐母在，是自有計賺徐庶至此，以輔丞相。」曹操方才止怒，未殺徐母，並送入別室養之。自此，程昱則每假餽送爲名，附以手書，徐母則亦常以手書回答，因而騙得徐母眞跡，就着人摹仿徐母字體，修一僞書，送與徐庶，徐庶拜書，寸心大亂，只得棄了劉備來投曹操，及見徐母，徐母大驚、大怒，拍桌罵道：「辱子飄蕩江湖數年，吾以爲汝學業有進，何其反不如初也！汝旣讀書，須知忠孝不能雙全。豈不識曹操乃欺君罔上之賊？劉備仁德布於四海，況又漢室之胄，汝旣事之，得其主矣。今憑一紙僞書，更不詳察，遂棄明投暗，自取惡名，眞愚夫也。吾有何面目與汝相見！汝玷辱祖宗，空生於天地間耳！」罵得徐庶拜伏於地，不敢仰視。旋聞人報：「老夫人自縊於樑間。」這一忠烈的老婦人就此結束了她寶貴的生命，作者用於徐母的筆墨實很有限，而一個賢母的風範却垂之千古矣。難怪後人有詩讚曰：「賢哉徐母，流芳千古，守節無虧，於家有補。敎子多方，處身自苦。氣若丘山，義出肺腑。讚美豫州，毀觸魏武。不畏鼎鑊，不懼刀斧。惟恐後嗣，玷辱先祖。伏劍同流，斷機堪伍，生得其名，死得其所，賢哉徐母，流芳千古。」

## 孫婦徐門女　巧計報夫仇

就全書的內容言，這是一個不足輕重的人物，但作者却寫得鏗鏘有聲。故事出在第三十八回。話說孫權有個弟弟名叫孫翊，任職丹陽太守，性情剛烈，又常酗酒，醉後鞭撻士卒，部屬嫣覽、戴員兩人久有謀殺之心。孫翊娶妻徐氏，美麗嫻慧，很會卜卦。其時丹陽所屬諸將縣令，皆集丹陽，孫翊要設宴款待他們。徐氏卜了一卦，其象大凶，便勸丈夫勿出會客，孫翊不聽勸告，依然與會，結果果被一個叫邊洪部將所殺。而嬀覽、戴員二人便歸罪邊洪，將邊殺了，並將孫翊府中擄劫一空。嬀覽見徐氏貌美，就對徐氏說：「吾為汝夫報仇，汝當從我，不從則死。」徐氏說：「夫死未幾，不忍便相從，可待至晦日，設祭除服，然後成親未遲。」嬀覽應允。徐氏乃密召孫翊舊日心腹孫高、傅嬰兩人，向他們說：「先夫在日，常言二公忠義，今嬀戴二賊謀殺我夫，只歸罪邊洪，將我家貲童婢盡皆分去。嬀覽又欲强占妾身，妾已詐許之，以安其心。二將軍可差人星夜報告吳侯，一面設計以圖二賊，雪此仇辱，生死銜恩。」至晦日（陰曆月盡之日），徐氏先召孫傅二人伏於密帳，然後設祭，除去孝服、沐浴更衣，艷粧而出，談笑自若，至夜，召嬀覽入府，款以酒宴，嬀覽開懷暢飲，喝得大醉，引入密室，徐氏便大呼道：「孫傅二位將軍何在？」二人一躍而出，嬀覽措手不及，被殺於地。徐氏旋又請戴員前來款宴，也被孫傅二人所殺。徐氏卽重穿孝服，將兩顆首級祭於亡夫靈前。徐氏誠智德兼備的女中丈夫也。

## 糜孫二夫人　投井投江死

在演義中，劉備之妻著有盛名者三，一為糜夫人，一為甘夫人，一為孫夫人。糜甘二夫人何時結婚？書中沒有交代，只是從多次的敍述中，知道她們曾隨劉備奔走天下。且在徐州一役和劉備失散，幸得關羽保護，以後終得在古城重聚。後來當陽一役，糜夫人卽死於亂軍之中了。此役自發展到結束，有一個相當的過程。緣自劉備在新野雖一度大破曹兵，曹操懷恨，誓必報復，乃傾大兵來犯，新野彈丸小城，不足拒守，只好棄城而走。惟劉備在新野期間，與民甚洽，棄城之際，全城百姓數萬之衆，誓相追隨，行人輜重，壅塞於途，劉備不忍見棄，以致曹兵追來，一敗塗地。劉備、關、張，俱被殺散。趙雲負有護眷之責，也在亂軍中失去聯絡，經過數次突入重圍，始行覓得糜夫人，抱着阿斗坐在枯井邊啼哭。趙雲急忙下馬伏地而拜，糜夫人哭道：「妾得見將軍，阿斗有命矣。望將軍可憐他父親飄蕩半世，只有這點骨肉。將軍可護持此子，教他得見父親，妾死無恨。」趙雲說：「夫人受難，雲之罪也。不必多言，請夫人上馬，雲自步行死戰，保夫人透出重圍。」糜夫人說：「不可，將軍豈可無馬？此子全賴將軍保護。妾已重傷，死何足惜？望將軍速抱此子前去，勿以妾爲累也。」卽將阿斗遞與趙雲。趙雲堅請其上馬，兩人三番五次，推來推去。其時殺聲大震，四面襲來，趙雲焦急萬分，乃厲聲說：「夫人不聽吾言，追軍若至，爲之奈何？」糜夫人乃將阿斗棄之於地，翻身投入古井之中。好一個捨命全子的夫人！

劉備的另一妻室孫夫人，乃孫權同父異母的妹妹，他們的結合，原是將計就計的結果。原來這是周瑜的一計，要誆劉備到東吳招親，不想弄假成眞，果然被吳國太看中，招爲快婿。孫權、周瑜無奈，只好退而求其次，擬以軟禁的方式，將劉備困在東吳，以分散劉關張與孔明的結合，免成氣候。但是孔明早經算就，劉備可能被困，已預授錦囊妙計予趙雲，要趙雲適時假報軍情，請劉備返回荊州。劉備向孫夫人備言擬歸之計，孫夫人同意於元旦吉期以至江邊祭祖爲由，一同偕逃。孫權得知，卽派人馬來追。孫夫人機智過人，言詞犀利，應付得極爲得體，一派女中豪傑的風範躍然紙上。

先說周瑜因恐劉備逃走，早着徐盛、丁奉兩人領兵把守於途，劉備被阻，一時慌了手脚。趙雲卽遵孔明之囑，拆開第三道錦囊，獻於劉備。劉備看了，卽泣告孫夫人說：「備有心腹之言，至此盡當實訴……昔日吳侯與周瑜同謀，將夫人招嫁劉備，實非爲夫人計，乃欲幽困劉備而奪荊州耳。奪了荊州，必將殺備，是以夫人爲香餌而釣備也。備不懼萬死而來，蓋知夫人有男子胸襟，必能憐備，……今吳侯又令人在後追趕，周瑜又使截住於前，非夫人莫解此禍。如夫人不允，備願死於車前，以報夫人之德。」孫夫人得知備細，因怒道：「吾兄旣不以我爲親骨肉，我有何面目重相見乎？今日之危，我當自解。」就命人推車直出，捲起車簾，向徐盛、丁奉喝道：「你二人欲造反耶？」二人慌忙下馬，棄了兵器，聲諾於車前，說：「安敢造反。爲奉周都督將令，屯兵在此專候劉備。」孫夫人大怒道：「周瑜逆賊，我東吳不曾虧待你。玄德乃大漢皇叔，是我丈夫。我已對母親和哥哥說明回荊州去，今你兩個於山脚去處，引軍截道，意欲劫我財物耶！」徐丁二人連稱不敢，請夫人息怒。辯說：「這不干我等之事，乃是周都督的將令。」孫夫人叱道：「你只怕周瑜，獨不怕我？周瑜殺得你，我豈殺不得周瑜？」

其後，陳武、潘璋又負着孫權寶劍而來，要殺劉孫夫婦。孫夫人道：「陳武、潘璋來此何幹？」二將答道：「奉主公之命，請夫人玄德回。」孫夫人正色說：「都是你們這夥匹夫，離間我兄妹不睦。我已嫁他人，今日歸去，須不是與人私奔。我奉母親慈旨，令我夫婦回荆州。便是我哥哥來，也須依禮而行。你二人倚仗兵威，欲待殺害我耶？」二人也被孫夫人的一席正義嚴詞喝斥而退。

孫夫人後來終以母病，被騙而回。但訛聞劉備於猇亭兵敗，死於軍中，遂驅車江邊，望西遙哭，投江而死。她不但有膽識，抑且志節高超，堪稱一傑出的女性也。

## 偉哉夏侯女　不改貞節志

三國末期，曹芳繼帝位，曹爽兄弟，掌兵符大權，專橫淫奢，深爲司馬懿父子所忌。曹爽性好畋獵，其弟曹羲及司農桓範均曾諫阻，曹爽不聽。嘉平元年，曹爽奏請魏主曹芳去謁陵祭祖並狩獵。大小官僚皆隨駕出城，曹爽率弟三人統御林軍護駕。司馬懿即乘此機會，糾合舊部在都中謀反，盡拘曹氏家小，並表奏曹芳，要解除曹爽等兵權，曹爽爲苟全性命，只好納印投降，最後終爲司馬懿所殺。

却說曹爽有一從弟，名叫文叔，娶夏侯令之女爲妻。文叔早喪，並無子嗣。夏侯令乃要女兒改嫁，不必守節。女兒堅持不肯，截耳為誓。曹爽被誅後，其父又要她改嫁，女又自割其鼻，家人驚惶不已，勸解說：「人生世間，如輕塵棲弱草，何至自苦如此？且夫家又被司馬氏誅戮已盡，守此欲難為哉！」她悲泣着說：「吾聞仁者不以盛衰改節，義者不以存亡易心；曹氏盛時，尚欲保終，況今滅亡，何忍棄之。此禽獸之行，吾豈為乎？」這席話傳到司馬懿的耳中，連司馬懿也深受感動，聽其乞子自養，以為曹氏後。這是作者以畫龍點睛的手法，用最少的篇幅，塑造出一位貞節烈女的偉大形象。筆者閱讀至此，不禁肅然起敬。今復引證於本文中，心中猶有激盪之餘波也。爰錄原詩一首，以表敬意：「弱草微塵盡達觀，夏侯有女義如山，丈夫不及裙釵節，自顧鬚眉亦汗顏。」

# 水滸單元

# 影響深遠的水滸傳

水滸傳是中國古典俠義小說的重要里程碑，它不但影響中國俠義小說數百年，抑且蔚成社會行俠仗義之風，國人不論年歲的長幼、教育程度的高低，或性別的差異，無不直接或間接地是它的讀者、聽衆或觀衆。幾百年來，它的人物和故事，被取材於小說、話本、戲劇的，不知多少？謂其家喻戶曉，殊不爲過。於今各書店無不有該書供應，盛況歷久不衰，於焉可見。

現在我們雖然只要以兩張電影票的代價，就可以買到一本印刷淸晰、裝訂漂亮的水滸傳，然而，本書發祥演變，那段漫長複雜的過程，我們從書中並無法獲知。本文特就其事蹟、版本、作者以及其對後世的影響等問題，作一簡畧的介紹，以饗本書的愛好者。

## 水滸人事載於史蹟

水滸傳非歷史演義之屬，而它的人物事蹟，正史和野史都有記載。

「徽宗本紀」：淮南盜宋江等犯淮陽軍，遣將討捕，又犯東京、江北，入楚海州，命知州張叔夜招降之。

「侯蒙傳」：宋江寇東京，侯蒙上書曰：「江以三十六人橫行齊魏，官軍數萬，無敢抗拒，其才必過人。今清溪盜起，不若赦江，使討方臘以自贖。」

「東都事畧」：宣和二年三月，方臘陷楚州。淮南盜宋江犯淮陽軍，又犯東京、河北，入楚海州。夏四月，庚寅，童貫以其將辛興宗與方臘戰於靑溪，擒之。五月，丙申，宋江就擒。

屬於正史的記載並不止此，至於非正史的史資則更多。「大宋宣和遺事」有談梁山英雄的一大段。水滸傳中第十二、十四至二十、二十二、二十四、四十二、五十至五十五、五十九各回的故事，都是據此以出的。以及後來「征四寇」擒方臘等情節，也是以此爲藍本。還有其他小說如「石頭孫立」、「靑面獸」、「花和尚」、「武行者」等四種，都寫的是水滸人物故事，至於元代雜劇取材於水滸人物和故事者，就更多達數十種，不及備述了。除戲劇外，見於宋人筆記者也很多，其中王明清的「揮麈續錄」，就有高俅的記載。原來高俅是蘇東坡的書僮，蘇東坡外任中山時，原擬將他送與曾文肅，曾因書僮已多，沒有要，後來送給了王晉卿，晉卿和當時的端王佑陵是好友。一日，命高俅送東西到王府，正値端王在園中蹋毬，高俅在那兒留戀不去，因高俅也長此道，與趣相投，就被端王留在身邊。後來端王登基作了皇帝，高俅就大紅大紫起來。

## 說話戲劇早已流傳

從以上的舉證，我們可以知道，宋江等人的故事，不僅見於正史，歷來說書人、戲劇家和文人的筆記，都引爲素材。我們可以相信這類故事在民間早已流行，喧騰衆口。只是這些人物和故事在元代以前都還沒有定型；他們的神情由說書人或劇作家任意渲染，與定型後水滸傳所表現的人物性格不盡相同；所以一個粗獷豪邁的黑李逵，在元劇中竟曾「判獄斷案」，作得精明有緻，而且他又愛風流，又會酒後吟詩。同時在元代以前這些梁山人物還只是大盜，宋江只是「勇悍狂俠」而已。只爲外患日亟，許多人不免對於這些驃悍驍勇的草澤英雄寄予一些幻想和希望。所以有位名爲龔聖與的畫家，不禁爲宋江等三十六人作畫贊，而周密的跋，還稱之爲「此皆羣雄之靡耳」。把這些羣盜演變爲英雄的，當是明代以後的事。郎瑛的「七修類稿」就有「非禮之禮，非義之義，江必有之，自異於他也。」的感歎，這些爲人樂道的人物，便越來越美化了。

至於宋江等人的結果，有兩種不同的說法：宋江被張叔夜招降，而後征勦方臘，這是正史所載的。但是否如「夷堅志」所載有殺降的事？照魯迅在「中國小說史畧」中說：「乙志成於乾道二年。去宣和六年不過四十餘年，耳目甚近，冥譴固小說家言，殺降則不容虛造，山濼（筆者按：原梁山泊）健兒結局，蓋如是而已。」但孟瑤女士在他的「中國小說史」中則表示：「這論斷恐未作深思，因宋江降張叔夜在宣和三年二月，蔡居厚之殺降在宣和六年，且一在海州，一在鄆州，不能混爲一談。所以『殺降』的事是有，但所殺的係另一批海盜，與宋江等三十六人無關。這些人眞正的結局，恐怕還是死於征方臘一役。」筆者以爲在後世讀者的心理言，但願如孟瑤女士所推論。

## 版本繁多不一而足

這個從宣和年間卽喧騰衆口的故事，有「說話」，也有雜劇，然後還有人根據「話本」與雜劇把它寫成小說。前後約四百年的時間，曾經過無數文人的增飾潤色，也經過許多書商的改頭換面，所以版本之多，實難備述，依近人孫楷第在「中國通俗小說書目」記載的共有二十種之多，有七十回、一百回、一百五十回、一百二十回、一百二十四回等篇幅不一。目前流行的是七十回本，其餘大多失散，少數倖存的，也多被藏之國內外的大圖書館，不易見到，但有數語值得介紹。

我國很多名著都有版本繁多的現象，究其原因不外有三：其一是後世學者認爲原著寫得不够完美，認爲有增刪潤飾的必要，予以改寫。由於當時印刷不便，尤其沒有大衆傳播的機構，消息閉塞，可能有幾人同時進行，於是版本增多；其二是書商們基於生意眼，針對讀者的興趣、市場的需要，變換一些不同的版本，大肆宣傳，以廣招徠；其三是某書影響至大，讀者意猶未盡，後人再予續貂。所以凡是一部名著，歷經數百年的發展，版本繁多已是很平常的事，水滸傳自不例外。

水滸傳素有「繁本」和「簡本」之別，「繁本」文筆較好，描寫生動，刻劃入微，具有文學價值。「簡本」故事內容較多，大都是書商迎合讀者興趣，或減少刻印成本者而爲。茲將幾種重要繁本加以介紹：

一、羅本。水滸傳的作者，照現在一般的說法，都認爲是施耐庵。大致說來沒有什麼不對。但是參與此書的工作者却非施氏一人，所以有的版本，羅貫中與施耐庵的名字並列；有的寫施氏集撰，羅氏纂修；也有逕書羅氏編次；或逕書羅氏編輯，而施氏不名的。凡此類版本，皆稱羅本。據推測羅氏必然曾經參與其事，當屬無疑。因此，有人認爲施氏最初的寫本，畧而不詳，羅氏爲施氏門人，再加重飾未始沒有可能。

二、郭本。是由郭勳家中所傳出來的百回本。郭氏是一位對俗文學有興趣的人，傳自他家的尚有一本「英烈傳」，是歌頌其先人郭英開國功勳的事蹟。據說此書是出於他的手筆。至於這百回水滸傳的本子，是他自己改寫的呢？還是出自他門客之手？目前還只能存疑。另一可能卽是曾爲此本作序的汪太函，汪氏也是一位修養有素的文學家。鄭振鐸氏認爲：「他直將一部不大有情致的水滸傳改成一部生龍活虎似的大名作了。」可惜此本已殘，我們已難窺全貌了。

三、楊本。是由楊定見所編的一百二十回本。它是以郭本爲依據，而挿入征田虎、王慶兩段故事，成績却無可觀。但此處不得不提者，乃是因此又引起了他人修改本書的興趣。

四、金本。是由金聖歎所刪的七十回本，也就是當前所流行者。金氏刪改水滸，除了因爲楊本的水準不高外，他對宋江等受降招安的事也不表贊同。而且他認爲水滸傳的精彩部份在七十回以前，所以他就加寫了一段一夢結粱山的文字，餘者皆予腰斬。所刪去的「征田虎」、「征王慶」，再加上「征遼」與「征方臘」單獨成書，是爲「征四寇」。金氏是淸代名學者，恃才傲物，屬於狂士型的人物。他將其所喜愛的「離騷」、「莊子」、「史記」、「杜詩」、「水滸」、「西廂」並列爲六才子書，足見他對本書喜愛之深了。

## 作者爲誰衆說紛紜

一本書的版本，不但涉及內容，也必然涉及作者。本書版本既多，作者爲誰的問題自然複雜了。但我們從各種資料看來，施耐庵是第一個有關係之人，其次爲羅貫中。事實可能是這樣：施氏是首將種種「話本」和「雜劇」中所傳的水滸故事改寫纂編爲小說的第一人，或者是初稿他寫得太簡畧，後由羅貫中修補編次，或者是施氏謙虛，每完一個段落，卽與門人羅貫中硏討。羅氏出力亦多，所以羅氏也副署其名。不論二說何者爲是，總之，施氏與本書關係最爲密切，應屬無疑，所以我們就假定他是本書的作者。

關於施氏的生平，所得的資料也說法不一。大概可以確定的是：他是江蘇人，生於元代末年，曾舉進士，也曾在浙江做過兩年官，因看不慣當時朝政的腐敗，和權貴們的跋扈，乃效陶淵明先生恥折腰的作風，便辭官隱居起來。那時元末之際民間革命志士紛紛揭竿而起，張士誠爲首領之一。張有一部將卞某，與施友好，傾施之才，就向張舉薦，施爲張作過一段時間的幕府，後來張氏事敗，施便不得不隱居起來。但也有傳說：施並未應張之聘。張曾親造其宅，施仍堅不肯出，後因懼罪於張，只得隱逸起來。這兩種說法，恐以前說較可靠。持前一說者，可能是他的後人怕朱元璋加罪於施門也。可是還有另一段趣聞，據說朱元璋得天下後，因慕施名，欲請施氏出仕，施無意仕途，婉辭不出。朱乃派人查訪他作何生理？得知他閉門著作小說，便索來一閱。閱後大怒，就將他囚入天牢問罪。施乃託人向劉基先生求救，劉向來人說：「叫他怎麼來，就怎麼去！」施會其意，就在獄中寫了另一部小說，呈於朱元璋。元璋斥其內容荒唐，認爲他是個瘋子，就把他釋放了。前者引起朱氏大怒的作品是「忠義水滸傳」，後者解救他的作品乃是「封神榜」，這可能又是一種附會的趣談。

嚴格說來，本書是一本集體創作，我們今天所能讀到的本子，除了施氏所費的心血至多外，參與增修、編次、評點、刊行的人士還很多，除羅貫中以外，尚有郭勳、汪太函、李卓吾、楊定見、葉晝、金聖歎等人，都是與本書有關的重要人物。

有關羅貫中的生平已於評介三國演義時簡述。此處擬就李、金兩氏畧加介紹：

李卓吾名贄，福建晉江人，生於明代嘉靖六年，卒於萬曆三十年（西元一五二七——一六〇二年）。曾經擔任過雲南姚安的知府。以後辭官隱居在湖北黃安麻城等地。治學著述，作品有「藏書」、「續藏書」、「焚書」、「續焚書」等，屬於王陽明左派的泰州學派。是一個敢反抗傳統和懷疑傳統的人，他不以爲孔子是判斷一切是非的標準，也反對程、朱，被目爲異端。後被繫獄北京，自刭而死。他曾評點水滸，有大膽的言論，卓有貢獻。

金聖歎名喟，又名人瑞。江蘇吳縣人，一說原姓張，後改姓金。明末諸生，明朝滅亡以後絕意仕途，閉門讀書著作，爲人狂傲有奇氣。胸羅萬卷，博學多聞，爲文詼諧，雅俗雜揉。曾將莊、騷等書評爲六才子書，尤愛水滸，曾說：「天下之文章，無有出水滸之右者，天下之格物君子，無有出施耐庵先生者。」他也曾評三國志演義，有很多卓越的見解，爲後世所流傳，對於我國正統文學和通俗文學的發揚，都有很大的貢獻。

## 表現技巧

由於水滸傳大衆耳熟能詳，故事概要，此處不贅。水滸人物故事在宋代已開始流傳，由宋而元而明，共歷三代，時約四百年，話本雜劇取材於斯者，不知凡幾。施耐庵寫本書，人物故事並非完全虛構，雖然編纂改寫的成份居多，而其創作的才華亦屬驚人，明眼人可以看出，本書故事四十五回以前者，多爲單綫式發展，敍述各個英雄，如何出身，如何被迫上山落草，且多是採「由此引彼」的手法。例如由王進引出史進，由史進引出魯智深，由魯智深引出林沖，由林沖引出柴進、王倫、朱貴及楊志，由楊志又引出劉唐、晁蓋、吳用、公孫勝、三阮，以後又引出宋江，由宋江引出柴進、武松，由武松引出孫二娘、張青，其後宋江發配江州引出的英雄更多，如戴宗、李逵、李俊、張順、張橫、穆弘、穆春、薛永、童威、童猛等等，即使到了四十六回以後，以描寫征戰爲主的各個回目，每一戰役亦無不是由此而彼，將所要描寫的人物一個個次第引介出來，這種如同「穿針引綫」的手法，雖不是施耐庵所獨創，而他却是使用最早及最爲成功之第一人。欣賞水滸故事，如同看西洋鏡（拉洋片），一景連一景，景景精彩，景景又各不同。這種手法，我們姑且名之爲「聯珠式」。作者採用此種手法的主要原因，一則是由於本書人物和故事原本屬各別獨立者，很難將衆多的人物揉和在同一個故事中，不得不採用單綫式手法，唯其作者表現手法嫻熟，當某人故事寫完，或到達某一階段後，另一人物卽行出現，而後筆觸則跟著這一人發展，絲毫不露拼湊痕跡，這是作者手法高明之處，欣賞本書，這一點不可不注意。

作者使用這種手法的第二個理由，可能是爲了緊湊結構，生動情節。本書的人物故事，既原係各別者，其串聯的手法如不高明，勢必顯得鬆弛乏味，作者使用「聯珠」手法，不但緊湊了結構，尤其提高了可讀性，使得讀者開卷後便有欲罷不能之勢，恨不得一口氣將它讀完，這是作者筆力磅礡之處，使人不得不予敬服，尤其最後二十回各種伙戰之描寫，人物與故事的組合，更如珠聯璧合，天衣無縫。

此外，尚有一點須予補述的，則爲「楔子」的運用，爲本書人物舖下張本，這種手法在其他古典小說中雖也可見到，而本書的作者又屬先進了。

## 文學評價

水滸人物故事，經過施耐庵的改寫創作後，不但已統一爲一部雅俗共賞的偉大說部，抑且亦賦予了新的文學生命；塑造了許多不朽的人物，活鮮了許多文學語言，爲章回小說開拓了新的表現手法，爲俠義小說奠定了堅實的基礎，成就是多方面的。

### 一、人物描寫傑出

本書人物描寫的成功，素爲論者所稱讚，筆者願就愚者一得，再抒管見如下：

對主要人物的性格多所發揮，小說人物的成功與否，端在人物性格的刻劃，作者在這方面，用力至深成就至大，主要人物在性格方面都有深入的描寫。例如宋江是個江湖上人人尊敬的人，作者總不忘塑造成爲一個敎忠敎孝，疏財仗義，禮賢下士的人，他是俠義之士的象徵，江湖人士的偶像，是人們心目中的「及時雨」。他縱然殺人放火，縱然抗拒朝廷，却無損於人們對他的崇拜與喜愛，這是何等深厚的筆力。

李逵是另一種性格的典型，性情純眞，心無城府，只講是非，不徇人情。好吃酒，好打架，好殺人，好打抱不平，遇事向前，不畏險阻，不邀功，不諉過，直話直說，常有驚人見血的眞情實話，無形中成爲作者的代言人。他性格粗鹵，脾氣暴躁，却無損予人憨直可愛的印象。

武松是打虎英雄，是血性男兒，他疑心哥哥的死因離奇，本要訴諸官府得一曲直，怎奈西門慶財大勢大，賄通了官府，告狀不准，只得蒐集人證物證，問出寃死實情，殺了潘金蓮，打死西門慶，將人頭祭奠於亡兄的靈前，爲屈死的哥哥報了仇，然後到衙門去自首。這種敢作敢爲的行徑，處事明快，條理分明的手段，坦蕩磊落的襟懷，與他在景陽岡上醉中打虎的英勇行爲，叫人如何不敬不愛？

吳用有智多星之稱，是梁山的謀士軍師，梁山征戰，無役不與，每遇困難，無不是他獻計奏功。智刼「生辰綱」的故事，就是他首次才華的展露。他能料事如神，每每獻策必有新猷，從不落俗。他是宋江最得力的肱股，梁山人才濟濟，好漢如雲，却沒有一個不敬服他的。

石秀似有武松的影子，但不盡同於武松，武松是爲兄報仇，甘觸王法。而石秀的智殺淫僧裴如海，旨在爲兄捉姦。他曾被潘巧雲惡人告狀，先發制人，受了委屈，被人嫌疑，但他不遷怒，不氣餒，平心靜氣的查出姦情，殺了淫僧，然後再將實情告之義兄，除去淫婦。這種金蘭之義，又爲俠義之士加多了一層光彩。後來他一人獨刼法場營救盧俊義的冒險犯難行爲，更值得喝彩。

江湖多義士，另一個特重義氣的浪子燕青。燕青登場，本書的故事已近尾聲，作者用於他身上的筆墨不多，而留予讀者的却是極爲鮮明的印象；他被小人讒於主人，不作任何分辯。向主人進忠言，未被採納，主人終於家破人亡，當主人最危急的時候，冒死來救。他以行乞維生，却不忘飢主，那種忠主之義，眞可同光日月。

## 二、對人物性格的異同把握得很好

人爲圓頭方胝之物，同吃五穀雜糧，自必有同，亦必有異。江湖好漢，仗義疏財，勢所必同，但作者在相同之餘，又能寫出許多不同的細緻。譬如魯智深、林冲、楊志，此三人同爲軍官出身，同樣各有一身的好武藝，和一顆善良的心，此爲他們三人相同之處。但他們在書中所表現的，則各有不同。魯智深是個了無牽掛的單身漢，路見不平，就一直前往，打死鎭關西，然後棄官逃走。在五臺山當了和尚，却不委屈自己的腸胃，有機會就喝酒吃肉，那無拘的性格，寺廟的清規也禁止不得。而林冲則不然，他是一個奉公守法的禁軍教頭，娶有美麗的妻子，他的願望是與妻廝守，作一個忠於職守的好官，享受一種安和平靜的生活。但別人却要强佔他的妻子，一再逼迫於妻，謀害於己。縱然被陷入罪，仍能逆來順受，但求有朝一日撥雲見天，與妻再聚，直到他走投無路的時候，才除了奸小，浪跡天涯，行走江湖。至於楊志，乃是將門之後，原也是安分守己要作個好官，冀能博個蔭妻封子，誰知時運不濟，在一次公差任務中失去了「花石綱」，被免去官職，後來得赦，聚些財物晉京，希望能謀個復職，不意却被高太尉羞辱一頓，逐出衙門。以後盤纏耗盡，只落得街頭賣刀，割讓傳家之寶。偏偏又時運多乖，遇到一個潑皮無賴，被逼殺人，才走上逃亡之途。這三人遭遇各有不同，他們所表現的態度各異，作者雖在描寫出身相同的人物，而同中有異，却寫得非常細緻分明。

## 情節生動

在文學作品中，小說是讀者最多最受歡迎的一種。其原因，端在小說有故事，有情節，可讀性很高。故事是由情節推動，情節也是構成故事的元素，欲求故事的精彩，情節生動活潑勢所必須，但往昔小說之故事，率多偏向於縱的方向之發展，進程太快，而缺乏橫面的深入，以致故事只有一個軀殼，讀完全篇，只能留下一些空泛的印象，無可資回味的內容，感染力不够，殊難引起心靈深處的共鳴。但是睽諸本書，却有許多精細的情節，烙印在讀者的腦海。

本書有許多爲讀者所樂道的人物，魯智深便是其中之一。他的音容笑貌，歷歷如在耳目。何以致之？因爲作者以許多生動的情節烘托著他。魯智深爲打抱不平，向鎭關西買肉，挑肥揀瘦，全是有意找碴，寫得多麼風趣？鎮關西被他三拳打死，身爲軍官的他自知闖下大禍，他却佯稱「這厮裝死」揚長而去，又是多麼機智！在五台山兩次吃酒鬧事，所寫的都是他不守佛門清規的叛逆行爲，而讀者皆不爲忤，都以欣然的眼光，欣賞他率性的純眞。他脾氣暴躁，性情粗鹵，然而他粗中有細，智慧光芒，也不時閃爍。作者頻頻以多彩多姿的情節，寫活了這麼一個粗獷豪邁的英雄。

林冲被人奪妻，遭到陷害；楊志謀求復職，受到羞辱。作者對於這兩位秉性善良的軍官，賦予無限的同情。他細膩地寫出他們不幸的遭遇，情節至爲感人。

對武松英雄形象的塑造，是歸功於打虎情節描寫的逼眞。殺嫂祭兄的一段，更顯現這位英雄的睿智果敢。而王婆設計引誘潘金蓮入彀與西門慶成姦的情景，更爲精妙絕倫，是任何讀者都不會忽畧的焦點。

裴如海勾引潘巧雲，雖無中人媒介，所寫其挑逗手段的高明與種種設計之周延，和前文所描寫潘金蓮的姦情，實有異曲同工之妙。

### 三、變化多端的戰爭

宋江知悉閻婆惜對他的不忠，本只欲以疏遠了之，而閻婆逼宋江去就女兒，以及宋江與婆惜的口角嘔氣，終致使宋江憤怒殺人，這些筆墨都不是泛泛的作品中可以欣賞得到的。

此外，由吳用所設計的智刦「生辰綱」，以及朱仝義釋晁蓋的情節，又是另一種搖曳多姿的風貌。

本書至少有三分之一的筆墨描寫戰爭，大小各役不下數十次之多。值得欽佩的是每一戰役戰鬪各有不同，每一陣仗又無不多所變化；戰況激烈，戰法新穎。朱仝攻打晁家莊，目的在虛張聲勢，存心要縱放晁蓋逃走。晁蓋攻打梁山，是一次複雜的水戰，旨在側寫梁山水泊地勢的險要，以及吳用善於用兵的才華。宋江等人攻打無爲軍，場面壯濶，戰況激烈，梁山好漢，水陸用兵，智者獻計，英雄出力，各展所長，是梁山英雄早期最生動的一次戰役。梁山人馬愈集愈衆，對手也愈益强勁，三打祝家莊，陣容更是空前，宋江幾乎發出全部人馬，一攻不勝，再攻不成，後來幸得外援，又賴吳用良策，方才攻破，這一役氣勢更是不凡。以次攻打高唐州，能人迭現，勇將倍出，呼延灼善用連環馬，唯有鈎鐮鎗可破，爲了請出善使鈎鐮鎗戰法的徐寧前來相助，吳用派出了湯隆和時遷設計騙徐寧上山。在激烈戰仗之餘，作者又以詼諧的筆法，寫出一段輕鬆的插曲，調和了戰爭氣氛的窒息。呼延灼高唐失利，再投青州，青州一役又是轟轟烈烈。呼延驍勇，武藝超羣，梁山好漢無人能以力取，宋江吳用施計，方得收降這一勇將，作者的手法又是與前不同。華州一役，用智尤多於力，吳用使人假扮奉旨進香的欽差，賺騙了守城知府，裏應外合，一擧而破，乃是一種別開生面的戰術。大名一役，關勝智勇雙全，力戰無功，只得運用人事關係，由呼延往說關勝，動之以情，說之以理，並附之以計，終於擒得關勝，破此一城。曾頭市一役，初由晁蓋領兵，不幸中箭身亡。曾家父子人人善戰，五子曾昇尤其出衆，更兼教師史文恭武藝又高一籌，是梁山用兵以來，動員人馬最多，付出代價最大，攻打最爲艱苦的一次硬仗。作者最後破敵之法，又有新招。綜觀全書，戰仗無數，却每每戰法不一，不特展布了作者在軍事方面的才華，抑且滿足了愛好殺伐刺激的讀者。

## 四、足智多謀的計策

梁山軍師吳用的外號叫智多星，確是一個足智多謀的人，雖然不能衝鋒陷陣，却無役不與，不但調兵遣將具有長才，而且每次獻計，無不奏效，傑作甚多。遊說三阮，表現了驚人的口才；智取「生辰綱」，是他導演的好戲；智激林冲火併王倫，使晁蓋順利地登上了梁山寨主的寶座，是他再次建功。梁山好漢部份來自江湖草澤，部份出身軍官，無不具有一身絕好的武藝，因而彼此力拚很難分出勝負，而且梁山聚義之始，力量並不雄厚，如何以弱勝强，以寡擊衆，莫不有賴智取。

幾次大戰役的獲勝，許多高强猛將的收伏，無不是鬪智的結果。使時遷、湯隆賺徐寧，使賀太守自投羅網，都是高度智慧的運用。只是智賺玉麒麟，使得盧俊義家破人亡；爲獲朱仝，而謀殺無辜的幼兒，却未免太過狠毒了。此外王婆爲西門慶撮合姦情，使潘金蓮入彀，又何嘗不是高明妙計呢！作者在這方面的才華也表露無遺。

## 主題意識

小說是文學作品體式的一種，它構成的要素是主題、故事和人物。人物是扮演故事的，故事是表現主題的。主題是作品的靈魂，是作者所欲表現的思想情感和意識。沒有主題的小說只能算作通俗小說，不是文學作品。文學作品負有其特殊的使命；其使命是：表現人生、反映人生、美化人生、啓迪人生和指導人生，簡言之，文藝的目的乃在爲人生而文藝。明乎此，我們就不難得知一個文藝作家創作必有目的，易言之，其作品必有主題，那麽本書作者所欲表現的主題是什麽呢？

認識作品應始於認識作者，施耐庵是元末明初的人，眼見元朝異族淩辱漢人，朝廷權貴暴虐不仁，所以他棄官隱居，而且還可能參加了反元的革命活動。有感於這次事件規模之浩大，波及範圍之廣泛，其間殊多可歌可泣的事蹟，於是就藉宋江等人的歷史故事，以小說的形式來反映這反黑暗統治的主題思想，一如明代學人李卓吾在忠義水滸傳的序文中說：「太史公曰：說難、孤憤，聖賢發憤之所作也。由此觀之，古之聖賢，不發憤則不作矣。不憤而作，譬如不寒而慄，不病而呻吟也。故水滸傳者，發憤之所作也。蓋自宋室不競，冠屨倒施，大賢處下，不肖處上，馴至夷狄處上，中原處下，一時君相屈膝犬羊，施、羅二公身在元，心在宋，雖生元日，實憤宋事。」

## 對後世的影響

聚義梁山的好漢，不論來源出身如何？無不着重一個「義」字，可以傾家蕩產，可以肝腦塗地，可以殺人放火，甚至大義滅親。以今之七十回版本而言，作者幾乎用了三分之二的筆墨來描寫各個英雄行俠仗義之事。水滸傳人物故事在施氏成書之前，就已盛行流傳，話本、戲劇競相取素，大受羣衆歡迎，而經施氏編纂及再創作之後，故事統一，人物性格鮮明多姿，更爲大衆所喜愛，因而導致社會俠義之風大爲盛行。在小說方面陸續誕生了征四寇、水滸後傳、蕩寇志，乃至有清一代的兒女英雄傳、包公案、施公案、彭公案、七俠五義、小五義等等。在戲劇方面演出的俠義故事亦不知凡幾，這都是承受本書的影響，因而本書實爲中國俠義小說的始祖，貢獻影響不爲不大。

# 從水滸傳的取材看民心的趨向

## 引言

我國很多偉大的說部，都曾發生版本和作者的問題，究其原因，乃在此類作品並非眞正個人創作所致。

原來我國許多偉大說部，率多由民間流傳甚久的故事演變而來。古代農業社會、經濟、文化、技術均不發達，人們娛樂消遣的方式遠遜於現代。人們在農忙以後，到鄉鎭城市的茶樓酒肆泡上一壺清茶、斟上一壺老酒，佐以一盤花生或幾樣小菜，就算一番享受。因爲茶樓酒肆是人們慣常走動的地方，一些行走江湖藉口藝爲生者也就來此謀生了。這些人，或爲師徒，或爲父女，不是淸唱些雜劇小曲，就是開講一些歷代帝王興衰遞變的歷史，或是一些才子佳人締結良緣的故事。由於這種場合不收門票，聽衆們也不一定非買茶沽酒不可；只是說唱到一個段落有人前來收錢；「有錢幫個錢場，沒錢幫個人場」，皆所歡迎。所以或坐或站，往往擠滿聽衆。其中尤以「說話」講史，更能吸引聽衆。

「說話」源自唐代的「講唱文學」，初爲寺院僧侶傳播敎義，變佛學爲俗講，又稱「變文」。講的部分爲散文，唱的部分爲韻文。嗣以內容變質，被逐出寺院，而流入市井。迨至宋代，講唱分離，講的部分變爲「說話」，唱的部分衍爲戲曲。宋代是「說話」最盛的時期，元代是戲曲最發達的時期。

「說話」的內容多以歷史人物故事爲主，但這些「說話」者往往識字不多，並無能力寫作完整的「話本」，他們的「玩藝兒」多來自師承口授。縱有略通文墨者，寫出來的「脚本」也多簡略粗俗，不具文學水準，表演時胥賴經驗靈感。但這些素材經過長久的增益修飾，內容卻也愈來愈豐富了。

那些在民間流傳得既廣且久的故事，終不免有一天被落魄的文人或失意的官員們所垂青；或予編纂，或予改寫，某些偉大的說部便於焉產生：「三國」如此，「西遊」如此，「水滸」亦復如此。

當然，由「說話」而衍爲長篇說部的作品還很多，許多通俗演義小說皆源本於此。但是時代的淘汰也是嚴格的，晚近小說雖漸受重視，躋身文學殿堂，且躍爲文學主流，不再被視爲雕蟲小技閭俗之言，而未臻善美之作卻漸受漠視。此外，目今社會進步，人們忙於生活，不復再見秋收多藏後的閒暇，兼以各種娛樂事業發達，囊括了人們大部分的消閒時間，而年輕一代的知識分子又趨迷於西洋文學，我們的古典小說更受到嚴重的衝擊，只有那些眞正具有文學價值之上乘作品，才能屹立不墜。水滸傳就是其中之一。

## 針砭時弊、反映時代意識

數百年來本書一直享譽不衰，不但普受社會歡迎，尤其能得到學術界的好評，自非偶然，「素有廣大聽衆的基礎」，只是原因之一，眞正主要的原因，乃在本書具有一種强烈的時代意識。「意識」爲何？「意識」乃指人類精神醒覺之狀態。一切精神現象如知覺、記憶、想像等均爲「意識」之內容。是爲「個人意識」。而「時代意識」乃泛指某一時代的羣衆意識、社會意識、政治意識等等之綜合。譬如當前民主思想發達，自由民主是爲當前的時代意識。❶因此，既云時代意識便不能不略析本書的時代背景。

原來水滸的人物事蹟見於正史和野史者甚多，並非完全面壁虛構。這些人和事發生於北宋末期。❷有宋一代，自太祖趙匡胤奪得天下後，曾有一百多年的太平歲月，自徽宗以降，卻深受遼

❶有關「意識」問題之詮釋，詳拙文「三國演義的主題意識」及「西遊記的主題意識」。
❷詳拙文「水滸的事蹟、作者與版本」。

金侵略之苦。徽、欽二帝被擒，高宗在南方立國，也延續了一百多年的國運。但是，南宋國勢積弱，社會呈現奢靡和貧窮兩種極端現象。宮廷奢靡，官吏貪汚，自不免要苛歛稅賦。而戰亂頻仍，役勞繁多，農村主要的勞動力服事役勞，耕種多廢，農民終年辛勤所得，不及盛世一半，老小飢號，不得溫飽。又爲稅賦係着地計口而徵，人們爲逃稅籍，紛紛流亡他鄉，造成不事生產的人口很多。而這些流亡者爲了活命便不惜走險，是而盜匪蜂起。在此惡性循環下，整個的農村都窮了，以農業經濟爲主的國家，國本於焉動搖。

農人依賴土地生活，原都十分善良，被迫拋妻棄子去作盜匪，是非常痛心不得已的事。在廣大農民的內心裏，總是期盼著回歸太平盛世，能守着田地、伴著父母妻兒過那安謐平靜的日子！可是現實的社會，卻剛好事與願違！

水滸人物載於正史者爲宋江等三十六人，他們本是江洋大盜，以當玆之世整個農村民不聊生，於是從之者衆，造成了他們的氣候。而其中間有仗義疏財、刼富濟貧之事蹟，遂爲衆口喧騰。

本書的作者施耐庵❸生於元明之際，距宋江之世已歷時兩百多年，何以這些人物故事仍舊盛傳不衰？乃以時光雖逝，而我國社會的積弊依然未改，故「文學意識」❹並未隨帝王的朝代的更

❸同註二。
❹同註一。

易而改變。但凡人類在苦悶絕望時，心靈不免會期望有救世主的出現；或者是天上的神仙，或者是人間的英雄，故愈是亂世，宗教愈盛行，英雄愈受景仰。宋江等由「羣盜」而被美化爲英雄，正反映著人們心裏的空虛與無奈也。

## 高俅發跡報私仇，王進受辱

「文學是人類苦悶的象徵」，本書的內容正是描寫那一代中國人的苦悶、痛恨、不平！我們且從高俅的發跡說起。

高俅原是東京的一名幫閒無賴，平日三瓦兩舍，陪着公子哥兒們尋花問柳，吃喝玩樂，父親屢勸不改，告到官府，擊杖二十，驅出東京，流落到臨淮州，在賭場幫閒度日，後來哲宗皇帝大赦天下，才又回到東京，被荐到一家生藥舖裏，店東見他不是安分的買賣人，便又轉荐於蘇東坡府中，蘇學士也不願惹此煩惱，一封書信又荐於駙馬王晉卿。一日駙馬差高俅送禮物到端王府，端王正在踢球，一球滾到高俅面前，高俅頗精此道，不禁露了兩手，端王大喜，就留伴身邊，後來端正登基成了徽宗皇帝，不久就抬擧他作了殿帥府的太尉。

這是一個位高權重的官職，約莫相當於現在的首都衞戍總司令或警備總司令，京師禁軍全都屬他統轄，堂堂「八十萬禁軍敎頭」都得對他卑躬屈膝，動輒打罵，其威風權重，可想而知。

原來那時的敎頭姓王名進，父子都習得一身好武藝，當年高俅使槍弄棍，敗於王父的手下，以此記恨在心。今見王進稱病點卯不到。就要痛責，王進深知今後必受挾制，災星難免，回到家中，連夜就偕同老母一起棄職潛逃了。

## 高衙內强奪林妻，計害林冲

高俅這廝雖作了高官，卻無子嗣，恰好同宗有個從弟也是無賴，爲仰富貴，就不顧輩分尊卑，竟然拜認高俅爲父，他卻成了「高衙內」（太尉的公子）。

卻說這高衙內每日無事，自有一班幫閒浪子陪他東遊西蕩。這日在嶽王廟見到一名進香女子，年輕貌美，大動春心，就上前調戲，不意這女子竟是東京八十萬禁軍槍棒敎頭林冲之妻。林冲原來正在觑看魯達使槍弄棍，十分出神，驚聞使女來報，便急往救，本擬予那登徒子一頓老拳，逼視之下，認得是高衙內，拳頭就軟了下來，只得忍氣吞聲，將妻子領了回去。

誰知這高衙內並不就此罷休，竟而茶飯不思，終日寡歡，害起相思病來。那閒漢中就有人獻計，將林冲邀出飲酒，再使人詐稱林冲得了急病，囑往探視，將林妻騙至一間閣樓，高衙內卻早潛伏其中，卽欲强行非禮，幸賴使女走報及時，又被林冲救回。林冲本待要將高衙內痛毆一頓，顧及太尉面皮，只得委曲求全。

高衙內好事未成，又吃一驚，病情更重，那班小人就稟知高俅，唯有害死林冲，奪得林妻，才能救得衙內性命。遂將出寶刀一把，拿到市上出售，林冲不知是計，買下寶刀，門人又傳出太尉言語，要欣賞林冲寶刀，林冲被人引入殿帥府，層層轉轉，不覺來至白虎堂前，引導者忽然不見，自內走出的竟是高太尉！喝責林冲放肆大膽，擅闖軍機要地，顯有不軌之圖，不由分說，就將林冲拿下治罪。

林冲被發配滄州，解差受命於途中結果林冲性命，幸得魯達一路護送，方免於難。嗣在牢營，又施計縱火，燒燬草料場，期使林冲葬身火窟，幸仍未得逞。

## 楊制使復官受辱，街頭賣刀

宋代的政治腐敗，宦途多艱，不說黎民百姓常爲刀俎，就是一般官員也常無端受辱。制使楊志就是一例。

原來這楊志乃是三代將門之後，五侯楊令公之孫，又出身武舉，曾任殿司府制使官之職，只因宋徽宗因蓋萬歲山，差遣十位制使去太湖採辦花石，楊志時運乖蹇，所運花石在黃河覆舟，盡失水中，無法回京交差，就棄職潛逃。後因哲宗大赦天下，得免罪刑，就張羅了一筆財物，意欲晉京謀個復職。道經梁山，被林冲所阻，要刼財殺人以爲上山落草的獻禮。以二人武藝伯仲，鏖戰多時不分勝負，寨主王倫喝令休兵，備詢緣由，就引楊志上山，本欲留他在山入夥，楊不願辱沒門風，玷汚淸白姓氏，一心只望將一身本領獻於朝廷，以待在邊疆一刀一槍建立功勳，博個蔭妻封子，執意要去東京，王倫無法强留，就任他晉京，誰知到了京師，將一擔財帛盡將用罄，方得一份申請書，引至殿府，見了高太尉。那高太尉看了從前歷事文書，竟大罵道：「旣是你等十個制使去運花石綱，九個回到東京交納了，偏你這廝把花石綱失陷了，又不來首告，倒又在逃，許多時拿捉不着，今日再要勾當，雖經赦宥，所犯罪名，難以委用」把那中復文書一筆批絕了，並將楊志逐出殿帥府外。

楊志懊喪不已，回到店中，深悔未聽王倫之言，在山落草，以取其辱。今盤纏已盡，食宿無着，身邊別無長物，只有祖傳寶刀一口，只得將出貨賣，暫且餬口。眞是道盡一副英雄末路的景象。

以上三人都是軍官出身，原都非常安分守己，一個個心懷報國壯志，大夥兒都想建功立業，蔭妻封子，雖處逆境，都願逆來順受，委曲求全，其中尤以林冲處境，更堪同情。歷來王朝之傾，率皆亂自上起，宋王以小人高俅膺重任，排除異己，扼殺英雄，奸小當道，忠貞見棄，國勢如何不弱？國本如何不搖？憂時憂國之士，何能不疾首痛心！

## 鄭屠戶高利盤剝，魚肉弱小

官場既是如此黑暗，延伸社會，自然更是以強凌弱，以衆欺寡，是非不明，黑白不分，以下再擧一例，說的鄭屠戶高利盤剝，虛錢實契的故事。

原來有宋一代，百年好景以後，由於朝綱不振，外侮日亟，朝廷奢靡，官吏強斂，兵災頻仍，民生凋蔽，許多鄉民多藉借貸維生，所以社會上只要腰纏財帛的人，不論身分爲何，都可以高人一等，因而關西地方操刀賣肉的鄭屠戶也被尊爲大官人！

話說魯達、王進、史進等人一日正在一家酒肆吃酒，忽聞鄰室有婦女啼哭之聲，急躁的魯達甚爲不滿，呼來店東，詰之再三，方知是一雙江湖賣藝父女受鄭屠戶欺負；鄭屠戶見金女有幾分姿色，先是使人強媒硬保，要了作妾，並強逼寫了三千貫的借貸文書，卻虛錢實契，金氏父女並未拿到分文，後來將金女逐出，卻憑據討債，金氏父女無力付「債」，又不敢爭辯，說到傷心之處，便不免竊竊悲聲。

這是當時社會現象之一，這自然激怒路見不平的好漢。以此魯達三拳打死了鄭屠戶，資助盤纏，救了金氏父女。而身爲軍官的魯達闖下人命官司，便也不得不棄職潛逃了。

## 好漢智取生辰綱，貪官破財

宋時鬻官賣爵爲公開秘密，宦海騰圖，不在政績，端在對權勢有司的奉獻，縱屬至親，也不例外。

話說河北大名府中書梁世傑，乃當朝太師蔡京之婿，爲了孝敬泰山，屢藉慶壽爲名，大肆賄賂。上年呈奉壽禮十萬貫，在途中被刼。今年又時屆初夏，看看壽誕又屆。夫妻如何奉禮晉京？其時楊志曾因在東京復職不成，街頭賣刀又釀人命，被斷杖發配來到大名爲囚。梁中書因見楊志堂堂一表，武藝超羣，就提升爲軍官，留在身邊使喚，而這趟解送「生辰綱」❺的任務便落在他的身上。

誰知楊志一行尚未首途，卻早已驚動江湖，有名叫赤髮鬼劉唐的流浪漢，就到鄆州向晁蓋送信，問他是否有意刼取這筆錢財。晁蓋果然串聯了吳用、公孫勝、阮小二、阮小五、阮小七、白勝等人，幹下了這筆刼財越貨的勾當。

晁蓋祖籍山東鄆州，家資殷實，身爲里正（相當於村里長），在社會上，有點地位，在經濟上，尤其豐衣足食，無虞支應。只緣梁中書的生辰綱乃是斂自民間的不義之財，竟寧可冒犯殺身

❺ 宋時結隊運輸物資者爲「綱」，生辰綱卽運輸生辰禮物的隊伍。

毀家的大罪，作此勾當，實足以說明晁蓋之舉，志不在刼財，而在予貪官者當頭一記棒喝，藉以爲民洩憤也。

## 蔣門神仗勢欺人，霸占產業

宋代自中葉以後，君主黯弱，朝綱不振，官吏强斂，劣紳橫行，大以吃小，强以凌弱，是屢見不鮮的事。魯達打死屠戶鎮關西是一例，爲劉老兒斥退周通的通婚也是一例，這些都是民間疾苦的一斑。

本書第二十七回寫武松助施恩奪回快活林的事，則又是大以吃小，强以凌弱的另一寫照。

此事緣自武松殺嫂爲兄報仇前去自首後，被發配孟州充軍。到了牢營，不但絲毫未受勞罰之苦，反而禮遇有加，每日酒肉不斷，待爲上賓，武松十分納罕，不知所以，後來才得知是此間管營之子施恩，在快活林經營酒店，並收各店家的保護費。這快活林位居河北山東通衢要道，客商雲集，收入頗豐。後來來了一個張團練，帶來一名大漢蔣忠，以其身長九尺有餘，綽號爲蔣門神，仗著自己身高力大，又有張團練作靠山，就將施恩逐出，搶過他的酒店，霸他的地盤，施恩力所不逮，只有忍氣吞聲；嗣見武松發配到此，是條好漢，就每日以酒肉將息他的身體，待其體力精壯，以便爲之復仇。武松不辱使命，果然以拳頭勝過拳頭，奪回施恩的舊業。這段故事作者使用了四個回目的寶貴篇幅，寫得極爲曲致細膩，旨在反映當時社會的另一現象也。

## 暗無天日寃難伸，武松殺嫂

武松殺嫂是本書中最精采熱鬧一段。故事當從他在景陽崗打虎、陽穀縣作都頭說起。

原來陽穀縣境景陽崗一帶有猛虎傷人，縣府懸賞捉拿大蟲，衆多獵戶受盡比限之苦，均無所獲，誰知一日武松過此，在酒醉中竟赤手空拳打殺了這隻大蟲，驚動陽穀縣境，披紅掛彩，迎入縣城，知縣愛他英勇出衆，就參他作縣衙的都頭。

武松祖籍清河縣人氏，原是回鄉探視胞兄武大的，不想武大也來到陽穀，兄弟二人他鄉相遇，欣喜莫名。

武大來此是因娶了一個大戶的使女潘金蓮。這婦人年輕貌美，又生性風流，甚是招惹，偏武大又懦弱無能，常受欺侮，祖居不易，才來到這陽穀縣內以賣炊餅爲生。武大自得兄弟衙門當差，甚是揚眉吐氣，可惜好景不常，未幾，武松被差往東京公幹，兩月歸來，武大卻死於不明不白！武松將武大死因調查明白後，就向縣衙告訴，無奈西門慶財大勢大，知縣受賄，不肯作主，武松迫於無奈，只得自行請來左鄰右舍，將姦情審訊清楚，先殺了淫婦，再打死姦夫，將一雙頭顱呈獻於武大靈前爲乃兄報仇，然後再去縣衙出頭自首，接受法律制裁。

這一段故事，作者花了極多的筆墨，運用了高度的技巧，寫出最精彩的篇章，不惟其可讀性高，其中尤以王婆爲西門慶設計誘姦潘金蓮的那一段，眞是精妙絕倫，堪稱此中「經典」之作。但是我們細讀原著，當可得知，作者目的不在爲風情傳世，而是說明武松本來在衙門當差，是個知法、執法、守法的人，武大的寃情本要循法律途徑，以懲元兇，誰知官員受賄，政府無能，在不得已的情形下，才自己訴諸武力。此乃在說明人民對政府的失望也。

惟其如此，所以爾後又有楊雄殺妻的一段，可謂前後相映之筆也。

## 尾語

以上事例不過略舉大端，以徽宗重用高俅言，足以說明用人之不當，恒爲肇亂之始；高衙內欲强占部屬之妻，顯示綱常廢弛，道德淪喪；鄭屠戶之高利盤剝、欺凌弱女，及周通欲占民女爲妻，暴露了社會惡勢力之可怖；晁蓋等人智刼生辰綱，旨在說明人民對斂財貪官極端不滿；楊志復官受辱，表現了官箴無常及權勢逼人；蔣門神强取豪奪他人產業，表示社會但講强權、不論公理；武松之被迫殺嫂爲兄報仇，楊雄之殺妻洩恨，充分顯示政府的無能，只好自行訴諸武力……這一切的一切都是民間的疾苦、心中的怨恨，人們雖無力以自救，而心中卻多麼期盼著有些爲民救世除害的英雄出現！所以將一些原屬草澤的匪盜，以其尙有若干俠義事蹟，便漸漸姑隱其惡、且揚其善，由匪盜而英雄了。是以水滸的故事何以廣受歡迎、久譽不衰之理，則不言自明矣！

# 論宋江如何由盜首而英雄

## 引　言

在歷史上，宋江是爲害國家的流寇，禍延社會的强盜，在小說中，却是個疏財仗義的英雄，替天行道的豪傑！這兩者之間實有着遙遠的距離。

作者能將以宋江爲首的三十六名大盜蛻變爲三十六天罡星、另加七十二名地煞星，而成爲衆所喜愛的一〇八條好漢，不能說不是一項偉大的創作——雖然這其間曾經過漫長而複雜的蛻變過程，並非完全出於施氏一人之手筆，而施氏在增益、潤飾、編纂方面所付出的心力，以及若干部份所表現的創作才華，依然值得我們欽佩。

就小說中的宋江而言，論社會地位，只是一名縣衙的書吏；論家庭財富，不過中產階級。但後來他竟能統御許多意氣豪邁的草澤英雄，和武藝高强的朝廷命官，創下了數萬官兵不敢正視的浩大場面，作者對此一核心人物的經營，可謂付出了無窮的心血，故其間頗有許多值得我們玩味和鑽研的地方。

吾人皆知，小說構成的要素爲主題、故事、人物。而小說之成敗，又以人物創作之是否成功爲重要關鍵。在古今中外的文學名著中，其因人物之成功而傳世者頗不乏例；村野文盲雖不曾讀過三國演義，却無人不知關羽之義、張飛之勇、孔明之智、劉備之仁、曹操之奸；三尺頑童，雖不曾讀過西遊記，却無人不知孫悟空的神通廣大和猪八戒的好吃懶做；今之靑年男女，雖不曾讀過紅樓夢，也無人不知賈寶玉是個多情不專的公子，林黛玉是個痴情而又多疑的病美人。因此，人物的刻劃，常是小說家寫作的重心。

小說中的人物，有的係憑空塑造，有的係取材於歷史人物。前者作者有充份的創作自由，只要作者具有豐富的生活經驗、人生閱歷、傑出的表現技巧，卽可創造出一個生動有靈有肉的人物。後者則不然，雖有眞實人物作張本，却往往要受到史實的拘束；一般小說讀者雖無意過問歷史，但有些學者則不肯放過歷史的印證。所以羅貫中的三國人物常受到不同意見的批評，或謂過於誇張歪曲，或謂過於拘泥保守，無論從左從右看，都難得到讀者滿意的認同。而純出於吳承恩自由創作的孫悟空，所受到的則是一片讚美之聲。因此，以歷史人物用之於小說，就必須以加倍的心血來經營。尤其施耐庵要以深烙人心的盜匪，蛻變爲俠義豪邁的英雄，就如同已經汚染的布匹，首須將其汚漬滌除，才能再加印染着色，所需工力之巨，自不待言。那麼我們就來分析一下，作者是以怎樣的手法，將宋江塑造成一個衆所擁戴的英雄！

## 疏財仗義扶困濟貧

作者要爲宋江在人們心目中塑造的第一形象是：仗義疏財，扶困濟貧。江湖中最受讚揚的是仗義疏財、扶困濟貧。此爲江湖豪傑所具備的第一要件。蓋仗義者必能除暴安良，向惡勢力挑戰；路見不平，拔刀相助，寓有扶弱鋤强之意；而疏財者必能扶困濟貧，急人之急，自能交到一些朋友，使人感激零涕。而且爲英雄者勢必輕財戒貪，如果財迷心竅，一味貪歛，則與貪官汚吏又何異？所以作者筆下的宋江，首先予人印象深刻的有兩件事：第一是甘冒身家性命的危險，親自走告結夥刼財的晁蓋，要他立刻棄家逃命，此擧堪作仗義的寫照；第二是後來晁蓋着劉唐賫黃金百兩，以酬救命之恩，他僅收下黃金十兩，聊表領謝之心意，餘者皆予退還，不爲巨金所動，並且旋又欲以此金轉贈一個不相干的人，給人家作棺材之費、送終之資。此擧堪作輕財的寫照。

接着，作者又爲宋江寫出一段因風月而殺人的故事，那便是宋江怒殺閻婆惜！宋江與閻婆惜素昧平生，緣自婆惜喪父無力發送，王媒婆就領她母女來向宋江求告，宋江當即施棺一具，並白銀十兩，作爲閻老兒安葬之用。閻母嗣得知宋江尚無妻室，就主動將女兒送與宋江作外室，不久閻婆惜却與張文遠私通，冷落宋江，宋江本非酒色之徒，原不甚在意，只是閻婆惜扣留了晁蓋寄來的書信和那十兩黃金，要以此告官，乃激怒得宋江一刀將她殺了。作者寫這段故事至少含有三層用意：第一、爲宋江的流亡生活揭開序幕；第二、爲其扶困濟貧的義舉作一寫照；第三、側寫江湖人物寧可殺人而犯罪，不肯示弱而屈膝的性格。

## 善行義舉澤被鄉梓

江湖人物的另一性格是愛交朋友；因須多友才能組黨結社；須組黨結社才能發生力量。尤其欲居領導地位者，更須廣結天下英豪，並急人之急，才能收買人心博得盛譽。

江湖人物率多亡命之徒或窮困之輩，前來投奔者，不是犯下殺人越貨的勾當請求匿身藏命，就是貧病交加沒了盤纏請求救濟。無論何人在何種情況下到來，都必須欣然接納，才算善盡江湖義氣；武松貧病交加在柴進家一住經年，柴進不拒，所以柴大官人的盛名遠播，江湖崇敬；王倫原是梁山之主，前因林冲來投推三阻四，後因晁蓋等來奔不肯接納，以致葬送了性命。

宋江乃是一介書吏，縱然家財中資，也會些刀棍拳脚，論實力，在江湖上本只有充當一名小小角色的資格。然而，他却心懷「替天行道」的大志，這就非得結集江湖衆人的力量不可。江湖人物既然性好組黨結社、講究義氣相投，所以宋江便在交結朋友方面特別深下功夫。

廣交江湖朋友，固然無錢難以達成，無名也不足以號召；「知名度」亦很重要。而聲名的建立，殊非一朝一夕的事，通常必須自鄉梓的善行開始。而施捨棺木，散發藥材，是最爲人所稱道的義擧。所以當閻老兒去世，閻氏母女無力發喪時，王媒婆便領着二人慕名來找宋江，街頭賣湯水的王老兒，宋江也許下贈送一具棺材爲其送終。

諸此皆爲正面的着筆。當然僅此筆墨尚不足以將宋江的人格美化，及將其名譽提升到最高峯。但是，類此正面用筆不宜太多，因而作者再佐以若干迂迴的筆墨。例如第三十一回宋江別了柴進和武松投奔清風寨，途中被清風山的嘍囉所捉，本要剖腹挖心給三位大王作醒酒湯，正當小嘍囉以冷水澆面，卽待下手時，宋江自歎道：「可惜宋江死在這裡。」只此一言，爲首的大王燕順便親解其縛，推金山倒玉柱，納頭便拜。接着二大王王矮虎、三大王鄭天壽都一一禮拜。是爲迂迴的手法之一。其後，燕順等決定追隨宋江一同投奔梁山。一日途中口渴腹飢，到店中沽酒吃肉，以店中座位不多，而石勇一人却獨占一副大座，就着店家央請挪換小座。石勇强横傲慢，大罵店家，執意不肯，燕順按捺不住，幾乎動武，石勇因道：「我自罵他，要你多管，老爺天下只讓兩個人，其餘的都把來當脚底下的泥。……我說與你，驚得你呆了：一個是滄州横海郡柴世宗的子孫，喚做小旋風柴進柴大官人的……這一個又奢遮！是鄆城縣押司山東及時雨呼保義宋公明。老爺只除了這兩個，便是大宋皇帝也不怕他。」

## 廣交豪傑英名遠播

到了三十五回，描寫李俊如何識得宋江，又另是一種手法。

話說宋江自在店中遇到石勇，獲得家書，立卽回家奔喪，不意到了家中，父親竟然健在。原來是宋太公恐怕宋江流落江湖，與人結黨滋事肇禍，乃命宋淸假傳家書，要他回家奔喪，就命他去衙中自首，領了罪刑❶，以便刑滿回家平安度日。因在衙中使錢打點，方獲配江州。一路上雖有梁山之險，却也順利來到江州附近的揭陽嶺。這日腹中飢餓，入店打尖，不幸被店家使蒙汗藥將宋江與公人一齊迷倒，綑在作房，只等伙計歸來，就要結果性命。不意這時却來了李俊、童猛、童威等三人，也來買酒解渴，因說起聞得人言，宋江要配充江州，連日四處守望不曾見得，問店家可見到發配的罪犯麼？店家坦承恰有兩個公人一名囚犯被迷倒在後面，李俊等入內相看，却不認得，原來李俊等只是久慕宋江之名而已，並不曾謀面，後經取出公人文書，方才證實便是宋江。且摘錄部份原文，看看作者如何用筆？

李俊道：「天使令我今日上嶺來。早是不曾動手，爭些誤了我哥哥性命。快討解藥來，先救起我哥哥。」四人將宋江救醒，扶到前面客位，李俊納頭便拜，宋江如在夢中：「這是那裡？我

❶ 宋江之亡命江湖，是因爲怒殺了情婦閻婆惜。

不是在夢中麼？却才麻翻了宋江，如何又知我姓名？」李俊道：「兄弟有個相識，近日做買賣從濟州回來，說起哥哥大名，爲事發在江州牢城。李俊經常思念，只要去貴縣拜識哥哥，只爲緣份淺薄，不能够去。今聞仁兄來江州，必從這裡經過，小弟連連在嶺下接仁兄五七日了，不見來。今日無心，天幸使令李俊同兩個兄弟上嶺來，就買杯酒吃，遇見李立說起來，因此小弟大驚，慌忙去作坊裡看了，却又不認得哥哥。猛可兒思量起來，取公文看人，才知道是哥哥……。」

足見宋江在江湖上名聲之大，衆人仰慕之殷。不但此也，連一向傲慢江湖的魯智深心中都有景慕之意。

話頭是這樣引起：事見第五十七回。話說武松、楊志、魯智深等計議要打青州。楊志道：「若要打青州，須用大隊人馬，方可濟事。俺知梁山泊宋公明大名，江湖上都喚他做及時雨宋江，……孔亮兄弟，你却親身星夜去梁山泊請下宋公明來併力攻城，此爲上計……。」魯智深道：「正是如此。我只見今日也有人說宋三郎好，明日也有人說宋三郎好，可惜洒家不曾相會。衆人說他名字，聒得洒家耳朶也聾了，想必其人是個眞男子，以致天下聞名……。」

另一段事蹟見於第六十四回。宋江背上罹患怪疾，衆人計議，惟有去建康請來神醫安道全，方期有望。便着張順賣備重金前往禮聘。張順失察，在江中被人做了手脚，幸得水性良好，不曾淹死，深夜上得岸來，投奔一酒店，求救老丈，說明來歷。老丈道：「漢子，你從山東來，曾經過梁山泊麼？那山上宋頭領，不刼來往客人，又不殺害人性命，只是替天行道。老漢聽說，宋江這夥，端的仁義，只是救貧濟老，那裡似我這裡草賊，若待他來這裡，百姓都快活，不吃這夥濫官汚吏薅惱！」

後來張順尋得安道全，他也滿口稱讚宋江爲「天下義士」。這也是作者用心點染之筆，其例尙多，不再列舉。

## 善攬人心會交朋友

宋江在江湖上何以能博此美譽？疏財仗義固爲原因之一，然僅此一端猶不克臻此也，因而我們細加推敲，便不難發現還有其他因素存在。玆擧數例以證。

第一是善攬人心會交朋友。江湖人物講究一個義字，而義氣的激發，恒須以情字作基礎；彼能待我以情，我便報之以義。所以情義二字往往偕行併用。然此情不是男女的私情，沒有兩性相吸的因素在內；也不是家族的親情，沒有血統的因素在內。它只是朋友間的友情，其凝結和激發的要素，端在講道義結人心。

江湖人物率多粗獷而感性，一根腸子到底，只要彼此意氣相投、肝膽相照，蹈湯赴火、兩臂插刀，抛頭顱、洒熱血，均在所不計。否則，一言不合，便要拔刀相向。

在水滸傳中，宋江是江湖盟主，衆所擁戴的英雄，但眞正的刎頸知己，恐怕要首推李逵。李逵的心性，可謂典型的粗獷感性人物，是最徹底投桃報李的人。

宋江與李逵的訂交，是宋江被發配到江州牢城以後的事，書中有其精緻細膩的描寫。作者採一石兩鳥的手法，一面寫李逵的性格粗鹵，又好賭、又好酒，一面則寫宋江如何欣賞他、包容他、賙濟他。縱然李逵使詭計騙他銀兩，以及以後又滋生許多事端，全不在意，到頭來仍以大錠銀兩相贈，其待李逵的豪爽，使得李逵頓有萍水知音之感，雖肝腦塗地，亦不足以報其大恩，所以後來江州刼法場時出力最多，自此追隨宋江亦無不戮力效命，二人情義反較與戴宗爲篤了。交友交心，宋江可算是深知此中秘訣者矣。

## 謙冲為懷三讓寨主

第二是謙冲爲懷三讓寨主。在儒家傳統的思想裡，主張有才智、有權勢的人，如果爲人處世能够謙冲爲懷，那便最受尊敬和推崇了。因而有許多謙讓的故事，流爲後世的美談。說部中最爲人樂道者，莫過於陶謙與劉備的三讓徐州。不知是否巧合？還是羅貫中果然有參與此書的說法❷，宋江亦是三讓梁山寨主之位。第一次是甫投梁山之際，晁蓋要他掌領山寨，宋江執意不肯。以當時情勢而言，宋江在江湖上聲望之隆，晁蓋實無法與之比擬，何況山寨中的諸路英雄都是慕宋江

❷水滸傳一書有羅貫中也曾參與編纂的說法，見前文「水滸的事蹟、演變和版本」。

之名而來，宋江所具之實力，晁蓋何能望其項背，但宋江堅持「後不僭先」。其後，晁蓋於曾頭市一役中箭身亡，衆議山中不可一日無主，宋江又推辭至再，聲聲要遵晁蓋遺言，誰能擒得史文恭，報此一箭之仇，誰卽是山寨之主。無奈大小頭領一致推擧，甚至激怒得李逵要廝殺起來，宋江才勉强暫且權從。後來史文恭爲盧俊義所擒，宋江便又要讓位於盧。盧雖爲河北富豪，武藝出衆，頗負盛名，但他畢竟初附梁山，貢獻有限，尤缺群衆基礎，自是不宜居此高位，怎奈宋江堅讓，方又衍出雙雙出擊的事；二人領兵分別去攻打東平與東昌，誰先破城，卽爲山寨之主。宋江原擬欲使盧俊義先行建功，乃自擇難以攻破的堅固城池，誰知到頭來還是自己先行破城，這才服從衆議，掌領梁山的兵符了。綜此而論，宋江的三讓梁山，豈非與陶、劉的三讓徐州前後比美乎！

## 愛才如渴禮賢下士

第三是愛才如渴禮賢下士。擧凡有政治野心的人，無不深知人才的重要；盖政治勢力之獲得，必須得力人才的襄助，尤其革命創業的人，其事業更須他人的頭顱熱血和心力智慧來凝結。人才的獲得不外發掘與培養。然而往日培育人才的觀念並不發達，比較着重於人才的發掘。一旦人才發現，便如獲至寶，乃衍出許多憐才愛才的故事：如曹操之愛關羽，竟然接受史無前例的投降條件。其後又上馬金、下馬銀、三日小宴、五日大宴，甚至任令過五關斬六將揚長而去，此無他，深愛關羽之勇也。典韋之死曹操曾舉悲大慟，較失子之痛尤切，亦是愛才之例也。至於劉備愛才之殷，求才之切，更是不在話下。當趙雲未歸其麾下時，每每分別，總是携手洒淚，不勝依依；聞得司馬徽言「天下奇才，盡在於此；伏龍鳳雛，得一可安天下」，那種喜不自勝的情景，眞是溢於言表。嗣三顧茅廬於諸葛，更爲求才之擧立下了永世的典範。

劉備的天下得力於諸葛亮的運籌帷幄，這是擧世公認的事實；諸葛効命劉備三十年，鞠躬盡瘁，死而後已，也是最佳的忠臣風範。劉備何其有幸，獲此良才，得此忠臣，此無他，禮賢下士有以致之也。擧凡才智卓越的人，多生傲骨，倘以權勢壓之，不能待之以禮，必不能爲用，曹操傲慢禰衡，招來羞辱就是一例。反之，劉備對諸葛禮遇有加，方能臻於如魚得水之境。宋江乃權謀之士，必熟知三國故事❸，起而傚尤也。所以宋江一見武松就愛護有加，出入携手，同榻而眠。以及以後收伏各路降將亦莫不親解其縛，禮爲上賓，所以一個個才肯爲宋江効力賣命也。

## 力塑忠臣孝子形象

第四是力塑忠臣孝子形象。忠臣與孝子是我國倫理中作人最高的規範，此二德行雖涵義有

❸ 三國演義一書雖著於明代，但三國故事却在我國民間流傳已久，宋時「說三分」極爲流行。

別，却常爲人結爲表裡，認爲凡屬忠臣必出於孝子之門，易言之，凡在家爲孝子者，入仕必屬忠臣，忠臣與孝子是最受社會所尊敬和標榜的。岳飛名傳千古，就是由於他兼具了忠臣孝子的兩種德行。事實上若論武功，他只是一個失敗的英雄，若論對國事的盡忠，在我國數千年的歷史中又何知凡幾？渠之所以名垂青史，被後人尊爲最偉大的民族英雄者，厥爲其兼具忠臣孝子之兩種德行耳。

國人既然如此重視這兩種德行，因此小說家如果想要塑造一個人所景仰的英雄，這兩種德行就不能忽略。何況宋江本是群盜之首，貽害黎民社會者甚多，要想將他轉變爲人所景仰的英雄，此二德行的闡揚就更不可或缺了。惟期如此，所以宋江在得知父喪的家書時：「宋江讀罷，叫聲苦，不知高低，自把胸脯捶將起來，自罵道：『不孝逆子，做下非爲，老父身亡，不能盡人子之道，畜生何異！』自把頭去壁上磕撞，大哭起來……。」（第三十四回）

事實上，宋江之父並未身亡，只緣宋江因故殺了情婦閻婆惜後逃亡在外，宋父恐他久滯江湖，不能自拔，乃命宋清修書將他騙回，要他去衙門投案，了此官司，以後可以安份度日。宋江如言，縣衙自首，從輕發落，杖脊二十，發配江州。臨行時又頻頻叮囑宋清：「兄弟，我此去不要你們憂心，只有父親年紀高大，我又被官司纏擾，背井鄉而去。兄弟，你早晚只在家侍奉，休要爲我到江州來，棄擲父親，無人看顧……。」（第三十五回）

後來道經梁山，爲劉唐所阻，要殺公人，解救宋江。宋江向劉唐道：「這不是你們弟兄抬舉宋江，倒要陷我於不忠不孝之地。若是如此來挾我，只是逼宋江性命，我自不如死了。」說着就要自刎。

及達粱山，見了衆家兄弟。花榮道：「如何不與兄長開了枷？」宋江又道：「賢弟，是什麼話？此是國家法度，如何敢擅動。」衆人一再留他在山，他對晁蓋說：「兄這話休題，這等不是抬舉宋江，明明的是苦我。家中上有老父在堂，不曾孝敬一日，如何敢違了教訓，負累了他，……臨行又千叮萬囑，……小可若不遵順，便是上逆天理，下違父教，做了不忠不孝的人在世，雖生何益？如不肯放宋江下山，情願只就衆位手裡乞死！」（第三十五回）宋江的孝子形象，作者以畫龍點睛的手法，可謂塑造得十分完美矣！

## 替天行道企盼招安

關於宋江的孝子形象的塑造，已析如前文，但是忠臣的形象却未顯現出來。而且宋江的行爲不但不忠於君國，抑且叛君禍國，洵屬南轅北轍，如何以此「負面」變爲「正面」，頗爲周章。如果這是一本純屬創作的小說，說白道黑，悉聽尊便。然宋江等三十六盜確有其人，而宋室江山也是一二百年後才淪亡於金人之手，鐵般的歷史不能竄改，所以作者才只有另出絕招，說甚麼宋江等落草爲盜是時勢環境所迫；他們身在粱山，却心存宋室；他們殺人越貨，是替天行道；他們雖抗拒官兵，却時時企盼朝廷招安。

第三十一回武松送別宋江時，宋江說：「兄弟，你只顧自己前程萬里，早早到了彼處，入夥之後少戒酒性，如得朝廷招安，你便可攛掇着魯智深投降了。」

第五十五回宋江等設計將金鎗手徐寧賺上山來，宋江對徐寧說：「現今宋江暫居水泊，專待朝廷招安，盡忠竭力報國，非敢貪財好殺，行不仁不義之事……。」

第五十七回呼延豹被擒，宋江親解其縛說：「小可宋江怎敢背負朝廷？蓋爲官吏汚濫，威逼得緊，誤犯大罪，因此權借水泊裏暫時避難，只待朝廷招安，不想起動將軍……，倘蒙將軍不棄山寨微賤，宋江情願讓位將軍，等朝廷見用，受了招安，那時盡忠報國，未爲晚也。」

第五十八回宋江告禀宿太尉說：「宋江原是鄆城小吏，爲被官司所迫，不得已啃聚山林，權借梁山泊避難，專等朝廷招安，與國家出力……。」

第七十回宋江等攻破東平東昌兩城，凱旋回山後，心中大喜，說：「宋江自從鬧了江州，上山之後，皆託賴衆兄弟英雄扶助，今者，共聚得一百八員頭領，端的古往今來，實爲罕有。從前兵刄到處，殺害生靈，無可禳謝，我欲建一羅天大醮，報答天地神明眷佑之恩，一則祈保衆兄弟身心安樂；二則惟願朝廷早降恩光，赦免逆天大罪，衆當竭力捐軀，盡忠報國，死而後已。」

## 尾　語

由以上的剖析，我們可以得知，作者是如何處心積慮地將江湖豪傑各種優美的德行與形象都加諸於宋江一身，使他成爲一個疏財仗義、扶困濟貧、謙沖爲懷、愛才如渴、禮賢下士、集忠臣與孝子於一身的人。試問世間若果有這樣的强盜，又怎能不爲世人所喜愛，而目之爲英雄呢？因此，本書無論是出於施氏一人之手，或是綜合了多人的創作，總之，它確實展現了小說人物創作的才華。

# 論宋江的人格與性格

凡是水滸傳的讀者，莫不讚賞本書的成就，就連恃才傲世的文壇怪傑金聖歎也說：「天下之文章，無有出水滸右者，天下之格物君子，無有出施耐庵先生者。」

水滸一書成就是多方面的，爲世所尊，洵非偶然。而其中人物描寫，尤爲翹楚，諸如武松、魯達、李逵、林冲等等，一個個都是響噹噹的人物，固爲不爭的事實，但細細品評，最難寫而又最成功的當推梁山之首的宋江。

何以說宋江是最難寫而又最成功的人物？因爲宋江人格多重性格複雜，故曰最難寫；而作者以此終能寫出一個眞正悲劇人物，故曰最成功。

何以見得宋江有着多重人格和複雜的性格呢？君不見他既一心要作忠臣孝子，日盼招安，替天行道，却又交結江湖，私放要犯，怒題反詩，攻城刼舍，抗拒官兵；他一方面廣結人心，召納英豪，培植勢力，以遂壯志，另一方面却又頻頻謙讓，不肯坐那第一把交椅。他的人格和性格豈不複雜？謹縷析如次，以供欣賞。

## 一心一意忠孝雙全

宋江怒殺閻婆惜後，閻母一狀告到縣衙。宋江雖是本衙刑案書吏，犯下人命官司，知縣也不得不下令拿人。由於都頭朱仝、雷橫兩人都與宋江私情甚篤，故只虛張一番聲勢而已。尤其朱仝在地窖中義釋宋江，囑其設法逃走一節，更使得宋江心存感激，和父親兄弟商議道：「今番不是朱仝相覷，須吃官司，此恩不可忘報。如今我和兄弟且去逃難，天可憐見，若遇寬恩大赦，那時回來，父子相見。」

臨行又頻囑家中莊客：「早晚殷勤伏侍太公，休教飲食有缺。」此非一派孝子口吻乎！

後來宋清已回家中，宋江一人原擬浪迹江湖，廣結天下豪傑，不意一日却忽得石勇寄書。我們且摘錄一些原著，看看宋江的孝子形象：

宋江接來看時，封皮逆封着，又沒「平安」二字，宋江心內越是疑惑，連忙扯開封皮，從頭讀至一半，後面寫道：「……父親於今年正月初頭，因病身故，見(現)今停喪在家，專等哥哥來家遷葬，千萬！千萬！切不可誤。弟清泣血奉書。」宋江讀罷，叫聲苦，不知高低，自把胸脯搥將起來，自罵道：「不孝逆子，做下非爲，老父身亡，不能盡人子之道，畜生何異！」自把頭去壁上磕撞，大哭起來，燕順，石勇抱住，宋江哭得昏迷，半晌才方甦來。

宋江回到家鄉，有人告訴他其父健在，回到家中，莊客也說：「太公每日望得押司眼穿，只才吃酒回來，睡在裡面房內。」宋江聽了大驚，撇了短棒，逕入草堂上來，只見宋淸迎着哥哥便拜。宋江見他果然不戴孝，心中十分大怒，便指着宋淸罵道：「你這忤逆畜生，是何道理，父親見今在堂，如何却寫書來戲弄我，敎我兩三遍自尋死處，一哭一個昏迷你做這等不孝之子！」宋淸却待分說，只見屛風背後轉出宋太公來，叫道：「我兒，不要急躁，這個不干你兄弟之事，是我思量要見你一面……又怕你一時被人攛掇落草去了，做個不忠不孝的人……」

宋太公此際詐書召回宋江的另一個原因是：皇上新立太子，減刑天下，宋江殺人之罪已被減輕，後來果然只受杖脊及發配江州之刑。我們再來看看作者又如何以此著墨來描寫宋江的孝子形象：

當下兩個公人領了公文，監押宋江到州衙前，父親宋太公同兄弟都在那裡等候，置酒管待兩個公人，齎發了些銀兩，宋太公喚宋江到僻靜處叮囑道：「我知江州是個好地面，特地使錢買將那裡去，你可寬心守耐……你此去正從梁山泊經過，倘或他們奪你入夥，切不可隨依，敎人罵做不忠不孝。此一節須牢記於心。孩兒，路上慢慢地去，天可憐見，早得回來，父子團圓，兄弟完聚。」宋江洒淚拜別父親……囑咐兄弟道：「我此去不用你們憂心，只有父親年高，我又累被官司纏擾，背井離鄉而去，兄弟，你早晚只在家侍奉，休要棄擲父親爲我到江州，江湖上我自相識多……盤纏自有對付處。天若可憐，有朝一日歸來也。」（第三十五回）

這些都是作者積極致力塑造宋江孝子形象之筆。而由此事件，又側寫宋江的知理與守法。

話說宋江發配江州，梁山兄弟得知，就在幾處路口埋伏，意欲殺了公人，叔他上山入夥。宋江一行果然遇到劉唐所率領的一批嘍囉。劉唐就要殺害兩個公人，宋江將劉唐手中的刀騙過來後說：「這個不是你們兄弟抬舉宋江，倒要陷我於不忠不孝之地。若是如此挾我，只是逼宋江性命，我自不如死了！」說罷就把刀喉下自刎。劉唐急急奪下刀，宋江道：「你弟兄若是可憐見宋江，容我去江州牢城聽候限滿回來，那時却待與你們相會。」稍後，他見到花榮與吳用，花榮卽吩咐去其刑枷。宋江道：「賢弟，是什麼話，此是國家法度，如何敢擅動？」吳用笑道：「我知兄長的意了，這個容易，只不留兄長在山寨便了……略請到山寨少敍，便送登程。」宋江方允上山，到了山寨，晁蓋及衆頭領又要留他，晁蓋道：「仁兄直如此見怪？雖然仁兄不肯要害兩個公人，多與他些金銀，發付他回去，只說在梁山泊搶擄了去，不到治罪死他們。」宋江道：「兄這話休題，這等不是抬舉宋江，明明的是苦我，家中上有老父在堂，宋江不曾孝敬得一日，如何敢違了他的教訓，負累了他……臨行時又千叮萬囑，教我休爲快樂，苦害家中，免累老父愴惶驚恐，小可如不隨順，便是上逆天理，下違父教，做了不忠不孝的人，雖生何益？如不肯放宋江下山，情願只就衆位手裡乞死。」說罷淚如雨下拜倒在地。

（第三十五回）

由此可見，宋江一心只要做一個「忠孝兩全」的人，寧可前往服刑，不願中途易志。

## 心中時時企盼招安

梁山衆英雄，除了早期的晁蓋等七人是自蹈法網，甘願上山落草者外，爾後陸續上山入夥者，多出無奈，故世有「逼上梁山」之說。諸如林冲、楊志、秦明、花榮、呼延豹、徐寧、關勝、盧俊義等等，事例都很明顯，至於宋江，從前引原文中我們知道他寧死也不肯上山的，後來却終上山，其間被迫無奈的過程，作者將他寫得更是曲折無限。

史實上的宋江，是糜盜之首，與小說中逼上梁山的英雄大異其趣。作者何以要背叛史實？乃是由於歷來的說書人、劇作家，乃至聽衆和觀衆都希望這批人是英雄，作者也就不得不循情悅衆，從善如流了。

宋江之上山落草，縱如小說家者言是「情出無奈」，但據山聚衆，抗拒官兵，總是事實。「忠孝雙全」是中國人做人最高的道德標準，這種儒家思想綿延恒長，一個違背倫常的人欲得衆人崇拜絕不可能。占山爲寇與忠孝雙全是背道而馳的，如何將這背道而馳的事實，作爲一百八十度的轉變。作者便不能不費一番苦心經之營之，且舉例以證：

第三十一回，武松和宋江分投二龍山及清風寨，二人話別時，武松要再送宋江一程，宋江拒道：「兄弟，你自顧前程萬里，早早到了彼處，入夥之後，少戒酒性，如得朝廷招安，你便攛掇着魯智深投降了，日後但在沙場一刀一槍博個封妻蔭子，久後靑史上留得一個好名，方不枉了爲人一世。我自百無一能，雖有忠心，不能得進步……。」

第五十五回因破「連環甲馬」，設計將雙鎗將徐寧騙到山寨入夥，徐寧對陽隆說：「却是兄弟送了我也。」宋江執盃向前陪造道：「見（現）今宋江暫居水泊，專待朝廷招安，盡忠竭力報國，非敢貪財好殺，行不仁不義之事，萬望憐此眞情，一同替天行道。」

第五十七回，梁山人馬擒得呼延豹後，回到寨中宋江卽命快解繩索，親自扶呼延豹上帳坐定，拜見。呼延豹道：「何故如此？」宋江道：「小可宋江怎敢背負朝廷，只爲官吏貪汚，威逼得緊，誤犯大罪，因此權借水泊避難，只待朝廷赦罪招安……倘蒙將軍不棄山寨微賤，宋江情願讓與將軍，等朝廷見用，受了招安，那時盡忠報國，未爲晚也。」

第五十八回，宋江爲攻靑州不下，特將進香太尉扨持，假其衣冠扮作太尉，以賺城池，宋江對宿太尉告禀道：「宋江原是鄆城小吏，爲被官司所逼，不得已哨聚山林，權借梁山避難，專等朝廷招安，與國家出力。」

第七十回梁山人馬自東平，東昌凱歌而回後，宋江心中大喜，要建醮贖罪並祈平安，宋江說：「……我欲建一羅天大醮，報答天地神明脊佑之恩，一則祈保衆兄弟身心安樂，二則惟願朝廷早建恩光，赦免逆天大罪，衆當竭力捐軀，盡忠報國……。」

# 忠孝包袱步入淪亡

前者，作者亟急於要將宋江塑造爲一個孝子，後者，不時揭示宋江心存宋室，期期企盼招安！暗示爲忠臣。

毋容諱言，作者在這方面的努力是成功了；在一般聽衆、觀衆和讀者的心目中，宋江確已塑成「忠孝雙全」的形象，故爲衆所喜愛的英雄。

然而，明眼人都知道：他既非孝子，尤非忠臣！

因爲在儒家傳統的倫理道德中，忠臣與孝子乃一事的兩面，如非忠臣卽非孝子，蓋未聞有賊子而能稱孝者，亦未見有逆子而能作忠臣者！

宋江據山聚衆，抗拒朝廷，豈能算忠？他之口口聲聲等待招安，替天行道，以及將「聚義廳」改爲「忠義廳」，都不過是作者爲他爭取口彩而已，於事何補？

宋江將老父和兄弟接到梁山，使老父背井離鄉，受驚駭、捱罵名，豈是孝子的行徑；衣錦還鄉，光耀門楣，著有善行美譽，才能使老父臉上增光，那才是孝行的一種。

所以宋江的人格是複雜的、性格是矛盾的，他在自已所編織的羅網中掙扎，最後還是力竭而亡！

古今中外的歷史中，草澤英雄而帝王者，並不乏先例，他們之所以成功，是他們心中不存有「忠孝雙全」的包袱，因此，宋江的失敗是無疑的，梁山一百多位好漢被他領導步向失敗命運而不自覺，也是一件可歎的事。

莎士比亞的戲劇以悲劇馳名，而其悲劇又以命運的悲劇稱著。夫命運的悲劇又無不是性格所造成。是以施耐庵先生寫宋江這個人物，也是很成功地完成一齣命運的悲劇了。

# 水滸英雄數武松

舉凡一部偉大的文學作品，它的內涵與成就總是多方面的，不特予一般讀者有「看山是山，看嶺是嶺」的感覺，就連一些專攻文學的學者，也很難以三言兩語將它們說得透徹完整。

一般而言，水滸傳在人物描寫方面的成就是世所公認的，聚集於梁山的好漢們，不但受到廣大讀者的喜愛，就連那些搖頭晃腦的學究們，也不時發出讚美感歎聲，此種成就殊非等閒。

水滸人物的成功，端在人物性格的鮮活，而且各有不同。儘管我們可以將某些人物歸屬於那一類，然若細細評析，却會發現其間同中有異，異中有同。

水滸人物的性格都是藉故事來烘托，每一人物在扮演自己的故事時，個人的性格也就很自然地流露出來。而讀者在閱讀故事之後，腦中不但充滿故事情節，也留下一個個鮮活人物的形象。因而乃造成人人皆好漢、個個是英雄的印象。

## 英雄條件與性格

所謂英雄也者，原無明確的定義，有謂「人才出衆者」謂之英雄，也有謂「賢明豪邁者」謂之英雄。尺度寬嚴很難界分。依筆者拙見：其爲英雄者，不但應有英雄的條件，也當有英雄的性格。

在條件方面：

第一、其爲英雄者，必須有卓越的才能；文能治世，武能救國，文韜武略兼而俱備者是爲上選。東漢末年，羣雄並起，互爭天下，人才濟濟，可謂一時之盛，而曹操對劉備說：「天下英雄唯使君與操耳」。足見其懸的之高。當然以描寫草澤英雄的水滸傳，自不宜以此尺度爲量才的標準。草澤英雄的個人武功必須高强，才能有拳打天下，威鎭江湖的資本，却也是最起碼的條件。

第二、其爲英雄者，須有豐功偉績。英雄之所以爲英雄，豐功偉績，殊不可缺。英雄層次的高低，胥以其英雄事蹟的貢獻而定，能造福全人類者，是爲世界級英雄，能爲國家民族建功立業者，爲民族英雄，行走天涯，闖蕩江湖，行俠仗義，爲民除害者，爲江湖英雄。

第三、其爲英雄者，必須人格完美、品德高超，如人格卑鄙，品德敗壞，才能走向必入歧途，則此等人愈是才大藝高，必然貽害更多。才大藝高是構成英雄的要件之一，但才大藝高者却未必人人都能成爲英雄；英雄賊子之分，胥以人格品德是賴，縱然不宜齊之以聖賢，瑕疵的容忍也是有限的。

第四、其爲英雄者，必須不貪財不好色。財色爲人之大慾，乃考驗情操之關鍵，如英雄一如市儈，如何能受到世人崇拜？尤有進者，凡屬英雄或有軍事政治地位、或有江湖社會地位，若藉此斂財漁色，强取豪奪，此等行徑與匪盜又有何異？故英雄必須不貪財；不貪財，才能疏財；能疏財，方有扶困濟貧的善舉。不好色，好色必傷身，易中美人計，必誤大事。

第五、其爲英雄者，必須敢作敢當，光明磊落。民族英雄志在爲國家建功立業，社會英雄志在爲人民除暴安良。國家不免有國賊祿蠹，社會不免有惡勢特權，如何向他們挑戰，是爲英雄的考驗。孫悟空降伏不了的妖怪皆與天庭有關，猶言爾等皆有背景也。故向此等挑戰，須有勇氣，不畏首尾，不計得失。且作風光明，態度磊落，方能得到世人的認同。

次言英雄性格，筆者在拙文「論孫悟空的英雄形象」❶中曾有闡述。一般而言，英雄的性格乃爲：不欺善、不怕惡、不怕硬、但怕軟；不怕人欺，但怕人求；不願受拘束，不能受壓抑；自視甚高，自信心强；好名、好勝、好鬬、好狠；不屈服、不妥協；憎恨特權，藐視權貴；疏財仗義，扶困濟貧；嫉惡如仇，愛打不平等等，本文擬不再贅述。

---

❶ 見本書「西遊」單元。

## 英雄點將談魯達

英雄的條件及性格既如前述，準此而論，本書中又有何人堪稱英雄呢？茲析論如次：

首先令人想到的當是魯達。這是作者着力甚多，頗爲讀者所喜愛的人物，他生性耿介、性情急躁、心地善良、外形粗獷、疏財仗義、急人之急……他具備了若干英雄的條件和性格。作者用了許多情節來突出這些條件，强調這些性格：魯達與讀者初見，是出現於史進訪覓王進之時，因聞史進之名，一見如故，邀同飲酒。途遇史進師父李忠，正在街頭賣藝，又邀李忠同往，李忠欲待演練完畢，收場再去，魯達不耐，竟將觀衆一推一交，罵道：「這廝們夾着屁股眼撇開，不去的洒家便打！」在酒肆中，聞得鄰室傳來哭聲，又呵斥酒保。得知是金氏父女受屈困，一面賫發盤纏，一面就去找鄭屠戶算帳。三拳打死鄭屠戶，爲地方除去一害。

魯達原是經略府的提轄，爲救金氏父女，闖下殺人大禍，他並不後悔，却從此苦無安身之處，無奈只好到五臺山出家。在五臺山，兩次酒後滋事，大鬧寺院，容身不得，再投東京相國寺，受命看守菜園，一日與潑皮們吃酒演武，喝采聲引來了林冲，由是結識。後林冲被陷充軍，魯達唯恐他途中受害，便暗中隨護，果然在野猪林險遭不測。

作者寫魯達，筆墨雖未集中，却筆透紙背，俱見工力。唯恐店家向鄭屠戶通風報信，金氏父女受到追趕，就在店內坐了兩個時辰，約莫金公去遠，方才起身。在野猪林救下林冲，因恐公人在途中再生歹意，就一路送近滄州：「兄弟，此去滄州不遠了，前路都有人家，別無靜僻去處，洒家已經打聽實了，俺於今和你分手，異日再得相見。」俱見其救人救徹，做事有始有終。

魯達的粗獷性格，火爆脾氣，無時不表露無遺。他却也能粗中有細，風趣詼諧。消遣鄭屠戶，智服小霸王，皆相映成趣。論氣力，他能倒拔楊柳，論武藝也屬一流，所以他是一個頗爲討好的人物。

## 搶眼人物話李逵

另一個非常搶眼的人物是李逵。他一出場作者就特別着力用了幾段不同的情節來描寫他的性格。他的故事是自强人借貸與人吵架開始。他好酒又好賭，吃酒不耐煩小盃，要用大碗，吃肉用手抓，吃魚連骨刺。能有錢賭，酒也不吃。賭錢要作莊，輸急了搶錢又打人。

李逵與宋江的相識，是緣於戴宗的介紹，但以後二人的情份却過於戴宗。宋江很能掌握李逵的個性，李逵很感戴宋江的豪爽大方。聞得宋江想吃鮮魚，就去江邊取討，討之不得，即行搶奪。飲酒間賣唱女郎打擾了談興，又出手傷人，處處表現了惹是生非的性格。

宋江、戴宗問斬，梁山兄弟來劫法場，鑼聲一起，「却見十字路口茶坊樓上，一個彪形黑大漢，脫得赤條條的，兩手握着兩把板斧，大吼一聲，却似半天起霹靂，從半空中跳將下來，手起斧落，早砍翻了兩個行刑的劊子手……」這人便是李逵。以後攻打無爲軍，也是他出力最多。爲了宋江想吃鮮魚，他與人大打出手，爲了救宋江性命，他殺人最多，他對宋江最忠實、最崇拜，但對宋江三番兩次讓位，却最不耐煩：「我在江州捨身拚命，跟將你來，衆人都饒讓你一步，我自天也不怕！你只管讓來讓去假甚鳥！我便殺將起來，各自散火。」（第六十七回）

李逵心直口快，不肯做假。他可算得上是宋江的心腹，雖是粗人，却頗了解宋江的心事，而他的口無遮擋，常使宋江難堪：「哥哥休說作梁山泊主便做個大宋皇帝你也肯。」（第五十九回）

## 允武允文說林冲

梁山人物衆多，或出身江湖草澤、或出身軍中行伍、或出身鄉紳地保、或出身官宦世家、或出身富豪名士、或出身捕快書吏……有文有武，有粗有細。魯達李逵性格類似，都是粗獷一型，若僅舉此二人，自不足概括代表，故宜另以一個較爲細緻的人物來加分析，且舉林冲。

林冲原是東京八十萬禁軍敎頭，有相當崇高的地位，有豐富的收入，是一份相當不錯的職業，兼有一位年輕美貌的妻子，生活美滿。但命運多蹇，橫禍忽來。妻子在五嶽廟進香，被高太尉的兒子高衙內發現，加以調戲，並欲染指。鍥而不捨，多次逼姦不成，乃設詭計，使林冲買刀受騙，誤入白虎堂，定下「擅帶武器，擅闖軍機」涉嫌謀反的罪名。面刺「金印」，杖脊發配滄州，在途中又命解差謀害，幸得魯達相救。

林冲有一身出色武藝，也有冷靜頭腦。妻子第一次被調戲時，聞訊趕來，本要開銷那登徒子，「林冲趕到眼前，把那後生肩胛扳過來，恰待下拳打時，認的是本管高太尉螟蛉之子高衙內，先自手軟了。本待要痛打那廝一頓，太尉面上須不好看。」（第六回）

第二次妻子被騙到陸家，高衙內正在逼姦，又得林冲及時救下。高衙內逃脫，林冲也只是砸了陸家，尋不着陸虞侯，也就忍氣作罷。

林冲發配滄州，解差薛霸、董超受命在途中結果林冲性命，被魯達所救，林冲尚且代薛、董二人求情。

高衙內一計不成又施一計，差人到滄州，將林冲調派到草料場看守草料，暗中却使人放火，燒燬草料場，期以葬送林冲。不意林冲外出沽酒，得免於難。此番林冲擒得住陸虞侯，才開了殺戒。

## 打虎英雄論武松

以次略述武松。

武松是作者經營最力的人物，也是讀者最喜愛的人物。昔日有種民間藝術「鐵板快書」，就有專門演說「武老二」的。現今流行的七十回版本水滸傳，武松一人就占去十回的篇幅，足見他在書中的份量。作者寫武松，殊見功力。從他在書中出現時開始，一直就以細膩筆觸和頌揚的心態來寫他。

武松的英勇行爲，首見於景陽崗醉後打虎。原來景陽崗近有猛虎傷人，官府賞獵不得，行人受阻，獵戶受杖，武松却於醉中赤手空拳打死猛虎，由是喧騰地方，成了打虎英雄，並在陽穀縣作了都頭。

武松此行，原是要回原籍清河，探望乃兄武大。不意武大也遷來此間定居，他鄉相遇，甚是歡喜。

武大身小貌醜，却娶了一位年輕妖艷的潘金蓮，那金蓮是個「爲頭愛偸漢子」的淫婦，與西門慶勾搭成姦。武松東京出差歸來，武大離奇而死。查出死因，就到縣衙首告，知縣受賄，不肯受理，武松無奈，才自己了斷，請來街妨鄰舍，訊出口供，先殺了潘金蓮，再打死西門慶，向亡兄祭奠完畢後，然後前去縣府自首。

這縣令原是舉荐武松爲都頭的人，雖貪愛金錢，却也尙惜人才，加以承案孔目曲意斡旋，故只定罪杖脊，發配充軍。武松因配孟州，在孟州受施恩之託，醉打蔣門神，重奪快活林。爲施恩出了怨氣，也因而結下寃仇，以致被張都監等陷害爲賊，復又獲罪充軍，並使銀賄賂解差，中途結果性命。武松乃打死解差，回去殺了張都監蔣門神等人。武松前配孟州時，道經十字坡，投宿張青孫二娘酒店，得識張青夫婦，此番殺人後，再到十字坡，獲贈度牒袈裟，從此和尚打扮，遂有「武行者」之稱。

## 梁山英雄屬何人

本書中的人物，除宋江以外，寫得特別出色者，當以魯達、李逵、林冲、武松等爲最。前文已將英雄的條件、性格，以及魯達等四人的行誼一一縷述，準此而論，我們再來看看何人堪稱英雄？

仍然先從魯達說起。他的優點很多，諸如：武藝高强、心地善良、急人之急、仗義疏財、不畏强梁、不事妥協，不瞻前顧後、勇往直前；不虛僞、不做作，作事有始有終、救人救徹等等。這都是英雄所應具備的條件與性格，大體而言，魯達一一具備，但若詳加察析，也不難發現他有如下的缺點：

一、性格過於粗獷急躁，難登大雅。如請李忠同去吃酒，竟不耐稍等片刻，趕走觀衆，擋人財路。

二、毋視官府，缺乏法治精神。聞得金氏父女受屈受辱，卽一逕去尋鄭屠戶直接訴以武力，毫無罪該繩法的觀念。

三、敢作不敢當，不够光明磊落，有失英雄氣概。三拳打死鄭屠戶，見他物故身亡，却佯言詐死，回到住處，收拾細軟，逃之夭夭，逃避刑責。

四、不耐寂寞，不守清規，在五臺山出家，不能戒葷戒酒，兩次醉後滋事，毀物傷人，鬧得衆僧幾乎要鬨堂而散。

△△　△△

次言李逵。武藝出衆，勇猛過人，心地憨直，口無遮檔，對宋江忠心不二，有若干引人發笑可愛之處，其缺點似乎多於優點：

一、言行過於粗魯。強迫借貸不成要打人，討取鮮魚不得與人大打出手，使漁民損失不貲；不悅賣唱女郎的打擾，又出手傷人，處處惹是生非。粗魯不堪，尤過魯達。

二、賭博賴債，輸錢打人。賭博表現人類對財物強烈的佔有慾及投機倖取的心理，爲正人君子之大忌，何況賴債打人！

三、生性殘酷，濫殺無辜，兩吃人肉。江州刼法場，他殺人最多，攻打無爲軍，殺人無算。三打祝家莊之役，濫殺曾經請降的扈家老小。故其母被老虎所噬，豈非報應？

四、無行俠仗義之英雄事蹟。草澤人物其被尊爲英雄者，端在有無疏財仗義、扶困濟貧，爲地方除害之英雄事蹟。李逵除了對宋江的愚忠外，對社會人民並無功德。

△△ △△

再說林冲。武藝高强，儀表出衆，且通文墨，酒後曾賦詩抒懷：「仗義是林冲，爲人最樸忠。江湖馳譽望，京國顯英雄。身世悲浮梗，功名類轉蓬。他年若得志，威鎭泰山東。」（第十回）具有多種優越條件，堪稱爲一位允文允武的人物，可惜他過於安分現實，沒有爲國家社會立功立業的雄心壯志；爲了保全祿位，不惜向惡勢力低頭，妻子幾番受辱，竟予容忍，殊乏「頭可斷、血可流、志不可辱」的英雄氣概。

## 真正英雄是武松

魯達、李逵、林冲等雖具有若干英雄條件，惟缺點亦多，掩去不少光彩，嚴格說來，皆非眞正英雄，其能當之不愧者，唯有武松。

武松自亦有其缺點。其一「當初你在淸河縣裏，要便吃醉酒了，和人相打，常時吃官司。」（第二十三回）其二殺人太多，從飛雲浦到鴛鴦樓，一殺就是幾十口。但瑕不掩瑜，並無大礙，因爲武松出道後未再酗酒滋事；兩次大醉，一次打死猛虎，一次打倒蔣門神。前者爲山林之害，後者爲社會之害，酒醉除害，不亦宜乎！至於殺人太多，却也不似李逵的濫殺無辜。而他的許多優點，則益使其英雄色彩增光。

景陽崗醉後打虎，固而顯其英勇的一面，凡是武藝高强者率能臻此，不足爲奇。武松之可貴處，第一是他甚重倫理，愛兄敬嫂；武大那般醜陋懦弱，並不見棄；金蓮多方挑逗，不爲色動。自古英雄難過美人關，武松却能峻拒當前美色，不逾禮範。第二是他頭腦冷靜，處事有條不紊，不粗魯急躁。潘金蓮之挑逗，本殊厭惡，未即發作。爲嫂不守婦道，出差之前頻頻叮囑乃兄、點撥乃嫂。其後東京歸來，哥哥死於非命，調查案情有條不紊，深得要領。第三是頗有法治觀念。武大寃情大白後，即向縣府首告，希能依法懲兇，以縣官受賄不准狀子，才自行訴之武力，不同一般恃武逞强之輩。第四是作事光明磊落，敢作敢當，殺死姦夫淫婦，祭奠完畢，便毅然到官府自首，無畏刑責，作風何等英勇果敢，人格何等光明磊落！與魯達殺人在逃，豈可同日而語，準此而論，筆者以爲水滸英雄數武松，諸君爲然乎！

# 水滸英雄何以殺人如麻

## 血跡斑斑　殺人太多

孟瑤女士在她的「中國小說史」中批評水滸傳：「流出太多不應流的鮮血。」她說：「水滸傳是一部有寄託的書，作者幾乎把一個烏托邦的理想整個寄託在梁山泊的一羣英雄人物身上，所以他們的領袖是行俠仗義的及時雨宋公明，他們的聚會之處名『忠義堂』，他們所打的旗幟是『替天行道』。我們稱這一羣人物爲義師，應可當之無愧。但所可婉惜的是：這一羣義師流了太多別人的血！只看那李逵所揮動那兩把板斧，曾殺死了多少無辜？刼法場時，殺得順手，『當下去十字街口，不問軍官百姓，殺得屍橫遍野，血流成渠。』在三打祝家莊時，那黑旋風砍得手順，擅自把扈家全家大小殺死，只可惜走了扈成。雖然宋江一再喝阻他，似並沒誠意眞想制止這流血！因爲假若宋江眞不願意多流血的話，那李逵是不會敢亂動的……。」

誠然，水滸傳流血至多，孟瑤女士尚只擧其一二而已，稍究內容，就可知道書中流血更多，例如武松大鬧飛雲浦開了殺戒以後，先殺了兩名解差，蔣門神兩個徒弟，來到鴛鴦樓又殺了蔣門神、張都監、張團練並家小等二十七人，後到張都監衙內，又殺了大小十五口，總計死於武松刀下者就達四十六人之多，此非征戰陣仗，僅只武松一人爲報仇雪恨而已！至於那些較大的戰役，如孟文所指的江州刼法場、大破無爲軍、花榮大鬧清風寨、官軍圍剿梁山泊、三打祝家莊，鏖戰曾頭市、攻打大名、青州、東平、東昌等等，眞是殺人無數，難以勝計。

## 殺嫂殺妻　慘不忍睹

書中除了殺人無數以外，而且更令人怵目驚心的是那些活生生，血淋淋的特寫！

先看武松殺嫂：

武松看着婦人罵道：「你這淫婦聽着，你把我哥哥的性命怎地謀害了？從實招來，我便饒你！」那婦人道：「叔叔，你好沒道理，你哥哥自害心痛病死了，干我甚事！」說猶未了，武松將刀咔嚓揷在桌上，用左手揪住那婦人頭髻，右手劈胸提住，把桌子一脚踢倒，隔桌將那婦人輕輕提過來，一交放倒在靈床前，兩脚踏住，右手提起刀……喝聲「淫婦快說！」那婦人驚得魂魄都沒了，只得從實招說……武松叫士兵取酒供在靈前，拖過那婦人跪倒在地，泣道：「哥哥陰魂不遠，今日兄弟與你報仇雪恨！」叫士兵把紙錢點着，那婦人見勢頭不好，却待要叫，被武松揪倒，兩脚踏住胳膊，扯開胸脯衣裳，說時遲，那時快，把尖刀去胸前只一剜，口裏銜着刀，雙手去挖開胸脯，摳出心肝五臟，供在靈前；咔嚓一刀又割下那婦人頭來，血流滿地。（第二十五回）

再看楊雄在翠屛山如何殺潘巧雲和迎兒：

楊雄道：「兄弟，你與我拔了這賤人的頭面，剝了衣服，然後我自伏侍他。」石秀便把那婦人頭面衣服都剝了。楊雄割下兩條裙帶，把婦人綁在樹上。石秀逕把迎兒的首飾也去了，遞過刀來，說道：「哥哥，這小賤人留他作甚麼，一發斬草除根。」楊雄應道：「果然，兄弟把刀來，我自動手！」迎兒見勢頭不好，却待要叫，楊雄手起一刀，揮作兩段。那婦人在樹上叫道：「叔叔，勸一勸。」石秀道：「嫂嫂，不是我。」楊雄向前，把刀先挖出舌頭，一刀便割了，且叫那婦人叫不得。楊雄却指着罵道：「你這賊賤人，我一時誤聽不明，險些被你瞞過了。一者壞了我兄弟情分，二來久後必然被你害了性命！我想你這婆娘，心肝五臟怎地生着，我且看一看。」一刀從心窩裏直割到小肚子下，取出心肝五臟掛在樹上，又將那婦人七件事分開了。（第四十五回）

水滸傳是一部以男性爲中心的陽剛之作，爭鬬殺伐之事在所難免，但全書充滿了血腥，却也不免令人陷入沉思。

## 充滿血腥　其來有自

要了解這一問題，須從社會背景和人性兩方面着手。

水滸人物見諸正史者，有宋江等三十六人，故事發生於北宋末期。有宋一代，自太祖獲得天下，太宗統一江山後，從眞宗的時代開始，呈現了百年的太平盛景，其時兵不血刄，國泰民安，風調雨順，五谷豐登，人民享受着歡樂歲月。但久於安樂後，朝政却也鬆弛下來，先是朝中朋黨爭鬪，次第官吏腐敗貪汚，又兼女眞入侵，水潦乾旱頻仍，國勢便日趨沒落，到了神宗、哲宗的時代，社會已經相當不堪，稅重役繁，農村尤其凋蔽。

我國是以農立國，農民生活的憑藉是土地。我國的遺產制是以諸子均分爲主，祖上卽使是大地主，數代分產下來，也必然由大農而小農了。土地面積愈來愈小以後，生產本已不足一家溫飽，租稅又以田賦爲主，農民受了苛稅的壓迫，便漸漸沉淪於：「春不得避風塵，夏不得避暑熱，秋不得避陰雨，冬不得避寒凍，無日得息之苦境」。倘遇旱潦，賦歛不時，當具有者則半價而賣，無者則取倍稱之息，其賣田宅、鬻子孫償債者屢見不鮮。農村到了這種地步，民何不怨？社會如何不動亂？

到了徽宗時代，社會愈貧，國勢愈弱，這位藝術皇帝還奢靡如故，爲了他熱衷花石，便使社會造成不少紊亂，「徽宗頗垂意花石，政和中舳艫相連於淮汴，號花石綱。東南刺史朱緬所貢物豪奪漁取於民，民家一石一木，凡稍堪玩，即領健卒直入其家，用黃封表識，未卽取，使護視之，微不謹，卽被以大不恭罪。及發行，必撤屋抉牆以出。」

方臘之亂便因是而起。

水滸英雄青面獸楊志原爲制使，就是因爲誤失「花石綱」而丟官的。

我國向以農業立國，農民占全人口的絕大多數。農業社會人民生活簡樸，民以食爲天，吃飯問題是最被看重的事。所以米貴米賤，就可以看出社會經濟和國勢强弱；民富必國强。中國歷來的社會動亂，乃至朝代的更迭，都是始於荒亂。太宗時人稀米賤，米一斗十餘錢，其後人並衆，物並貴。熙寧八年，米斗五十錢。徽宗時方臘之亂卽係基於民飢民怨。南宋時氣象更加蕭條，殍死盈道，流民充斥，剽掠成風，終至亡於蒙古。

以上是略述有宋一代的社會背景。

其次再談談人性的問題。

人性是錯綜複雜的。這裏我們只談人心部份的好奇心和報復心。

人類都有好奇的本能，凡是不知的事物，多有一探究竟的好奇心。也就是由於人類的好奇心特强，所以不斷發明創造，而豐富了人類的文化。好奇心的另一面是愛好尋求刺激，故凡具有刺激性的事物，人們多樂於領略。

人類是有情的動物，由情而產生恩怨愛憎，是恩當報，是怨當仇。仇恨相因，必出之以報復。

宋江等攻城刼舍，發生於北宋末期的徽宗時代，正史有載，野史傳誦更多。從故事的發生，到施耐庵著成水滸傳，歷時約四百年。這期間首由說書人演說他們的故事，繼由劇作家們編爲雜劇，最後才由施耐庵參酌增釐，加以創作而成小說，其後又經過許多作家編撰潤飾，復經金聖歎的删節，才成爲現今的七十回流行版本。

說書之風，肇興宋代，以迄明清，乃至民國。

昔者農村社會，每當農忙之後，人們多愛至茶樓酒肆去聽說書，以資消遣。

說書人是一種行業，他們可能讀書不多，習以口授，率多祖傳，大多沒有完整的「話本」，只憑各人的口才和當時的靈感。

那時的說書，也可能類似於今日的電視連續劇，爲了吸引聽衆，故事不免儘量加醋加醬，聽衆喜歡聽甚麽，就多講什麽。

中國立國雖久，却是一個多難之邦，人民生於安樂者少，居於苦難者多。身處苦難之境，對現實必然不滿。所以人們大多希望有神靈來拯救，尤其希望有現世的英雄來剷除社會的種種不平，一洩胸臆的怨氣。故而原本爲强盜之首的宋江，却成了替天行道的及時雨了。

基於人民對朝廷的不滿，官吏的仇視，富豪的怨懟，雖不能眞正置之於死，能够「口誅筆伐」也未嘗不是心中一快！

說書者如此，雜劇亦復如此。施耐庵寫水滸傳，雖有很多創作的成分，本可作自由的發揮。但是，任何一個作家沒有不重視讀者的，讀者的喜好豈能置若罔聞，我想這大概就是本書充滿血腥的原因。

# 魯智深因何大鬧五台山

## 救窮人魯達甘犯殺人罪

水滸傳中有段熱鬧的故事，爲花和尙魯智深大鬧五臺山。事出第三回。

魯智深俗名魯達，原爲渭州種略相公府之提轄，武藝高强，疏財仗義，路見不平，就要拔刀相助。唯性情急躁，愛惹是非。一日在酒肆飮酒，與史進正談得投機，不意間壁傳來婦女哽咽啼哭之聲，擾了他的酒興，就大發雷霆，召責酒保，才知道是兩名賣唱的父女爲債務所逼，無力償付，故放悲聲。魯達聽那婦人稟道：「官人不知，容奴告稟，奴家是東京人氏，因同父母來渭州投奔親戚，不想搬遷南京去了。母親在客店裡染病身故，父女二人流落在此生受。此間有個財主，叫做鎭關西鄭大官人，因見奴家，便使强媒硬保，要奴作妾。誰想寫了三千貫文書；虛錢實契，要了奴家身體。未及三月，他家大娘子好生利害，將奴趕出，不容完聚，着落店主家追要原典身錢三千貫。父親懦弱，和他爭執不得。他又有錢有勢，當初不曾得他一文，如今那討錢來還他！沒計奈何，父親自小教得奴家些小曲兒，來這裡酒樓上趕座子，每日但得些錢來，將大半還他，留少些父女盤纏。這兩日，酒客稀少，違了他錢限，怕他來討時，受他羞恥。父女們想起這苦楚來，無處告訴，因此啼哭……。」（第二回）

魯達問清那鄭大官人的底細，竟是州中一名賣肉的屠戶，就將出銀子與父女作盤費，命其速返籍回鄉。一面去找鄭屠挑釁，故意滋事，痛予毆打。不意拳大手重，三拳竟將他打死，鬧出人命。魯達無奈只得收拾細軟，棄職潛逃，官府廣佈文書，懸賞緝捕。魯達逃到代州，猶不知已被通緝，却夾於人羣中看那緝捕海報！幸得金老兒將他喚走，才未被官兵發現。

原來那金氏父女並未回鄉，在這代州雁門落戶，金翠蓮被當地富紳趙員外收爲外室。由是魯達得識趙員外，遂被延至家中款待。無奈官府追捕甚急，不能久留，只得出錢將魯達送到五臺山文殊院去當和尚。

魯達在文殊院剃度爲僧，只做了四五個月的和尚，卽不耐清規，兩次吃酒鬧事，毀物傷人，大鬧文殊院。第一次主持長老覷看趙員外顏面，只求賠償財物了事。第二次因鬧得衆僧要捲堂求去，逼得長老才不得不給資遣離，介紹他到東京相國寺。

魯達大鬧文殊院的事，表面看來，只緣於不守佛門清規，貪圖口腹，酒後性發，不能自制。其實，熟知歷史者當知這幕後隱有許多文章。

## 佛教興起累積財富鉅萬

這話得從佛教傳入我國說起。

佛敎傳入中國，始自漢朝明帝時代，經東晉而至南北朝，佛敎已遍及社會各階層。尤其三世因果之說，更深入人心。

昔者，帝王將相，或謀帝位，或爭權勢，總不免爭鬥殺戮，輕者僅及於身，重則夷家滅族；今日的勝利者，又可能是明日的失敗者，因因相報，循環不已，爲儆殺戒，乃倡信佛家因果輪迴之說。故上自宮廷，次及顯宦，多信奉佛敎，金錢財物，踴躍輸將，寺院財富之累積，極爲可觀。據史籍所載，南北朝的齊高帝、梁武帝、陳武帝、魏孝文帝、齊文宣帝等均捨其宮苑以造佛寺。其中最值得令人注意者，南齊明帝殘害高武子孫，忍心害理，自古未有，而乃用百姓賣兒貼婦錢以起佛寺。北朝的胡太后恣行淫穢，鴆殺孝明，而亦喜建浮圖，其造永寧寺時，且不惜削減百官的俸祿。人主篤好佛理，天下便從風而化。所以朝士死者，其家亦多捨居宅，以施僧尼，京邑第舍多當爲寺院！至於以金錢、貨寶、田地捐給佛寺者爲數尤多，佛寺財產，年年增加。在北朝魏孝文帝遷都洛陽後，二十年中，洛陽土地竟有三分之一屬於佛寺了！而在南朝的長沙，「僧侶業富沃，鑄黃金爲龍，數千兩埋土中」，其富可知。

帝王顯宦之篤佛，是基於壞事作得太多，懼於後世的報應，以爲禮佛可以贖衍罪孽，由於他們的提倡，以致上行下效；由於他們的慨然輸將，使僧侶們大大地富庶起來。但下層階級何以也歡迎佛敎呢？那是由於他們在現世社會中受到痛苦的壓迫，希望修個美好的來世。

而佛衆日增的另一原因，是佛徒可以免役、免稅。以宋朝而言，北宋中葉以後，國勢積弱，農村凋敝，生產大減。朝廷奢靡依舊，官吏享樂如昔，外侮入侵，國防費用日增，朝廷官府不謀開源節流之道，只是一味壓榨百姓，或課以兵役，或課以重稅。人們不堪役稅苛斂，沒辦法的只好離鄉背井去作流氓匪盜，有辦法的人便取得「度牒」去作僧侶。

## 文殊院壟斷了市場經濟

不過佛門雖然暴富，畢竟他們還是有種種戒規，限制他們在物質方面的享樂，他們的財富勢必有許多餘裕，除了鑄金龍埋藏土中以外，他們也學辦救濟，和兼營高利貸。我們且看看水滸傳第三回所述文殊院放貸的情形：

話說魯智深到五臺山數月，這日正值初冬放晴，智深信步走到半山亭中，見一漢子也來亭中歇下桶擔。智深道：「兀，那漢子，你那桶裏甚麼東西？」那漢子道：「好酒」。智深道：「多少錢一桶？」那漢子道：「和尙，你眞個也是作耍？」智深道：「酒家和你要什麼？」那漢子道：「我這酒只賣與這寺內火工道人們，…………本寺長老已有法旨，但賣與你們和尙吃了，我們都被長老責罰，追了本錢，趕出屋去，我們見（現）關着本寺的本錢，見（現）住着本寺的屋宇，如何敢賣酒與你吃！」

後來智深不容分說，奪得一桶酒吃了，酒後生事，是爲他的第一次鬧寺。其後過了三四個月，這時已是二月初春，一日，天氣忽然燥熱，智深出得院門，信步來到一個市鎭，見那市街熱鬧，先至鐵匠店打造了兩件兵器，便來至一家酒店：

智深掀起簾子，入到裏面坐下，敲着桌子叫道：「將酒來。」賣酒的主人家說道：「師父少罪，小人住的房屋也是寺裡的，本錢也是寺裡的、長老已有法旨，但是小人們賣酒與寺裡僧人吃了，便要追回小人們的本錢，又趕出屋，因此，只得休怪。」智深道：「胡亂賣些與洒家吃，俺須不說你家便了。」那店主人道：「胡亂不得，師父別處去吃，休怪，休怪！」智深只得起身，便道：「洒家別處吃得，却來和你說話。」出得店門，行了幾步，又望見一家酒旗兒直挑在門前。智深一直走進去，坐下，叫道：「主人家，快把酒來賣與俺吃。」店主人家道：「師父，你好不曉事！長老已有法旨，你須也知，却來壞我們衣飯。」智深不肯動身，三回五次，那裡肯賣。智深情知不肯，起身又走，連走了三五家，都不肯賣。

由此可見，文殊院的經濟勢力壟斷了這個市鎮。

## 鬧五臺只為反對高利貸

中國是農業社會，農業生產，一則仰仗天時；風調雨順，才能宜耕宜種。二則是要沒有兵災；社會安寧，才能安心耕種。然而，天時並不可靠，有時連年風調雨順，也有時數年旱潦相加。而且，我國歷來多難，兵災常不能免，太平盛世物阜民安之時並不多見，人民多在貧窮苦難中討生活。

面臨貧窮困境的第一步，必先舉債；窮人向富人借錢。富戶人家，仁慈佈施者固有，但大多是為富不仁，乘人之危，大肆剝削，强索高利，窮人為了救一時之急，也不得不借，其後償還本息却成了沉重的負擔，有的舊債未了新債又舉，年復一年，如滾雪球，因而，傾家蕩產者有之，鬻兒典妻者有之。許許多多的人受債利的壓迫，眞是苦不堪言。不但如此，歷代許多官吏亦受富豪的的債權壓迫。蓋昔者很多官員都是出身貧寒書生，未履任之初，必須舉債應付場面，「閱微草堂筆記」裡就有這麼一則故事：

「蘄城王符九言：其友人某，選貴州一令，貸於西商，抑勒剝削，機械百出。某迫於程限，委曲遷就，而西商枝節益多，爭論至夜分，始茹苦書券。計券上百金，實得不及三十金耳。西商去後，持金貯篋，方獨坐太息，忽聞梁上人語曰：世間無此不平事，公太懦弱，使人憤塡胸臆。吾本意來盜公，今且一懲西商，爲天下窮官吐氣也。某悸，不敢答。俄屋角窸窣有聲，已越垣徑去。次日，聞西商被盜，並篋中新舊借劵皆席捲去矣……。」

由此卽不難想見魯智深爲何如此痛恨鄭屠，以及作者爲何要特意詳寫花和尚兩鬧五臺山了。魯智深是水滸傳中第一個爲窮人出氣反對高利貸者，故其深受讀者歡迎。

# 履險而不自知的李逵

愛好水滸傳的讀者，莫不知道李逵與宋江的交情很好，李逵亦自以宋江的心腹自居，殊不知「伴君如伴虎」，李逵身歷險境而不自知！

李逵以爲曾出死力，救宋江性命於千鈞一髮，厥功甚偉，說話行事就不免有些驕縱。屢屢口無遮擋，道出宋江心中的秘密。例如第四十回梁山軍馬破了無爲軍，活捉黃文炳以後，宋江向衆人說起京師童謠：「耗國因家木，刀兵點水工，縱橫三十六，播亂在山東。」李逵聽罷就跳將起來道：「好，哥哥正應著天上的言語，雖然吃了他些苦，黃文炳那賊也吃我割得快活。放着我們許多軍馬，便造反怕怎地！晁蓋哥哥便作大宋皇帝，宋江哥哥便作小宋皇帝，吳先生作個丞相，公孫道士作個國師，我們都作將軍，殺去東京，奪了鳥位，在那裡快活，却不好……」

宋江在江州被死罪問斬，緣於他酒後在潯陽樓題下反詩：「自幼曾攻經史，長成亦有權謀，恰如猛虎臥荒邱，潛伏爪牙忍受。不幸刺文雙頰，那堪配在江州，他年若得報冤仇，血染潯陽江口。」「心在山東身在吳，飄蓬江海漫嗟吁，他時若遂凌雲志，敢笑黃巢不丈夫。」

宋江酒後吐眞言，明明是要造反的，平日言語間却不肯承認，只有這傻李逵將他心中秘密和盤託出。

第五十九回，梁山人馬攻打曾頭市失利，晁蓋中箭身亡，衆人推舉宋江爲山寨之主，宋江編了一套謙遜的說詞：「晁天王臨死時囑咐，如有人捉得史文恭者，便立爲梁山泊主，此話衆頭領皆知，誓箭在彼，豈可忘了？又不曾報得仇，雪得恨，如何便居得此位？」嗣經吳學究勸說山中不可一日無主，又說衆兄弟皆是你的手下心腹，你不坐誰敢坐的話，宋江便道：「軍師之言極當，今日小可權當此位，待日後報仇雪恨已了，拿住史文恭的，不拘何人，須當此位。」

那李逵在側邊叫道：「哥哥休說作梁山泊主，便是作個大宋皇帝你也肯。」

宋江大怒道：「這黑廝又來胡說！再若如此亂言，先割了你這廝舌頭！」

李逵遂傻呼呼地辯道：「我又不敎哥哥不作，說請哥哥作皇帝，倒還要割了我舌頭！」

後來他們千方百計賺了盧俊義上山落草，宋江又要讓位，盧俊義堅決不肯，李逵又叫道：「哥哥偏不性直，前日肯坐了，今日又讓別人，這把鳥交椅便眞個是金子作的？只管讓來讓去，不要討我殺將起來！」（第六十六回）

盧俊義堅不受位，宋江却還要讓，說道：「非宋某多謙，有三件不如員外處：第一件，宋江身材黑矮，員外堂堂一表，凜凜一軀，衆人無能相及；第二件，宋江出身小吏，犯罪在逃，感蒙衆兄弟不棄，暫居尊位，員外生於富貴之家，長有豪傑之譽，又非衆人所能得及；第三件，宋江文不能安邦，武不能服衆，手無縛雞之力，身無寸箭之功，員外力敵萬人，通今博古，一發衆人無能得及……宋江主張已定，休得推託。」

宋江此番謙讓，引得林冲、武松、魯達等人均極不滿，其中李逵尤其急躁：「我在江州捨身拚死，跟將你來，衆人都饒你一步，我自天也不怕！你只管讓來讓去假什麼鳥！我便殺將起來，各自散伙！」（第六十七回）

李逵對宋江一片愚忠，自無待言。而宋江是否視李逵爲心腹呢？則尚待考！

李逵是個憨直粗鹵的人，以爲他與宋江結識之初，就賞以大碗酒、大塊肉，不在乎他頻頻滋事生非，又贈以巨額銀兩，其後，在江州刼法場出力最多，救了宋江的性命。宋江回家探父，被官兵追殺，也是他搶救於垂危。既然宋江待他有惠，他對宋江有功，按說：此二者交爲莫逆應該是理所當然的。殊不知，宋江是極具權謀的人，其所器重於李逵者，乃是他一片愚忠和一身傻力耳！李逵要想和宋江攀交情，引爲莫逆，恐怕是一廂情願的事。

尤可悲者，是李逵履險而不自知——走筆至此，使我想起紅樓夢中的一段情節。

貧寒出身的賈雨村，未登金榜以前曾在葫蘆廟苦讀，藉鬻字賣文爲生，後得甄士隱之資助，晉京考取了進士，外放知縣，嗣又因故革職回到江南，旋被荐爲林府西席，作了林黛玉的塾師。黛玉喪母後，賈母心愛外孫女，要將她接到都中扶養，賈雨村乃膺護送之責。林如海便將賈雨村舉荐於賈政，得賈府之力謀了復職，外放應天府。

賈雨村履任伊始，即遇到一件辣手刑案，緣有富商之子薛蟠因爭風吃醋毆人致死，却逃赴京都，逍遙法外，苦主追訴多年，終不得直。雨村恃才，原以爲這是一件簡單的案子，就要發籤拿人。却有一門子向他示意，不可妄動。

雨村察覺蹊蹺，就將門子引入私室，詢之備細，門子乃向他說出「護官符」，並本案的緣由。原來這門子竟是昔日葫蘆廟的小和尙，因葫蘆廟失火被焚，小和尙遂還俗到此，作了門子。賈雨村得門子指點，方未開罪巨室，將此官司胡亂了結。蓋薛蟠之母與寶玉之母爲同胞姊妹也。賈雨村之復官得力於賈府，他怎能治罪於賈府的親戚！

按說，賈雨村應該感謝門子，加意提拔，不想門子所得的回報却是「後來到底尋了個不是，遠遠地充發了才罷」。

賈雨村何以以此回報舊雨故知？原因是那門子對他貧寒的底細知道得太淸楚了。歷代開國之君於江山底定以後皆大殺功臣，其理如一。

但是，天眞的李逵却急急於要擁宋江作寨主、作皇帝，殊不知，宋江若果眞作了皇帝，他必步韓信之後塵。

現在流行的七十回水滸傳，是盧俊義一夢結梁山，我們看不出李逵的命運如何？而在一百二十回版本的「忠義水滸傳」中，李逵則是被宋江以藥酒毒死的。爲的是宋江白服朝廷所賜藥後，恐李逵造反，壞了他的名節。可見李逵在宋江的心目中始終是一個被利用的傻子，必要的時侯就將他犧牲！宋江被賜死惟恐李逵造反而予毒殺，如果宋江成功得登大位，爲維護其尊嚴，免得老是有人掀底，又何嘗不會借故殺之呢！

# 水滸淫婦何以兩姓潘

水滸傳是我國古典俠義小說的重鎮，由於它非凡的成就，爲後世俠義小說開拓了一條寬闊的大道，不但熱絡了俠義小說的天地，也爲社會掀起了一陣俠義之風。

水滸傳的人物和事蹟並非完全虛構，冠帥山寨的宋江，在宋史中確有其人，其餘可考的人物也不少。這是自宋至明在民間傳說了幾百年的故事，歷經話本與戲曲的傳播，到了施耐庵和羅貫中的時候，才由之總其成編撰爲一完整的說部；對若干故事重加改寫，對若干人物也予再造，使它在文學上大放光芒。以其內容皆是描寫一些好漢們如何被迫到梁山落草的故事，人物也絕多以男性爲主，故事情節不外路見不平拔刀相助，或征戰殺伐的事，可謂一部典型的陽剛之作，女性人物爲數甚少，縱有母夜叉孫二娘，一丈青扈三娘及母大蟲顧大嫂等幾位女中豪傑，其實着筆皆屬泛泛。

這三人在書中扮演的角色和演出的故事大致如下：

母夜叉孫二娘與丈夫菜園子張青在幽州道上開黑店，本要計算被發配充軍的武松，不意反被武松所制，相識爲友，贈送一副「度牒」使武松得以喬扮爲「行者」，算是她的一份功勞。除此，別無風光可記。

一丈青扈三娘本領高强，原爲祝家三子祝彪的未婚妻，在宋江等三打祝家莊之役被擒，配與王矮虎爲妻。

母大蟲顧大嫂爲解救解珍、解寶，擬去劫牢，要挾孫新同去，孫新不允，竟與之挑戰，膽量不小，豪情可嘉，武藝當屬不弱。

嚴格說來，她們在書中都是居於配角地位，沒有多大份量，聊爲七十二煞星充數而已，其餘勉可一提者也不過林冲之妻，劉高之妻以及白秀英等數人，那更是「龍套」人物了，倒是閻婆惜、潘金蓮、潘巧雲等三名淫婦，却是寫得各具姿彩，值得一談。

## 喜新厭舊的閻婆惜

閻婆惜本是一個跟隨父母浪迹江湖的賣唱女郎。一向生活艱難，父親亡故竟無力安葬，嗣經宋江贈以棺木銀兩，才得料理後事。閻婆爲感激宋江大德，知他尙無妻室，就將女兒婆惜給他作了偏房。初時兩人感情尙好，不久却因宋江不大喜好女色，而婆惜則素昔浪迹聲色場中，又兼生性風流，難奈寂寞，自從認得宋江同僚張文遠後，卽移情別戀。宋江雖有耳聞，並不在意，只打算從此疏遠不再理睬便了。誰知一日偶遇閻婆，被糾纏不過，只得一同來到母女下處。閻婆惟恐宋江走脫，甫抵家門就在樓下叫到：「我的兒，你心愛的三郎在這裡。」婆惜此時正在樓上思念文遠，一聽母親呼喚三郎來矣，就急忙對鏡理粧，飛奔下來。誰知此三郎非彼三郎，來的竟是黑三郎宋江，不免大失所望，遂又逕自折返樓上。婆子因又叫道：「我兒，你的三郎在這裡，怎麼倒走了？」閻婆惜冷言冷語地道：「這屋子有多遠；他又不跛，又不瞎，自己不會上來！」婆子無奈，只好央求宋江權且將就，自行上樓。自己卽忙着去備酒菜。宋江既不得脫身，又經不住婆子頻頻相勸，只得勉强吃了些悶酒，並留宿在此。但兩人一夜却互不答話。好不容易熬到五更初曉，宋江便匆匆離去；出門巧遇賣湯水的王老兒，好心請他吃了一碗醒酒湯。宋江原許過王老兒一具棺木與他送終，就擬將昨晚劉唐送來的金條相贈，才想起那招文袋猶掛在婆惜的床頭架上。這金條事小，倒是袋中還有晁蓋的來書；那書信若落在婦人手中，大禍卽至，事非小可，就連忙回去索取。豈知婆惜抵死不給，尙以惡言諷激，宋江情急惱怒之下，就憤然殺了婆惜！

依照原著的情節看來，作者寫此人物故事的目的，旨在逃明宋江之殺人是迫於氣憤，他之投奔梁山是因殺人畏罪。對閻婆惜的淫蕩的行徑，並未以細筆正寫。世人之所以目爲淫婦者，多少還是受了戲曲的影響，蓋戲曲中則多所誇張也。

## 見獵心喜的潘金蓮

作者寫潘金蓮的筆觸則甚細膩。我們且看她與武松厮見的情形，向武松獻殷勤的情景，以及怎樣挑逗引誘武松。

却說武大引着武松來到家門便叫道：「大嫂開門。」只見簾子開處，一個婦人出到簾子下，武大說道：「大嫂，原來景陽崗打虎新充都頭的正是我這兄弟。」那婦人叉手向前道：「叔叔萬福。」又道：「聽得隔壁王乾娘說：有個打虎的好漢迎到縣前來，要奴家同去看一看，不想去遲了沒趕上。原來却是叔叔，且請樓上去坐。」三人到樓上坐了，那婦人便向武大說：「我陪侍叔叔，你去安排些酒菜來。」那婦人看見武松這表人才，心中尋思道：「我若嫁得這等人，也不枉了爲人一世。那大蟲都叫他打死了，必然好力氣。說他又未曾婚娶，何不叫他搬來住……不想這段姻緣却在這裡！」那婦人堆下笑容問武松道：「叔叔來這裡幾日了？在那裡安歇？何不搬來家住？早晚要湯要水，奴家也好安排……」武松道：「深謝嫂嫂。」那婦人道：「莫不別處有嬸嬸，可取來厮會。」又問：「叔叔青春多少……」不迭地找些話來與武松搭訕。

不久，武大買了酒菜歸來，上樓叫道：「大嫂，你下來安排。」那婦人斥道：「你看那不曉事的，叔叔在這裡坐地，却敎我撇了下來，何不去叫隔壁王乾娘安排便了，只是這般不見便。」

少頃酒菜端正上來，那婦人拿起酒來道：「叔叔休怪沒甚款待，請酒一杯。」又笑容可掬地說：「怎麼魚肉也不吃一塊兒？」便揀好的遞將過去。那婦人吃了幾杯酒，一雙眼只看着武松。武松吃她看不過，只好低著頭。少時武松起身告辭，那婦人又道：「叔叔是必搬來家裡住，若不來，會教別人笑話，親兄弟難比外人。」武松道：「既是嫂嫂恁地說，今晚取了行李來。」

武松在衙門稟過知縣，偕同一個士兵挑了行李回來，那婦人見了，滿面笑容，比拾得金寶還要歡喜！次日早起，慌忙燒洗面湯，舀漱口水，侍候武松去縣裡畫卯。「叔叔畫了卯，早些回來吃飯，休去別處吃。」那婦人洗手剔甲，齊齊整整安排下飯食。武松歸來吃了，婦人便雙手奉茶遞與武松。

## 賣弄風情金蓮受辱

武松與哥嫂同住，不覺月餘，這時正值嚴冬，連日朔風緊起，彤雲密佈，漫天飛揚大雪。這日武大仍被婦人趕出去做買賣，旋央及隔壁王婆買些酒肉，自去武松房中簇了一盆炭火，心裡自思道：「我今日且着實撩逗他一番，不信他不動情！」一切齊備就立在簾後等候着。午後，武松才踏雪歸來，婦人連忙接過武松的氈笠帽，道：「奴等一早起，叔叔怎地不回來吃早飯？」武松答以有人相請。她便說：「恁地，叔叔向火。」便將前後門都關了，端來酒菜放在桌上。武松要等武大歸來同吃。婦人道：「那裡等得他，等他不得！」早就煖了一注酒，自己也在火邊坐了，擎起酒盞看着武松道：「叔叔，滿飲此杯。」接着又篩滿一杯，說：「天色寒冷，叔叔，飲個成雙杯兒！」武松又吃了。也篩杯酒與婦人，吃了。

那婦人見武松甚爲溫順，就藉口燥熱，將衣解開，酥胸微露，雲鬢半挽，滿面笑容地說：「聽說叔叔在縣前養着一個賣唱的，可有這話？」武松表示並無此事。婦人說：「我不信，只怕叔叔口頭不似心頭！」武松道：「嫂嫂不信，只問哥哥。」婦人道：「他曉得甚麼？若曉得這些，也不賣炊餅了。」接着又向武松勸了幾杯酒，自己也飲了幾杯。酒注裡空了。便又去煖了一注子酒來，見武松正在低頭向火，便去武松肩胛上一揑，說道：「叔叔只穿這些衣服，不冷？」武松心中甚爲不快，却不理她。婦人見他不應，劈手便自武松手中奪過火筯，說道：「叔叔不會簇火，我與叔叔撥火；只要似火盆常熱便好。」武松有八九分焦躁，只不做聲，那婦人慾念似火，不看武松焦躁，却篩滿一盞酒，自呷了一口，剩下大半盞，看着武松道：「你若有心，吃我這半盞殘酒。」武松劈手奪來，潑在地下……婦人通紅了臉，訕訕地說：「我自作樂子，不值得這麼當眞；好不識人敬重。」

以上情節，只是摘其精要而已，原著文字，數倍於此。足見作者把這淫婦的形象，描寫得十分鮮活明顯。

## 設巧計王婆促成姦情

往昔男女婚姻有賴媒妁之時，有媒婆這一行。以男女婚姻乃人之大倫，故以此爲業者，亦無可厚非。

幹媒婆這一行者，最重要的是嘴巧；能將假的說成眞，將死的說成活的。又得臉皮厚，不怕碰釘子。

媒婆的職司，旨在爲人撮合婚姻，而爲人「拉皮條」搞不正常的男女關係，也往往是她們的副業。而這種拉皮條的勾當，就更需要巧思多謀了。在我國說部中，皮條客最出名的，大概莫過於本書中的王婆了。

潘金蓮和西門慶的一段露水姻緣就是由於她的撮合。作者在此也用筆甚爲細膩。

這兩人原本並不相識，而是有一天金蓮失手掉下一條叉竿，將西門慶打了個正着。西門慶因驚艷而茶飯不思，央求王婆，王婆因貪圖謝禮，就設計下一套「皮條十分光」的圈套，使兩人成了露水夫妻。

王婆的圈套是這樣：以央請潘金蓮爲她作壽衣爲由，先從借黃曆開始，她若答應做，不另請裁縫，便有一分光了；她若答應到王婆家去做，這便有二分光了；第一日做完，接受了酒食款待，第二日還肯再來，便有三分光了；第三日西門慶來訪，延入相見，她若不躲避，就有四分光了；西門慶誇讚她的針線，若肯答話時便有五分光了；王婆即主張要西門慶請客，她不拒絕，就表示有六分光了；王婆去買酒菜，她若肯單獨陪西門慶閒話，就有了七分光了；酒菜備好，若肯與西門慶同吃，這就有八分光了；酒與正濃之際，王婆詐稱酒沒了，要再去沽酒，把門拽上，她尚不推辭，這就有九分光了；然後西門慶藉拾筷爲由，在她脚上一揑，她若並不聲張，這就十分俱全了。

西門慶採納妙計，兩人依計而行，潘金蓮果然一一着道，西門慶竟然一戰成功，這固然有賴於王婆的高明巧計，但王婆在設計此計時，早已言明，潘金蓮若不肯就道，其計也就無功可言，意即說明：潘金蓮若是正經婦道人家，又怎肯着着上道呢？此乃作者描寫潘金蓮的淫婦性格，故以「側筆」出之也。前者欲獵取武松，是潘金蓮主動，此番與西門慶勾搭成姦，是接受王婆的導演，兩者手法不同，顯見作者技巧之高明。

## 潘巧雲私通和尚裴如海

施氏寫潘巧雲私通和尚裴如海，又是另一種手法。筆觸也很細膩。故事是楊雄石秀結義開始。楊雄因見石秀係流落在此，並無家室，就將石秀延到家中居住。

而裴如海則是一個不守淸規的淫僧，爲欲染指潘巧雲，乃拜認潘老兒爲乾爹於是就與巧雲有了兄妹的名分。不過二人結識兩年以來，還只限於眉來眼去，並未上道。迨至裴如海到家來作法事，爲巧雲的前夫超度，才約定巧雲前往報恩寺還願的事。是日，巧雲偕同老父與丫環一同乘轎而來。和尙早有了準備，還願儀式作完，就將父女延入私房，款以佳餚醇酒，先把老兒灌醉，復又將巧雲引至樓上，然後遣走了丫環，二人遂成姦情。其後，淫婦又定巧計，凡是楊雄在牢房當値之夜，後門卽擺出香案爲號，使人從中欵通消，和尙卽來幽會。於是兩人百般快活，一月有餘。

潘裴兩人的不軌，早於法事之時卽已被石秀看在眼裡，石秀甚爲不滿，只是苦無證據。一日，石秀深夜不能成眠，聽得有人在後門大敲木魚，高聲唸佛，覺得蹊蹺，出來探視，果然識破機關。石秀憤於巧雲對楊雄不忠，次日遂以實情相告，並約定來日一同捉姦，不意是夜楊雄醉酒，責罵巧雲，走漏消息，巧雲反將石秀誣告一狀，指其調戲，楊雄信以爲眞，就要潘老兒收拾了與石秀合作的生意。石秀是個聰明伶俐人，窺得此意，就自辭去。却就近在一客店住下，夜來捉姦，果然殺得傳信的胡陀頭和淫僧裴如海，並將二人衣物送與楊雄。楊雄這才相信了事實。

作者對此姦夫淫婦如何勾搭成姦，如何淫蕩不羈，都寫得生動活潑，與前面的兩椿姦情又迥然不同，就寫作的觀點言，頗有可資圈點之處，不愧名家手筆。

施耐庵不但擅於描寫英雄人物，豪傑故事，卽寫風月，亦爲能手。不過他却深恨姦夫淫婦，故皆予殺之而後快！

## 痛懲淫婦刀光濺血

由於前述三名淫婦姦情各有不同。程度互有差異，所以處死的手法又多不同。就書中情節言，閻婆惜的喜新厭舊，移情別戀，宋江本擬以疏遠了事，並無殺之洩憤之意，後來殺她，只緣於非奪回那招文袋不可，如果不是閻婆惜以言語相激，尙不至此。易言之，卽作者對其之恨，還未到達錐心刺骨的程度也。而對潘姓兩淫婦的處置，却不相同。

且說武松之殺潘金蓮。

却說武松將哥哥的死因調查明白後，卽邀集四鄰於靈牀之前，要士兵備了祭品和一些待客的酒菜，並看管了前後門戶，將潘金蓮與西門慶如何成姦，武大如何被害的情形訊問明白後：「就叫士兵焚化冥錢。那婦人見勢頭不好，却待要叫，被武松惱揪倒來，兩隻脚踏住她兩隻胳膊，扯開胸脯衣裳。說時遲那時快，把尖刀去胸前只一挖，口裡銜着刀，雙手去挖開胸脯，摳出心肝五臟，供在靈前；咔嚓一刀，便割下那婦人頭來，血流滿地……。」以此而論，作者不但要置之於死，且要剖腹挖心，方能洩恨！

再看楊雄如何處置潘巧雲！

楊雄將潘巧雲與丫環迎兒騙到翠屏山，石秀早在那兒等候，楊雄將潘巧雲綑在樹上，對石秀說：「兄弟，你與我拔了這賤人的頭面，剝了衣裳，然後我自伏侍她！」石秀依言而行。楊雄先殺了迎兒，那婦人在樹上叫道：「叔叔，勸一勸。」石秀道：「嫂嫂，不是我。」楊雄向前，先挖出潘婦的舌頭，一刀割下，且敎那婦人叫不得。楊雄却指着罵道：「你這賊賤人！我一時誤聽不明，險些被你瞞過了，一者壞了我兄弟情分，二者久後必然被你害了性命！我想你這婆娘心肝五臟怎地生著，我且看一看！」一刀從心窩裡直割到小肚子下，取出心肝五臟，掛在松樹上，又將這婦人的「七件事」分開了……！作者令潘巧雲如此慘事，也是他洩恨之筆，非此不快也。

## 以淫婦喻奸臣殺而後快

前文表過：作者對淫婦深痛惡絕。何以致之？此與他的一段經歷有關。

依照目前我們所獲得的資料，知道施耐庵是江蘇人（一說蘇州，一說淮安），生於元成宗元貞二年（西曆一二九六年）。精明聰慧，少有文才，博覽羣書，素有大志。三十五歲中進士。在浙江錢塘（今杭州）作過官，因與當道不合，恥於屈膝折腰，巴結奉承，只作了兩年，就憤而去職，其時，元朝政治腐敗，官吏貪墨，豪權橫行，魚肉百姓，日甚一日，蒙人欺漢，如陷水火，逼得紛紛揭竿起事。時有蘇人張士誠，糾合當地草澤英雄亦起而舉事。施氏經友人介紹，入張幕府，作了參謀。從此張軍節節勝利。但是後來張士誠却不納施言，因而失敗。元朝雖然也經敗亡，而取得天下的，却是另一位革命領袖朱元璋。

張士誠之敗，未納施言，固是原因之一，而另一原因，則是張士誠有個女婿姓潘名元紹，本與張一同舉事，深受張的恩寵器重，不意後來竟然出賣岳父，投降了朱元璋！施氏生性剛直，爲人耿介，不與流俗。一生最痛恨男人的不忠，和女人的不貞；他認爲男人的不忠，無異於女人的水性楊花，所以就在書中寫了兩個最不堪的潘姓淫婦，以影射背叛長官出賣岳父的潘元紹。他之所以令兩個潘姓淫婦被殺頭、割舌、剖腹、挖心而死，亦無異於對潘元紹之洩恨也。

# 西遊單元

# 西遊記的主題意識

## 且從小說的主題意識說起

世有「會看戲的人看演技，不會看戲的人看熱鬧」的說法，伸而言之：「會看小說的人看主題，不會看小說的人看故事。」因而筆者一向主張：凡是能夠列入文學殿堂的小說作品，必應有內涵深邃的主題。因爲任何一個眞正的文學作家，其寫作的動機和目的，皆不外於表現其作品的主題。淸儒李卓吾在其「忠義水滸傳敍」中說：「太史公曰：『「說難」、「孤憤」，聖賢發憤之所作也。』由此觀之，古之聖賢，不憤則不作矣。不憤而作，譬如不寒而顫，不病而呻吟也。雖作何觀乎？水滸傳者，發憤之作也。蓋自宋室不競，冠屨倒施，大賢處下，不肖處上，馴致夷狄處上，中原處下。一時君相，猶然處堂燕雀，納幣稱臣，甘心屈膝於犬羊矣。施、羅二公❶身

❶ 施、羅二公指施耐庵及羅貫中，有謂水滸傳係二人合著者。

在元，心在宋；雖生元日，實憤宋事。是故憤二帝之北狩，則稱大破遼以洩其憤；憤南渡之苟安，則稱滅方臘以洩其憤。敢問洩憤者誰乎？則前日嘯聚水滸之强人也……。」這段話雖是分析施、羅二氏著作水滸傳之動機和目的，其實又何嘗不能作爲其他小說家們著作之註釋呢！

近世論者有謂小說構成的要素有三：爲人物、故事與主題。並謂，人物扮演故事，故事表現主題。主題是作者思想、意識、情感之所寄，是則思想、意識、情感又爲主題的內涵。一位作家從事創作，必有其純正的動機，崇高的目的。如果所表現的思想卓越，意識眞摯，情感豐富，其作品的價值就必然崇高。

思想、意識、情感雖是主題之三元素，實則是一而三、三而一的東西，互爲表裏。蓋思想產生意識，意識激發情感，而情感復又影響思想故也。

意識原指人類精神醒覺之狀態，擧凡一切精神現象，如知覺、記憶、想像等均屬之。而與文學寫作涉有關聯者，則有以下三種：

第一是個人意識：個人意識係由血統、家庭、天資、教育、友朋、生活、環境，以及一時的感覺等等元素交織而成，猶如化學原子交互組成的物質。其中變化多端，異常微妙，任何一種元素的差異或突變，皆能促使個人意識的異同。

第二是時代意識：乃是泛指某一時代的群體意識、社會意識、政治意識等等。如當前民主思想發達，自由民主是爲當前的時代意識。共匪作亂，置大陸人民於水火，我們必須反共滅共，以拯救大陸同胞，是爲我們當前的反共意識。

第三是文學意識：文學意識係由個人意識與時代意識所孳生，不能超越個人意識與時代意識而孤立。且時代意識却又難以政治的朝代來畫分。政權的幾個朝代，在文學上可能只是一個時代；也可能一個政治的朝代，文學上却是兩個時代。

個人意識、時代意識、文學意識三者互爲影響，相互激盪。人是社會動物和政治動物，不能脫離群體獨立生活，因之，個人意識不能脫離時代意識。而文學意識與時代意識雖非一體，却也互爲因果。

## 單就文學的觀點析論本書

追溯我國小說的歷史，恒在兩千年以上，但小說發展之成熟及受重視，則是晚近三五百年的事。我國的小說初爲稗官記事的一種文體，內容不外「街談巷語、道聽塗說、俚俗之事」，後來又淪爲目錄學上的一個名詞，將一些無法歸類的雜著稱之爲小說。眞正的小說則反而被淹沒了。

正統的小說應自神話和傳說開始。「山海經」和「穆天子傳」是我國小說的鼻祖。馴至唐代，孳生了「傳奇」。同時唐代僧侶爲宣揚佛學，又發明了「講唱文學」，其後因內容變質被逐出廟堂，而流入市井，分爲兩支，講的部分衍爲「說話」，唱的部分衍爲戲曲。我國現代小說係承繼唐代的「傳奇」和宋代的「說話」而來，元代的戲曲豐富了小說的內容，有明一代才成熟豐收。

我國小說初不爲士林所重，是因爲它的內容貧乏，只是供人茶餘飯後談助的消遣雜作，不予列入文學之林。但是由於小說具有高度的可讀性和廣大的傳播力，才漸漸爲士林所重，尤其一些屢試不第的舉子，或宦海失意的讀書人，在心灰意冷而又滿腔憤慨的時候，在縱情詩酒之餘，便也就寄情於小說了。於是產生了不少佳作鉅著。

當小說的內容和技巧豐盈成熟以後，才躋身於文學的殿堂。

小說雖然是文學家族中的一員，但不同於正統的詩詞文章。小說特重技巧，藉人物和故事爲媒體，表現作者的思想、意識、情感。又由於小說的展延沒有限制，內容也就較任何文學作品豐富而淵博。職是之故，一部好的小說，不但內容包羅萬象，題意也往往複雜不已。兼之作者僅將題意寓於作品之中，並不明白向讀者宣示，於是乎看山似山看嶺成嶺的現象便產生了。

一個卓有成就的小說家，通常都是在「飽讀詩書、飽經憂患」的情形下產生，其性格往往是「與世不合」，境遇也就多屬「半生潦倒」，唯其如此，他們才經驗多，閱歷多，感慨多，而諸此種種因素的交織，便促成了小說內容的複雜性，和小說主題的多元性。

長篇偉構的小說，既然具有複雜的內容和多元性的主題，因而當我們欣賞研究它的時候，便不能僅從一個角度着眼，否則便不免有所偏失了。

西遊記是我國神怪小說中最成功的一部，因其以唐僧取經的故事爲間架，愈加蒙上一層宗教的色彩，以致有人單從宗教眼光來研究這本書，認爲其主題旨在闡佛論道。誠然作者對佛、道之學均有研究，書中頌佛之處尤多，我們不能否認作者誠有此意，但若僅以此而論本書的成就，便殊有悖作者寫作本書的苦心孤意了。因而，筆者以爲除了以宗教的眼光析論本書外，尤應以文學的觀點來研究其主題，評估其價值，方爲正途。

## 略述作者身世及時代背景

一部偉大文學作品的產生，必有其特殊的背景，唯有了解其背景，才能了解其作品。因而了解作者的生平和所處的時代，是爲兩項重要的課題。

綜合目前所得的資料❷，我們知道：吳承恩是江蘇淮安人，曾祖父及祖父都做過學官。家境清寒，父親娶了一位商人的女兒，後來也就作了小商人，以貨賣婦女用品爲生。不過父親極愛讀書，終日一卷在手，六經及諸子百家無不瀏覽，堪稱書香世家。吳承恩天資敏慧，繼父祖之風，

❷ 關於吳承恩的資料，本文參考了孟瑤女士著「中國小說史」、李辰冬博士著「三國、水滸與西遊」、及丁志堅先生著「中國十大小說家」等所引述之各項史資。

博極群書，少年卽著文名，詩文下筆立成，淸雅流麗，有秦少游風。善諧劇，所著雜記數種，名重一時。復長書法、金石，多才多藝。從小就好奇聞，在童子學社時，每偸市中野言稗史，懼爲父師訶奪，私求隱處讀之。比長，好益甚，聞益奇，迨於旣壯，旁求曲致，幾貯滿胸中。這對於他晚年寫西遊記有關。有才華的讀書人，大多有孤高耿直與時不諧的性格，吳承恩恰是如此。那時社會黑暗，學風敗腐，科擧場中要行賄賂、講關節，所以一科又一科的主考官都沒有錄取他。直到四十幾歲才考得一名「歲貢生」（秀才），後來還考過兩次擧人，都沒考取。他曾一度到北京，希望能依托一位在翰林院供職的好友李春芳圖謀發展，而李春芳雖然極力爲他推荐吹噓，但京師的權貴們却沒有一個肯賞識擢拔他的人，於是只有帶著分外沮喪的心情離開北京，轉道南京，在那兒也謀事無成，幾至流落。這期間只好藉賣文爲生。這種潦倒的文字生涯，頗使他感到遭遇的坎坷。當他六十多歲時，還由於親老家貧，饑寒交迫，不得不去浙江長興去屈就縣丞❸，可是不久又因事與長官關係不諧而拂袖歸了。西遊記的寫作，應是他辭官以後的事。晚年，益縱詩酒，抑鬱不樂。死時八十二歲，身後蕭條，連子嗣也沒有。

吳承恩生於明朝弘治十三年，歿於萬曆十年（公元一五〇〇至一五八二年），一共經歷了明朝的五位皇帝（孝宗、武宗、世宗、穆宗、神宗），其中世宗在位四十五年，正是他二十幾歲到六十幾歲的時候，也是每個人一生中最重要的階段。一個人的前途固然有賴自己的努力，而時代

❸縣丞亦作縣貳，猶如今日縣政府的主任秘書。

環境良窳與否也有極大影響。其時為明代中葉，朱氏王朝已日趨腐敗，且從以下兩段史料就可以知道吳承恩所處的是一個怎樣的時代了。

## 從佞倖傳來了解明世宗

一、明史卷三百七佞倖傳：

陶仲文，嘗受符水訣於羅田萬玉山。嘉靖中，以符水杜絕宮中妖。莊敬太子患痘，禱之而瘥，帝深寵異。十八年南巡，次衞輝，有旋風繞帝駕，帝問：「此何祥也？」對曰：「主火。」是夕行宮果火，宮人死者甚衆。帝益異之。授神霄、保國、宣教高士。尋封神霄、保國、弘烈、宣教、振法、通眞、忠孝、秉一眞人。明年八月，欲令太子監國，專事靜攝，太僕卿楊最疏諫，杖死。廷臣震懾，大臣爭諂媚，取容神仙，禱祀口亟。帝有疾，既而瘳，喜仲文祈禱功，特授少保、禮部尚書。久之，加少傅，仍兼少保。仲文起莞庫，不二歲登三孤。乃請建雷壇於鄉縣，祝聖壽，公私騷然。御史楊爵、郎中劉魁、給事中周怡陳時事有「日事禱祠」語，帝大怒，悉下詔獄。吏部尚書熊浹諫乩仙，即令削籍。自是中外爭獻符瑞，焚修齋醮之事，無敢指及之者矣。帝自廿年遭宮婢變，移居西內，日求長生，郊廟不親，朝綱盡廢，君臣不相接，獨仲文得時見。見輒賜坐，稱之為師而不名。心知臣下心議己，每下詔旨，多憤激之辭，廷臣莫知所指。小人顧可學、盛端明、朱隆禧輩皆緣以進。其後，夏言以不冠香葉冠，積他釁至死。而嚴嵩以虔奉修焚，蒙異眷者二十年。大同獲諜者王三，帝歸功上元，加仲文少師，仍兼少傅、少保，一人兼領三孤，終明世，惟仲文而已。久之，授特進光祿大夫柱國，兼支大學士俸……得寵二十年，位極人臣。

以上這段史料雖是記載陶仲文的得寵，毋寧可說是明世宗性格爲人的寫照。由此我們不難得到以下的認識：一、擅殺忠良，二、任用奸小，三、迷信仙道，四、上下諂媚，綱紀凌替。

二、二十二史劄記「成化嘉靖中方技授官之濫」一條中，也有有關世宗的一段。

「嘉靖中，又有方技濫官之秕政。道士邵元節，以禱祠有驗，封爲清徽、妙濟、守靜、修眞、凝元、演範、志默、秉誠、政一眞人，統轄朝天、顯靈、靈濟三宮，總領道教。賜金玉印、象牙印各一，班二品紫衣玉帶，以校尉四十人供灑掃。尋又賜闡教輔國玉印，進禮部尚書，給一品服，蔭其孫啓南爲太常丞，進少卿。曾孫時雍爲太常博士。其徒陳善道亦封清徽、闡教、崇眞、術道高士……是嘉靖時之優待方技較成化更甚，其故何也？蓋憲宗徒修心好異，兼留意房中秘術，故所泥多而非誠心崇奉。世宗則專求長生，是以信之篤而護之深，與漢武之寵文成、欒大，遂同輒。臣下有諫者，必坐以重罪。後遂從風而靡。」

由此，我們更可以了解當時政治社會的一斑了。

## 假借歷史旨在障人耳目

吳承恩是有思想、有才華的讀書人，一生坎坷，懷才不遇，他對這種政治、社會，豈能不感憤慨？然而他能奮筆疾書公然指責麼？諫臣杖死的前車之鑑，他豈不知？但是這胸中的積塊又不吐不快。於是乎就以詼諧之態，出之以滑稽之筆，假借唐代高僧赴西天取經的故事作爲間架，而加演繹，發爲篇章，成此偉大說部，庶幾可以掩人耳目，不負文章之責而免災獄也。

嚴格地說來，西遊記並非純屬吳氏之創作。原來自唐代高僧陳玄奘自西方取經歸來後，其沙門弟子慧立就寫過一本「慈恩玄奘法師傳」，備述唐僧取經經過。此外元初道士邱處機曾隨元太祖有西征之擧，其徒李志常也寫過一本「長春眞人西遊記」，也記述了許多西域見聞。加以民間傳說戲曲取材於斯者，紛繁不已。復且愈傳愈奇。而吳承恩本是自幼卽好獵奇誌異的人，滿腹怪誕，一腔牢騷，便藉此爲題材，搜羅編纂，再加創作，遂成此篇。

熟悉史實和本書內容者都知道，歷史上的玄奘和西遊記中的唐僧，兩者情操各異，人格迥然。以下且擧兩者歷難時的表現，就可昭然若揭了。

出玉門關孑然孤遊沙漠矣……從此以去，卽莫賀延磧，長八百里，古曰沙河。上無飛鳥，下無走獸，復無水草，是時顧影，唯一心但念觀音菩薩及般若心經。……行百餘里，失道，覓野馬泉，不得。下水欲飲，袋重，失手覆之，千里之資，一朝斯罄……四顧茫然，人馬俱絕。夜則妖魑舉火，爛若繁星，晝則驚風擁沙，散時如雨。雖遇如是，心無所懼，但苦水盡，渴不能前。於是時，四夜五日，無一滴霑喉，口腹乾焦，幾將殞絕，不能復進，遂臥沙中。默念觀音，雖困不捨，啓菩薩曰：「玄奘此行，不求財利，無冀名譽，但爲無上道心正法來耳，惟菩薩念舊羣生，以救苦爲務，此爲苦矣，寧不知耶。」如是告時，心心無輟，至第五夜半，忽有涼風觸身，冷快如沐寒水，遂得目明，馬亦能起，體既蘇息，得少睡眠……。驚寤進發，行可十里，馬忽異路，制之不迴。經數里，忽見青草數畝，下馬恣食。去草十步，欲迴轉，又到一池，水甘澄鏡澈，下而就飲，身命重全，人馬俱得蘇息……此等危難，百千不能備敍。

以上是歷史上唐僧在取經途中遇難時的情景，無怨無懼，一心默念觀音，啓禱菩薩，信心堅定，矢志不移。下面再看看西遊記中的唐僧遇難情形又如何呢？

話說行者師兄弟三人在五觀莊偷吃了人參果，鎭元大仙追來，將師徒四衆綑了要打，鎭元子本要先打唐僧，行者恐不經打，將一切責任攬在身上，乃打行者。入晚方停。那長老淚眼雙垂，怨他三個徒弟道：「你等闖出禍來，却帶累我在此受罪，這是怎的說？」行者道：「且休抱怨，打便先打我，你又不曾吃打，倒轉嗟呀怎的？」唐僧道：「雖然不曾打，却也綑得身上痛哩！」

是夜嗣經行者施法逃脫，這一夜馬不停蹄，躲離了五觀莊，只是到天明，那長老在馬上搖椿打盹。行者見了，叫道：「師父不濟，出家人怎的這般辛苦？我老孫千夜不眠，也不曉些困倦。且下馬來，莫叫走路的人，看見笑你，權在山坡藏風聚氣處，歇歇再走。」請問讀者：這唐僧豈不是一個膽小鬼？一副窩囊相！據筆者約略統計，唐僧痛哭流淚者，共達三十六次之多，難怪行者要叫嚷道：「師父莫哭，哭就膿包了！」（其他於唐僧不堪的筆墨甚多，容另文分析）。

## 書中多處不可忽視的影射

在前文中筆者曾主張宜從文學的觀點研究本書的主題，又強調研究本書，應從了解吳氏的身世及明代中葉的政治社會背景着手。如果讀者諸君同意此說的話，那麼自以下的引例中就可以了解，作者是如何假藉書中的許多情節來影射當時的朝政，發洩其心中的不滿了。

寶象國公主對黃袍老妖說：「我父王不是馬掙力戰的江山，自幼兒是太子登基………。」筆者按：明世宗是十四歲由太子登基的。

第三十三回唐僧被金銀老怪所阻，行者戰不能勝，拘來土地查詢此妖底細：「我且問你，他這洞中有甚麼人與他來往？」土地道：「他愛的是燒丹煉藥，喜的是全眞道人。」

第四十四回唐僧一行四衆來到車遲國，見國人虐待和尚，有許多和尚在勞役受苦，行者就變化了道士，向另二道士以化齋爲名，打聽端底。行者向道士躬身道：「道長，貧道起手。」那道士還禮道：「先生那裏來的？」行者道：「我弟子雲遊於海角，浪蕩在天涯，今朝來此處，欲募善人家。動問二位道長，這城中那條街上好道？那個巷裏好賢？我貧道好去化些齋吃？」那道士笑道：「你這先生是遠方來的，不知我這城中之事，且休說文武官員好道，富民長官愛賢，大小男女見我等拜請奉齋，這般都不須掛齒——頭一等就是萬歲君王好道愛賢。」行者道：「我貧道年輕遠來，實是不知，煩將君王好道愛賢之事，細說一遍，足見同道之情。」道士說：「此城名喚車遲國，寶殿上君王與我們有親。」行者聞言笑道：「想是道士作了皇帝？」他道：「不是。只因二十年前民遭亢旱，天無點雨，地絕穀苗，家家沐拜求雨，正都在倒懸捱命之處，忽然天降下三個仙長……便是我家師父；我大師父號做虎力大仙，二師父號做鹿力大仙，三師父號做羊力大仙；我那師父，呼風喚雨，只在翻掌之間，指水爲油，點石成金，却如轉身之易，能奪天地之造化，換星斗之玄微，君臣相敬，與我們結爲親也。」❹

這三仙在朝中享有上殿不參君，下殿不辭王的特權，並被國王尊爲「國師兄長先生」。

行者嗣訪衆受苦僧侶，他們禀道：「我們這國王單抑佛尊道，但有遊方道者至此，卽請拜王領賞，若是和尚來，不分遠近，就拿來傭工。」行者道：「想那道士還有什麼法術，誘了君王；

❹ 陶仲文曾領「三孤」，此虎力、鹿力、羊力三仙猶喻陶氏之三孤也。

若只是呼風喚雨，也都是旁門小法，安能動得君心？」衆僧道：「他會摶砂煉汞，打坐存神，指水爲油，點石成金。如今興蓋三清觀宇，對天地祈君王萬年不老，所以就把君心感動了。」

類此隱喩筆墨尙多，不克一一列舉。諸君請參前引「明史・佞倖傳」所述道士陶仲文得寵，及世宗迷信道士情形，則作者寫此情節之用意，豈不洞悉無遺了！

## 吳承恩晚年發憤寫此書

或曰：明世宗迷信道教，日求長生，乃是個人信仰及生活的自由，應無可厚非。其實不然，因皇帝是一國的政治領袖，尤其那時的皇帝猶不似今日國家的元首。那時的君權是無限的，生殺予奪，悉聽尊便，所以國家的命脈更與君王的良窳與否息息相關。如一旦君主昏庸，大權旁落，奸小當道，就必禍延國家及人民了。歷史上這種例子可謂罄竹難書。本書中所寫車遲國的情形，就是君權旁落的佐證。另如第四十回衆山神土地對行者說：「那洞裏有一個魔王，神通廣大，常常的把我們山神、土地拿了去，燒火頂門，黑夜裏與他提鈴喝號，小妖兒又討甚麼常例錢。」便也是暗示由於朝綱不振，權貴們以大吃小作威作福。

本書內容大多寫神怪故事，作者是假神怪的世界來影射人間，神怪世界的不公，隱喩人世的不公。烏雞國王被妖怪謀害，陰魂不散，求救於唐僧，唐僧問他何不去閻王那兒告狀！那亡魂說：「他的神通廣大，官吏情熟——都城隍常與他會酒，海龍王盡與他有親，東嶽齊天是他的好友，十代閻君是他的異姓兄弟。因此這般，我也無門投告。」（第三十七回）又第四十三回黑水河河神向行者磕頭泣淚道：「大聖，我不是妖邪，我是這河內眞神，那妖精舊年五月間，從西洋海，趁大潮來於此處，就與小神交鬥，奈我年邁身衰，敵他不過，把我的河神府就占住了，又傷了我許多水族。我却沒奈何，徑往海內告他。原來西海龍王是他母舅，不准我的狀子。敎我讓與他住。我欲啓奏上天，奈何神微職小，不能得見玉帝……。」要旨在說明權貴們互有勾結，被欺凌的黎民百姓，有苦無處訴，有寃不能伸。

但是社會雖然黑暗，政治雖然腐敗，却並不表示舉國上下全無忠良！而本書所寫孫悟空保唐僧赴西天取經的故事，毋寧說乃是一部忠臣的奮鬥史。作者是以象徵的手法將唐僧象徵爲一位君主，將悟空、八戒、沙僧等人象徵三種不同類型的公務員。

我們且看看吳承恩筆下這小小王國的君臣是怎樣的形象？

毋庸諱言，唐僧是昏庸的、無能的、膽小如鼠，遇事沒有主張，只知道哭，耳朵又軟，愛聽小話讒言，所以作者不斷提示我們，他是軟耳朵、信邪風、一頭水的膿包。孫悟空一向瞧不起他，只爲他是主子，不得不效忠於他。

作者以孫悟空象徵勇敢的忠良。他有通天的本領，冒險犯難的精神，堅忍不拔的志節。爲了保護唐僧，出生入死，無役不與，無難不赴，忠心耿耿，却得不到信任，屢遭屈辱，時受排擠，三次被逐，使得這位天不怕地不怕頂天立地的英雄，竟然常灑英雄淚。

以猪八戒象徵奸臣小人。他貪財愛色，好吃懶做，時進讒言，挑撥是非。佛教中之八戒，他樣樣不戒；猪八戒者實爲諸不戒也。

以沙和尚象徵一般庸碌之輩。在沒有是非的社會裏，人才往往是遭嫉的，諂媚奸小必然得意，而庸庸碌碌之輩，雖然不能飛黃騰達，却也能「庸庸碌碌到公卿」。沙僧沒有甚麼本領，在取經的過程中他沒有功勞，只有苦勞，所以他仕途康莊，平安無事，猪八戒也不排擠他，最後他也因取經而得正果。

唐僧取經遍歷八十一難（其實故事不足八十一個），表面上看來，是佛祖以此來考驗他的志節，實則作者是以種種象徵的手法來側寫明代朝政腐敗社會黑暗，他以同情的筆墨描寫民間的疾苦（如車遲國衆僧侶被欺壓凌辱），爲人民發出求救的呼聲（如黑河河神向行者說：「今聞大聖到此，特來參拜投生，萬望大聖與我出力報冤」）。

# 從西遊記透視小說的時代觀

## 時代因素 影響作品

人類是具有高度文化的動物，所以是社會動物也是政治動物。惟其人類具有高度文化，所以人類有思想、有情感、有慾望。人類的生活也就較一般動物複雜而多彩多姿。

人類的文化隨着人類智慧的增進而發達。每一時代所呈現的水準和特色並不盡同；這其間包括政治的、經濟的、宗教的、學術的、教育的、哲學的、思想的、乃至風俗民情的等等，不一而足。

文學是由文化而產生，它是文化的表徵之一，它是由人而寫，也是爲人而寫，所以文學離不開人生，也離不開時代，其中尤以與人生關係最密切的小說爲然。蓋小說寫作的目的率多以描寫人生為職志，因而我們無論是對小說的欣賞、研究或寫作，都不能忽略作品與時代的關係；小說自有其時代觀。

所謂小說的時代觀，乍看起來，似可分為「作品的」與「作者的」兩部份，其實稍加深究，實乃無法分割者，因為作者縱然能將作品的時代假託於過去或未來，但最後所表現的，仍跳不出作者所處的時代。為期便於析論，特以西遊記為例。

## 假借唐漢　虛託歷史

古典小說都是導源於民間流傳的故事，常常是經過幾百年的傳播和演變，最後才由一人加以編撰創作而成為一本完整的說部，西遊記也不例外。

西遊記是描寫唐代高僧玄奘法師赴西域取經的故事。人物和事件都是眞實的，有史可考，但我們現在所看到的小說却是經過民間數百年的傳播，最後才由明代碩儒吳承恩以充分演義的手法創作而成，與實際史實相距甚遠。

吳承恩為什麼要這樣做？我以為可以解釋的理由如下：

第一、他自幼就是一個蒐奇志異的人，有獵取怪誕野趣的性格，因而寫作此書時，就不免將他富於幻想的才華充分發揮。

第二、文學家潛心於著作，必有其寫作的動機和目的，易言之，就是要表達作者的思想、意識和情感；也就是作品的主題。

二者之間，後者尤爲重要，爰就此加以申述。

明代名儒李卓吾在評敍水滸傳時，引用太史公的話說：「說難、孤憤，聖賢發憤之所作也。」李說：「由此觀之，古之聖賢，不憤則不作矣；不憤而作，譬如不寒而顫，不病而呻吟也……。」所以也有人說「文學是苦悶的象徵」，是同樣的道理。

既然文學作品是聖賢發憤之作，人類苦悶的象徵，那麼我們就不難體會：文學作品的寫作，該不該有些方法和技巧？如果不運用一些方法技巧，在作者「發憤」之後，會不會有嚴重的後果？作者們當不會忘記那些文字獄的故事。尤其直接以描寫人生爲職志的小說，如果作者所發憤的「人與事」都是眞實的，能沒有危險禍患麼？故而小說的寫作尤應講究方法和技巧，於是乎便不免有「假借唐漢」的手法產生了。

明乎此，我們就不難了解：爲什麼他的作品要以唐僧取經的故事爲背景？

但是，進一步我們又要問：吳氏此舉的目的和用意何在呢？這就涉及他的身世和時代背景了。

## 吳氏承恩　孤傲耿直

吳承恩字汝忠，淮安府山陽縣（今江蘇淮安縣）人，生於明弘治十三年（公元一五〇〇年）。曾祖父和祖父均做學官，父親雖是小商人，却也「日把一卷在手，自六經諸子百家莫不瀏覽」，也是個讀書人，可謂家學淵源，書香世代。吳承恩自幼卽博極群書、滿腹經綸，詩文著世、名噪一時。淮安府志說他「性敏而多慧、博極群書，爲詩文下筆立成，清雅流麗，有秦少游風。」而且又善諧劇（小說），並長書法，各種應酬文字亦莫不精通。可是這麼一位多才多藝的人，却因爲孤高耿直、與時不合，不能賄賂學官而屢試不第，直到四十五歲那年才考取一名「歲貢生」（秀才），五十歲那年曾試圖到京師求發展，却飽嘗現實況味，失望地離開京師，轉道南京，一度落得賣文度日。六十歲時，迫於饑寒，不得不去浙江長興屈就縣丞，做些案牘工作，賴以維生，後來却又因事不和、恥折腰，憤而辭去。他雖然活到了八十二歲，但一生貧困坎坷，身後蕭條，連子嗣也沒有。

吳承恩的著作很多，現存者僅有「射陽先生存稿」四卷及「續集」一卷。享譽後世的當然是西遊記。從這本書中我們可以看出他想像力之豐富，創作才華的高超。然而，這麼一位才情橫溢的人，却抑鬱終身，能無怨懟乎！而西遊記正是他對時代的抗議和對社會的控訴！

## 迷信道術 朝綱不振

簡述了吳承恩的身世後，再來看看他所處的時代，就更易明白他為何要寫西遊記了。

有明一代創基於公元一三六八年，滅亡於一六四四年，共二七七年歷十六位皇帝。吳承恩生於一五〇〇年，歿於一五八二年，共經歷孝宗、武宗、世宗、穆宗、神宗等五位皇帝。這五帝中世宗在位四十五年，為時最久，那是吳承恩二十二歲到六十六歲，這一段年齡對任何人來說，都是一生中最重要的時光。然而，那時的明世宗是一位怎樣的皇帝？政治的情形如何呢？我們且自明史佞倖傳中摘譯一段有關陶仲文的記載，就可以悉其梗概了。

陶仲文是一名道士，長於畫符，他的符水曾經驅走宮中的妖怪，治好太子的痘症，很得世宗的寵信。嘉靖十八年，世宗南巡，途經衛輝（今河南汲縣），忽有旋風圍繞帝駕，世宗問主何兇吉？仲文答以：「主火」。是夜行宮果然大火，燒死了不少人，世宗益異。先後加封「高士」、「眞人」的封號達十一種之多，後來加封少師、少傅、少保。嘉靖二十年，世宗不理朝政，不見群臣，日求長生，獨陶仲文時可得見，而且每每賜坐，稱之為師，不呼姓名。眷異得寵垂二十年。他身邊的許多小人也都據以緣進，俱封高官。忠臣諫阻，屢遭殺戮或坐罪，致奸臣如嚴嵩者得以當道。

由以上所述也就可以看出世宗的性格行事，進而對他產生如下的認識：一、迷信仙道，崇尚方技，妄求長生；二、不納忠言，殺戮忠良、寵信方士，坐大奸臣；三、綱紀不振，造成政治腐敗社會靡爛之歪風。

試想，一個有血性、有正義的讀書人，他能無感慨、能夠緘默麼？自不免有感時發憤的激動；但是他又不能不顧慮到文字之獄、殺身之禍！所以只有取材歷史假託唐漢了。

然則何以見得西遊記一書就是反映明世宗及其時政的呢？且舉數例以證：第一、第三十回寶象國公主曾說：「我父王不是馬掙力戰的江山，他本是祖宗遺留的社稷，自幼兒是太子登基。」世宗十四歲卽位，正是自幼兒太子登基；第二、同回中妖魔變作駙馬，反說唐僧是妖怪，作者在書中寫道：「你看那水性的君王，愚迷（昧）肉眼，不識妖精，轉（反）把一片虛詞當了眞實。」世宗正有眞假不辨的性格；第三、車遲國崇奉道士壓迫和尚，虎力、鹿力、羊力三個大仙被孫悟空打殺後，那國王哭到天晚，悟空教訓他說：「今日滅了妖邪，方知是禪門有道。向後來，再不可胡爲亂信；望你把三道歸一，也敬僧，也敬道，也養育人才，我保你江山永固。」（第四十七回）這豈不是對世宗獨迷道士的針貶麼？第四、作者在六十二回寫祭賽國「文也不賢，武也不良，國王也不是有道。」豈不是明明用了「指桑罵槐、含沙射影」的手法？第五、七十五回所寫獅駝國的國王及文武官僚並滿城大小男女都被妖精吃了。不就是影喻全國上下都被道士迷惑了麼？第六、第七十八回寫比丘國王稱妖道爲國丈，國王貪歡美女，不分晝夜，那國丈又獻海外秘方。這情形與世宗稱陶仲文爲師，以及迷惑於他的道術，又有甚麼不同呢？

吳承恩是位不得志的才子，備歷社會不公，有一肚皮牢騷，却不能率直發洩，所以只好借歷史上的人與事來作幌子，以達到他諷刺時代、抨擊社會的目的。是爲本書的時代觀。

反映時代是小說家的職責，小說家應爲歷史作見證，現世作警鐘，後世作導航。凡是好的小說莫不應有時代觀，而小說的時代觀却必須經由藝術的眼光來透視。

# 西遊記中妖魔的背景

## 明寫神妖實喩人間

西遊記是一部描寫神仙妖魔生活爲主體的小說，人類只是其中的點綴而已，所佔份量不多。不過吳承恩筆下的神仙妖怪却無不具有人性，故而他雖寫神仙的天堂、佛道的世界、妖魔的洞府、閻王的地獄，無不是暗喩人間。因爲神鬼都是人類所創造的，只是人類的一種精神世界而已，實際並不存在。人類之所以要創造神鬼，乃是人類精神無以寄託，或者是人類的法律道德不足以制裁或規範人類的社會時，藉神鬼以匡助之。人們一旦相信有天堂、有佛地，便矢志向善，希望死後靈魂升天；人們一旦相信有地獄，便懼於犯罪作孽，以免死後靈魂永受輪廻之苦。

由於神鬼都是由人類所創造，神鬼的世界不過是人類世界的翻版而已，只是人們往往將神仙儘量美化，作爲光明祥和的象徵，將妖魔鬼怪予以醜化，作爲黑暗罪惡的象徵。明乎此，就不難

了解爲什麼本書所寫妖怪的生活多於神仙的生活？對妖怪生活的描寫又多出之正筆，對神仙生活的描寫反出之以側筆？更有進者，不但本書妖怪特多，而且許許多多的妖怪率皆來自天上|或者也與天庭有關。孫悟空有十萬天兵天將不能降的本領，而他在保護唐僧赴西天取經途中所遇到的許多妖怪，連孫悟空也奈何不得，這些妖怪魔力之高，可以想像。孫悟空在已力不逮的時候，只有到天堂佛地去求救玉帝、菩薩、諸仙、佛祖，幸得降服，才知道牠們幾乎個個都與天堂的神官或佛道的祖師有關。而最使孫悟空傷心感歎的是：當孫悟空出生入死好不容易降伏的妖怪，又往往不得不在各路神仙的人情壓力下釋放！

茲將這些有來頭有背景的妖怪簡介如後，以供參考。

## 黃風怪靈山得道鼠

第二十回唐僧等至黃風山，被黃風怪所阻，孫悟空與之苦戰，每以不敵黃風，嗣經請得靈吉菩薩下凡，以其降龍杖方才降得此怪。悟空本擬卽予剷除，而靈吉菩薩却求情道：「大聖，莫傷他命，我還要帶他去見如來。他本是靈山脚下的得道老鼠，因爲偷了琉璃盞內的清油，燈火昏暗，恐怕金剛拿他，故此走了，却在此處成精作怪，如來照見了他，不該死罪，故着我轄押，拿上靈山，去見如來。」

## 黃袍怪奎木狼下凡

第二十八回至三十一回，寫的是唐僧在黑松林遇怪的故事。此時孫悟空被逐回花果山。唐僧先後命八戒及沙僧去化齋，久久不歸，就信步走出松林，忽見一塔，金光閃爍。因他曾有誓言，遇廟拜佛，遇塔掃塔。不意驚動了塔上的黃袍老怪，將他攫去，要吃其肉，嗣得寶象國公主相救。原來十三年前老怪將公主攝來，占爲妻室。八戒沙僧屢戰不勝，只得去花果山請來悟空。彼此鏖戰亦無勝負。老妖對悟空似曾相識，悟空推測此怪或係來自天上，遂請玉帝調查，果然是上界二十八宿之一的奎木狼下凡。

## 金銀怪來自兜率宮

第三十二回到三十五回寫的是金角大王、銀角大王在平頂山作怪，因其有法寶五件，件件無敵，悟空幾番施展機智，方才騙得法寶，收伏兩怪，唐僧師徒方待上路，正行間忽見路旁閃出一個瞽者，上前扯住三藏道：「和尚，那裏去？還我寶貝來。」行者細看原來是太上老君，近前施禮道：「老官兒，什麼寶貝？」老君道：「葫蘆是我盛丹的，淨瓶是我盛水的，寶劍是我煉魔的，扇子是我搧丹爐的，繩子是我一根勒袍的帶。那兩個怪，一個是我看金爐的童子，一個是看銀爐的童子，只因他們偷了我的寶貝走下凡來，正無覓處，却今被你拿住，得了功績。」

## 青獅怪乃文殊座騎

第三十六至三十九回，寫的是烏鷄國王被害沉寃三年的故事，幸得唐僧行經到此，得悟空之助，自太上老君那兒討得回生金丹，救了國王性命，驅走妖魔，復了王位，悟空正要結果這怪，忽見東北上飛來一朶彩雲，厲聲叫道：「孫悟空，且休下手。」行者回頭，原來是文殊菩薩，上前施禮道：「菩薩那裏去？」文殊道：「我來替你收這個妖怪的。」文殊自袖中取出照妖鏡，照住了那怪原身，行者認得是文殊的座下青毛獅子。

## 金魚精原觀音飼養

第四十六至四十九回寫唐僧一行到達通天河，有金魚精得知唐僧是金蟬長老轉世，欲擒而食之，又懼行者本領，便運用法術將通天河一夜凍結成冰，並着小妖多名變作商旅，在冰上行走，誘得唐僧涉冰而行，金魚精則在途中取事，化開河冰，將唐僧師徒、行李馬匹均沉於河底，幸得八戒、沙僧深諳水性，悟空也得脫身，只苦了唐僧，要被破腹剜心。悟空等爲搭救師父，反覆搦戰，均不成功，只得去見觀音。觀音親以紫竹編織一籃，駕臨通天河，念動眞言，作起法來，才將妖怪收住，原來竟是他池中飼養的金魚。

## 獨角大王老君座騎

第五十至五十二回寫唐僧等行經金兜山，唐僧被獨角大王擒去，要上籠蒸吃。悟空戰不能勝，連如意金箍棒都被妖王的法寶收去。悟空沒有了兵器，無奈，只有去天庭求救，玉帝先後派了托塔天王李靖、哪吒三太子助戰，俱不能勝，兵器也被收去，嗣又派火德星君，驅所屬火龍、火馬、火蛇、火鳥，仍不能勝，諸般火將法器也被收去，繼派水伯再用水攻，依舊無功。再求助如來。佛祖派了降龍、伏虎羅漢，携來佛祖金丹，也被收去。行前佛祖暗囑羅漢，若再不勝，可去找太上老君。悟空請得老君前來方才收伏，原來此怪是太上老君走失之座牛也。

## 黃眉怪出於彌勒佛

第六十五、六回唐僧一行到了小雷音寺，有一黃眉大王假扮佛祖，誘得虔誠禮佛的唐僧頻頻下拜，被擒。悟空急忙營救，竟被金鐃合住。悟空施法拘來五方揭諦、六丁六甲、十八位護教伽藍，命他們保駕唐僧，並上天求救，玉帝卽差二十八宿星辰釋厄降妖。一經交戰，衆多天神俱被那怪的搭包盡將包去，只走脫了悟空。悟空不便再煩玉帝，以免見責，乃去武當山訪北方眞君蕩魔天尊，請得麾下五位龍神及龜蛇二將，一行翻雲使雨而來，交鋒不利，悉被搭包包去，只有悟空機警得脫。再去求助國師王菩薩，遣四大將並小太子前來助戰，也一一被那搭包兒收去。悟空眞是一籌莫展，掉下英雄淚來，忽逢東方佛祖彌勒到來，聲稱：「他是我的司磬童子，那搭包兒是我的後天袋子，那條狼牙棒是我敲磬的槌兒。」

## 金毛獅為觀音座騎

第六十八至七十一回，寫唐僧一行至朱紫國，因倒換關文（猶今之護照加簽），得知國王有病，悟空揭黃榜，願治國王之疾。疾癒，國王復說明得病根由，緣於三年前正宮金聖娘娘被妖精攝去，思念成疾。悟空又慨允捉妖，救娘娘回宮。悟空覔得妖精，但與戰失利，因那妖精有金鈴三個，一經搖動，煙、沙、風、火俱出。燒身刺鼻，難以抵擋。只得施計混入魔洞，向娘娘說出本意，得娘娘相助，盜得金鈴。無奈悟空得寶忘形，未出洞府，卽搖動金鈴，燎燃洞府，驚動妖魔，關了洞門，不得脫身，棄了金鈴，變作蒼蠅，隱於洞中，再請娘娘權獻溫情，頻頻勸酒。悟空變作婢女，相機又盜得金鈴，然後出洞搦戰，妖魔不敵，回洞取寶，不知眞寶已失，反被悟空使動金鈴燒得走頭無路，性命難保，正危急間，却被觀音救出，謂係走失之座騎也。

## 大鵬鳥與如來有親

第七十四回至七十七回，寫唐僧在獅駝山被三個妖王擒住，要食其肉。由於這三個妖王甚是厲害，太白金星先來報信，悟空不敢輕視，親去探路，變作小妖，套出各妖王本領，再入洞中一探虛實，不愼被三妖王識破而被擒，裝入瓶中，幸有觀音所賜的救命毫毛三根，悟空拔下變作鋼鑽，鑽穿瓶底，逃了出來，復向老妖挑戰，又被吞入腹中，悟空卽就計在腹中作起法來，老妖不堪其苦，只得告饒求命，願意抬唐僧過山，但既得性命，却又反悔，於是再戰，悟空等三人却均爲妖王所擒，師徒四人均被抬上蒸籠，就要蒸吃，幸悟空暗施法術，脫了眞身，連夜救下師父、師弟，惜未出洞府，復又被擒，只是走脫悟空。悟空在悲憤之餘念及此皆係由如來所起，如不取經，何有此難？就到靈山要求如來，鬆了頭上金箍帽，再回花果山。如來遂命兩羅漢請來文殊、普賢兩菩薩，一同去捉妖。原來老妖王是文殊座騎，二妖王是普賢座騎，三妖王是隻大鵬鵰。悟空聞得大鵬與如來有親，責如來不該縱親造孽。

## 白鹿精為壽星脚力

第七十八、九回寫唐僧到達比丘國，見三街六市家家戶戶門口都擺着一個鵝籠，內中俱是五、六歲的小兒。唐僧一行投入驛館，幾經探詢，驛丞方告以：比丘國王於三年前得道士獻一美女，納爲「美后」，自此寵眷貪歡，不理朝政，酒色過度，身體羸弱，道士又獻仙方，高山採藥，並請以一千一百一十一個小兒的心臟作藥引，籠中這些小兒就是備明日開刀取心之用。故此比丘國又有小兒國之稱。唐僧聞之十分不忍，與悟空密商解救之法。悟空卽召來山神土地、六丁六甲等，囑彼等作法，先將小兒連籠俱皆攝去，匿於山谷林中。次日隨唐僧入朝再便宜行事。悟空果然看出國王身旁之道士是爲妖孽，欲擒未遂，爲之逃脫，追至洞府，迫出妖精，戰勝方擒，却值南極仙翁到來，謂此妖乃是他的脚力白鹿成精，不要傷牠。悟空因問道：「白鹿既是老壽星之物，何以得到此處爲害？」壽星笑道：「前者東華帝君過我荒山，我留坐下棋，一局未終，這孽畜走了，及客去，尋牠不見，屈指一算，知牠走在此處，特來尋牠，正遇大聖施威，若果來遲，此畜休矣。」

## 九頭獅乃太乙脚力

第八十八至九十回寫唐僧一行來到天竺國玉華縣，那縣是由一賢良的親王治理，接待唐僧甚為禮遇。王有三子，年輕好武，輕視悟空等人，與之索戰，由敵爲友，甘心分別拜在悟空等三人名下爲徒，就欲照樣打造兵器，不意悟空等兵器俱非凡品，夜放光芒，適有一黄獅精夜間路過，知是寶貝，就施法攝走。悟空尋至洞府，戰敗黄獅，燒了洞府，奪回兵器。黄獅敗走，求救於師祖，那老獅神通廣大，能變九頭，張口咬人，無人能逃，悟空等不敵，師徒及賢王父子盡被咬去，老妖爲孫洩恨，痛毆悟空，幸悟空金身不滅，未曾受傷，迨至夜靜就施法救人，却因八戒急躁，走露風聲，事未成功，只走脫了悟空一人。訊問土地，才知九頭怪獅之來由。遂訪妙巖宮，謁得太乙救苦天尊，備述緣由，天尊聞言，喚來獅奴兒，查得果是獅奴兒醉酒，走失了九頭獅，卽同悟空前去收伏。九頭獅見了主公那敢作怪，天尊乃跨之而去。

## 玉兎精自月宮而來

第九十三、四回寫唐僧一行到了舍衞國投宿布金寺。老院主告以天竺國公主於一年前被一陣風吹落到此，望唐僧到了國中相機一辨眞假，營救公主。唐僧到達天竺上國，依例又要覲見國王倒換關文。這日却逢公主在綵樓拋球招親，悟空陪着唐僧也去觀看，不意這綵球就不偏不斜地剛好打中唐僧的帽子，唐僧一驚，舉手護帽，那綉球就順勢滾入袖袋，綵樓上的宮女大叫和尚着了綉球，臺下的御林軍即不由分說擁之而去。國王見公主拋得一和尚，本不開心，孰知公主却喜，無奈只得允婚。典禮之時，悟空變化隨行，公主簇擁出來，悟空一見就知是妖，即席擒拿，驚動滿朝觀禮的人，那妖怪却化風逃走。悟空匆匆追去，不見蹤影，嗣得山神土地透露：山中有三個兎窟，或許藏匿其間。悟空尋至果在窟中，反覆搦戰，終得勝利，正當此時却來了太陰星君，叫道：「大聖棍下留情，莫傷性命。牠乃是廣寒宮中搗藥之玉兎，私出月宮，經今一載，我算牠目下有傷命之災，特來相救，望大聖饒牠。」悟空道：「老太陰有所不知，牠攝藏了天竺公主，又要破壞我師父的元陽，怎可輕饒？」太陰說：「那公主亦非凡人，只因十八年前打了玉兎一掌，便下凡來，玉兎乃是報此一掌之仇也。」

## 尾語

唐僧取經途中，所遇妖魔鬼怪當不止此數，而屢戰不勝力不能逮者，其妖必是與天庭神官或佛道仙界有關，此等妖孽一旦事敗，即有大面子來求情，使得唐僧悟空不得不在重重的人情壓力下而任兇枉法。難怪悟空滿腹牢騷，痛苦莫名，像他這様鐵錚錚的漢子，有時也會心灰意冷，掉下英雄淚來！以此推之，想當年吳承恩氏寫作此書心中豈能平靜？也許太史公所說「聖賢無憤不作」正是他心中的寫照也。

# 請勿等閒視西遊

## 非為歷史補遺、不是唐僧傳記

包括胡適之先生在內，歷來的讀者對西遊記的看法都只把它看成一部有趣的神怪小說。胡先生在爲本書作完考證後所作的結論說：「這部西遊記至多不過是一部有趣味的滑稽小說、神話小說，它並沒有什麼微妙的意思，它至多不過有一點愛駡人的玩世主義。這點玩世主義也是很明白的，它也不隱藏，我們也不必探求。」(胡適文存二集卷四)

胡先生是我國近世的著名學者，由於他對我國古典文學的考證頗具貢獻，他的話乃有一言九鼎之勢。其實胡先生只在考證上見功夫，在批評方面却屢多謬誤。以今言之，他上面的那段話就很沒有水準了。現在許多讀者多已體驗出：作者不過是以古喻今的手法，假借唐僧取經的故事，來鞭撻明世宗的昏庸，諷喩明代中葉政治的腐敗、社會的黑暗而已。作者用此手法的原因，不外是文責的規避，以及遵從小說寫作的邏輯；蓋小說主題的表達，通常是以側寫筆法，透過人物推演故事也。

唐僧取經在歷史上是有史實可考的，但如據實以錄❶充其量只能成為一篇重要的文獻，或個人的傳記。而不能成為內容詭異、妙趣橫生、寓意深遠的文學巨著。

吳承恩寫作本書的目的，不在為歷史補遺，也不是為唐僧作傳。而作者乃是一位飽讀詩書、才華橫溢、屢試不第、歷經坎坷、備受憂患、憤世嫉俗，心中充滿怨懟的人，兼以自幼偏好獵奇志異，心中貯滿神奇怪誕，因而才選擇了唐僧取經的故事作為間架，假借神鬼妖魔共同組合故事，用以發抒其胸臆之憤慨也。

惟其書中人物率多以神鬼充之，乃不免令人有「神乎其話」及「神話連篇」的感覺。實則此等神鬼妖魔都深具人性，無異人類，故事中人物故事，皆係經過精心設計、巧妙安排、洵有所指，一一都值得玩味也。為期便於玩賞，特作如下的歸類：

## 唐僧所歷各難具見巧思

唐僧自誕生至自西天取經歸來，書中號稱共歷八十一難，但依筆者歸納，似乎只有三十幾

❶ 唐僧的弟子慧立寫過一本「慈恩三藏法師傳」，事蹟忠於史實。

難，大體言之，可謂難難驚險，難難不同，細細評之却也有些拼湊之數，並非難難精彩，揆其原因，乃在本書尚未著成以前，唐僧取經的故事即盛傳民間，囂於市井，若干說書人率多以為「說話」的題材。說書人為招徠聽衆，自不免儘量誇大渲染其艱難險阻，將故事拉長，內容神化。且其故事不是一日可以說完，聽衆可能日有更易，為了適應聽衆的需求，不免有拼湊重複情事，而作者著述本書時所參考的「話本」又可能不是出於一人之手，雖間有大同小異或幾近雷同者，却也認為刪之可惜，就予以保留下來，以致略有疏蕪現象，不過其中精彩斑斑者仍不在少，且先以唐僧歷難的設計為例。

唐僧所歷各難，依其性質約可分為數類：

第一類屬於「誘婚」和「逼婚」者。觀音菩薩為試驗唐僧信仰是否虔誠？志節是否堅定？曾請梨山老母、文殊菩薩等化作婦女，以財色亂其心志，要招唐僧師徒四人成婚，結果只有貪財好色的猪八戒上當，受到懲罰。情節概要為：一日黃昏，正值唐僧等腹中饑餓欲化齋投宿時，梨山老母在松林中點化一座莊院，一位中年寡婦領着三個年輕貌美的女兒，聲稱家貲萬貫，良田千頃，牛馬成群，家中單少男人主持，要招唐僧師徒四衆成婚，唐僧、悟空、沙僧等均不為所動，只有凡心未滅的猪八戒怦然心動，便以放馬為由悄悄溜到後門，尋得寡婦，頻頻叫娘，願意為婚。但那岳母却說：「我只是有些兒疑難，把大女兒配你，恐二女兒怪，要把三女兒配你，恐二女兒怪，要把二女兒配你，恐大女兒怪。」那婦人旋獻計道：「我這裏有一方手帕，你頂在頭上，遮了臉，撞個天婚——教我女兒從你面前走過，你抓着那個就把那個配你。」猪八戒抓了半天也沒抓着，那寡婦又說：「我這三個女兒心性最巧，他每人結了件珍珠汗衫兒，你若穿得那個的，就教那個招你吧！」那獃子接過一件急急穿上，還未繫帶，撲地一跤跌倒在地，被幾條繩子綑個結實。翌日天明，唐僧等發覺原來是露宿在松林中，八戒被吊在樹上，樹幹上有張條，寫着八句詩：「梨山老母不思凡，南海觀音請下山，普賢文殊皆是客，化成美女在林間。聖僧有德還無俗，八戒無禪更有凡。從此靜心須改過，若生怠慢路途難。」

至於逼婚方面，則屬女妖為欲攝取元陽以長道行，欲強迫唐僧與之成婚，前者有第六十四回之杏樹精，後有第九十五回月中玉兎下凡。杏樹精係用詩挑情，月兎是抛綉球撞天婚，寫得都很別致。第九十三回老鼠精逼婚的故事更見精采。

## 人人想吃唐僧肉寓有深意

第二類是人人要吃唐僧肉。唐僧遭逢刼難最多的，莫過許許多多的妖怪都想吃他。其原因是：「唐僧乃金禪長老臨凡，原是如來的弟子，十世修行的眞身，一點元陽未泄，若能吃得他一塊肉，可以延壽長生。」由於這種傳說嘗傳於妖魔界，致而招來災難無數。筆者略約統計，矢志要吃唐僧者計有：第十三回不知名的魔王、第二十回的黃風大王、第二十七回的屍魔、第二十八回的黃袍老怪、第三十二回的金角大王、銀角大王、第四十回的紅孩兒、第四十二回的牛魔王、第四十三回的黑河孽龍、第四十八回的金魚精、第五十回太上老君的座牛、第五十五回的蝎子精、第七十二回的蜘蛛精、蜈蚣精、第七十四回的青獅精、白象精、第八十六回的豹子精、第九十一回的辟寒大王、辟暑大王、辟塵大王等等。作者在這方面所耗心血至多，原因可能有二：

其一、凡是長篇小說必須有中心樞紐，據此發展結構方能嚴謹，情節方便依附，這可以說是小說家們共同遵守的原則，也可以說是一種要訣，作者深體斯意。

其二、人人想吃唐僧肉表面的理由是可以延壽長生，實則作者是將唐僧象徵一個無能的昏君；人人想吃唐僧肉者，意卽人人都痛恨他，都想將他的王朝推倒也。

第三願是屬於地理方面的障礙，也使唐僧備歷艱難。跋山涉水本是長途旅行者必經之途，唐僧一行所經過的叢山峻嶺自是不計其數，而歷次所遇妖魔也多藏身高山洞府之內，不在話下，其叢山之險阻並不在於山路之難行，端在妖魔的作怪，而眞正在地理方面所形成的障礙，則爲：第二十二回的流沙河：「八百流沙界，三千弱水深，鵝毛飄不起，蘆花定沈底。」第四十三回的黑水河，但見那：「層層濃浪翻烏潦，疊疊渾波捲黑油。近觀不照人身影，遠望難尋樹木形。滾滾一地墨，滔滔千里灰，水沫浮來如積炭，浪花飄起似翻煤，……人生皆有相逢處，誰見西方黑水河！」第四十八回通天河被妖怪作法降下大雪只冷得：「重衾無暖氣，袖手似揣冰，敗葉垂霜蕊，蒼松掛凍鈴，地裂因寒甚，池平爲水凝，……皮襖猶嫌薄，貂裘尚恨輕，蒲團僵老衲，紙帳旅魂驚。綉被重裀褥，渾身戰抖鈴。」可是第五十九回又遇到火燄山，老者向唐僧道：「敝地喚做火燄山，無春無秋，四季皆熱，此去六十里，正是必經之路，却有八百里火燄，四周圍寸草不生。若過此山就是銅腦蓋、鐵身軀，也要化成汁哩！」這都是屬於地理方面的。

此外，還有第十三回的路遇猛獸，第十四回的道遭搶刼、第四十六回的佛道鬪法、第六十五回的妖邪賭勝、第五十三回的誤飲陰陽水而受孕、第九十七回被誣爲盜等等，也屬唐僧災難之一斑，不能一一贅述。

唐僧歷難事由，經予歸納雖然只有以上數類，但各次排除刼難的方法却多所變化，每每花樣百出，技巧翻新，殊見巧思，不勝枚擧。在中國小說中想像力之充分發揮者，當以本書爲最，讀者閱本書的趣味緣多在此。

## 趣味橫溢緣於變化之莫測

本書之所以能成爲婦孺皆知雅俗共賞的通俗文學，除了前文所擧唐僧歷難數十，故事樣樣精采，情節種種動人外，其效果率能臻此的原因，乃在作者將書中的人、事、物皆予神化也。蓋人類多有好奇喜變的秉性，而神乎其化是最能滿足人類好奇的方法。孫悟空一個斛斗十萬八千里，是人人樂道的事，然縱有如此神通，却依然跳不出如來佛的掌心，這就更使人稱奇稱快了！

作者不但是編造故事的能手，而在故事發展中所表現的奇思異想，則更踵事增華，作者在這方面所作的努力，充分顯示了他的創作才華，亦爲讀者平添了無限的趣味。玆經歸納，約可分爲如下兩類：

第一是神通變化。本書主要人物除了唐僧是凡夫俗子外，不是神仙就是妖魔；神與妖的特徵端在有神通擅法術；能雲能霧，有呼風喚雨之法，點豆成兵之能。在神、妖世界中，地位愈高，神通愈大。孫悟空未皈依佛門以前曾雲遊四海，拜在一位不願揚名的祖師門下，習得一身武藝和七十二種變化，所以才敢大鬧天宮，使得玉帝欽點十萬天兵天將猶不能降，嚇得玉帝幾乎讓位，嗣得二郎神出馬，觀音相助，才將悟空擒住，其中悟空與二郎神鬪法的一段堪爲代表，爰摘如后以便欣賞。

却說眞君（卽二郎神）與大聖變做法天象地的規模，正鬪時，忽見本營中妖猴驚散，大聖無心戀戰，將金箍棒藏在耳內，搖身一變，變作個麻雀兒，飛在樹梢，二郎圓睜鳳目，見大聖變了麻雀，釘在樹上，就收了法象，搖身變作雀鷹兒，抖開翅，飛去撲打，大聖見了，梭地一聲飛起，變作一隻大鶿鳥，冲天而去。二郎急抖翎毛，搖身變作一隻大海鶴，鑽上雲霄來嗛，大聖又將身鑽入澗中，變作一條魚兒，淬入水內，二郎趕至澗邊，不見踪跡，心知已變魚蝦，便變作個魚雀兒。那大聖變作魚兒順水正游，見一隻四不像的飛禽就知是二郎的變化，急轉頭打個水花兒就走，二郎也見那魚兒乖異，知是大聖所變，趕上來啄了一嘴，那大聖就竄出水面變作一條水蛇，鑽入草中，二郎認得是大聖，又變作一隻朱頂灰鶴，伸着長嘴，來吃水蛇，水蛇一跳，變作花鴇，立在蓼汀，二郎見他變得低賤，花鴇乃是鳥中至淫至賤之物❷，便不去攏傍，即現原身，取過彈弓一彈射去，大聖乘機，滾下山崖，變作一座土地廟兒，大張着口，似個廟門，牙齒變作門扇，舌頭變作菩薩，眼睛變作窗欞，只有尾巴不好收拾，豎在後面，變作一根旗竿，眞君趕到仔細看之，笑道：「這猢猻又在哄我，若進去豈不被他一口咬住，等我掣拳先搗窗欞，後踢門扇。」大聖心驚，撲地一跳又不見了……。（第六回）

因神仙妖怪都會變化，悟空不得不以變制變，他曾變過蟲蟻、變過飛禽、變過走獸、也變過妖怪，也曾以柳樹根變作師徒四衆替打，也曾將石獅變作行者代下油鍋，也曾任由妖怪吃入腹內，然後在妖怪腹中踢天弄井，迫使妖怪投降，饒具趣味，難以備述。

## 想像特別豐富不愧文學名著

第二是法寶稀珍。作者因胸中貯滿異怪富於幻想，因而書中出現的各種兵器、法寶以及其他的稀世珍奇更是不計其數。悟空的兵器就是法寶之一，重達一萬三千五百斤，迎風變化，可大可小；大可至數十丈，小可變作綉花針藏在耳內。他的金箍帽兒戴在頭上就會生根，唐僧唸動咒語

❷花鴇被喻爲淫賤之鳥，是因其不論鸞、鳳、鷹、鴉都與之交配。

就會頭痛；托塔李天王的照妖鏡能使一切妖怪在鏡下顯現，無法遁形；王母娘娘的蟠桃或三千年一熟、或六千年一熟、或九千年一熟；而五莊觀的人參果更須三千年開花，又三千年結果，再三千年才熟，前後約一萬年才能吃，此二者難怪吃了都能長生不老；人參果且萬年才能結果三十枚，又遇金而落、遇木而枯、遇火而焦、遇土而入，堪謂稀世之珍了。鐵扇公主的芭蕉扇，一扇就將孫悟空搧於五萬里之外。此扇能搧滅火燄山，却也能使火焰高達千丈；太上老君的幾件日常器物被金銀童子盜下凡來：盛丹的葫蘆、盛水的淨瓶均能裝入千人，繫腰的衣帶能扣鎖人頭，搧丹爐的芭蕉扇凌空一搧能有萬丈火焰；觀音的柳枝兒和淨瓶水，能救活孫悟空推倒的人參果樹；黃風怪的風能吹得天昏地暗、神鬼見愁，山崩地裂，人命嗚呼；子母河的陰陽水能使得男人懷孕受胎……。

這些千奇百怪的巧事兒、和稀世珍異的巧物兒，只有本書才有。有人說小說是文學的藝術，也有人說小說是藝術的文學，所謂文藝緣此而來。而藝術貴在多變與創新，則本書稱之爲文藝作品應可當之無愧了。

# 論孫悟空的英雄形象

## 西遊記主角乃是孫悟空

對我國文學批評卓著貢獻的李辰冬博士曾說：「一部三國演義嚴格地說來就是一部蜀漢演義，伸而言之，也可以說就是諸葛亮演義。」

李博士的這席話不是沒有道理的。三國演義誠屬以劉備的蜀漢演義爲中心。君不見此書一開始就是寫劉、關、張三人的桃園結義麼？而後蜀漢滅亡，三國演義一書卽戛然結束。這豈不是純爲蜀漢作演義的筆法？

在漢室式微，羣雄爭霸的局面下，劉備雖擁有關、張兩員猛將，畢竟總是東逃西竄，不成氣候，迨劉備延請諸葛亮出山後，局面才漸次展開，先聯吳大破曹兵於赤壁，次取荊州得以滋養，再定西川形成鼎足三分的局勢。然諸葛亮死後，西蜀氣勢卽一落千丈，未幾，旋告滅亡。

東漢自黃巾之亂開始，迄魏晉統一三國止，這其間雖是紊亂之世，而人才之輩出，在我國歷史上可謂是一鼎盛時期。三國期間文臣、武將、謀士、說客，眞是多於繁星，不勝枚擧。惟其人才濟濟，故作者每每用筆均極簡潔，惟獨單寫諸葛亮之出山，却用了長達三四回目的篇幅，而後整個故事的重心也都是圍繞著諸葛亮在發展，作者如此用筆自非偶然。所以說一部三國演義實是蜀漢演義，也可以說是諸葛亮演義，殊不爲過也。

以此而論，話歸本題，則西遊記者，與其說它是唐僧取經的傳記，毋寧說它是孫悟空揚名立功的傳略！何也？君不見本書一開始作者就動用了七個回目的篇幅，來寫孫悟空的誕生、修行、大鬧天宮，被佛祖鎮壓於兩界山下等等的情形乎？然後才漸次敍述到唐僧的出世和取經的緣由。及待唐僧踏上取經的途徑，孫悟空也就接著登場了。且此後唐僧所歷各難又有那一件不是孫悟空建功掃除的呢？

由於唐僧的昏庸、軟耳朶、聽邪說、信讒言、一頭水，孫悟空曾經兩度被逐，但又旋被召回，因爲正如孫悟空所說：「你不要我做徒弟，只怕你西天路去不成。」所以本書一如三國，蜀漢皇帝縱是劉備，而劉備的天下是諸葛亮打出來的；西天取經的使命雖係唐僧所負，而出生入死建功立業的則是孫悟空。因而本書眞正的主角是孫悟空，而不是唐僧。

孫悟空既經確定是本書的主角，但作者如何經營這樣一個人物？以及爲何要將孫悟空寫成這樣一個人物？是爲吾人欣賞本書興趣之所在，也是研究本書人物的重點所在。

## 且看悟空的出世和發蹟

首先，我們當從孫悟空的身世說起。吾人皆知：西遊記一百回的內容可分爲三個段落，一至七回爲第一段，寫的是孫悟空出生、修行和發蹟的情形，八至十三回爲第二段，寫的是取經緣由及唐僧誕生和膺選的情形，第十四回以後才是正式取經的歷程。現在我們就看作者在一至七回中怎樣描寫他的身世。筆者以爲至少有下列各點值得注意：

第一是作者對孫悟空身世的安排。孫悟空是產自一塊仙石，從石卵中誕生的一個石猴，然他甫經誕生，就知禮儀，居然曉得參拜四方，而驚動天庭玉帝。此乃在說明他的身世不凡；他非人、非獸、非妖、非仙，却又似人、似獸、似妖、似仙，作者蓄意把他寫成「四不象」的目的，旨在暗喻他是一座人、獸、妖、仙的橋樑。

第二是描寫孫悟空如何產生修行之念？以及矢志苦修的情形。孫悟空誕生於花果山，覓得水簾洞，衆猴拜他爲王，飢食山果，渴飲山泉，無憂無慮，原本十分快活，但一日忽生長生之念，就別了衆猴要去尋仙覓道，以求長生。於是歷經數年，遨遊四海，遍謁名山，終於覓得一位年高十萬，不願稱名的祖師，拜在門下爲徒，習得一身通天本領，騰挪七十二種變化，又獲賜姓名爲孫悟空。

第三是寫他如何驚動天庭。原因有二，其一是爲尋兵器驚擾龍宮，東海龍王雖懼其威，贈奉了一根一萬三千五百斤的擎天柱予他，事後却一狀告到玉帝；其二是，他本只有三百四十二歲的陽壽。閻王派小鬼來勾魂索命，他却大鬧陰曹，十殿閻王都奈何不得，只得聽憑他將所有猴類的名籍均自生死簿中勾銷。大大地搞亂了陰世輪迴制度。十殿閻君稟於地藏王，地藏王也一狀告到天庭。

第四是描寫他的兩次棄職潛逃。第一次是他得知弼馬溫原來是那麼職卑位微，官不入品，如何敵得過花果山美猴王的樂趣，就悄悄奔回花果山，自立爲「齊天大聖」去稱王爲聖去了；第二次是玉帝封他爲齊天大聖後，因其閒散無所事，却終日與仙會友，怕他滋事，乃要代管蟠桃園，而偷吃蟠桃、仙酒、金丹，闖下大禍，而棄職潛逃。

第五個重點是寫孫悟空自太上老君煉丹爐中逃脫而大鬧天宮的情形。作者寫孫悟空的「犯罪」逐次升級：由龍宮而地府而天庭，旨在暗示眞正人才無法埋沒，終必有嶄露之時。孫悟空被擒後，玉帝原要將他斬於斬妖台，奈孫悟空曾偸吃蟠桃、金丹，已臻長生不滅之境，只好交由太上老君置於丹爐，希望煉出他腹中吃下的金丹，取他性命，不意時經四十九天，當太上老君開爐取丹之際，竟然被他自丹爐逃出。孫悟空受了許多屈辱，一經逃出，難怪他一路殺至雲霄寶殿，聲聲要逼玉皇大帝讓位了，否則那一腔屈膝養馬及蟠桃大會不被邀請的怨氣何能發洩？

## 允武復允文的是全才

綜上所述，我們已明白孫悟空大鬧天宮的由來。同時也了解玉帝對他的兩次招安，皆非出憐才愛才之美意，而是由於孫悟空一身驚天動地的本領，恐他上天滋事，才接受太白金星的建議，招安於天庭，以示安撫。怎奈悟空不屑於弼馬溫的官卑位賤，棄職而去。此種藐視天庭的行爲，玉帝原要加罪，無奈托塔天王和哪吒並十萬天兵天將都吃了敗仗，始依孫悟空的要求封爲「齊天大聖」。這說明了兩次招安，均非惜才用才，都是困於情勢所迫。然而兩次的安排都未能適才適所，得展其長，反而加諸許多屈辱，這才激發出孫悟空失去理性的殺伐，演出一場大鬧天宮的故事來。

在前七回的故事中，孫悟空有兩次被擒的紀錄，第一次是由於觀世音、太上老君和二郎神的聯手合作，第二次是與如來賭賽，被如來施法鎮壓於兩界山。兩擒悟空，都不是天庭的兵力、諸將的神威，而是宗教的力量，所以孫悟空一向看不起天庭，認爲「天庭中不如我老孫者多矣。」

作者對孫悟空這個人物的塑造，着筆是多方面的，除了以正面的筆觸寫出他的武藝高强，從龍宮至地府至天庭無一可敵外，而他在斬妖台上刀斧不能傷身，雷劈火燒不能動其毫髮，太上老君的煉丹爐也只能略傷其眼，變得微紅而已。作者諸此用筆，旨在側寫孫悟空的武藝絕倫、生命不滅，連他使用的兵器都是由擎天柱變化而來，暗喻其爲頂天立地的英雄也。而且更有進者，孫悟空之本領不僅武藝一端，文韜武略無一不精，的確是允文允武的全才，除了取經途中多次破妖方法不同外，且舉特例兩端藉以證之。

在一般人的印象中，孫悟空只是一個能征慣戰，善於殺伐變化的英雄。脾氣高傲，性情急躁，粗裏粗氣的人，殊不知他胸中錦繡，頗有涵泳，譬如他爲朱紫國王診病理脈的那段情節就頭頭是道呢！

話說朱紫國王聞奏，得知孫悟空可以醫治他的宿疾，就問道：「那一位是神僧孫長老？」行者厲聲道：「老孫便是。」唬得國王跌在龍牀，衆臣責道：「你這和尙，甚不知禮，怎麼這等粗魯？怎敢就擅揭皇榜？」行者道：「似汝等這般慢人，你國王之病，就是一千年也不得好。」衆臣道：「人生能有幾多陽壽？怎說一千年也還不好？」行者道：「他如今是個病君，死了是個病鬼，再轉世也還是個病人，却不是一千年也還不好！」衆人責他胡柴。行者笑道：「不是胡柴，你們都聽我道來：醫門法理至微玄，大要心中有轉旋。望聞問切四般事，缺一之時不備全。第一望他神氣色。潤枯肥瘦起和眠！第二聞聲淸與濁，聽他眞語及狂言；三問病原經幾日，如何飯食怎生便；四才切脈明經絡，浮沉表裏是何般。我不望聞並問切，今生莫想得安然。」

衆人見他說得有理，就讓他爲王診脈。因那國王懼見其面，行者便顯神通將三根毫毛變作三根長達二丈四尺的金線，按二十四氣。三線分繫於國王的「寸、關、尺」，行者將線頭以自己大指先托著食指，看了寸脈，次將中指托大指，看了關脈，又將大指托定無名指，看了尺脈。調停自家呼吸，辨明虛實之端，又教解下左手，依前繫於右手腕部，一一從頭診視完畢，便道：「陛下左手寸脈强而緊，關脈濇而緩，尺脈芤且沉；右手寸脈浮而滑，關脈遲而結，尺脈數而牢。夫左脈强而緊者，中虛心痛也；關脈濇而緩者，汗出肌麻也；尺芤而沉者，小便赤而大便帶血也。右手寸脈浮而滑者，內結經閉也；關遲而結者，宿食留飲也；尺數而牢者，煩滿虛寒相持也。診此貴恙，是一個驚恐憂思，號為『雙鳥失羣』之症。」那國王在內聞言，滿心歡喜，讚道：「果是說得明白，竟是此疾，就請用藥！」（第六十九回）

## 智謀無雙機伶令人絕倒

另一個例子是側寫孫悟空的機智應變者。

話說唐僧等一行來至獅駝嶺，太白金星變幻老翁前來報信，聲稱此山有怪，十分厲害！孫悟空就去探路。途中遇著一個掮著「令」字旗的小妖，正在嗚鑼巡山。高聲嚷道：「我等巡山的，各人要謹慎提防孫悟空，他會變化。」悟空本待一棒將牠打死，因憶及方才金星言道，此山共有大小妖怪四萬七八千，僅打死一妖，又有何用？便心生一計，也變作小妖模樣，向那小妖搭訕。叫道：「走路的，等我一等！」那小妖回頭道：「你是那裏來的？」行者笑道：「好人呀，一家人也不認得。」小妖道：「我們家沒你呀。」行者道「我原是燒火的，所以少會。大王近因看我的火燒得好，就將我升遷來巡山，作你們的頭領。」小妖將信將疑，後來見行者也有腰牌（臨時變化者），也就深信不疑了。而行者作事絕倒，他見小妖的腰牌正面皆有「小鑽風」三字，而他變化的腰牌却是「總鑽風」，使得小妖們不得不接受他的管轄了。那行者隨著小妖來到一高處，命將衆巡山小妖均予集合，應名點卯。並向衆小妖道：「你們可知道大王點我出來之故？皆因大王要吃唐僧肉，只怕孫行者神通廣大，也變作小鑽風來探尋路徑，打聽消息，把我陞作總鑽風，來查看你們之間可有假的？」衆小妖俱道：「長官，我們都是眞的。」悟空指著其中一名小妖道：「你且說來，大王有什麼本領？說的不錯，就是眞的。」那小妖道：「我大王神通廣大，本事高强，一口曾吞了十萬天兵……」悟空故意斥他胡說！小妖又道：「長官原來不知，我大王會變化，大能撐天，小如芥子，那年欲與玉帝爭天，玉帝派了十萬天兵征剿，被我大王變化法身，張開大口，若似城門，一口氣將十萬天兵都用力吞了。」悟空乃道：「二大王有何本事？」小妖又道：「二大王身高三丈，若與人爭鬬，只消一鼻子捲去，就是鐵背銅身，也要魂消魄喪。」悟空又問道：「那三大王呢？他有些什麼手段？」小鑽風道：「我三大王不是凡間之怪，名號雲程萬里鵬。行動時，博風運海，振北圖南。隨身有個陰陽二氣瓶，假若誰被裝入瓶中，一時三刻，準為肉醬。」悟空說：「你所說的三個大王的本領倒也不差，只是那個大王要吃唐僧呢？」小妖道：「長官你不知道？」悟空斥道：「我豈不知底細只恐汝等不知，大王吩咐我來着實盤問你們呢！」小妖道：「我大王和二大王久居此山，三大王却住在離此四百里的獅駝國，五百年前吃盡了城中男女，現在一城俱是妖怪。他不知從那兒得來消息，說那唐王差一僧人去西天取經，那唐僧乃十世修行的好人，有人能吃他一塊肉，就能長生不老。只因他手下有個徒弟孫悟空十分厲害，自家一個難以施爲，就來此與我家二位大王結爲兄弟，共圖大事！合意同心，大夥兒捉那唐僧也！」（摘要於第七十四回）。由於他的機伶，軍情盡得。

孫悟空保護唐僧西行，一路破妖除惡，固然有賴於他的一身絕世武藝，然而每每歷難情形不同，且皆是以少戰多，處於劣勢，再兼那些占山據海的妖怪都有來歷，每多法寶，單憑力戰是很難取勝的，率皆有賴於孫悟空的機智也。

## 從英雄性格看孫悟空

小說是文學中一種特殊的體式，其特徵在於它是藉人物扮演故事，藉故事以表現主題。一部作品的好壞固然繫於主題的正確，與故事的生動，而人物描寫的是否成功尤爲重要，蓋若干作品躋身名作之林，聲譽遐邇，恒受人物所賜；君不見若干目不識丁的鄉愚婦孺，雖不曾讀過三國演義，却無人不知關羽之義，孔明之智，和曹操之奸？又如時下一般知識青年從未讀過紅樓夢，而賈寶玉的多情不專，林黛玉的癡情任性，王熙鳳的陰險潑辣，以及劉姥姥的圓涌世故，豈不也是大家耳熟能詳的事？因之，若干小說可以說是「書以人傳」的，如果書中沒有了那些靈魂人物，勢必就索然無味，天長日久可能就會被時間淘汰泯滅了。是以任何一位眞正的小說家，莫不以精心塑造人物爲其職志也。

所謂小說人物的塑造，外貌的描寫，身世的介紹，才華的顯示等等，固然皆係重要的方式和手段，而最重要的，還在性格的刻畫。

西遊記也可以說是一部「書以人傳」的作品，儘管很多人並沒有看過它，而孫悟空的大名却無人不曉！作者對此一人物塑造的成功，自是毋可置疑，然而其成功的因素何在，也就是堪以玩味和研究的問題了。

前文我們曾經提到，西遊記不是唐僧取經的傳記，而是孫悟空建功立業的傳略，所以作者在他身上運筆最多，除了前文所述，作者曾以大量筆墨來突出他的武藝文才外，而更重要的是作者從多種角度來描繪其性格，使得他不但是一位頂天立地的英雄，也是一個赤膽忠心的典範，我們從他身上嗅到人性的光輝，也從他身上看到一個英雄的沮喪和感傷。他是我們心目中除暴安良的英雄，也是我們深深敬愛的朋友！以下且就作者在其性格方面的着筆略舉大要，以供本書之愛好者一同欣賞。

## 怕軟不怕硬、不願受拘束

一般說來，英雄的性格也都無異於常人，有其多元性也有其統一性。所謂多元性，卽指一般人所具有的複雜性，英雄們也不例外，蓋英雄亦人也。旣是人，就當具有人性，不能過分神化，太神化，卽失之疏離。但英雄之所以爲英雄者，乃導源其性格共同的特色。試析如下：

英雄性格特色之一是怕軟不怕硬。孫悟空曾觸犯天條。玉帝差遣天兵天將十萬大軍壓境，佈下天羅地網，悟空全無一點懼色，勇敢迎戰；當他陽壽屆滿，閻王派遣小鬼來勾魂索命，他也一點不生畏懼，見了十殿閻君猶威風凜凜，要他們個個通名報姓，才能免打，十殿閻君反倒畏畏縮縮，任由他自生死簿中除去名籍；孫悟空於皈依沙門，拜在唐僧門下爲徒後，唐僧因不同意他一口氣打殺了六名攔道刼財的强盜，嘮嘮叨叨地責備他一番，他就賭氣要回花果山。行經大海，忽欲飮茶，就去龍宮借茶，却發現一幅「圯橋三進履」的圖畫，因問其故，才知道是張良遇黃石公的故事，遂打消負氣之念。以此數例，皆可說明孫悟空實具有怕軟不怕硬的性格也。

英雄性格特色之二是不願受到拘束。孫悟空作了唐僧徒弟以後，最大的苦惱莫過於頭上被戴上一頂金箍帽，使他受到無限的委屈。他曾苦求唐僧去之不得。只有徒呼奈何。孫悟空生性放蕩，但求逍遙自在，他隨師到達烏鷄國，救活了已死亡三年的國王，驅走妖魔，光復江山，國王感於活命復國之恩，立意遜位唐僧師徒，唐僧自是不肯，國王就請孫悟空卽位，悟空笑道：「不瞞列位說，老孫若要做皇帝，天下萬國九州的皇帝都做遍了，只是我們做了和尚，是這般懶散，若做了皇帝，就要留長頭髮，黃昏不睡，五鼓不眠，聽有邊報，心神不安，見有災荒，憂愁無奈，我們怎能弄得慣？你還做你的皇帝，我還做我的和尚，修功去也。」（第四十回）後來他們到了駝羅莊，老者請孫悟空捉怪，問需多少謝金？悟空道：「何必謝禮？俗語云：說金子幌眼，說銀子傻白，說銅錢腥氣。我等乃積德的和尚，決不要錢。」衆老道：「旣如此說，都是受戒的高僧，旣不要錢，豈有空勞之理！我等各家俱以魚田爲活。若果降了妖孽，淨了地方，我等每家送你兩畝良田，共湊一千畝，坐落一處，你們師徒在上起蓋寺院，打坐參禪，强似方上雲遊。」悟空又笑道：「越不停當！但說要了田，就要養馬當差，納糧辦草，黃昏不得睡，五鼓不得眠，好倒弄殺人也。」（第六十七回）由此二例又可說明，孫悟空充分具有不願受到拘束的性格。

## 好名、好勝、復自負

英雄性格特色之三是好名、好勝及極端自負。先說好名。大凡英雄人物多重名不重利；惜名譽如生命，視錢財如糞土。孫悟空棄弼馬溫於不顧，是因爲那官不入流，爲人養馬，很不體面。後來玉帝派遣天兵來剿，戰不能勝，又有招安之意，孫悟空就提條件，若能依他自擬的封號，封他爲「齊天大聖」，就可以息戰罷兵。其實齊天大聖旣無俸祿，又無職司，不過名稱響亮耳！作者於此更具體地着筆者，莫過於第三十八回悟空爲救烏鷄國王，擬囑八戒一同協力，知道八戒唯利是圖，就哄騙八戒前去盜寶，八戒道：「哥哥，你哄我去做賊哩。這個買賣我也去得，只是有什麼幫寸（金錢酬勞），也須先與你講個明白，若果偷得那寶，我却不耐煩那般小家子氣均分，我就要獨得了。」悟空道：「老孫只要圖名，那裏圖甚麼寶貝，就與你罷了。」不僅此也，作者於第八十五回又再加着筆。話說那師徒一行來到滅法國，途中遇到一陣怪風，唐僧驚懼不已，悟空就命八戒沙僧保住師父，自已便縱身雲端，察看究竟，果見一老妖統領幾十小妖在那兒列陣作法，興風噴霧，悟空暗笑道：「我師父也有些兒先兆，他說不是天風，果是妖精在這兒弄喧兒呢。若老孫使鐵棒往下就打，這叫『搗蒜打』打便打死了，只是壞了老孫的名頭。我且回去照顧八戒。敎他先來與妖精見一仗，若是八戒有本事，能打倒這妖，算他造化；若無手段，被這妖拿去，等我再去救他，才好出名。」

次爲好勝與自負。好名、好勝、自負三者殊有密切關係；惟其好名，則必好勝，惟其好勝，則必自負。因爲英名必須爭取，爭取之道，取決於勝負；所謂勝者爲王，敗者爲寇是也。而爭勝之心必基於自負，如果自已沒有致勝的信心，氣勢上就受了挫折，則不落敗者幾稀？英雄們的自負原該以武藝爲基礎，可是有些一介武夫，雖武藝平平，爲逞英雄也甚自負。何況武藝的高低，未經較量，是難知高下的。往昔武藝的高低，並不似今日各項競賽皆有完備的紀錄可考。與戰雙方，常是初次交鋒，優劣如何，實也難以先知。孫悟空是英雄式的人物，自然也免不了這種性格，所以在他心目中「天上諸將不如老孫者多，勝似老孫者少。」不過他這般自負却是有事實爲基礎的，因爲「想我大鬧天宮時，玉帝遣十萬天兵，佈天羅地網，更不曾有一將敢與我比手。」(第五十一回)。

## 不怕軟但怕求，不懼勢但怕激

英雄性格特色之四是不怕人欺、但怕人求，毋懼權勢、但怕人激。英雄的行徑不外殺伐鬪勝，所表現的精神不外英勇果敢，乃予人一種剛强勇猛的形象。其實英雄性格却亦多外剛內軟，似强實弱者。縱然他們常常出生入死，殺人如麻，一身血腥，一臉殺氣，一副兇煞神情，然而他們內心常有柔軟脆弱的一面。所以這種人「不怕人欺但怕人求」。君不見若干敗在英雄刀尖下的歹徒，一旦向英雄們磕頭拜禮，聲聲家有八旬老母、妻弱子幼，無人撫養，那英雄必然刀口超生，饒其一命。再者英雄必具扶弱鋤强的性格，故無懼於權勢强梁，如對他們有所求，動之以利，誘之以色，迫之以勢，都是行不通的，如果動之以情，說之以理，或者尙能奏效。尤其激之以義，就必然無往不利了。其例如下。且說唐僧因聽八戒讒言，逐了悟空，結果竟應了悟空所說：「師父不要我作徒弟，恐怕你西天路難行」的話。唐僧在寶象國被妖所擒，變作老虎，八戒沙僧屢救不得，後來沙僧也不幸被擒，八戒就嚷著要分行李散伙，倒是白馬（由小龍王所變者）不忍，便向八戒道：「你趁早去花果山請回大師兄，他有降妖的法力，救得了師父。」八戒道：「兄弟，另請一個兒便罷了，那猴子與我有些不睦，前者在白虎嶺打殺了那白骨夫人，他怪我攛掇師父念緊箍兒咒，他不知怎樣惱我呢，我去，他決不肯來。倘或言語上略有不遜，他那哭喪棒兒又重，我還能有活命？」小龍道：「他是有仁義的猴王，決不打你；你見了他莫說師父有難，只說師父想你哩……」八戒無奈，只得硬著頭皮去見孫悟空。一番寒暄後，說明來意，請他去救師父，悟空執意不肯，八戒不敢强求，敗興而歸，一路上罵悟空，不意悟空派人跟蹤，得知此情，便將八戒拘回要打，八戒求情，望看師父及觀音之面，悟空才有三分轉意，乃責斥道：「你這個獃子，我臨別之時，曾叮嚀又叮嚀，說道『若有妖魔捉住師父，你說老孫是他大徒弟』，怎麼却不說我？」八戒遂思量道：「請將不如激將，等我激他一激。」便道：「我何曾沒說過呢，喝那『妖精不得無禮，莫害我師父，我還有個師兄孫悟空，神通廣大，他來時敎你死無葬身之地。』誰知那怪聞言，越加忿怒，罵道：『甚麼孫悟空？我可不怕他，他若來，我剝了他的皮，抽了他的筋，啃了他骨，吃了他心——饒他猴子痩，我也要切了炸着油烹！』」

悟空果然氣得暴跳如雷，隨著八戒去了。（摘要於三十一回）是爲英雄們怕求及怕激之寫照。

## 藐視權勢從來不拜玉帝

英雄性格特色之五是藐視權勢。大凡英雄們都有與世不諧的性格，他們對世事的看法，但問是非曲直，不問關係背景；對人的尊抑，端視人格的高下，不論地位的高低！凡是人格與地位不能配合的，必然藐視。孫悟空可謂此中典型，他見了玉帝不行跪拜禮。第四回他被召至雲霄寶殿，玉帝道：「那孫悟空過來，今宣你做個齊天大聖，官品極矣，但切不可胡爲。」這猴亦只朝上唱個喏，道聲謝恩。第三十一回他邀得上界二十七位星宿，協力擒奎木狼（二十八宿之一），玉帝發落後他表示滿意，朝上唱個大喏，又向衆神道：「列位，起動了。」天師笑道：「那猴子還是這等村俗，替他收了怪神，也倒不謝天恩，却就是唱喏而退。」玉帝道：「只得他無事，落得天上清平是幸。」足見他輕視玉帝，玉帝也拿他無可奈何。至於一般神仙，他更是不放在眼中了。例如第十五回觀音遺落伽山山神給唐僧送鞍轡來，臨行向唐僧道：「聖僧，多簡慢你，我等是落伽山山神、土地，蒙菩薩遣送鞍轡與汝等的。汝等可努力西行，却莫一時怠慢。」慌得三藏滾鞍下馬，望空禮拜道：「弟子肉眼凡胎，不識尊神尊面，望乞恕罪。煩轉達菩薩蒙恩佑。」三藏只管朝天磕頭，不計其數，路旁活活的笑倒孫大聖，上來扯住唐僧道：「師父，你起來罷，他已去遠了，聽不見你的禱祝，看不見你的磕頭。」唐僧道：「徒弟呀，我這等磕頭，你也就不拜他一拜，且立在旁邊，只管哂笑，是何道理？」行者道：「你那裏知道，像他這等藏頭露尾的，本該打他一頓，只爲看菩薩面上，饒他打儘夠了，他還敢受老孫之拜？老孫自幼兒做好漢，不曉得拜人，就是見了玉皇大帝、太上老君，我也只是唱個喏便罷了。」誠然，他曾數度見玉帝，從來沒有山呼跪拜過的。他一生只拜過三個人，要他再拜別人，就無限委屈。第三十四回爲救唐僧，變化小妖去見九尾狐，不能不拜，看看他那分委屈：孫悟空心中忖道：「老孫既顯手段，變作小妖，來請這老怪，沒有個直直地站了說話之理，一定見他磕頭才是。我爲人做了一場好漢，才拜了三個人，西天拜佛祖，南海拜觀音，兩界山師父救了我，我拜了他四拜。爲他使碎六葉連肝肺，用盡三毛七孔心。一卷經能値幾何？今日要我去拜見此怪，若不跪拜，定必走漏風聲，苦啊，這只是爲師父受困，故使我受辱於人。」

孫悟空的高傲藐視權勢的性格，於焉可見。

## 尾　語

小說人物之成功與否，關係作品的成敗。小說人物是否成功？端在性格的描寫是否具有個性和通性？個性在顯示個人的特色，通性在顯示人類的天性。人物沒有個性，就沒有生命，叫他張三也可以，叫他李四也可以。人物沒有通性，就顯示他失去了人性，脫離了人群。成功的小說人物必須二者兼具；既須具有個人的性格，也須不失人類共同的天性。孫悟空之所以活躍在我們每個人的心中，是因爲他有自己的性格，也有英雄的特色，更具備了人類天性上的若干弱點，所以他縱然是石猴的化身，我們不視他爲異類，而把他看作我們最親切的朋友。

孫悟空無疑是吳承恩所創造最成功的人物，他是我們崇拜敬愛的英雄。從表面看來，英雄是風光的，爲人所羡慕的，不過英雄也有感傷和悲哀的一面，容另爲文析論。

# 孫悟空因何流淚和痛哭

## 委屈傷心初流淚

熟悉西遊記的讀者，都知唐僧是最愛哭的；其愛哭的程度遠超過三國中的劉備。但是我們若稍加留意就會發覺：無獨有偶，連孫悟空也有揮洒熱淚和痛哭失聲的紀錄呢！

大凡本書的讀者，對唐僧的膽小、懦弱、昏庸、無能，多沒有好印象，故唐僧動輒流淚痛哭，都是不足爲奇的事。然而，蓋世英雄如孫悟空者，竟然也有揮淚及痛哭的時候，那就不是等閒的事情了。

依筆者記憶所及，孫悟空流淚和痛哭的紀錄如下：

孫悟空的第一次流淚，見於原著第二十七回，肇因於屍魔白骨夫人想吃唐僧肉，因知有孫悟空保護，只能智取，不宜力敵，乃先後變作少婦、老嫗、老翁，施計要唐僧上當，被孫悟空識破皆予打死。唐僧不識好歹，誤聽八戒讒言，兩次三番怒斥悟空，最後終予貶書一紙將悟空趕走，使得孫悟空不禁掉下英雄淚。我們且錄引一段原著，好心的讀者們，您們讀了恐怕也會要爲孫悟空一掬同情之淚吧！

行者道：「師父錯怪了我也，這廝分明是個妖魔，他實有心害你，我打死他替你除害，你却不認得，反信了那獃子讒言冷語，屢次逐我。常言道事不過三，我若不去，眞是個下流無恥之徒，我去便去，只是你手下無人。」唐僧怒斥道：「這潑猴無禮，看起來只你是人，那悟能、悟淨就不是人！」大聖一聞此言，乃道：「……這一路來，我穿古洞，入深林，擒魔捉怪，收八戒，得沙僧，吃盡千辛萬苦，今日你昧着惺惺使糊塗，只要我回去，這才是『鳥盡弓藏，兎死狗烹』，罷！罷！罷！只是我頭上那金箍帽兒！」唐僧見他言言語語，越發惱怒，就滾鞍下馬，叫沙僧自包袱內取出紙筆，卽於澗下取水，石上磨墨，寫了一紙貶書，遞於行者道：「猴頭，執此爲照！再不要你作徒弟了！如再與你相見，我就墮入阿鼻地獄！」行者接了貶書道：「師父不消發誓，老孫去罷，只是我跟你一場，今日半途而廢，不曾成得功果，你請坐，受我一拜，我也去得放心。」唐僧轉身不睬，口裡唧唧噥噥地道：「我是個好和尙，不受歹人的禮。」大聖見他迴避，就使毫毛另變了三個行者，四面圍着下拜，那唐僧左右無法躲避，才勉强受了一拜。大聖又吩咐沙僧道：「賢弟，你是個好人，要留心八戒的詀言詀語。途中要有妖怪拿住師父，你就說老孫是他大徒弟。西方毛怪聞我手段，不敢傷害師父。」唐僧却道：「我是個好和尙，不提你這歹人的名字。」

如此這般，孫悟空只好「噙淚叩頭辭長老，含悲留意囑沙僧」，逕奔回花果山，獨自悽悽慘慘，止不住腮邊淚了。

## 痛哭失聲因忠心

孫悟空第二次流淚見於第五十回，他去化齋，唐僧不聽他的囑咐，擅闖妖窩，悟空與戰。不但未能取勝，連金箍棒也被妖精的法寶套去。英雄失劍，怎能施展，不禁使他「樸梭梭兩眼滴淚」。

孫悟空的第三次流淚，也是在兵敗之餘。這次是緣於小雷音寺遇怪，不但悟空獨力不敵，就連自上天請來的二十八宿都被那妖一包袱裹去，悟空雖然倖免得脫，却是心力交瘁，不免悲從衷來，而悲嗟失聲：「師父啊，你是那世裡造下這等刼難，今世裡步步遇妖精，似這般苦楚難逃，怎生是好？」

孫悟空的另一次失聲痛哭，是在獅駝嶺被妖所阻，反覆鏖戰不能取勝，唐僧、八戒、沙僧均被擒，悟空變化潛入妖洞前往搭救，尋得八戒。聞得八戒說：「師父沒了，昨晚被妖精夾生兒吃了。」就「忽失聲淚似泉湧」。後見沙僧，也是如此說，就縱身離去，坐在山頭，放聲大哭起來，並叫道：「師父啊，恨我欺天困網羅，師來救我脫沉疴。潛心篤志同參佛，努力修身共煉魔。豈料今朝遭蜇害，不能保你上婆娑。西方勝境無緣到，氣散魂消怎奈何。」

悟空以爲唐僧既死，就去見如來，倒身下拜，淚如泉湧，悲聲不絕。（摘引於七十七回）

這是悟空最悲痛的一次。

## 英雄有淚不輕彈

從以上的引述，我們可以了解，孫悟空的流淚和痛哭，不外兩種心境，一爲深受屈辱而傷心，一爲效忠師父的一片忠心。前者如第二十七回唐僧聽信八戒讒言，兩次三番念動金箍咒，使他滾地求饒，百般哀告，不但肉體受盡折磨，人格尤其受到無比的創傷。他是普天公認的「齊天大聖」，從不低頭的英雄，爲了皈依佛門，修行正果，屈膝爲徒，對他高傲的英雄性格已是莫大的委屈。自從拜在唐僧名下，一路上拒盜除妖，出生入死，危險備至，辛苦備嘗，功勞無人可比，忠心斑斑可見，可是爲了打殺白骨夫人，唐僧不聽他的解釋，毋視於事實的證明，竟然寫下貶書，予以驅逐，似這等忠奸不辨，皂白不分的情形，怎不叫耿直的英雄傷心落淚呢！

至於其後的幾次流淚與痛哭，皆是敗陣之餘，悟空雖能倖免於難，自己得以逃生，但他沒有援手，救不了師父，到不了西天，他曾對唐僧說過「你不要我作徒弟，西天路難行」的話，唐僧怒責他「猴頭無禮」，認爲「八戒沙僧怎麼不是人！」誠然，八戒沙僧皆人也，但八戒是成事不足，敗事有餘的小人，沙僧亦不過是馬弁挑伕之流的貨色，詎是可用的能人？

孫悟空是頂天立地的英雄；英雄之所以爲英雄者，是不輕諾，不寡信，言必行，信必果。他既然答應了要保唐僧去西天取回三藏眞經，就非效忠使命，履踐諾言不可。然而，西天路上多妖魔，而且一個個神通廣大無比，難勝難纏，故在一片忠心難展的情形下，不免要落淚、要痛哭了。

有人對於孫悟空的流淚和痛哭之擧不表贊同，認爲英雄有淚不輕彈，流淚痛哭乃匹夫匹婦的懦弱行爲，非大丈夫所應有，似此，殊有損於孫悟空的英雄形象。此一說法，乍聞之下，似甚有理，但若深思，却又不然，蓋孫悟空之流淚與痛哭，並非膽小懦弱，也不是基於自身的安危；昔者，十萬天兵壓境，何曾驚慌！斬妖台上刀斧加身，何曾畏懼！彼之所以流淚痛哭者，爲的是唐僧不爭氣，爲的是取經大任難成也。

## 遠因近果話從頭

文學作品是表達作者的思想、意識、情感的：而且有的人特別强調情感的表達。太史公就曾說過這樣的話：「『說難』、『孤憤』聖賢發憤之作也。」因此，就有人引伸太史公的話說：「古之聖賢，不憤則不作作矣；不憤而作，譬如不寒而慄，不病而呻吟也。」這種說法，雖近誇張，却也不算爲過。誠然，文學作品不情無物。明乎此，也就不難了解吳承恩爲什麼要寫本書！

❶以及孫悟空為什麼流淚和痛哭了。

孫悟空流淚痛哭的原因，雖剖析如前文，但只能視為表面的因素，或可稱之為果。眞正的遠因則須縱觀全書，剖析孫悟空苦惱的癥結所在。玆歸納如下：

第一是懷才不遇、有志難伸。任何讀者皆知孫悟空是個了不起的英雄，允武允文的全才❷，但他一生際遇不佳，沒有「如魚得水」般的幸運，雖曾兩次蒙玉帝加封官職，皆非愛才用才之意，不過是一種安撫的手段而已。後轉人間，觀音要他保唐僧赴西天取經，雖是畀以重任，可惜所事非人；唐僧愚昧昏庸，膽小自私，軟耳膿包❸，猶過阿斗，縱膺重任，却有志難伸。

第二是人心險惡，世情複雜。孫悟空委事唐僧，一心保主，立志取經，故出生入死，義無反顧，但他常常遭到猪八戒的讒言中傷，導致兩次被逐。而且取經途中所遇到的妖魔，凡是他力所不逮，無法降服者，一經追查，都有複雜的後台背景，顯赫的權勢撐腰，一旦將牠們擒住，便有人情關說，只有眼睜睜地任其逍遙法外。❹

第三是唐僧偏袒八戒，寵信小人。讀者皆知，猪八戒好吃懶做，貪財愛色，累進讒言，撥弄是非，種種言行，皆不合佛門清規。除了善於獻媚唐僧以外，取經路上毫無寸功，可謂典型的小

❶詳拙文「西遊記的主題意識」。
❷詳拙文「論孫悟空的英雄形象」。
❸詳拙文「綉花枕頭話唐僧」。
❹詳拙文「西遊記中妖魔的背景」。

人，而唐僧對他却偏袒備至，寵愛有加，言聽計從，最使悟空憤慨苦惱。

第四是頭上的那頂金箍帽。悟空一向踢天弄井，不慣受掣於人，他之所以受掣於唐僧者，皆因頭上那頂生了根的金箍帽。這帽出自如來，由觀音轉授予唐僧，悟空被騙戴上後，一經唸動緊箍咒，就會痛得地上打滾，聲聲求饒。他曾屢求觀音及唐僧去之不得，無奈只有委屈事奉那「膿包、一頭水」的唐僧了。

流淚、痛哭，毋庸諱言，都是傷感悲慟的表現，然而，際此之時如能放聲大哭，亦未常不是快事，最可悲者莫如哭笑不得也。第五十一回哪吒戰敗，向李天王稟道：「妖魔果然神通廣大。」悟空在旁笑道：「那廝神通也只如此，怎奈那個圈子厲害……。」哪吒責他：「大聖甚不成人，我等折兵敗陣，十分煩惱，都只為你，你反嘻笑何也？」悟空道：「你說煩惱，難道老孫竟不煩惱？我如今沒奈何，哭不得，所以只得笑也。」此話當可釋為作者寫作本書時的心境也。

# 孫悟空為何玩世不恭

## 且從詼諧滑稽說起

世人皆知西遊記是一部具有詼諧趣味的滑稽小說。而孫悟空更有玩世不恭的傲慢性格。何以致之？却很少有人願加深究。原因也許是受了胡適之先生的影響。胡氏在爲西遊記作完考證後，曾作結論說：「這部西遊記至多不過是一部很有趣的滑稽小說、神怪小說。它並沒有什麼微妙的意思，至多不過有一點愛駡人的玩世主義。這點玩世主義也很明白的，他並不隱藏，我們也不用深求。」（見胡適文存二集卷四西遊記考證一文。）因而若干人也就視爲定論，果然就不再深究了。

事實果眞如此乎？却也未必。筆者以爲應該從兩方面來說，玆分述之。

第一是詼諧，滑稽與玩世不恭是否有必然的因果？

說到「詼諧」、「滑稽」，且先從它的含義說起：照辭書上的說法，「詼諧」一詞乃插科打諢的一種戲謔表現，常見於諸劇、雜劇中。而「滑稽」一詞則是指「言談辯捷之人，言非若是，說是若非，能亂異同」者。按「滑稽」原是一種酒器，以其容量甚大，吐酒不絕，對於那些出口成章，詞不窮竭的人喻之為「滑稽」，實有讚美之意。此二詞彙，雖意不盡同，却源出一轍，殊有相互為用的關係。縱然「滑稽」者不一定「詼諧」（戲謔），而「詼諧」者必定「滑稽」。

至於「詼諧、滑稽」者是否皆為「玩世不恭」的人？却又未必。蓋人類的「詼諧、滑稽」多出自天性，後天是不易學習與培養的，而「玩世不恭」率受後天境遇的影響。大凡身處順境者很少有玩世不恭的現象，而那些生活詼諧、滑稽却又懷才不遇的人，就很容易表現出玩世不恭的態度了。

第二是研究文學作品何能僅看表面不予深求？胡氏認為「這點玩世主義也很明白的，他並不隱藏，我們也不用深求。」這一說法很值得商榷，若果如此，則我們僅看看孫悟空的七十二變，和他那十萬八千里的觔斗雲就够了，又何必花許多精力時間為本書作考證，寫出堂堂數萬言的宏文！胡先生這種「不用深求」的說法豈不矛盾？

當然，人各有志，胡氏只對考證的工作有興趣，對於價值評估、技巧分析興趣缺缺，也是難以强求的事。不過，筆者以為，以胡氏學術地位之尊，他儘可以說志不在此，却不宜斷然說出「不用深求」的話。否則，所有的研究工作豈不完全白費！誰能否認學術的進步不是建立在研究上？不研究何從獲益！焉能進步！

這是筆者對胡氏之說第二點不能敬表同意者。

## 多方面看玩世背景

或曰：「閣下對胡氏之說既不表同意，那麼尊意又如何呢？」筆者以為：要了解作者在本書中所表現的玩世態度，應從下列四方面着手：

一、須從文學產生的背景和作者寫作的心態來看。文學作品是人類高度文化智慧的表徵，它是用來表現作者的思想、意識、情感者。所以太史公主張文學作品乃聖賢「發憤之作」。不發憤卽不作；不憤而作，卽言而無物，一如不寒而慄，無病而吟。日本作家廚村白川也有類似的說法，他認為「文學乃苦悶的象徵」。而李辰多教授則認為文學作品旨在表現意識，他說：「人類因生活方式不同，各有不同的意識；地主、佃農、資本家、工人、商人、執政者、人民，各種人都有自己的意識，各種集團也都有自己集團的意識。這些意識互相矛盾，互相傾軋，以致社會意識非常紛亂。傾軋的結果，社會充滿了不公。這些不平，往往又非個人或社會集團所能肅清，自然而然在想像中產生一種超人的力量，來肅清或報復這些氣憤。文學由此而產生。」他又說：「文學就是穿過個人意識而組合的理想世界。這種種理想世界，正足償還社會對作者的不公。」

（見李著「三國、水滸與西遊」）這些說法都很正確，不過各有所專而已，惟皆不出筆者所云之「思想、意識、情感」的範圍。

了解了文學產生的背景後，進一步則應一探作者寫作的心態，而作者心態的形成，恒與其身世、思想、性格、際遇等等有關，請詳下文。

二、須從作者的身世、思想、性格和際遇等方面來看。❶從現有的資料中，我們知道作者吳承恩是江蘇淮安人，曾祖及祖父都做過學官，却家境清寒。父親是個小商人，也博讀經史，手不釋卷。他自幼聰敏過人，少小卽有文才，享譽淮上。爲詩文，下筆立成，清雅流麗，有秦少游風。寫得一手好字，並精金石，堪稱多才多藝。生性好奇，幼少年間就愛讀野言稗史，年歲比長，好奇益甚，搜奇益多，旁求曲致，貯滿胸腹。但他性不諧世，不肯巴結行賄，故屢試不中，直到四十歲才考取一名「歲貢生」（有公費的秀才），六十多歲還爲了生活，不得不去浙江長興地方作個「縣丞」（一作「縣貳」），不久因與當道不合，恥折腰，拂袖歸。他也曾想到京師去求發展，却一無所獲，後轉南京，幾致流落，靠賣文、字生活。可謂一生懷才不遇，際遇坎坷。他之寫西遊記大概是晚年歸里之時。我們想想，像他這樣博學高才的人，不能爲世所用，一展抱負，心中焉無怨懟？

三、須從當時的社會背景看。吳承恩爲明代中葉時期的人，一共經歷過五位皇帝，而這些皇

❶ 筆者在拙文「西遊記的主題意識」中對作者吳承恩有較詳細的介紹，惟便於本文讀者，特再予簡述之。

帝都是酒色之徒，只求享樂，又望長生，一個個昏昏庸庸，無一賢明之君。由於他們既要無止境地淫樂，又要長生不老，便只有乞求邪道於術士，乃有道士陶仲文縱橫政壇二十年，一人兼領三孤的現象。國勢之亂恒自上起，君王不朝，朝政豈能不廢？因而當玆之世政治腐敗，社會奢靡；道士左右皇帝，宦官把持朝政，官員貪汚斂財，鄉紳欺壓人民，惡霸魚肉百姓，這樣的社會情形，看在一個有才華、有正義感的文人眼裏，豈能沒有憤慨！吳氏寫作本書，豈不是正應了太史公「聖賢不憤不作」的話麼？

四、再從孫悟空的際遇來看。固然，文學作品率多由於聖賢發憤之所致。但是處在當時的政治勢力下，作者能够振筆疾書麼？吳承恩的腦袋能似孫悟空者刀斧不傷麼？所以他只能假借歷史人物故事作爲間架，而借題發揮了。

本書的主角表面看來是唐僧，實是孫悟空。因爲唐僧是膺負重任的象徵人物，作者不便以正面用筆來毀損他。孫悟空才是眞正的主角，作者却故意將他寫成「非獸、非妖、非人、非神」的「四不象」，以掩人耳目。但他却是一個「天地生成的好漢」，他不但武壓諸天，無可匹敵，抑且能够看病把脈，頭頭是道。能詩能文，不讓碩儒。似這等雄才高士，他所得到的社會待遇是什麼——爲人養馬的「弼馬溫」，有官無祿的「齊天大聖」，以及爲膿包、一頭水的唐僧作徒弟，能不委屈乎？

誰都可以看得出來，孫悟空是作者塑造的一個理想人物；是作者心目中的英雄，却也是他自己的影子；他們兩者的不幸應該參照來看，兩者所遭遇的苦惱是相同的。但吳承恩只有一枝筆，不能似孫悟空手中的如意金箍棒，可以打遍天下，因而便只有用它來寫些笑罵文章，以玩世不恭的態度，對時人時事來揶揄諷刺一番了。

## 藐視玉帝戲謔妖魔

讀西遊記看孫悟空的機智變化、勇敢善戰、除暴安良、忠心保主等等情節，固然是一種樂趣，而孫悟空所表現的許多詼諧滑稽，尤其值得我們細細地品味。蓋作者諸此筆墨，並不單是取樂讀者而已，實乃是其激情的轉化，藝術的昇華。

前文曾就詼諧滑稽之含義略加說明，已知詼諧滑稽兩者雖效果相若，本質實異。縱然滑稽者未必詼諧，而詼諧者必然滑稽。例如第三十二回一位值日功曹化作樵夫向悟空報信，謂平頂山有妖精要吃唐僧，悟空問他「但不知怎樣吃法？」樵夫反問道：「你要他怎樣吃法呢？」行者道：「若是先吃頭，還好耍子，若是先吃脚，就難爲了。」樵夫道：「先吃頭怎麼說？先吃脚怎麼說？」行者道：「你却不知，若先吃頭，一口咬下，就已死了，憑他們怎麼炒煎蒸煮，我也不知痛苦；若是先吃脚，他啃了孤拐，嚼了脚亭，吃到腰骨，我還急忙不死，却不是零碎受苦，此所以難爲也。」

孫悟空的滑稽幽默於焉可見。而任何玩世不恭情節的描寫，必須以此爲基礎，方能醞釀出諷刺的意味。玆將有關情節摘誌如後，以供玩賞。

孫悟空最先表現其玩世不恭者，莫於他對玉皇大帝的態度，玉帝對他兩次加封，雖非出於惜才愛才用才之意，但當時他並不知道「弼馬溫」的職司爲人養馬，「齊天大聖」只是一個空銜，受封之際還是歡歡喜喜的，但他對玉帝只是「唱喏」爲禮而已。以後遇難請玉帝派遣天兵相助，依然如此，從不山呼跪拜。而當他大鬧天宮時，更口口聲聲「皇帝輪流做，明年到我家」，直要玉帝讓位。

孫悟空既然把玉帝都不放眼裏，其他神仙自然不在話下，他曾要護駕唐僧的揭諦、伽藍、功曹、六丁六甲要隨時聽候點卯、誤卯受罰；對那些迎接來遲的山神土地動輒要打「孤拐」（脚踝）；向四大天師開玩笑，呼太上老君爲老官；喚南極仙翁爲老弟；到陰曹地府要十殿閻君報名聽點，許許多多的天庭神職、諸羅列仙、地府陰君，沒有一個不是常被揶揄戲謔的對象，俱見其玩世態度的一斑。

不但此也，他對那些妖魔怪道，更是肆意戲弄。第七十五回他故意被老魔吞入腹中，演出一場好戲：

却說那老魔吞了行者，以爲得計，回至洞中道：「拿了一個來了。」二魔喜道：「哥哥拿的是誰？」老魔道：「是孫行者。」二魔道：「拿在何處？」老魔道：「被我一口吞在腹中哩。」

三魔大驚道：「大哥啊，我就不曾吩咐你，孫行者不中吃！」那大聖在肚裏應道：「忒中吃，又禁餓，再不得餓。」慌得那小妖道：「大王，不好了，孫行者在你肚裏說話哩！」老魔道；「怕他說話，有本事吃了他，沒本事擺佈他不成！你們且去燒些鹽白湯，等我灌下肚去，把他嘔出來，慢慢地煎了下酒。」小妖眞個冲了半盆鹽湯，老怪一飲而乾，注着嘴，着實一嘔，那大聖在肚子裏生了根，動也不動。那怪又攔着喉嚨往外吐，吐得頭昏眼花，黃膽都破了，行者越發不動，老魔喘息一陣，叫道：「孫行者，怎麼不出來？」行者道：「你這妖精，甚不通變。我自做和尚，十分淡薄，如今秋涼，還穿着單衣，肚裏倒暖，又不透風，正好過了冬再出來。」老魔道：「恁地我就打起禪來，一冬不吃，餓殺你這弼馬溫。」大聖道：「我的兒，你甚不知事，我有攜摺疊鍋兒，正好將你的肝、腸、肚、肺煮雜碎吃！慢慢受用，還夠盤纏到清明呢！」那二魔大驚道：「哥啊，這猴子他幹得出來！」三魔道：「了不得，他支起鍋來，燒動煙火，衝到鼻孔裏，豈不要打噴嚏！」行者笑道：「不妨事，我可以用金箍棒在頂門搠個窟窿，一則當天窗，二來當煙囪。」

諸此這般，可謂極盡戲謔之能事，迫使老魔不得不百般求饒了。

## 作弄神仙揶揄國王

此外還有許多有趣的筆墨，諸如：

第二十五回孫悟空在五莊觀偷吃人參果，推倒果樹，被鎭元子逮捕，欲打唐僧，罰他「做大不尊」之罪，悟空恐怕師父不經打，就說道：「先生差了，偷果子是我，吃果子是我，推倒樹也是我，怎麽不先打我？打他作甚？」後來鎭元子又要打唐僧的「訓教不嚴，縱徒撒潑」，悟空又道：「先生又差了。偷果子時，我師父不知，他在殿上與你二童講話，是我兄弟們做的勾當，縱是有教訓不嚴之罪，我爲弟子的，也當替打，再打我罷！」大仙道：「這潑猴，雖是狡滑奸頑，卻倒也有些孝意，旣這等說，還打他罷。」

是日，孫悟空等賌夜逃脫，恐怕被鎭元子發覺來追，就以樹根變作四人。但後來終究識破，又被捕回，這一次是要下油鍋。悟空又弄法術，將一座石獅幻作自己，竟將鍋底砸破。那大仙又要油炸唐僧，悟空知道師父油中炸，一滾就死，只得按落雲頭，道：「莫要炸我師父，還是由我下鍋罷。」那大仙驚罵道：「你這猢猻，怎麽弄手段搗了我的灶？」行者笑道：「你遇着我就該倒灶，干我甚事？我才自也要領你些油湯油水之愛，但只是大小便急了，若在鍋裏開風，恐怕汚了你的熟油，不好調菜吃！如今大小便都乾淨了，才好下鍋。不要炸我師父，還來炸我罷。」

第四十五回車遲國王誤信妖道虎力、鹿力、羊力三妖之言，以爲金丹聖水可以治其宿疾，孫悟空就撒了一泡尿當聖水。第四十六回與三妖鬪法，先賭砍頭，次賭剖腹挖心，再賭下油鍋。孫悟空有砍不完的頭。三妖被戲，一一喪命，都寫得十分詼諧有趣。

第六十九回爲朱紫國王治病，竟要將八百味藥材各送三斤到驛舘備用，實際上孫悟空只用了一兩巴豆，配以半盌馬尿，就製成了所謂「烏金丹」，將那國王、群臣和御醫都大大地揶揄諷刺一番。

最令人發噱的是第八十四回，唐僧一行來至滅法國，國王立下殺僧萬人的誓願，其時已殺僧九九九六人，只差四人就是一萬。唐僧師徒恰應此數，孫悟空便使手段，一夜之間，將擧國的文武大臣，以及帝后嬪妃的頭髮全都剃光，滿朝上下男女，都成光頭和尙，自此才使國王知罪，不敢再妄殺和尙了。這是孫悟空戲弄人君最大一次的手筆。

當然，被孫悟空戲弄最多的還是猪八戒。他爲什麼要戲弄八戒？如何戲弄八戒？請看下文析論。

# 孫悟空為何要戲弄豬八戒

## 猪八戒乃諸不戒的反諷

寫完「孫悟空爲何玩世不恭？」後，心中還有許多話如鯁在喉，不吐不快。因爲由孫悟空的玩世不恭，而談到孫悟空的種種戲謔行爲，如果略去他之對猪八戒者，實是不可容許的疏忽！

孫悟空曾說過「老孫是天地生成的好漢」這句話。準此而論，若干人也就誤認爲孫悟空的詼諧滑稽性格也是「天地生成」的，就不予深究，如胡適之先生所言就是一例。其實，如果人人皆作如是觀，那便大大地辜負了作者的苦心深意。吾人須知，孫悟空固然是作者憑理想所塑造出的一位心目中的英雄，實則他也是作者的化身，所以作者的許多理想由孫悟空代他來實現，作者的許多牢騷和怨氣也由他來代爲發洩。明乎此，才能眞正洞徹作者寫作本書的本意。因而孫悟空對猪八戒的戲弄是必然的，也是不可或缺的。筆者以爲：閱讀本書，至少應了解作者是以浪漫和象徵的手法來寫作本書的。所謂唐僧取經也者，只是一種假借的手法而已。故我們對這取經的小小集團應作如是的看法：它是一個王國的象徵，唐僧象徵昏庸的君主，孫悟空等三人象徵不同類型的幹部；孫悟空是忠貞人才的代表，猪八戒是奸佞奴才的代表，而沙和尚則是平凡庸才的代表。

假如讀者諸君同意這種說法，那麼進一步我們就要問：忠臣與奸佞能否相容共存？人才與奴才是否能和睦相與？其答案之否定自是必然的事。

關於孫悟空的才智與忠貞，筆者在「論孫悟空的英雄形象」一文中已有詳盡析論，不再贅述。至於猪八戒的形象如何？則尚未述及。不過猪八戒也是大名遠播的人物，即非本書的讀者，也莫不知他是個笨頭笨腦、兩耳招風、一張長嘴、大腹便便，猪首人身的怪物，而且生性貪財、愛色、好吃、懶做、外帶愛撒謊、進讒言、撥弄是非，可謂是個典型的小人。佛教中有八戒之律，它們是：一，不殺生、二，不偸盜、三，不淫、四，不妄語、五，不飮酒、六，不塗飾香鬘歌舞並觀聽、七，不眠坐高廣大牀、八，不食非時食。而猪八戒的言行思想却無不牴觸諸此戒條，所以作者爲他取名猪八戒者，實爲「諸不戒」的反諷。因此，我們若稍加留意就不難看出：孫悟空對猪八戒常愛戲弄，就是作者對猪八戒的用筆，亦莫不如此。而且都是針對其思想、言行、性格的缺失而來，爰例證如後：

## 作者以輕蔑心態寫八戒

我們知道：唐僧這小小的取經集團是由師徒四衆及一匹白馬所組成。唐僧原有的一名從僕甫上征途就被妖精吃了，其後在兩界山方收孫悟空爲徒，爾後又得悟空之力收伏了猪八戒和沙和尚二人爲徒，以及一位小龍王爲脚力。且摘錄若干孫悟空收伏猪八戒的情形，就可以看出作者是以如何輕蔑的態度來描寫猪八戒的——

且說行者却弄神通，搖身一變，變得就如那女子一般，獨自坐在屋裏等那妖精。不多時，一陣風來，眞個是飛沙走石……那狂風過處，只見半空裏來了一個妖精，果然生得醜陋；黑臉短毛，長嘴大耳。行者暗笑道：「原來是這個買賣！」好行者却不迎他，也不問他，且在床上裝病口中哼聲不絕，那怪不識眞假，走進房，一把摟住就要親嘴，行者卽使個拿法，托着那怪長嘴，使勁一抖，就把他攢下床來。那怪爬起來，扶着床道：「姐姐怎麼今日有些怪我，想是我來得遲了？」行者道：「不曾怪你，只因今日有些不自在，你可脫了衣服睡吧。」那怪不解其意，眞個就去脫衣，行者却跳將起來，坐在淨桶上。那怪在床上抹不着人，叫道：「姐姐你在那裏？請脫衣服睡罷。」行者歎氣道：「造化低了。」那怪道：「你惱怎的？怎的造化低了？我到你家，也曾耕田耙地，種麥插秧，創家立業，如今你身上穿錦戴金，四時八節不缺食用，還有那些兒不趁心？」行者道：「不是這等說，你可知道我父母隔着牆，拋磚丟瓦地打罵我哩！」那怪道：「他們打罵你怎的？」行者道：「他們說我和你做了夫妻，竟連身世也不知，沒一點兒體面，會不得親朋，見不得好友，玷辱門楣，壞了家風。所以我才這般煩惱。」那怪道：「我雖醜陋，來時却是說明的，他們願意，方才招我。今日怎麼又說起這話？說起身世，我家住在福陵山雲棧洞，我以相貌爲姓，故姓猪。」行者聽了暗笑道：「這怪却也老實，竟不打自招了。既有了住處和姓名就好拿他了。」行者又故作憂慮道：「他們要請法師來拿你呢。」那怪道：「莫睬他們，睡罷；我有天罡三十六變，還有九齒的釘耙，怕什麼法師，就是九天蕩魔祖師下凡也不敢怎的我！」行者道：「他說要請一個五百年前大鬧天宮的齊天大聖來拿你呢。」那怪聞得這個名頭，就有三分害怕，道：「既是這樣，我們兩口子作不成了，我就去了罷。」行者道：「你怎的就這等怕他？」那怪道：「你不知道，那弼馬溫有些本事，我只怕弄他不過，豈不低了名頭？」那怪說罷就套上衣服，開了門，往外就走，被行者一把抓住，將自己臉上抹了一抹，現出原身，喝道：「好妖怪，那裏走，你抬頭看看我是那個？」（摘自第十八回）以上是悟空收八戒的一段描寫，我們可以很明顯地得知，作者完全是一種輕蔑和戲謔的態度來着筆的。

## 肚大嘴饞因而屢遭戲弄

肚大嘴饞，是猪八戒的缺點之一，作者不時在許多情節中加以誇張描寫，如第十九回猪八戒於拜師唐僧後便道：「師父，我受了菩薩戒行，斷了五葷三厭，在我丈人家吃齋把素，更不曾動葷，今日見了師父，我開了齋罷。」這就是作者以點染的手法，來塑造猪八戒貪嘴好吃的形象。而孫悟空更多次以此缺點來戲弄他，如六十八回他們來到朱紫國，驛舘只供米柴菜蔬，需要自己動手炊煮，悟空要八戒去買調味品，八戒本不肯去，悟空就說街上有許多可口的食物，要買些請他，那獃子就信以爲眞，道：「哥哥，這遭我擾你，待下次攢錢，我也請你回席。」又是作者對八戒貪饞的一次素描。且由於悟空對他的戲弄，並且引出揭榜治病的故事來。原來朱紫國王罹有痼疾，太醫束手，屢醫不癒，乃貼出皇榜，遍召天下名醫。悟空爲了要顯手段並戲弄八戒，就揭了皇榜，施手法，納入八戒懷中，太監們便要八戒入朝見駕，急得八戒窘態百出：「你兒子便揭了皇榜，你孫子便會治病。」悟空的目的就是要看他氣急敗壞的窘相。後來他們來至滅法國，遇到一陣妖風，悟空意欲要八戒去見頭陣，八戒自是不肯，悟空就詐稱：「前面不遠就是一莊村，村上人家好善，蒸的白米乾飯，白麵饝饝齋僧呢。這些霧，想是那些人家蒸籠之氣，也是積善之意。」八戒聽說有米飯饡饡可吃，就悄悄地問道：「哥哥，你先吃了他們的齋來？」悟空道：「吃不多，因那菜蔬太鹹了。」八戒便藉放馬爲由，要去吃齋，結果撞入妖陣，被妖捉去。（第八十五回）

## 旣好色復貪財又愛撒謊

貪愛女色是八戒的另一缺點，悟空雖未以此直接戲弄八戒，却也是屬於「幫兇」地位。第二十三回，觀音爲測試唐僧等之性行，煩黎山老母、文殊菩薩等在野外點化一座村莊，莊中住着一位中年寡婦，領着三個年輕的女兒，俱有姿色，且家資萬貫，良田千頃，騾馬成群，從僕衆多，就少當家撐戶的男人，聲聲要招他們師徒四人爲婿。別人都無動於衷，只有八戒大動凡心，藉放馬爲由，偷偷溜到後門向那婦人認娘招親，悟空探知八戒的行徑，也深知這是菩薩對他們的試驗，却坐觀這鬧劇的發展，任由八戒去吃苦頭。明達的讀者一看便知，這是作者與前文（八戒在高家莊佔良女爲妻）遙相呼應的筆墨。

猪八戒另一個缺點是好撒謊，這也是心直性烈的孫悟空所不能忍受的。第三十二回他們一行到達平頂山，功曹報信，此山有怪，悟空欲命八戒前去巡山，悟空料他此去就必然偸懶，乃變化了一個小蟲暗暗跟隨。八戒行了數里，果然指手畫脚地罵道：「你罷軟的老和尙，捉掐（造孽）

的弼馬溫，面弱的沙和尙，你們都在那裏自在，却撮弄我老猪來巡山，我往那裏睡一覺，含含糊糊的答應他，就了其帳也。」便尋着一個草坡睡了。於是悟空又變成一隻啄木鳥，頻頻啄他嘴鼻。八戒好夢不成，只得又往前行去。却選定一塊大石，演謊起來，八戒道：「我這回去見了師父，若問有無妖怪？就說有妖怪。他問是什麼山？我只說是石頭山。什麼洞？也只說是石頭洞。問是什麼門？却說是釘釘的鐵葉門。若問裏面有多遠？只說入內有三層。十分再尋問，只說老猪行忙記不清。就此編造停當，哄那弼馬溫去！」結果自是被悟空揭穿，使八戒在師父面前大大地丟人現醜一方。

悟空對八戒的另一次戲弄，是恥於他的貪財。取經途中八戒多次要分家當，且不去說它，却說第七十六回師徒一行遇青獅及白象精等阻路，八戒被擒，唐僧命悟空前去搭救。悟空因恨八戒暗中咒他，動不動要分行李散伙，且常慫恿師父唸緊箍咒。又憶記日前沙僧曾說八戒藏有私房錢的事，就故意來訛詐他，僞稱是五殿閻王差來的索命鬼，八戒懇求寬延一日，待見了師父再去陰曹，悟空詐稱可以商量，但有同行伙伴，須有盤纏打點，八戒只得供道：「可憐，可憐，我自作和尙到於今，零零碎碎地只攢了五錢銀子。因不好收藏，前者到城中央個銀匠熬成一塊，那沒天理的又偸了我幾分，其實只得四錢六分，現藏在耳內，你拿去吧。」悟空拿到銀子卽現眞身，哈哈大笑起來……。

書中戲弄猪八戒的筆墨尙不止此，以上所擧僅其大要，總之，作者與悟空都痛恨八戒，故而不時聯手將八戒戲弄一番以洩胸中之恨。而且如將本文與「孫悟空爲何玩世不恭」一文同參就更不難了解作者寫作本書的心態了。

# 繡花枕頭話唐僧

小說是藉人物扮演故事而表現主題的一種特殊文體，人物描寫是否成功，關係到作品的成敗。

西遊記是以唐僧赴西天取經作爲故事的架構，所以故事一直都是圍繞著唐僧師徒們在發展，是則本書的主要人物在唐僧師徒，其餘的神仙、佛道、妖魔、鬼怪都是一些呼之卽來、揮之卽去的「臨時演員」而已。因而欲研究本書的人物，應以唐僧師徒爲重心。

小說是一種具有高度可讀性的文學，關鍵之一在有故事，關鍵之二在有人物；所以欣賞故事是一種有趣的事，欣賞人物也是一種有趣的事。本文且以研討人物爲著眼，來談談書中的幾位主要人物。

從表面看來，本書的主角是唐僧，然稍加探討，却知是孫悟空。故本書一開始，就以七回的篇來寫他的出身和大鬧天宮的情節。正文發展到第八回才漸次寫到唐僧。且爾後取經途中，唐僧所歷各難，無不是悟空奮力排除。故悟空爲本書的主角，迨無疑義。不過取經的任務畢竟是如來、觀音及唐王賦予唐僧者，何況唐僧居於師父的地位，是以研究本書人物，還是應該自唐僧着手。

## 膽小膿包動輒哭泣

細心的讀者不難看出，作者寫唐僧是以象徵的手法來作某種的影射。在行文走筆之間，明褒暗貶。開頭對他的描寫還有幾分敬意，一經邁上取經的旅途，種種的懦弱的行爲便一一呈現於讀者的眼前。玆擇引原著如下，以證其說。

△第十三回看見獵戶劉伯欽與猛虎搏鬥「慌得三藏軟癱在草地。」劉伯欽告別，他「牽衣執袂，滴淚難分。」

△第十九回被黃風怪所擒，悟空尋來，「只見那師父紛紛落淚。」

△第二十一回行至流沙河，水怪阻路，「那長老滿眼下淚道：『似此艱難，怎生得渡？』」

△第二十五回因悟空等偸吃了人參果，被鎭元子所擒，「那長老淚眼雙垂」，嗣得悟空夜間作法救下師徒，那長老在馬上搖樁打盹。行者見了叫道：『師父不濟，出家人怎的這般辛苦？我老孫千夜不眠，也不曉得些困倦。且下馬來，莫敎走路的人看見笑你。』翌日鎭元子追來，「唐僧聞言，戰戰兢兢。」

△第二十九回奎木狼自上界下凡，要吃唐僧，悟空等三人奮力勇戰，「却說那長老在洞裏悲

啼。」第三十二回天神化作樵夫前來報信，謂此山有怪，「長老聞言，魂飛魄散，戰兢兢坐不穩雕鞍。急回頭忙呼徒弟道：『你聽那樵夫報道，此山有毒魔狠怪，誰敢去細問他一問？』」

△第三十六回來到寶林寺，老和尚不肯留宿，「就滿眼垂淚，欲待要哭，又恐那寺裏的老和尚笑他，只得暗暗扯衣揩淚。」後得悟空使些手法，不但答應留宿，而且全寺五百僧衆一齊到門口跪接。所以連八戒都批評道：「師父老大不濟事，你進去時，淚汪汪，嘴上掛得油瓶。師兄怎麼就有此獐智，教他們磕頭來接。」

△第四十七回行達通天河，使悟空去探路。悟空回來道：「師父，寬哩、寬哩，老孫火眼金睛，白日能看千里，夜裏也還能看三五百里，如今看不見岸邊，怎定得寬闊之數？」三藏大驚，口不能言，聲音哽咽滴淚道：「徒弟呀，似這等怎了？我當年別了長安，只說西天易走，那知道妖魔阻隔，山水迢遙。」後來唐僧被擒，囚於石匣，悟空尋來，「只聽得三藏在裏面嚶嚶的哭哩！」

△第五十四回遇蝎子精，要與成婚，「那師父又止不住落下淚來。」

△第六十五回唐僧師徒及被請來相助的諸天神均被黃眉怪捉住，半夜悟空「忽聞有悲泣之聲，側耳聽時，却原來是三藏聲音。」

△第六十七回到了七絕山稀柿衕口，三藏聞得那般惡穢，又見路道阻塞，又見悟空說難，「便就眼中垂淚。」

△第七十四回太白金星化作老人前來報信，「三藏聞言，大驚失色，一是馬的足下不平，二是坐的雕鞍不穩，撲地跌下馬來，掙扎不動，睡在草裏哼呢。」

△第七十五回遇青獅、白象、大鵬三怪阻路，悟空屢戰不勝，被怪擒去，八戒就主張分家散伙，「那長老聞得此言，就氣嘑嘑叫皇天，放聲大哭起來。」悟空逃脫歸來，「遠遠的却看見唐僧睡在地上打滾痛哭。」

△第七十八回來到小兒國，國王聽信妖道讒言，要用唐僧的心作藥引，你看那唐僧「忽聞此言，諕得三屍神散，七竅烟生，倒在塵埃，渾身是汗，眼不定睛，口不能言。」

△第八十二回遇白鼠精逼婚，唐僧要悟空救他：悟空道：「他這洞，不比走進走出去的，是打上頭往下鑽。如今救了你，要打底下往上鑽。若是造化高，鑽著洞口兒，就出去了，若是造化底，鑽不着，還有個悶殺的日子了。」三藏滿眼垂淚道：「似此艱難，怎生是好？」

△第九十二回被犀牛精所捉，悟空變化來救，「只聞得啼泣之聲，乃是唐僧鎖在後房簷柱上哭哩！」

## 真假唐僧判若兩人

從以上的引證，可見唐僧一遇災難險阻，除哭以外，別無他法，全沒有一點勇敢犧牲的殉道精神，全然是一副儒弱、膽小的膿包相，不但悟空心裏瞧不起他，就連八戒也笑「師父老大不濟」。而最令悟空難忍者，是他的白馬被孽龍吃了，他說：「既是牠吃了，我如何前進！可憐啊，這千山萬水，怎生走得。」說着話，就淚如雨落，行者見他哭將起來，那裏忍得住爆燥，便發聲喊道：「師父莫要這等膿包形麼！你坐著，待老孫去尋着那厮，教牠還我馬匹便了。」三藏却又扯住悟空道：「徒弟啊，你那裏去尋牠？只怕牠暗地裏躥出來，却不是連我都害了？那時人馬兩亡，怎生是好？」難怪行者要恨聲不迭地叫道：「你忒不濟，不濟，又要馬騎，又不放我去，似這般看着行李，坐到老罷。」（第十五回）所以悟空曾不止一次譏他爲膿包：「莫哭，莫哭，一哭便膿包形了。」（第七十四回）

但是，在正史中對眞正的唐僧之描寫如何呢？

「……出玉門關孑然孤遊沙漠矣……從此以去，卽莫賀延磧，長八百里，古曰沙河，上無飛鳥，下無走獸，復無水草，是時顧影，唯一心但念觀音……行百餘里，失道，覓野馬泉，不得。下水欲飲，袋重，失手覆之，千里之資，一朝斯罄……四顧茫然，人馬俱絕。夜則妖魑擧火，爛若繁星，晝則驚風擁沙，散時如雨。雖遇如是，心無所懼，但苦水盡，渴不能前。於是者，四夜五日，無一滴霑喉，……遂臥沙中，默念觀音，雖困不捨，啓菩薩曰：『玄奘此行，不求財利，無冀名譽，但爲無上道心正法來耳，惟菩薩念舊羣生，以救苦爲務，此爲苦矣，寧不知耶！』如是告時，心心無輟……。」

西遊記中的唐僧是一遇險阻卽驚惶萬狀，一遇困難便淚眼悲泣，全無一點勇敢鎮定的表現，而歷史上的唐僧則是「雖遇妖魑擧火，驚風擁沙，却心無所懼，惟念觀音，心心無輟……」這就可見作者是如何將一個原本勇敢的高僧，寫成一個窩囊膿包的和尚了。

## 聽讒言信邪風一頭水

如果唐僧單只是膽小膿包倒也罷了，不幸他還是個信邪風的「一頭水」。

且說唐僧一行來到寶林寺，含寃三載的烏鷄國王之鬼魂向唐僧求救，旣經撈得屍首，唐僧見那皇帝容顏未改，就慘然失聲，八戒笑道：「師父，他死了可干你事？又不是你家父祖，哭他怎的？」三藏道：「徒弟啊，出家人慈悲爲本，方便爲門，你怎的這等心硬？」八戒道：「不是心硬，師兄和我說來，他會醫得活；若醫不活，我也不馱他了。」那長老原是一頭水的，被那猷子搖動了，就叫道：「悟空，若果有手段醫活這個皇帝，正是救人一命，勝造七級浮圖，我等也强似靈山拜佛。」行者道：「師父，你怎麼信這猷子亂說，人死三年，如何救得？」八戒道：「師父，莫被他瞞了，他有些夾腦風。你只念動那話兒，管他還你一個活人。」唐僧就眞個念起緊箍咒兒來，勒得行者眼脹頭痛，直在地上打滾。（第三十八回）

却說這日唐僧行至途中又饑又寒，便命行者前去化齋，行者對三藏道：「師父，這去處少吉多凶，切莫動身別往。」就用金箍棒在地上畫了一個圈子，要他端坐當中。行者去後多時，不見回來，唐僧就欠身張望道：「這猴子往那裏化齋去了？」八戒在旁笑道：「知他往那裏耍子去來！化甚麼齋，却敎我們在此坐牢。」三藏道：「怎麼謂之坐牢？」八戒道：「師父，你原來不知，古人劃地爲牢，他將棍子劃個圈兒，以爲强似銅牆鐵壁，假如有虎狼妖獸來時，如何擋得他住？只好白白地送與他吃了罷了。」三藏道：「悟能，依你怎麼處？」八戒道：「此間又不藏風，又不避冷，若依老猪，只該順著路，往西且行。師兄化了齋，讓他駕雲趕來，如有齋，吃了再走，如今坐了這一會，老大脚冷。」

唐僧聽了八戒讒言，竟然撞入魔窟。（第五十回）

唐僧不但是信邪風的一頭水，而且還愛護短。

有一次，悟空要八戒去巡山，八戒偷懶睡覺去了，編了一席謊言準備交差，不想悟空變化跟來，盡知底蘊。唐僧見悟空歸來，就問道：「悟空，你來了，悟能怎麼不見回？」悟空道：「他在那裏編謊哩。就待他來。」唐僧道：「他兩個耳朶蓋著眼，愚拙之人也，會編甚麼謊？又是你揑合甚麼鬼話賴他哩。」悟空道：「師父，你只是這等護短，這是有對證的話。」

其後，八戒的謊言揭穿，悟空要懲處他，八戒就扯住師父道：「你替我說個方便罷。」長老便道：「悟空說你編謊，我還不信，今果如此，其實該打。但如今過山少人使喚，悟空你且饒他，待過了山再打吧。」（第三十二回）

作者寫唐僧的護短還不止此。另一次是爲搭救烏鷄國王，師徒三人正在議計。悟空笑道：「老孫的計已成了，只是干礙着你老人家有些兒護短。」唐僧道：「我怎麼護短？」悟空道：「八戒生得夯，你有些兒偏向他。」唐僧道：「我怎麼向他？」悟空道：「你若不向他，就讓八戒與我去御花園，將烏鷄國王的屍首撈起……」唐僧道：「只怕八戒不肯去。」悟空笑道：「如何，我說你護短。你怎麼就知他不肯去……。」（第三十八回）

## 屢逐悟空・蠻不講理

唐僧另一性格弱點是怕事。且說有一日他們在中途遇强盜打刼，悟空打死了兩個强盜，唐僧怕他們到地府告狀，乃向死者禱告：「拜惟好漢，聽禱原因，念我弟子，東土唐人，奉太宗皇帝旨意，上西方求取經文。適來此地，逢爾多人，不知是何府？何州？何縣？都在此山內結黨成羣。我以好話，哀告殷勤，爾等不聽，返善生嗔。却遭行者，棍下傷身。切念屍骸暴露，吾隨掩土盤墳。折青竹爲香燭，無光彩，有心勤；取頑石，作施食，無滋味，有眞誠。你到森羅殿下興詞，倒樹尋根，他姓孫，我姓陳，各居異姓。寃有頭，債有主，切莫告我取經僧人。」

作者以此不但寫出唐僧的怕事性格，抑且揭露他的自私心理。而更有進者，是他的不講理！孫悟空兩次被逐，都是由於他信讒言、不講理、且舉其一。

話說唐僧一日行至白虎嶺，嚷着腹中饑餓，要悟空去化齋。因近無人烟，悟空見遠處有桃，就去摘桃，不期此山有一殭屍精欲吃唐僧，惟見八戒沙僧維護左右，難以强取，就變化了一個美麗少婦，携食物前來，聲稱要行善齋僧，悟空適返，識是妖精，將她打死（其實只得化身，眞身仍然走脫），唐僧就老大不悅，罵道：「這猴着然無禮，無故傷人性命！」行者道：「師父莫怪，你且來看看這罐子裏是甚麼東西？」唐僧近前看時，乃是一罐子拖尾巴的長蛆，和一些活鮮的癩蝦蟆，這才有三分兒相信，不期八戒在一旁不忿，就搧動道：「師父，說起這個女子，她本是此間農婦，因爲送飯下田，路遇我等，却怎麼栽他是個妖怪？哥哥的棍重，走將來試手打她一下，不期就打殺了，怕你念緊箍咒兒，故意使個障眼法，變做這等東西演幌你，使不念咒哩！」唐僧信以爲眞，果然念動緊箍咒兒，痛得悟空在地上打滚求饒。「師父有話便說，莫念莫念。」嗣經悟空好歹哀求，才權留在身邊，未予驅逐。但那屍魔一計未成，又再變成八十老嫗尋將前來，悟空識破，擧棍又打，仍然只打得化身，唐僧一見，驚下馬來，更無二話，就將緊箍咒兒足足念了二十遍，可憐把個行者的頭勒得像小腰葫蘆似的，痛得滚地求饒。唐僧又要逐他。嗣因悟空要求，去了緊箍帽兒才走，但觀音只授唐僧緊箍咒，却不曾授得鬆箍咒，只得勉强留下。不意那屍魔第三次又變作一個老者前來，口裏並還不絕地念着經哩，唐僧見了大喜：「阿彌陀佛，西方眞是福地，那公公路也走不上來，逼法的還念經哩。」八戒又挑撥地說：「師父，你且莫要誇獎，那個是禍的根哩。」唐僧道：「怎麼是禍根？」八戒道：「師兄打殺他的女兒，又打殺他的婆子，這正是這老兒尋將來了。我們若撞著他，師父，你便應償命，該個死罪；把老猪爲從，問個充軍；沙僧喝令，問個擺站；那師兄使個遁法走了，却不苦了我們三個頂缸呢！」但行者爲恐師父遭暗算，還是把那「老者」打死了，這回打得眞身，現了原形，那脊梁上有一行字，叫作「白骨夫人」，唐僧見此，倒也罷了，怎禁那八戒在旁又唆嘴道：「師父，他是怕你念那話兒，故意掩你耳目哩！」唐僧復又念起咒來，再逐悟空。事不過三，悟空只得去了。唐僧且寫下一份休書付予悟空，悟空無奈，只好說：「師父，跟你一場，今日遽別，請受我一拜。」那唐僧却說：「我是個好和尚，不受歹人的禮！」

如此這般，怎不令赤膽忠心的悟空傷心得掉淚呢？

作者在行文走筆間，雖曾不止一次讚揚唐僧的儀表，誚其頭方耳大，相貌堂堂，明雖頌譽，實則貶抑，因爲明達的讀者，對唐僧在腦海中都會留下一個：軟耳朵、聽讒言、一頭水的膿包印象，不過是一個「金玉其外，敗絮其中」的繡花枕頭罷了。

# 紅樓單元

# 紅樓夢對後世的影響

## 引言

一部文學作品有無崇高的地位？永恒的價値？不僅決定於其本身的結構是否嚴密？情節是否感人？題意是否突出？內涵是否豐富？而最主要的是：它是否具有深遠的影響！

在我國的小說中，能享此美譽者，則非紅樓夢莫屬了。

小說在我國的演變及發展，有一段相當漫長而複雜的過程，首係稗官之俚俗記事被稱之爲小說。其後則轉爲目錄學中的一個名詞。然後才由神話，而傳奇，而變文，而說話，迨至明、淸兩代，小說才眞正的成熟定型，從此也就開始豐收。於是在歷史小說方面有三國演義，在俠義小說方面有水滸傳，在社會小說方面有儒林外史，在神話小說方面有西遊記，在短篇小說方面有三言二拍（現輯爲今古奇觀），這些都是具有代表性的皇皇巨著，可謂我國古典小說中的瓌寶，但取材於家庭的紅樓夢，却是這瓌寶中的瓌寶了！

紅樓夢是曹氏經營十年、增删五次、嘔心瀝血之作，以其內容之繁富，意境之高超，未竣之初，就有知友爲它作過多種批註，並有好事者爭相傳鈔，沽售於市，還未正式付梓，却已廣爲流傳，由於傳出的鈔本內容不一，導致各種刻本互有迥異，所以延至兩百多年後的今天，還有許多學者爭論不已！

紅樓夢的成就，不僅在於它讀者之衆、爭論之多、感人之深，最重要的意義端在對我國後世小說的影響巨大深遠！

由於紅樓夢成就是多方面的，影響也是多方面，玆析論如次。

## 寫作素材領域的開拓

中國的小說，撇開稗官記事，及用爲目錄學名詞的階段不談，小說之爲小說，應該自神話開始。這是由於人類智識未開，一切無法解釋的問題，都仰之於天，歸之於神，以爲天下諸事萬物，冥冥中都有一位神明在上天主宰着，於是許多神話故事便在先民狩獵之餘傳播開來。基於人們的好奇心，大家都愛聽一些稀奇古怪的故事；又基於人類的表現慾，當某個故事被大家接受喜愛時，便受到鼓舞，爲此相輔相成，神話故事便越傳越多。

在神的故事杜撰得感到技窮的時候，接下來是人與神的故事的結合。而後再演變爲以人爲主體的各種傳奇掌故。

另一方面，人類在文化逐漸發達後，有了政治生活和軍事衝突；國勢的此消彼長，朝代更迭嬗易，遂成了小說家們重要的寫作素材。擴而廣之，貴族社會、四方遊俠、才子佳人的故事也都被小說家們所網羅。

但是，我們是一個以「倫理思想」爲中心的民族。倫理的道德表現在於一個「孝」字，而孝的實踐則在於家庭。所以我們是一個家庭觀念極爲盛行的國家，由是而形成家庭制度之發達。在往昔農業社會中，三代四代同堂，是極其普通的事，若能五代同堂，才足以傲視鄉里，爲人稱道。同時又基於多子多孫爲衆所追求的目標，以至一個興旺的家庭人口的衆多，往往駭人聽聞。再加上富貴人家蓄奴之風甚盛，就更促使一個家庭人口的易於膨脹了。所以曹雪芹筆下的賈府，主僕之衆就多達數百。（一說上千）

一個家庭人口的衆多，從外表看來，老老少少濟濟一堂，其樂融融。其實，細加探察，卻不知包羅著多少辛酸。我國歷史上最負盛名的大家庭，莫過於唐代的張公藝之家，他們九代同堂，因而使得唐高宗都慕名往訪。高宗問張公藝，他家何以能九代同堂？治家之道是什麼？張公藝就命人取來紙筆，連書了一百多個「忍」字！高宗都被感動得流淚。這說明了：維持一個大家庭，得付出何等代價！

曹雪芹出身於大家庭，他筆下所寫的賈府生活，雖然不見得全是實錄，而其寫實的成份很高，自是毋庸置疑。曹家三代共作過江寧及蘇州織造五六十年，康熙皇帝六下江南，他家就接駕過四次，家世的顯赫，豈是榮華富貴四字可以盡述！可是後來因案抄了家，迨至曹雪芹寫作本書時，已是「蓬牖茅椽，繩床瓦灶」，生活迹近於乞丐了。這樣一個富貴大家庭何以敗落？能無感慨！敗亡的原因能不檢討？曹雪芹以沉重感慨的心情寫出這其間的種種切切。由於他嚐試的成功，締造了偉大的佳績，爲小說的寫作開拓出一片新天地，而影響了中國小說的寫作，時達兩百年之久，所謂「三十年代」的作品，取材於家庭背景者不知凡幾，這種風尙的形成，曹氏可謂開風氣之先。他爲我國家庭小說豎立了一塊里程碑，在我國的小說史中它將是永遠屹立不移的。

## 以情節化代替故事化

我國往日的小說，率多以經營故事爲主，想來必是與唐代的「講唱文學」與宋代的「說話」有關。原來在唐代佛敎盛行我國，寺院僧侶爲了傳佈敎義，就以一種通俗的講唱方式，加入許多故事情節，來爭取聽衆。其中散文部份用講，韻文部份用唱，是爲講唱文學，也稱之爲「變文」。後來漸漸變質，演繹故事的成份多，傳佈敎義的成份少，乃被逐出寺院，而流入市井。迨至有宋一代，形式又開始蛻變，講唱分離；講的部份演變爲「說話」，唱的部份演變爲戲曲。

以前，讀書是少數官宦仕紳子弟的特權，一般農村子弟、市井小民多屬文盲。而且出版印刷業也不似今日這般發達，大家縱有愛好故事的興趣，却沒有閱讀故事書的能力，所以都市的茶樓酒肆裏，經常有以「說話」爲業的人在那兒講故事。在農村中，每當農忙過後，也會有人在廟社之前開講起來。往日，這類民俗文學的傳播，既是以「講」與「聽」爲媒介，內容就必須以故事爲主體，並特別强調其情節的傳奇、複雜，組織結構的嚴密，使講的人有東西可講，聽的人易於接受，因因相沿，而形成了中國小說特別側重故事的特徵。

但是，故事只是構成小說的元素之一，它只是小說的架構，過份側重於故事的經營，筆觸往往難以細膩深入，對於人物思想、性格、心理、情感的描寫，以及對人生各種問題的剖析，都無法發揮其功能。小說是一種描寫人生的文學，所以應該使其生活化、情節化，不能過份的故事化。紅樓夢中所寫的都是日常生活的種種，它是由許多片段的情節所構成，不刻意經營故事，爲此，作者才能任心所欲，左右逢源，將其所欲表現的種種都以各種不同的情節表達出來，使我國的小說由軀殼而充實了血肉和靈魂，眞正地變成了有生命的文學作品。曹氏能在兩百多年前的時代，擺脫傳統，掙出樊籠，實在不是一件容易的事！

## 脫出才子佳人的窠臼

往日我國小說大凡人物故事出於虛構者，多屬才子佳人之類。公子落難，小姐多情，後花園私訂終身，然後公子金榜題名，衣錦榮歸，娶她爲妻……，幾乎成了才子佳人小說一致的模式。有的聽衆或讀者，對於這類故事固然百聽百看不厭，却也有人因其千篇一律感到不滿！曹雪芹曾在紅樓夢第五十四回，假賈母之口，對此作了一番嚴厲的批評。當說書的「女先兒」將故事的梗概說明後，賈母就道：「不用說了，我已經猜着了，自然是這王公子要求這小姐爲妻了……。這些書就是一套子。左不過是些才子佳人，最沒趣兒。把人家女兒說的這麼壞，還說是佳人！編的連影兒也沒有。開口都是鄉紳門第，父親不是尙書就是宰相。一個小姐必是愛如珍寶。這小姐必是通文知禮，無所不曉，竟是絕代佳人。只見了一個淸俊男子，不管是親是友，想起她的終身大事來，父母也忘了，書也忘了。鬼不成鬼，賊不成賊，那一點兒像個佳人？就是滿腹文章，做出這樣事來，也算不得是佳人了！比如一個男人家，滿腹的文章去做賊，難道那王法看他是個才子，就不入賊情一案了不成？可知那編書的是自己堵自己的嘴。再者，旣說是世宦書香，大家子的小姐，又知禮讀書，連夫人都知書識禮的，就是告老還家，自然奶媽子丫頭服侍的人也不少。怎麼這些書上凡有這樣的事，就只有小姐和緊跟的丫頭知道？你們想想：那些人都是管什麼的？

可是前言不答後語了不是!」」接著，曹雪芹又假賈母之口說出那些作者的心態：「編這樣書的人，有一等妬人家富貴的，或者有求不遂心，所以編出來糟蹋人家。再有一等人，他自己看了這些書，看邪了，想着得一個佳人才好，所以編出來取樂子。」

這都是一針見血之論。所以曹雪芹縱寫男女之情、兩性之愛，筆下的人物也近似「才子、佳人」，可是絕無往日那些傳奇的老套。在此，他也爲我國小說的寫作，豎立了一個新的指標。

## 人物的塑造個個成功

人物是構成小說的主要元素之一。人物寫得是否成功，直接關係到作品的品質與命運。許多小說之所以在文壇上享有崇高的地位，盛譽歷久不衰，受到讀者熱烈的歡迎，常是由於它的人物造詣所致。往日我國小說中的人物，大多只是扮演故事的傀儡，徒具衣冠，沒有血肉、沒有生命。有些人物叫他張三或李四均無不可，因爲他沒有性格，沒有特徵。記得幼年讀演義或俠義一類的小說，大凡描寫一個勇猛的英雄時，往往都是說他身長丈二、腰大十圍，有萬夫不擋之勇，如此而已。唯其形容的筆觸率多類似，所以這類人物看過卽忘，不曾留下甚麼印象。及讀到三國、水滸後，才感到書中人物有些性格。武夫們的勇猛已不再是身長丈二、腰大十圍了。武松打虎係先由「三碗不過崗」的烈酒寫起。武松是在喝醉烈酒後，迷迷忽忽中打死那隻老虎的。他的體力與膽量是借助於酒力，而且只打死一隻老虎，這就很近常情、合乎邏輯了。

水滸傳的人物描寫，是頗受後世論者所推崇的，但若與紅樓夢比較起來，那就遜色多多了。如以繪畫來比，水滸傳只能算是素描寫生，紅樓夢才是工力深厚的工筆畫。

而且認眞地說來，水滸中人物性格鮮明者也不過魯達、李逵、武松、林冲等人而已。若說那一百零八條好漢人人性格鮮明，那是不負責任的溢美之詞。紅樓夢則不然，不說寶玉、黛玉、寶釵、湘雲、鳳姐等人，一個個爲古今不再的典型，就連襲人、平兒、晴雯、鴛鴦、紫鵑等人，那一個不是寫得活神活現！甚至在書中偶爾出現的妙玉、劉姥姥、馬道婆、張道士等那些「邊際人物」，亦無不神俏之極。

由於紅樓夢的人物描寫樹立了良好的典範，啓發了作家們體認到人物在小說中的重要，而使人物描寫在小說中展開了新紀元。

## 對話功能發揮極致

語言是人類用以表達思想、交流情感、溝通意見的主要媒介之一，爲吾人生活中不可或缺者（卽使是啞巴也會替之以手語）。小說旣爲描寫人生的一種文學，是則小說中必須有對話殆無疑義。以前在蛻變中的小說——說話——由於聽衆以市井小民爲多，所用的對話都是當時活鮮的語言，通俗易懂，同時為迎合聽衆的興趣，及延長表演的時間，使用的對話都很多，但是後來小說經由文字寫成後，對話就大大地減少了。一則是文字有「言簡意賅」的功能，以少數的文字可以蘊涵很多意義，讀者一看就明白。再者，早期的印刷是刻版以成，為了減低印刷成本，對話就走上了精簡的道路，其在小說中所產生的功能也就大為遜色了。

可是後來小說家們慢慢領悟到：小說不僅是人們茶餘飯後的消遣品，它是反映人生、表現人生、美化人生、啓廸人生、指導人生、剖析人生最好的一種文學，如何使其功能發揮到極致，是為小說家們所追求努力的目標，而對話在其間所佔的地位極為重要，便再度予以重視和運用。而其中的翹楚又非紅樓夢莫屬了。

筆者曾就其對話的性質加以分類，計有如下五十幾種之多：刻劃性格、描寫感情、感世抒懷、細述往事、感恩報德、說理論道、狀事況物、婉言規勸、排解糾紛、剖白寃情、口角罵街、巴結奉承、禮貌客套、應付得體、批評指謫、揶揄諷刺、詼諧打趣、尖酸刻薄、挑撥離間、能言善辯、花言巧語、三姑六婆、推心置腹、欵欵深情、試探虛實、假仁假義、口蜜腹劍、托詞假借、規避嫌疑、收攬人心、信口開河、口語俗諺、村言村語、打情罵俏、推辭掩飾、倚老賣老、盛氣凌人、惹事生非、有口無心、祈求祝禱、讚人美德、忠心耿耿、不卑不亢、奚落損人、反語邀功、懇求請託、前倨後恭、遺憾懊惱、呵責訓斥、品頭論足、張長李短等等。（參拙著「紅樓夢的文學價值」）總之對話所具有的功能幾乎無所不備。而由於曹氏對話運用大放異彩，我國此後的小說也競相致力於斯了。

## 主題意識開拓新境

除了故事、人物以外，小說構成的另一元素是主題。而主題又是由思想、意識、情感所組成，所以主題不但是小說的生命，也是它的靈魂。沒有主題的小說只能算是商品，不能列入文學之林。是以歷來卓越的小說家，無不重視其作品的主題。

我國往昔小說的主題，大多不外敎忠敎孝的四維八德，就其方向而言，並無錯誤。不過許許多多的作家們都忽略了一個問題，那就是小說與人的關係。如果我們承認小說是一種描寫人生的文學，那麼我們就不應該忘記人類的思想、情感、慾望等天賦的秉性。易言之，四維八德並不是人類天賦的秉性，它只是人類所追求的道德規範而已，如果我們僅以此作爲小說寫作的主題，便無異將小說導入道學之途。固然我們不能否定小說負有反映人生、表現人生、美化人生、啓廸人生、指導人生、剖析人生的特殊使命，却也不同意小說被淪爲傳播道學的工具。因此，小說的主題便不是四維八德的十二個大字所能涵蓋的了。

曹雪芹不愧爲傑出偉大的作家，在此，他也一反傳統邁出一條新徑，他要探索人性，剖析人生；唯其他要探索人性，所以將人物性格寫得十分突出；唯其他要剖析人生，所以將人生看得那麼透徹！從而胎育出他那「好就是了」，「了就是好」的出世思想。在紅樓夢中曹雪芹並未奉四維八德爲圭臬，他只是順乎人情、秉乎人性，來描寫人生，以及提出他對人生的看法。由於他這一嚐試又顯現了萬丈的光芒，也深深地影響著我國的小說。

## 缺憾美代替大團圓

由於我國的小說歷來多以倡導四維八德爲主題，因而就寓有强烈的因果意識；善有善報，惡有惡報，不是不報，時辰未到。基於好人必有善報，壞人必有惡報的邏輯，於是一切小說也就形成了大團圓結局的公式。再者，就才子佳人的言情小說而論，爲了滿足讀者大衆「愛圓、不愛缺」的心態要求，凡是落難的公子，終必有飛黃騰達的一天；凡是好心多情的小姐終必會有情人終成眷屬，當上誥命夫人，並且子孫綿延，一個個高官顯爵。如此這般，聽衆或讀者才能稱快！

然而，我們環顧現實，人生果是那麼恩怨分明、善惡分明、因果不爽、團圓美滿的嗎？事實却往往適得其反，所謂「人生常恨水常東」、「人生不如意十之八九」，所以李白才有「人生在世不稱意，明朝散髮弄扁舟」的感歎。因而那些脫離現實人生的作品，便爲識者所不取！

曹氏可算得是位眞正懂得小說和忠於文學的人，他對紅樓夢結局的處理，也一反傳統。他令林黛玉含恨而終，令賈寶玉出家當和尙，薛寶釵作了活寡婦，將全書寫成一個大悲劇，偌大的一個家族，除了李紈、賈蘭母子外❶一個個都沒有好的下場，甚至連那「副釵」的女孩子們也都結局淒涼。給予讀者一個：「樹倒猢猻散，好夢總成空」的悲楚印象！强烈地烘托出：「好就是了，了就是好」的主題，充份表達了他對人生無奈的「出世思想」。

紅樓夢沒有大團圓式的完滿結局，它給我們的是一絲淡淡的哀愁，一陣喟然的感歎，深深扣繫著我們的心絃。然而這種帶著缺憾的美，又有什麼不好呢！

## 結語

一部偉大的文學作品，內容繁富往往浩瀚如海洋，要備述讀後心得或評析其價值，常須寫成一本專書不可，本文以上所述，只是就本書對後世作家的影響略舉大端，倘就對讀者而言，其所造成的波瀾，尤爲壯觀！

由於本書一反傳統，不以大團圓爲結局，造成讀者心理的遺憾，一些牟利之輩或好事之徒，便紛紛爲本書來作續補工作。目前我們所知道的讀本大致如下：「後紅樓夢」三十回、「續紅樓夢」三十卷、「綺樓重夢」四十八回、「紅樓復夢」一百回、「紅樓圓夢」三十回、「紅樓補夢」

❶ 寧榮兩府中，後來命運較好者，唯有李紈和賈蘭母子兩人。如此安排是否爲曹氏本意，尙屬懸案，因本書後四十回是否出於曹氏的手筆還有問題。

四十八回、「補紅樓夢」四十八回、「增補紅樓夢」三十二回、「紅樓幻夢」二十四回、「紅樓夢影」二十四回、「紅樓後夢」（回數不詳）、「紅樓再夢」（回數不詳）。至於現在流行的百二十回本的後四十回，據說是高鶚所續，還不在內。這些續本，除了高氏之僞託者（？）外，可謂都是俳優文學，並無價值可言，高氏之作雖亦多爲後世學者所訾議，總算差強人意，所以才站住了脚。

總之，本書不但在寫作素材方面開拓了新的領域，在表現技巧方面突出了純屬故事化的瓶頸，在風格方面脫出了才子佳人的窠臼，在人物描寫方面塑造出許多不朽的典型，在對話的運用方面將其功能發揮到極致，在主題意識方面超越了教忠教孝的範疇，步入探索人生、剖析人生的領域，在結局方面推翻了世俗的傳統，選擇了足以表現主題的自由形式，所以我們敢大膽地說，本書的成就是空前的，其對後世的影響也是無以倫比的，自從本書問世以後，我國所有的社會小說、家庭小說、愛情小說，不論其內容或技巧，無不直接間接地受其影響，而造詣成就却無一能望其項背者。

# 賈寶玉婚姻問題面面觀

## 寶玉婚姻爭論的原因

紅樓夢是我們傳誦最廣的文學名著，作者寫作的宗旨雖非全以描寫愛情爲目的，但是書中以寶玉爲中心的愛情寫得極爲深刻動人，因而凡是本書的讀者，都非常關心寶玉等人的愛情和婚姻；他身邊可愛的女孩那麼多，誰夠資格作「寶二奶奶」？寶玉到底該和誰結婚？一兩百年來一直是本書愛好者的熱門話題！

按說，這該是不成問題的問題，書中明明寫出寶玉已娶寶釵，何來問題之有？問題之產生肇因於版本。原來現在流行的版本，經若干學者的考證，前面八十回是出於曹雪芹之手，後四十回的作者爲誰？成爲疑問：有的學者認爲是高鶚所續，作如是觀者有胡適之、兪平伯、嚴明、林明亮等人，乃至清代的張船山和紀曉嵐也都有作者非僅一人的說法；有的學者則認爲全書一百二十回皆是出自曹氏一人之手，別無他人可續，作如是觀者有林語堂和高陽等。這兩種說法本很普遍，不過爭論很久，迄無定論。但二十多年前又有了第三種說法，本書後四十回是脂硯齋先生——曹玉峯所作。玉峯是曹雪芹的堂兄。持此論者是趙岡。

既然紅樓夢未必是出於一人之手，那麼賈寶玉究竟該和誰結婚？便成爲本書愛好者的話題了。

## 衆香國何人堪作寶二奶奶？

這是一個很有趣的問題，却也是頗不容易剖析明白的問題，必須從幾方面着手。首先，我認爲得清查一下：寶玉身邊究竟有多少可以列爲候選對象的女孩？

紅樓夢可以說是一部以描寫閨閣生活爲主的書，賈寶玉自童年至結婚，一直生活在脂粉堆裏，終日與女孩子們廝混，自主至僕，他所接觸的女孩何止上百？但是有許多必須剔除。首先是他的姊妹們，其次是衆多的丫環（丫環只能作侍妾，不足列入本文的範圍），如此一算，也就不過祇有：林黛玉、薛寶釵、史湘雲、妙玉、薛寶琴、李綺、李紋、邢岫烟等人了。若再予過濾：妙玉是出家人，還俗的可能性不大，薛寶琴在書中出現時業已字人，此二人都不在話下。另外，李紈之堂妹李綺、李紋，邢夫人之內侄女邢岫烟在書中所佔份量極微，皆不過是「金陵十二副釵」中湊數的人物而已，似乎還沒有與寶玉論及婚配的資格。因而細數下來，便只有林、薛、史等三人了。

這三人何者最適於作寶二奶奶呢？可謂各有千秋，殊難抉擇。爲期獲致結論，又必須自他們的條件，在書中所佔的份量，作者的暗示安排，以及讀者對她們的情感等諸方面來加分析。

熟悉本書的讀者都知道，曹雪芹筆下的女孩，不但都是才女，也都是美女。不過作者沒有如此庸俗地向讀者作正面的表白而已。但細心的讀者必會留意到：林黛玉是絳珠仙草轉世，有仙骨仙風，自是不凡，她給人的第一印象是「年紀雖小，其舉止言談不俗；身體面貌雖弱不勝衣，却有一段風流態度」。賈寶玉第一次見到她時，但覺她是一個「嬝嬝婷婷的女兒」，細看時與衆各別，只見「兩彎似蹙非蹙籠烟眉，一雙似喜非喜含情目。態生兩靨之愁，嬌襲一身之病。淚光點點，嬌喘微微。嫻靜似嬌花照水，行動如弱柳扶風。心較比干多一竅，病如西子勝三分。」（第三回）是位惹人憐愛的病美人。至於薛寶釵，作者又是如何向我們介紹的呢？她是「肌骨瑩潤，舉止嫻雅」。「不想如今忽然來了個薛寶釵，年紀雖大不多，然品格端方，容貌美麗，人人都說黛玉不及。」（第五回）她在寶玉心目中的印象是：「唇不點而紅，眉不畫而翠。臉若銀盆，眼如水杏。」是位健康豐盈的美人兒。唯獨對史湘雲的容顏儀表却無正面着筆，只有一次說幼時穿着寶玉的衣裳煞似男孩。另一次說她酒後睡於石櫈上，飛滿一身花瓣，似有人比花嬌之意。但若就才情而言，這三人似乎各有千秋，勢如伯仲。黛玉的才華高逸，自不待言，而寶釵和湘雲在書中也曾鋒芒畢露，如他們幾次作詩塡詞，鰲頭並非黛玉獨佔；有時讓寶釵特別風光，有時湘雲特別出衆。諸如寶釵之菊花詩，寶釵之論畫，以及寶釵協理賈府家務，作者都是有意任寶釵顯露其才華；而某夜湘雲和黛玉撇開衆人，月下搶聯卽景詩，湘雲佳句迭出，使黛玉及妙玉讚歎不已，便是有意讓湘雲逞才之筆。因而細評起來，這三人的才情竟是軒輊難分，處處顯出作者在這方面所費的苦心。

說到三個人的份量，黛玉和寶玉一塊兒長大，耳鬢廝磨、同息同止、同桌同食，自非平常。但是寶釵到賈府，也是繼黛玉到來不久的事，而且她一到來，衆人都說「黛玉不及」，以後賈母又幾次公開稱讚，且有一次寶釵掣得一籤竟是「艷冠群芳」，在畫册中和黛玉共一畫頁，詩贊又說：「可歎停機德，誰憐詠絮才！玉帶林中掛，金簪雪裏埋。」一四兩句用於寶釵，二三兩句用於黛玉，顯見作者是有意使二人的份量不分上下。至於湘雲，她也是從小和寶玉在一起的，不過書中係以側筆敍述。例如某日寶玉央求湘雲替他梳頭，湘雲不允，寶玉說：「好妹妹你從前會的，現在怎倒不會了？」於是襲人便說起湘雲小時頑皮淘氣的事，可見她也從小與寶玉耳鬢廝磨，而且尙在黛玉之前。幼時情誼也不在黛玉之下。只是湘雲與寶玉的情誼有如手足，不似黛玉與寶玉一開始卽屬兒女之情。

說到書中的暗示，又是各具妙趣了。黛玉前世是靈河岸邊的仙草，因受神瑛使者（寶玉的前身）的雨露灌漑，方得生命綿延，修成女身。她之下凡爲人，目的就是要與神瑛一同到人間，以淚報恩，二人可謂早有宿緣。可是啣玉而生的寶玉，偏又相逢佩金鎖的寶釵。寶釵的金鎖係僧道所贈，而且言明將來姻緣必屬有玉之人，這「金玉良緣」豈不十分明顯！因而黛玉始終視寶釵為情敵。但是後來張道士又送一個金麒麟予寶玉，而湘雲又偏有一個金麒麟，且湘雲一見到寶玉的金麒麟並且還「心裏不知怎麼一動，似有所感。」（第三十一回）這豈不也是一種有意的暗示？另如前文所提到的畫册，林薛二人共一畫頁，以及寶玉在夢中大叫：「我不管什麼金玉良緣，我只念木石前盟！」但寶玉為晴雯作祭文時，內有「紅綃帳裏，公子情深，黃土隴中，女兒命薄」之句，黛玉建議改為「茜紗窗下，公子多情，」而後寶玉又說：「莫若說『茜紗窗下，我本無緣，黃土隴中，卿何薄命。』」黛玉聽了，陡然變色，雖有無限狐疑，外面却不肯露出。（第七十九回）諸此種種，眞是令人一頭霧水了。

## 林乎薛乎各有其擁護者

讀者們關心到小說中男女主角的愛情和婚姻，本屬人情之常，但因此而爭論不休，那就頗不尋常了。

臻此的原因，除了版本的問題外，最主要的還是導因於作者的魔力，寫活了書中的人物，使讀者對人物產生了感情，而有所愛憎，於是便產生了擁護和排斥的現象。所以讀者便有了「擁林」

與「擁薛」之爭了。

根據「三借廬筆談」有這麼記載：有許伯謙者論紅樓夢，尊薛抑林，認爲黛玉尖酸，寶釵穩重，直被作者瞞過。而余則認爲：黛玉固然尖酸，但天眞瀾漫，相見以天；寶玉的知己捨她還有何人？何況黛玉之尖酸，常是由於寶釵之藏奸而起，由於心中不悅，脫口而出，自所難免。因爲人居逆境，往往形之言詞或歌詠，是很平常的事。詩經三百篇，不就是聖賢發憤之作麼？聖賢尙且如此，何況乎一般兒女？寶釵爲了爭取寶玉，矯揉其性，林以剛，我以柔；林以顯，我以暗。所謂大奸不奸，大盜不盜也。書中譏諷寶釵如冷香丸，卽是暗喩她是個冷心腸的人。另如水亭撲蝶，故意呼喚黛玉之名，使說私話的丫頭們對黛玉產生疑怨，其實黛玉並不在場。金釧之死，寶釵主動捐衣，也是欲使王夫人疑忌於黛玉，這都是有大作用處。「楊國忠」三個字明明出自寶釵之口，作者却故弄狡獪，不可爲作者所欺。況且寶釵在人前必故意喬裝，若幽靜無人時，如觀看金鎖的那一段，就眞情畢露了。巳卯年春天，我與伯謙談論本書，一言不合，遂相齟齬，幾揮老拳，幸得毓仙排解，於是兩人發誓，從此不再談紅樓夢了。是年秋天，我們又同去參加考試，伯謙看到我訕訕地說：「閣下何以泥而不化也！」我說：「老兄又爲何窒而不通耶！」說罷兩人大笑。

這一段頗爲生動有趣的故事，很具有代表性，因爲他們都是高級知識份子，由此，也就可以解釋底蘊之一斑了。

一般而論，黛玉是個靈性高逸，天資特異的才女，是一位病西施，秉性率眞，故而顯得非常楚楚可人。寶釵之入京，原是準備應徵才女，入宮伴讀的，條件之優越，可想而知。而且已如前述，作者處處在提醒讀者注意寶釵之才，不但詩詞不亞黛玉，她的博學則是黛玉不及，其容貌又是黛玉不及，所以是黛玉一個强勁的情敵！

然而，作者筆下的史湘雲又豈是等閒！

書中對湘雲的儀容雖無正筆描寫，而其才思之敏捷，秉資之優異，却是人所共知的，文學方面的造詣，亦伯仲於黛玉及寶釵。且尤有進者，是她爽朗的性格，時時予人以純眞浪漫的美好印象，作者雖未强調她的美，而她美好的形象却很自然地烙印於讀者的腦海。是則擁護她的讀者，焉能無人？因而，固然有人希望寶玉娶黛玉，或希望寶玉娶寶釵，又何嘗沒有人希望寶玉娶湘雲呢？一言以蔽之，這都是情感的因素。

總之，林、薛、史三人各有所長，各有可愛之處。每人都堪匹配寶玉，但寶玉無論與其中任何一個人結婚，却都無法得到讀者的全票支持。幸得曹雪芹已長眠地下，否則說不定會有人向他擲蕃茄、鴨蛋，或享以大蛋糕哩！

## 紅學衆家的看法

將林、薛、史三人的條件等因素分析以後，以下我們再來討論各紅學家們的看法。

一般而言，黛玉不和寶玉結婚，大多是同意的，因爲在第一回中就有「還淚之說」，第五回紅樓夢新曲「枉凝眉」：「一個閬苑仙葩，一個是美玉無瑕。若說沒有奇緣，今生偏又遇着他；若說有奇緣，如何心事終虛話？一個枉嗟呀，一個空勞牽掛；一個是水中月，一個是鏡中花。想眼中能有多少淚珠兒，怎禁得秋流到冬春流到夏？」這「水中月，鏡中花」已寓意甚明。又如前文所引「茜紗窗下，我本無緣，黃土隴中，卿何薄命」之句，原是祭晴雯的話，黛玉聽了却陡然變色，寧非暗示？而寶釵有金鎖，湘雲有金麒麟，亦是反襯之筆，所以寶玉娶黛玉不可能，幾乎是大家一致公認的。至於有的讀者仍希望二人能結連理，那都是基於「願天下有情人終成眷屬」的情感因素，絕非作者原意，否則就太庸俗了。主張寶玉娶寶釵的，可以高鶚爲代表（我們姑且假定後四十回是高氏所續），認爲二人可以結合的理由大致如下：㈠寶釵所具備的條件，很適合於當時婦德的標準，不但有才有貌，而且有德（至少表面上是如此），曾不止一次受到賈母的讚賞，兼以健康較黛玉爲佳。㈡寶釵有金鎖，以此配「寶玉」，正吻合了「金玉良緣」之說。㈢寶釵爲王夫人之姨外甥女，有很近的血統關係，與鳳姐的關係也較近，二人當然偏向寶釵。㈣有一年元妃自宮中賞賜節禮，獨寶釵與寶玉所得者相同，而黛玉却與其他姊妹者一般。

但是，反對二人結爲夫妻的也不少，有人引據「續閱微草堂筆記」的說法：「紅樓夢……自百回以後，脫枝生節，終非一人手筆。戴君臣甫曾見一舊時眞本，八十回之後皆不與今同。榮寧府沒後均極蕭條，寶釵亦早卒，寶玉無以爲家，至淪爲擊柝之流，史湘雲則爲乞丐，後乃與寶玉成爲夫妻，故事中回目有「因麒麟伏白首雙星」之言也。聞吳潤生家尙藏有其書，惜在京邸時未曾談及，俟再踏軟紅，定當假而閱之，以擴所未見也。」持此論者認爲：既有人看過此本，且收藏者又爲曾任巡撫的知名人士，應當不假。

也有人認爲寶釵根本無意於寶玉的姻緣，說「寶釵實非寶二奶奶」！論點是依據書中的「終身誤」及「枉凝眉」兩首曲文提出解釋。「枉凝眉」前已引錄，不再重複，「終身誤」的原文如下：「都道金玉良緣，俺只念木石前盟。空對着山中高士晶瑩雪，終不忘世外仙姝寂寞林。歎人間美中不足今方信，縱然是擧案齊眉，到底意難平。」論者的大意是：作者將寶釵喻爲高士，美玉，既如此，寶釵對這位汎愛主義的寶玉就不屑於下嫁了。而且在「枉凝眉」中的「一個是水中月，一個是鏡中花」，即是雙指林、薛兩人也，焉能有夫妻之緣乎？主張寶玉娶湘雲的自然也大有人在，除了前文所引「續閱微草堂筆記」的那一段文字外，有人自「金陵十二釵畫册中也窺出端倪。他將此十一畫頁（林薛二人共一頁，故只得十一頁）分爲六組，湘雲與妙玉爲一組。妙玉是出家人，曾給寶玉一個賀帖自稱爲「檻外人」，因而她與寶玉的關係最爲疏遠，而疏遠的反面則是「親蜜」，所以湘雲便是與寶玉關係最親蜜的人。男女間最親蜜者便過於大妻了。

此外，也有人認爲，寶玉要湘雲爲他梳頭，這「梳頭之樂」是否就是影射「畫眉之樂」呢？似乎也值得玩味。

不過也有些人認爲寶玉不該結婚，或不可能結婚，因爲作者曹雪芹的初意就是要把他（她）們的愛情寫成「鏡花水月」，寶玉無論與誰結婚，都有違曹氏的初衷。

綜上所述，可說是各說各有理，然要人人同意，却不可能。

## 我對寶玉婚姻的看法

最後，筆者要略抒淺見，談談個人對此問題的看法。約而言之，高氏所作的安排，筆者是原則同意的，理由如下：

第一、寶玉不能娶黛玉爲妻事理至爲明顯，絕不可因循某些讀者情感要求：「願天下有情人終成眷屬」，而使本書的題意全然變質。

第二、湘雲固有資格、有條件、有理由作寶玉的妻子，寶釵又何嘗沒有？

第三、寶玉娶寶釵雖不能盡如人意，然而高氏對他（她）成婚的過節已寫得很迂迴曲致，在情理和邏輯上都可以說得過去。尤其二人成親之際，正是黛玉殞命之時，益增其故事的戲劇性和悲劇性。

第四、寶釵雖然作了寶二奶奶，却是個「活寡婦」，也只是徒有其名而已，仍屬悲劇，與曹氏的原意雖不中亦不遠矣！

當然，這些見解也未必能爲一般紅學家及讀者們所接納，筆者亦無意於强求，聊供讀者於茶餘飯後一些談助而已也。

# 紅樓夢寫作技巧之再探

好的作品固然有賴於好的主題和好的題材，然如無卓越的寫作技巧，仍是枉然。而在各種體式的文學作品中，小說和戲劇最是講求技巧。惟其如此，它們才有極高的娛樂性和强烈的吸引力。紅樓夢一書在我國——乃至世界——文壇，之所以有崇高的地位，與其說是由於它題意的深遠，不如說是由於它寫作技巧的高超！

我們都知道，紅樓夢的主題，作者已以一首「好了歌」向我們揭示。並假甄士隱之口向我們解釋：「好就是了；了就是好。」但是，如果當年曹雪芹只是寫出這首「好了歌」，或者僅由甄士隱加以詮釋一番，筆者可以斷言，曹雪芹在身後兩百多年不可能享有這般盛譽，甚至可能早已與草木同朽，被人遺忘。然而，時至今日，曹雪芹却享有了古今中外任何小說家所未有的殊榮，端在他所表現的高明技巧耳！

「好就是了，了就是好」是作者對人生若夢的一種看法，旨在表現他悲觀遁世的出世思想。大凡一個人從順境跌入逆境，都會有此感歎，不足爲奇，可是別人的感歎却沒有如此巨大的迴響，博得無數讀者的同情。

作者在本書中所使用的技巧，眞是五花八門，美不勝收，玆僅就愚者一得，擇其大要介紹於後，以期就教於愛好本書的高明君子。

## 假託障眼法

作者在書中呈現於讀者之前的第一項技巧，筆者名之爲「假託障眼法」。何也？因爲本書的故事是從女媧煉石補天開始。說那女皇煉就了三萬六千五百零一塊補天之石，只用去了三萬六千五百塊，單有一塊未用，此石因天長日久受了日月精華，可大可小，並化成人身，此後被警幻仙子收錄爲瑛神侍者，他在靈河岸邊灌溉一株絳珠仙草。那草日後也修成女身，爲了報答他灌溉之恩，就決定「他若下世爲人，我也去走一趟，將教一生的眼淚還他，或也够了。」所以才引出寶玉和黛玉這段偉大的愛情。

我們深知，女媧煉石補天，純屬一種無稽的神話。作者爲什麼要假借這段無稽的神話？原因乃在本書中的許多人與事都有很多眞實性，作者不得不使用這種假託神話的障眼法，將眞事隱去（甄士隱）而以假語村言（賈雨村）敷衍出來。

小說是描寫人生的，小說家不能不以生活經驗作基礎，因而筆下的人物和故事便不免涉及到眞實，小說家們爲了必須隱匿一些眞實，以避免一些紛爭和困擾，或則以移花接木的方法，且將張冠給李戴，以混讀者的眼目，而更有以「假託唐漢」的手法以障人眼目者。西遊記唐僧取經的故事，其人與事在歷史上雖均有可考，但小說與史實相較却大有差異。眞實的唐僧是位信仰虔誠，意志堅强，道德高超的人，西遊記中的玄奘是「膿包、一頭水、信邪風」的庸僧。吳承恩寫西遊記的目的，在發洩他心中一腔的牢騷，鞭笞那黑暗腐敗的社會，但他不能出之以正筆，而不得不假借歷史上的人和事來作該書的間架。所謂「假託障眼」的手法，並非始於曹氏。不過我們却當有欣賞此一手法的常識。

## 海潮拍岸法

筆者曾經指出：曹氏寫作本書，一反過去的傳統，以情節化代替了故事化。由於本書的故事成份減少，情節成份增多，致而使若干讀者認爲本書沒有結構。

其實細審全書，這麼一部浩繁的巨著，豈能沒有結構？只緣作者的手法高明，沒有刀斧的痕迹而已。這情形一如我們置身於一座巍峨的建築中，豈能看到這建築物的結構！

或問：本書的結構從何處才能看出？筆者的答覆是：大凡小說的結構多表現於高潮，歸結於結局。本書的高潮，筆者歸納爲七：一爲秦可卿之喪、二爲元妃省親、三爲寶玉捱打、四爲紫鵑試情、五爲抄檢大觀園、六爲寶玉成親與黛玉之死、七爲賈府抄家。而這些高潮的經營都是作者以許多細緻的情節締造而成。這情景就使我聯想到我們在海濱觀潮時，一個强大的巨浪，是不是由若干浪濤激盪而成？且一次巨浪過後，海潮是否會有短暫的平息？下次浪濤又漸漸興起，冲擊復冲擊，於是一巨浪又排山倒海而來！假如我們熟稔本書情節，閉目尋思，有無此等情景？我們無從得知當年曹氏構思本書時，是否因觀潮而得此靈感？至少筆者在海濱觀潮時，却會想到本書的結構，因而且名之曰爲「海潮拍岸法」。

## 滿天星斗法

曹氏在本書中一反往日傳統以情節化代替故事化的原因，並非蓄意標新立異，取寵讀者，而是他認爲：小說是一種特殊的文學體式，其題意的表達，不能以直陳的方式向讀者大發議論，必須將所欲表達的題意，化爲故事或情節，由人物來逐步推演，使讀者經由人物和故事演變的結果，悟出作者作書的原意。

作者在本書第一回中說得明白：他是以「愧則有餘，悔又無益」的懺悔心情來寫此書。而且我們又知道：作者是世家出身，他的曾祖、祖父和父親，雖然不曾「位極人臣」，然而他們與宮廷的關係密切。康熙皇帝六下江南，他家獨接駕四次，這等榮寵，在當時不知羨煞多少企圖攀龍附鳳的人！可是曾幾何時，這樣一個顯赫的大家族敗落了，當曹雪芹寫作本書時，已落得「蓬牖茅椽，繩床瓦灶」，幾乎到了乞丐的地步。我們試想：作者何能沒有感慨？而這感慨又豈是三言兩語可以道說了的？所以作者不能不對這筆家世的淪亡史，將其前因後果，細細地道來。因而這其間所涉及的人物之衆，事情之多，便不在話下了。

然而，這麼紛繁的人和事，要如何才能一一地表達出來呢？當作者在構思之始，必然費盡苦心；低頭漫步，仰首歎息。可能是有一天，夜空如洗，萬里無雲，仰首看天，但見滿天星斗，燦人眼目，使他頓有所悟：我的小說又何不用一套「滿天星斗法」呢！

由於作者使用了「滿天星斗法」，所以能揮洒白如，也因爲如此，有人認爲本書沒有章法，沒有結構！殊不知在錯落中仍有秩序，在散漫中不失章法，以下各節我們再一一介紹。

## 象徵影喻法

小說家者言，是最難辨其眞僞的。我們經常讀到一些小說，作者「言之鑿鑿」，看來人物故事都很逼眞，事實上却完全出於杜撰；可是有的作品，內中的人和事藏頭露尾，作者處處來設法故佈疑團，加以掩蓋，給讀者製造假象，而此其人其事也，却是眞的！所以小說家者言，不可深信；但也不能不信。

曹氏對本書寫作的動機，他是這樣說的：「今風塵碌碌，一事無成，忽念及當日所有之女子，一一細考較去，覺其行止見識皆出我之上。我堂堂鬚眉，誠不若彼裙釵。我實愧則有餘，悔又無益，大無可如何之日也。當此日，欲將已往所賴天恩祖德錦衣紈袴之時，飫甘饜肥之日，背父兄教育之恩，負師友規訓之德，以致今日一技無成，半生潦倒之罪，編述一篇以告天下，知我負罪固多，然閨閣中歷歷有人，萬不可因我之不肖自護己短，一併使其泯滅也。」

以上這些話，眞實性究有多少？只有作者自己知道。我們固然不能全信，却也不能全予否定。但由此我們却可以了解，書中的若干人與事，是有所本、或有所影射的。基於小說家：「將眞作假，將假作眞；眞眞假假，假假眞眞，亦眞亦假，亦假亦眞」的邏輯，作者對若干人與事或則予以化裝隱瞞，或則予以轉嫁僞託，因此，便不能不使用象徵影喩的手法了。

作者在書中用此手法最明顯的例子，莫過於第五回寶玉夢遊太虛幻境，在夢中所觀看到的許多亦詩亦畫的册籍，以及所聽到「紅樓夢新曲」十二支，無一不是影喩所有金陵裙釵的命運，以及本書的結局。

書中諸此手法甚多，難以盡擧，且再引一例以爲佐證，那就是秦可卿臥室中的陳設：有唐伯虎的「海棠春睡圖」，秦太虛寫的對聯，武則天用過的寶鏡，趙飛燕舞過的金盤，安祿山擲傷楊貴妃的木瓜，壽昌公主睡過的寶榻，同昌公主製的連珠帳，西施浣過的紗衾，紅娘抱過的鴛鴦枕……。這都是中國歷史上有名的風流人物，其遺物何以竟均聚於此？要皆影喩秦可卿亦爲此中人物也。作者此意，我們不可錯過。

## 陪襯對襯法

俗話說：牡丹需要綠葉陪襯。才能將其嬌艷襯托得出來，準此而論，小說家們無論寫人寫事，率多運用陪襯和對襯的手法。例如以才子與佳人、英雄與美人、孝子與賢母、忠臣與義士、節女與烈夫、好人與壞人、君子與小人、老人與小孩、富人與窮人等，都是人物相襯的手法。在事的方面，往往是以弱襯强、以柔襯剛、以恨襯愛、以暴襯良、以貪襯廉、以善襯惡、以黑暗襯光明、以奸詐襯正直、以無道襯有道等等。這是事襯的手法。本書在這方面的手法運用至廣，我們僅以幾個人物爲例。

我們熟知：黛玉是個用情至專的人，她對寶玉的癡情，不知賺了多少同情者的眼淚，尤其「焚詩絕情」的情景，恁是鐵石心腸的人，也不免要爲之唏噓。作者爲了加强黛玉鍾情癡情的性格，於是在她身邊配置了一位紫鵑。

紫鵑對黛玉的忠心，一如黛玉對寶玉的癡情。爲了黛玉的終身，她日夜煩心。有一次她竟別出心裁，一試寶玉，掀起軒然大波。當寶玉和寶釵成親之際，也正是黛玉最後彌留之時。王熙鳳爲了要使其導演的好戲天衣無縫，著人來喚紫鵑，去充伴娘，被紫鵑大大地奚落了一頓。以後惜春出家，無人願從，她却自告奮勇，願同前往，以報答黛玉之心，來侍候惜春。

寶釵與襲人在書中雖然既不沾親，亦非主僕，但兩人心胸性格，作事爲人，却極相似。兩人爲了爭取寶玉妻妾的地位，處處結納善緣，運用心機。寶玉捱打以後，襲人向王夫人暗中進言，一席話說得王夫人大受感動，不但待遇立卽調整：「凡兩個姨娘有的，襲人就有」，儼如侍妾一般，而且左一句我的兒，右一句我的兒，叫得襲人好不開心。這襲人豈不又是寶釵的一個影子！

至於作者寫探春與侍書，也是相同的手法。王善保家的在抄檢大觀園時失禮，被探春摑了一記耳光，其後侍書對她的「開消」，豈不也是「强將手下無弱兵」的寫照！

以上數例，人物性格係相同相若者，可謂之「陪襯」。下面再舉一個「反襯」的例子，那就是鳳姐和平兒兩人。

我們知道，這主僕二人心地性格、作人行事都不一樣，鳳姐是集：尖酸、刻薄、陰險、狠毒、潑辣、貪婪、勢利等等之大成，而平兒的作人行事如何呢？她爲賈璉掩飾偷情的證物；鳳姐因小產告假、探春等代理家務時，她替探春排解紛爭；賙濟貧寒的邢姑娘；規勸鳳姐得饒人時且饒人；以及對手鐲失竊的處理，無一不顯得她的宅心忠厚，秉性善良，在奴妾中，她是炙手可熱的人，但她從不作威作福，就是鳳姐那麼痛恨的情敵尤二姐，也只有她還敢在暗中略加照顧。鳳姐可說是「一身皆病」的人，而平兒却毫無瑕疵。作者將平兒置於鳳姐的身邊，其反襯反諷之意甚明也。

## 伏筆遙控法

小說之運用伏筆，係基於兩種需要。其一是長篇巨著內容複雜，「說書的一張嘴，難說兩家話。」若干頭緒只能先予安排一個線索，以後於適當時機，再來展佈情節，使之不致有果無因，令人有突如其來的感覺。這情形就猶如先期播種，屆時才能開花結果。另一理由是基於技巧靈活之需求，避免故事情節的平舖直敍，作單線發展。所以伏筆的運用，恒有必需。

本書是以技巧見稱的名著，作者對此一技巧的運用自不會忽略，我們稍加留意，就不難看出作者在書中所運用的：第五回寶玉在太虛幻境之所見所聞，是爲全書總結的主要伏筆；第六回劉姥姥初訪賈府，第三十九至四十二回劉姥姥再訪賈府，是爲爾後巧姐兒落難遇救的伏筆；第十三回秦可卿夢中遺言，是爲賈府日後敗亡的伏筆；鳳姐弄權鐵檻寺，賺銀三千兩，送人性命兩條；賈璉强佔人妻；鳳姐謀殺尤二姐；賈雨村助桀爲虐，强奪石獃子名扇；鳳姐高利盤剝等等，都是賈府爾後家敗被抄的重要伏筆。

賈府的抄家，在書中是件大事，此事的來龍去脈，關係着全書的許多環節。作者爲期前因後果交代明白，着力至深，除上文數例之外，最主要者爲先期大觀園的抄檢。

賈府的祖先是開國的元勛，以致現今仍爲公侯世襲之家，而且元春又被選入宮中爲貴妃，更忝為皇親國戚，這家世，如非百病俱陳，是斷然不會一旦敗落的。誠如探春所說：「可知道這樣大族人家，若從外頭殺來，一時是殺不死的。這可是古人說的『百足之蟲，死而不僵！』必須先從家裏自殺自滅起來，才能一敗塗地呢！」因而作者才不吝筆墨，精雕細琢地寫出許多細節來：諸如為了一盤荳芽一碗蒸蛋的爭吵；小戲子們因洗頭與乾娘打架；為茉莉粉、茯苓硝、玫瑰露結怨；平兒烤肉失手鐲；趙姨娘為趙國材的發喪費與探春廝鬧；以及惡奴欺主等等，都是為導致抄檢大觀園的伏筆。而傻大姐在園中拾得綉春囊只不過是導火線而已。

賈府抄家之罪，聖旨一一臚明，諸此遠因近果，作者早在前文中都寫得仔細明白，故抄家之事，情勢了然，足見作者於此用力之深，一切皆在預期掌握之中，故筆者乃杜撰一詞曰「伏筆遙控」之法也。

## 林林總總妙手法

依照筆者的分析歸納，作者在本書中所使用的寫作技巧，共有二十幾種之多，限於篇幅，不能一一析論，且有關「一石數鳥法」、「穿針引線法」、「剝筍脫殼法」等，昔已為文評介（請參拙著「紅樓夢的文學價值」）不再贅述外。僅將其他技巧簡述如後。

**假借外援法**：如冷子興演說榮國府，及興兒訴說王熙鳳等，乃係假人之口，對某事或某人的側面介紹，既客觀又可省去許多筆墨。

**瞞天過海法**：寶玉因失玉而精神恍惚，病入膏肓，鳳姐獻沖喜之計，明言娶黛玉，實係娶寶釵，是為「瞞天過海法」。

**含沙射影法**：鳳姐與黛玉暗中不和，不敢公然表示，某次藉堂會看戲之便，指臺上一戲子謂衆人說：「這孩子活像一個人，你們再也看不出。」心直口開的史湘雲竟道出黛玉的名字，而引起一場風波。蓋其時也，戲子、王八、吹鼓手，皆下賤人物也。將千金小姐比為戲子，豈非惡意地含沙射影乎！

**借刀殺人法**：賈瑞意欲染指鳳姐。鳳姐看他不上，使賈蓉等於嚴冬之夜，將賈瑞騙來，先澆以大糞，再淋以冷水，將賈瑞凍得死去活來，終致送掉一條性命，此其一也；尤二姐之死，鳳姐假秋桐之淫威迫其吞金，此其二也；夏金桂妬薛蟠與寶蟾幽會，使香菱前去破壞，此三者均係借刀殺人之法也。

**迂迴曲致法**：賈芸為了要向鳳姐謀點差事，並不言明，只是投鳳姐之所好，賄以重禮，再曲意奉承鳳姐的賢勞，鳳姐原不屑一視，後來果然畀予一項美差，命他到水月庵去管理那批小戲子、小道姑。是為迂迴曲致之法也。

**蜻蜓點水法**：焦大是有功於賈家祖先的老佣人，作者向無筆墨用於其身，然而第七回賈蓉却忽然派他一件送客的差事，以致引起焦大的大怒，指著石獅子人罵兩府子孫的不肖；儍大姐平日不知在何處？忽一日却在大觀園中拾得一個「妖精打架」的綉春囊，引出一場抄檢大觀園的驚濤駭浪。作者寫此二人，皆爲蜻蜓點水之法也。

**調虎離山法**：賈敬之喪，賈珍請來尤氏之繼母和兩位姨妹來幫着看家，賈璉因而得識，乃偷娶了尤二姐。作者爲了給鳳姐一個「作法」的機會，乃命賈璉出差平安州，爲時約半月，使得鳳姐才有做手脚的機會，此法是爲調虎離山法。

**請君入甕法**：鳳姐得賈璉出差之便，決心要整治尤二姐，以其在外居住不便，特自造訪，甜言蜜語地將尤二姐騙入賈府。忠厚的尤二不察其口蜜腹劍，信以爲眞，竟然自入羅網，作者用的是請君入甕法。

**先發制人法**：鳳姐將尤二姐騙入賈府後，一面唆使尤二前夫張華到官府去告狀，一面又使人拿銀錢到官府打點，這份花消，自不肯動用她的私蓄，爲了要使賈珍及尤氏拿錢出來，就到寧府將尤氏鬧了個天翻地覆，使尤氏完全受制於她。這一番哭鬧，可謂先發制人法。

**指桑罵槐法**：鳳姐一向厭惡趙姨娘及賈環母子，某日，賈環與丫環們賭錢，輸了賴債，適遇鳳姐得知，不但當面訓斥了賈環一頓，而且又隔窗叫罵，說了許多諷言諷語的話給趙姨娘聽；又夏金桂爲了要制服薛蟠，也聒噪了許多言語給薛姨媽聽，是皆爲指桑罵槐法。

**猜謎拆字法**：寶玉在夢遊太虛幻境時，曾看到一些畫册，各畫均有詠詩題詞，皆是隱語，尤其側寫鳳姐的那一幅，題的是「一從二令三木人，哭到金陵事更哀」。眞是猜謎拆字二法兼備，時至於今，還難確定作者究竟在打的甚麼啞謎？

總之，作者在本書所使用的寫作技巧，眞是花樣翻新，新穎無際，眞不愧爲名家手筆，有志於斯者，殊應多事參研，必可獲益無窮也。

# 前八十回內容與技巧之商榷

## 初見黛玉何竟發狂？

紅樓夢雖是曠世名著，却也並非毫無瑕疵，玆僅就前八十回之內容對其可資商榷之處析論如次：

部份手法過於誇張。誇張是小說中必具的手法，但這種手法的運用，必須似女性的化粧，須講究適度。曹雪芹本是運用誇張手法的能手，不過本書其中若干筆墨却也難免有過火之嫌。第一是寶玉初次「發狂」的描寫過於誇張。書中寫着，寶玉與黛玉初次見面，寶玉問她讀過什麼書？並有玉沒有？黛玉說：「我沒有玉，你那玉也是件稀罕物兒，豈能人人皆有？」寶玉聽了登時發作起狂病來，摘下那玉就狠命摔去，罵道：「什麼稀罕物！人的高下不識，還說靈不靈呢！我也不要這勞什子！」

我們知道寶玉與黛玉戀愛，兩人如膠似漆，矢志結婚，到了「除却巫山不是雲」的程度，那都是非常合理的，因爲他們青梅竹馬，耳鬢廝磨，天長日久，愛情日深，這是極合情理的，可是作者在他們第一次見面時，他就因黛玉沒有玉而砸起他那「命根子」來，這似乎於理欠合！我們不否認世間有所謂：一見傾心再見鍾情的愛情，但其所謂傾心鍾情的程度絕不能立即發狂，而不過只是彼此的第一印象極佳而已。作者寫此的用意，原是藉此強調寶玉性格之痴呆的，可是我們認爲這種筆法太過於突然不合邏輯。

## 風流遺物何均聚此？

誇張過份之第二點，爲對秦可卿臥室景物的描寫。我們且來看看他的筆墨：剛至房中，便有一股細細甜香。寶玉此時便覺眼餳骨軟，連說：「好香」！入房，向壁上看時，有唐伯虎畫的「海棠春睡圖」，兩邊有宋學士秦太虛寫的一副對聯云：「嫩寒鎖夢因春冷，芳氣襲人是酒香」。案上設有武則天當日鏡室中設的寶鏡，一邊擺着趙飛燕立着舞的金盤，盤內盛着安祿山擲過傷了太眞（楊貴妃）乳的木瓜，上面設着壽昌公主於合章殿下臥的寶榻，懸的是同昌公主製的連珠帳。寶玉含笑道：「這裏好！這裏好！」

看了上面這段文字的描寫，用意雖然很明白，此乃是作者有意藉景物來襯托這房中主人的風流。然則我們讀過之後，却令人有些生硬造作的感覺；何以會這麼巧呢？歷史上那些風流人物的遺物都到這兒來了？何以秦可卿又竟專有此癖？收集這些物品！其實風流的人物不見得就喜愛如此風流的陳設！相反，一個不貞潔、不正經的女人（按書中的寫法，秦可卿與賈珍有曖昧關係。），却反而要裝模作樣，處處要裝出一副貞婦烈女的樣兒來呢！

## 初試雲雨未免太早

誇張過份之三，爲賈寶玉的初試雲雨之年齡問題。根據我們的推算，當時寶玉的年齡當在十一歲。以生長在北溫帶地區之南京或長安的孩子來講，十一歲時他們的生理發育是不全的，而且賈府是個書香門第，禮教之家，縱有些風流韻事，但絕不若今天黃色電影及歌舞那麼令人側目，把人教壞。我以爲作者的年齡似乎寫早了四五年；如果寶玉當時是十五六歲，那就相當合乎情理了，因爲這時男孩生理已經開始發育。

手法誇張過份之四，爲寶玉等詩文的問題。寶玉、黛玉、寶釵、湘雲、探春等起詩社，年齡約在十二三歲時，就是後來加入他們行列中的寶琴，她至賈府作客的年齡想也不會過此。一群十二三歲的孩子們個個如此能詩善文，似乎都有誇張過份之嫌！我們不否認世間有天才，有神童，但不應該令這群孩子們個個如此，因他們智慧的成熟，及其文學上的修養，似乎都超過了他們的年齡。我想凡是紅樓夢的讀者，恐怕對此問題多有同感：覺得曹雪芹筆下的孩子們，一個個都是「小大人」。不但他們的智慧成長，及學術修養超過了他們的年齡，就是他們的說話行事、待人接物，那一樣不是一個個小大人似的呢！我們知道作者在書中對這批孩子們的年齡，始終沒有明明白白寫出過，縱有也不過一二人，究其原因，想是作者自已也深深感到這批孩子們是太老大、太成熟了。

## 臨終諍言所託非人

秦可卿夢中贈忠言的安排不甚恰當。請先看書中的原文：話說鳳姐兒自賈璉送黛玉往揚州去後，心中實在無趣，每到晚間，不過同平兒說笑一回就胡亂睡了。這日夜間平兒已睡，鳳姐方覺睡眼微矇，恍惚只見秦氏從外走進來，含笑說道：「嬸娘好睡，我今日回去，你也不送我一程。因娘兒們素日相好，我捨不得嬸娘，故來別你一別。且還有一件心願未了，非告訴嬸娘，別人未必中用。」鳳姐聽了恍惚問道：「有何心願？只管託我就是了。」秦氏道：「嬸娘，你是脂粉隊裏的英雄，連那些束帶頂冠的男子也不能過你，你如何連兩句俗話也不曉得？常言『月滿則虧，水滿則溢；』又道是『登高必跌重』如今我們家勢赫赫揚揚，已將百載，一日倘或樂極生悲，若應了那句『樹倒猢猻散』的俗話，豈不虛稱了一世書香舊族了。」鳳姐聽了此語，心胸不快，十分敬畏，忙問道：「這話慮的極是，但有何法永保無虞？」秦氏冷笑道：「嬸娘好癡也，否極泰來，榮辱自古週而復始，豈人力所能常保的？但如今能於榮時籌畫下將來衰時的世業，亦可以常遠保全了。即如今日諸事俱妥，只有兩件未妥，若把此事如此一行，則後日可保無患了。」鳳姐便問道：「什麼事？」秦氏道：「目今祖塋雖四時祭祀，只是無一定的錢糧。第二家塾雖立，無一定的供給。依我想來，如今盛世固不缺祭祀供給，但將來敗落之時，此二項有何出處？莫若依我之見，趁今日富貴，將祖塋附近多置田莊、房舍、地畝、以備祭祀供給之費皆出自此處。將家塾亦設於此。合族中長幼，大家定了則例，日後按房掌管這一年的地畝錢糧祭祀供給之事。如此週流，又無競爭，也沒有典賞諸弊。便是有罪。已物可以入官，這祭祀產業，連官也不入的。便敗落下來，子孫回家讀書務農，也有個退步，祭祀又可永繼。若自今以爲榮華不絕，不思後日，終非長策。眼見不日又有一件非常的喜事，眞是烈火烹油，鮮花着錦之盛，要知道也不過是瞬息的繁華，一時的歡樂，萬不可忘了那『盛筵必散』的俗話，若不早爲後慮，只恐怕後悔無益了。」鳳姐忙問：「有何喜事？」秦氏道：「天機不可洩漏。只是我與嬸娘好了一場，致別贈你兩句話。須要記着。」因念道：「三春去後諸芳盡，各自須尋各自門。」鳳姐還欲問時，只聽二門上傳出雲板，連叩四下，正是喪音，將鳳姐驚醒，人回：「東府蓉大奶奶沒了。」（第十三回）

我們讀過以上這段原文，可以很明白地看出，作者是藉秦可卿臨終託夢於鳳姐，告知其賈府氣勢將盡，須作善後安排，爲全書悲劇終結的預作伏筆。其言也簡，其意也賅。堪稱語重心長。但是我們試想，秦可卿在書中並不是什麼正經的人物，如我前文所提，她和小叔寶玉可能有染，她與公公賈珍更有曖昧關係，而此番話雖立意至善，可是出於一個不守婦道的婦人口中，於情於理，便覺軟弱無力了。筆者以爲：如果秦可卿在生之日，其品德貞操若能如李紈，則她臨終託夢道此忠言，便極合情合理了，然而事實如何呢？如前文所述閨中的那些景物，就可以看出，作者本亦對她意出輕視，不似用筆於李紈時那麼尊敬。

## 鳳姐兒何以不通文字

王熙鳳不應不通文字。紅樓夢中的才女，在中國說部中是極爲出名的，其中的少女少婦，幾乎個個皆能詩能文，乃至博古通今，其才氣較佳者如黛玉、寶釵、湘雲、探春、元春、妙玉、寶琴等，其修養較差者如李紈、迎春、惜春、李紋、李綺、邢岫煙、香菱等，於詩文方面也能搪塞一番，可是唯獨這雄才大略、最好勝要强的王熙鳳却只是：「鳳姐因理家久了，每每看帖看帳，也頗識得幾個字了。」（第七十四回）她是因此才能讀出下面這封信的：「上月你來家後，父母已察覺了。但姑娘未出閣，尙不能完你我心願。若園內可以相見，你可託張媽給一信。若得在園內一見，倒比來家好說話。千萬！千萬！再所賜香珠二串今已查收，外特寄香袋一個，略表我心，千萬收好，表兄潘又安具。」（同上回）。

一　鳳姐的程度如此，但其他的姑嫂如何呢？豈非天壤之別了。

本來在當時社會風尚，有「女子無才便是德」的觀念，如是一般人家庭的女孩子不讀書、不識字，原不足爲奇，問題是：紅樓夢中這些年輕女子，沒有一個不讀書的，就是家貧如李紋、李綺、邢岫煙，她們尚且讀過書，何以家勢顯赫的千金小姐王熙鳳竟沒讀過書？

我們知道，王熙鳳卽王夫人的內侄女，高居顯位的王子騰卽是鳳姐的叔叔，而且鳳姐「自幼卽假充男兒敎養」（第三回），何以竟不令她讀書？令人難解！我們固知當時有「女子無才便是德」的思想，可是既將女孩兒當男兒敎養，那就不能不令她讀書了！因爲當時同樣有一種「男人必須讀書」的風尚。譬如賈寶玉，他縱不讀書將來也有飯吃、有官可做，可是賈政爲了他不肯用心讀書，操了多少心，生了多少氣！可是寶玉的程度却不知高出鳳姐多少倍呢？因此，我以爲鳳姐不會讀書、不通文字，是不合情理的；若有不能讀書的原因，或不肯讀書的情形，作者也應該交代明白，否則難辭其咎的疏忽了。

## 忽南忽北地理不清

五、地名混淆不清。賈、王、史、薛等四姓皆屬金陵世家，書中寫得明白，如第十三回賈蓉所寫的履歷：「江南應天府江寧縣……」就是一例。（江寧即金陵，皆爲今之南京）。至於紅樓夢故事發生的中心地是何處呢？

當然應該是北京，因爲這賈家的寧、榮兩個府第，是因昔日寧、榮二公功在國家，由皇帝恩准勅造的，而且書中也曾明白地指出賈政經常要至朝中「早朝」，再則元妃省親，自宮中至賈府也是當日往返，足見賈府是造在京城。清朝的京城，是設在北京的，所以賈府應在北京。

可是我們看看作者在第二回又怎樣寫的呢？

作者在第二回中寫「冷子興演說榮國府」，賈雨村聽了冷子興的話後，曾說過這樣幾句話：「去歲我到金陵時，因欲遊覽六朝遺蹟，那日進了石頭城（筆者按：南京亦名石頭城），從他們宅前經過，街東是寧國府，街西是榮國府，二宅相連，竟將大半條街佔了……」這不是明明指的南京麼？

可是作者在第三回中又怎樣寫呢？他寫賈雨村護送林黛玉至賈府：「一日到了京都，雨村先整了衣冠，帶着童僕，拿了宗侄名帖至榮府門上投了。」那麼這兒所指的「京都」又是所指何處？南京乎？北京乎？抑是長安？

我們知道，依照上面的分析，南京、北京都不對，那麼可能是指的長安了？如所周知，小說是出於作者「創作」（今稱小說、散文、詩等文藝作品爲「創作」），人、地、時等因素可以任由作者安排，所以儘管清朝的京城設北京，作者儘可以將它假託於長安，因爲作者在第十五回中也曾寫得明白：老尼道：「阿彌陀佛，只因當日我在長安善才庵出家的時候兒，有個施主姓張，是大財主，他的女孩兒小名金哥，那年往我庵裏來進香，不想遇見長安府太爺的小舅子李少爺。那李少爺一眼見金哥就愛上了，立即打發人來求親。不想金哥已受了原任長安守備公子的聘定，張家原待退親，又怕守備不依，因此說已有了人家了。誰知李少爺一定要娶。張家正在沒法兩處爲難，不料守備家聽見此信，也不問青紅皂白，就來吵鬧說：『一個女孩兒，你許幾子人家兒！』偏不許退定禮，就打起官司來。女家急了，只得着人上京找門路……」鳳姐……將老尼之事說與來旺兒，旺兒心中俱已明白，急忙進城（當時他們正在城外爲秦可卿治喪。）找着主文的相公，假託賈璉所囑，修書一封連夜往長安，來去不過百里之遙，兩日工夫俱已妥協。」

我們須注意這「百里之遙」，與「兩日工夫俱已妥協」的話，這京城既是距長安僅百里之遙，其京城所在地當然是長安府了！

可是作者在第十二回又怎樣寫呢？他寫着：「誰知這年多底，林如海因爲身染重疾，寫書來接黛玉回去……賈璉同着黛玉辭別了衆人，帶領從僕，登舟往揚州去了。」讀者請注意「登舟」二字，各位想想自長安至揚州如何「登舟」可達？筆者是到過長安的，長安固然有渭水通着黃河，黃河在山東陽穀縣境內並與運河相接，可是大家知道，黃河水險，全程並不能暢通舟船，卽如渭水也難行船。所以說來說去，我們眞弄不清楚曹雪芹所指的「京都」究是何處了。

# 研究紅學應闢新徑

## 從資料展覽說起

不久前高雄、臺北兩地曾分別舉行過「紅樓夢資料展」各一次，參觀者達數萬之衆，可謂我國文壇近年的一件盛事。

這項展覽的資料，絕大部份是由中山大學那宗訓教授出其私藏。他以十多年的時間，蒐集了近三十年來在臺學者（海外學者寄回發表或出版者也在內）所撰寫有關本書的八百多篇論文，和六十幾本專著，以及若干不同的版本，可謂洋洋大觀。以其係屬私人壯學，殊屬難能，爰特爲文以紀其盛，抑且對這位熱心紅學的學者表示一些敬意。

此次展出的資料概可分爲「研究論文」、「版本」與「研究書籍」三大類。展出的八百多篇論文，都曾發表於國內報章雜誌，討論範圍非常廣泛，諸如版本、作者、批語、內容分析、技巧研究、外國影響等等，無不涉及，其中尤以討論人物者爲最多，可謂多彩多姿。

這一部份的展示，係採開放式，將每篇論文的原件或影本，分別置於一個卷夾，觀衆可以任意取閱。使用的卷夾，各就性質以顏色區分，例如概論性者爲黃色，版本者爲淺藍色，作者及批語爲綠色，內容分析爲白色，文學技巧爲粉紅色，其他爲橙色。

版本部份分三大類，脂批本，清刻本，排印本。脂批本計有：「乾隆甲戌脂硯齋重評石頭記」、「庚辰本脂硯重評石頭記」、「己卯本脂硯齋重評石頭記」、「乾隆抄本百二十回紅樓夢稿」、及「國初鈔本原本紅樓夢」等五種。其中甲戌本最古老，是胡適之先生所珍藏，內容却只得第一至八、十三至十六、二十五至二十八等，共十六回。庚辰本的內容也只有七十八回。己卯本僅四十二回。乾抄本原由楊繼政所收藏，其中有十回是後來補續的。國初本是有正書局的石印本，卷首有戚蓼生的序，亦稱戚本。全書八十回，也有脂批。

在清刻本方面，是指程偉元開始刻印後的幾種刻本。此次展出是以廣文書局「紅樓夢叢書」中所收的四種清刻本爲主，外加中央圖書館臺灣分館所藏的三種。它們是：「廣文程乙本新鐫全部繡像紅樓夢」、「廣文程丙本新鐫全部繡像紅樓夢」、「東觀本新鐫全部繡像紅樓夢」、「王希廉評新鐫全部繡像紅樓夢」、「古越誦芬閣刊本增評補圖石頭記」、「翰選樓刊本繡像紅樓夢」、及「紅樓夢散套」等七種。

至於排印本方面，目前各大書局率有出版，內容多是依據一百二十回「程乙本」，只是有的在卷首多了一篇近人或現代名家的序文而已，也有些排印本並有人物索引、賈府世系圖的，種類總達數十。

「研究專著」這次展出了六十幾本，這類專著是以在臺灣的作家爲限。如果作者身在海外，其書是在臺灣出版，也一併列入展出。這些專著內容論列範圍至廣，一如論文部份，而且更具條理系統，堪稱本本精采，各有卓見。

## 研究之風非始今日

一本著作問世以後，受到學術界的重視，有人加以研究，本不足爲奇，應屬正常現象。然而，一部作品還未正式公諸於世，却有人紛紛加以批註，表示讀後的意見觀感，這才是不尋常的現象。紅樓夢就是享有此種殊榮的奇書。

就此次展覽而言，所展出的各種批本，就有五種之多，事實上，恐怕尚不止此數，但僅此已可說明，此書在作者寫作期間就有親朋好友在傳誦研究了。

本書何以能使讀者有此濃厚的興趣？强烈的震撼？胥以本書的內容豐富，技巧高明。而最主要的，還是書中所寫的人與事多所張本，或是有所影射，再加以那些「先睹爲快」的讀者所加註的那些眉批和夾批，益增其神秘的色彩，就更增加了以後讀者和學者們研究的興趣。

除了作者的至親好友，在作者邊寫邊改之際，他們就開始了本書的研究，其他學者對本書的研究也非始自晚近，清代學者早就不乏其人，不過近世研究之風則是自胡適之先生考證出作者的身世而引起。迄今數十年鼎盛不衰，誠屬文壇盛事，也是文壇的佳話。

對本書的愛好，爲本書而着迷者，不知凡幾？一部文藝作品能有此魔力，忝爲一個文藝工作者自是與有榮焉，因而世之學者對本書作此狂熱的研究，在基態上，筆者絕無反對之意。問題是我們研究的目標應否有一個正確的指向。當前一般「紅學家」們，研究的範圍，不外是：作者的身世問題，版本演變的問題，內容影射的問題，和前八十回與後四十回的作者問題。這些問題的發掘與澄清，對於本書的研究，自有莫大的助益，毋庸諱言。然而，問題是：我們對於這麼一部偉大的著作之研究，是否就應以此爲滿足？

## 毋忘學術的價值觀

現代工商業發達，工商業社會的思想特徵，旨在「功利」二字。文學創作的目的，或非出於功利，但在今天時代思潮所及，如欲完全揚棄功利的觀念，似乎亦不切實際。

文學創作的目的究竟是什麽？人言人殊，各有看法不同。有人以爲「文學是苦悶的象徵」，一切的文學作品皆是爲了表現人生的苦悶而作。此說，似乎失之過偏。因爲，文學作品亦不乏歌頌讚美之作，不虞歡忻快樂之情，豈是苦悶二字所能涵蓋的？也有人認爲文學作品旨在表現人類的情感。人類是具有情感的高等動物，這是不爭的事實，但是，文學作品中若只是表現人類最原始的情感，試問這種情感又有什麼値得欣賞？會不會如同一道沒有佐料的菜餚！因之，這都是以偏概全的說法，筆者認爲：「文學作品創作的目的，旨在表現作者的思想、意識、情感。」如果這種說法可以成立，那麼我們硏究一部文學作品，就應該從：「作者所要表現的思想、意識、情感在那裏」？「作者爲什麼要表現這種思想、意識、情感」？以及「作者用些甚麼方法和技巧來表現其思想、意識、情感」？如此，方能達到硏究此一文學作品的目的。而此一目的，也正是作者創作作品而欲獲致的願望。所以，這是不容忽視的問題。而且尤有進者，今日愛好文學的青年讀者，他（她）們也許並不以作爲一個單純的讀者爲滿足，他（她）們也可能懷有成爲作家的願望。他（她）們閱讀作品，不僅止於欣賞它們的故事情節而已，他（她）們也許還希望從他人成熟的作品中體驗出一些心得；而這種心得，或則是心靈的啓示，或則是情感的交流、心靈的共鳴，或則是表現方法技巧的揣摩。如何使他（她）們能達到這些目的，似乎是身爲學者無所旁貸的職責。

# 今後研究應闢新徑

然而，回顧一下我們學術界對本書的研究作的是些甚麼呢？絕大多數的筆墨都是耗費於考證索隱之中。其實，曹雪芹是滿人？是漢人？曹雪芹的父親究竟是誰？前八十回和後四十回的作者是誰？脂硯齋是誰？畸笏老人是誰？以及書中的什麼人，影射什麼人？諸此種種，老實說，都不是今日愛好文學——尤其是想當作家的——青年所關心的事。他（她）們所期望的是：「這本書能告訴我們些什麼？我們從這本書中能獲益什麼？從此書中能學到些什麼？」在今天五族共和的民族主義思想下，曹雪芹抑滿？抑漢？都不是他（她）們所關心的事！曹雪芹是曹顒的親生子或義子？也不是他（她）們關心的事！前八十回和後四十回的作者究竟是一人還是兩人？似乎也不值得爭得面紅耳赤！他（她）們所重視的是它的品質和技巧。質言之，今日青年學子所樂見對本書之研究者是具有實用價值的研究。

作者與版本等問題的研究，並非全不重要，問題是：這種工作並未觸到作品的核心。這情形如同我們去參觀故宮博物院，只是到外雙溪走了一趟，瀏覽了一下外雙溪的青山翠谷，看到了故宮博物院的黃牆綠瓦，建築巍峩，一派古色古香……這樣就算參觀了故宮博物院嗎？其中有些什麼珍藏？甚至如何陳設佈置？因不曾登堂入室。又何能得知。如果我們的學術研究，僅及考證索隱，豈非如參觀博物院只看到外貌，並未參觀珍藏。因此，筆者一向自闢途徑，絕不作考證索隱的工作，乃是以解剖的方式、持實用價值之觀點，來分析它的題意、價值、和技巧。根據我歷次與青年學子接觸的經驗，這種方式得到的廻響不少。足徵今後對本書的研究，應多朝這方面努力，方不致使今天的知識青年對本書有仰之彌高，望而却步的現象。

# 為紅樓夢改編電視劇獻言

紅樓夢一書，由於內容豐富，知名度高，聲勢浩大，歷來許多娛樂業者都動過它的腦筋，它已不止一次被取材於平劇、地方劇、話劇、電影、電視、廣播，其鋒頭之健，任何小說難以倫比。而目前「華視」又在「風雅劇集」中，以單元劇的形式演出其中幾段精彩的片斷。刻已播出的單元之一是「劉姥姥進大觀園」。

這段故事被取材的「頻率」，可能是最高者之一，却沒有一次有可觀的成績，此次華視的演出也沒有例外。

本來，小說和戲劇乃係一個家族的宗支，有着密切的血緣關係，以往以小說改編爲戲劇者(包括電影和電視劇)頗不乏佳構。何以用各種戲劇體式取材於紅樓夢，皆遭敗績？這是一個值得深思的問題。

紅樓夢是一部好書，其人物之突出、情節之動人、素材之廣泛，無可諱言。是爲衆多娛樂業者爭相取材的原因。但爲什麼一部大家一致看好的小說，除部份戲曲外，何以竟不能成功地運用於舞臺、銀幕、螢光幕呢？細細按來，確有許多難以克服的困難。

第一、本書素材太多，故事不集中。一部作品，內容豐富，原是件好事，但就影劇運用的觀點而言，就不見得是項優點。因爲一部作品內容太多，勢必導致取捨的困難；取材太多有不易消化之苦，取材不足又有遺珠之憾，不但編劇者耿耿於懷，也擔心無法向觀衆交代。而本書近達百萬言，人物衆多，故事不明朗，情節細膩而複雜，因而產生編劇的困難。

第二、演員物色不易。寶玉和黛玉爲本書的重要主角，二人的戀情雖非唯一的主要內容，但紅樓夢如果沒有了他（她）們的戀情，就不能成爲紅樓夢，則殆無疑義。因而這兩個人物飾演的人選，便是極爲重要也極爲困難的問題。原因之一是：兩個人物的個性都很特殊，在文字上較易表現，卽使予以某種程度的誇張，讀者也不以爲忤。而在銀幕或螢光幕上表演却很難；不予誇張，不易顯示其特異的性格；誇張過份，又會令人難以接受。其二是：兩人年齡的問題。賈寶玉和林黛玉初次見面時，約在十歲左右，黛玉逝世時不到二十歲，寶玉中舉出家，也不過二十來歲而已。此二角色的安排，如忠於原著，則應由兩三個不同年齡的演員分飾。而我們昔見之事實，却都是一個年輕的演員充任。因而也問題叢生。例如兩人有時的孩子式的撒嬌任性，由一個成年的演員表演出來，豈非滑稽梯突，不倫不類？所以歷來飾演寶玉黛玉者，沒有一次成功的實例。

第三、內心戲頗多，不易處理。就影視藝術而言，有好導演、好演員，處理內心戲並非難事，但有一前提，必須人物簡單，故事單純，全劇以細膩的手法，徐徐進行，心理反應，感情描寫，才能生動地表現得出來。而紅樓夢的故事面太廣，情節複雜，人物衆多，對主要人物和故事的交代，已感不敷，何能就內心戲充份發揮！可是，黛玉是個多愁善感者，寶玉也常發奇想，如果這兩者不能善加把握，只是粗枝大葉地將劇情向前推進，勢必流於粗俗，這必是導演所不取，觀衆所不愛的。而如何能兩者兼顧，殊難突破。

第四、思想、才華、靈性，在影視中不易表現。寶玉看似癡呆，實則有思想。思想貫穿全書，如不能忠於原著，將全書情節表現，其思想也就無法烘托出來。黛玉的才思敏捷，詩詞出衆，一一搬演出來，多數觀衆是否能歡喜接受，不無問題！此外，世人皆知寶玉之所以深愛黛玉，是因爲黛玉具有異於常人的靈性，此靈性是一種虛無飄渺的東西，在銀幕和螢光幕上匆忙間又豈能表現？若不能表現出來，又何能滿足本書的愛好者！

第五、病態美人在銀幕及螢光幕上不易討好。儘管原作者不止一次指出，黛玉之美，不及寶釵，但在讀者和觀衆心目中，其幻想的影子，仍是美好出衆的。可是黛玉却是有名的藥罐子，素擁帶病之身。這些病情如很忠實地表現出來，自必破壞美好形象，且使全劇形成病態。如不能忠實原著，劇力又勢必遜色，這也是一種難以兩全的事。

第六、人物太多，安排不易。賈府的主僕，多達數百，不少人物在原著中頗具份量，不可或缺，然在戲中戲份不多。沒有這些人吧？交代不過去，用上她們吧？又顯得無所事事。而且最令觀衆苦惱的是：一大堆人，究竟誰是誰？不但觀衆弄不清，演員也有委屈之感。

第七、原著內容，衆所週知，觀衆挑剔必多。現在年輕人看過紅樓夢者雖不多，而中年以上的知識份子，熟讀紅樓夢、熱愛紅樓夢的却很多。他（她）們不但熟悉原著內容，且不乏紅學專家，本書內容繁富，見仁見智，各有執着，既然不可能太忠實於原著，則如何能獲得這些「行家」的諒解？博得他們的口彩，殊非易事。

基此種種，所以本書歷次搬上舞臺、銀幕及螢光幕，皆是敗績。

但是，以上所述的各種困難是否可以克服——本書究竟能否成功地改編爲戲劇呢？筆者以爲非不可能，而是要有方法，要有技巧。

本書因爲篇幅太長、人物衆多、情節複雜，要想以之濃縮爲電影與話劇是絕難成功的，因爲電影要受時間的限制，充其量拍爲上下兩集，演出四五個小時。至於話劇更得受舞臺的限制，因而只有用之於電視，是唯一可取的途徑。電視可以用爲三十集的連續劇，如果使用兩個劇名，並可拍成六十集，倘在人力、物力、財力方面大量投資，製作爲一齣有水準的電視劇，應無問題，蓋電視劇無異影集，可以突破時間與空間的限制，無虞人物的衆多，無虞於情節的複雜，有充份的容量可以容納。

在所有的名著小說中，筆者對本書獨有偏愛，因之，亦深盼我國的電視業者，能將這部文學瓌寶攝製成爲一齣燦眼奪目的電視劇，不但可以一飽國人的眼福，並可發行海外，宣揚我國的文學與戲劇，故不揣淺陋，作野叟之獻言，略述管見如次：

第一、製作要嚴謹，不但劇本要好、導演要好、演員要好，服飾、佈景、道具、儀節、風俗，都要作認眞的考證，宜各聘專家，以為顧問，不可僅憑一二人的有限常識，草率從事。以近例而言，華視此次演出的劉姥姥進大觀園，劇本內容及演員之演技姑且不談，就佈景言卽失之草率；佈景材料皆極陳舊，油漆剝落，一片灰黯，一無金碧輝煌之豪華氣象，却似一所年久未經粉飾的廟宇。再以「省親別墅」的牌樓而言，也是因陋就簡，聊備一格而已。其背景的兩個山峯，何能如此高大雄偉？大觀園中何來此巨山！

第二、演員必須愼選，寶玉、黛玉等這一輩的演員至少要分作童年與青年兩代，如能再加細分為童年、少年、青年三代則更好。否則勢將扞格不入。蓋黛玉初入賈府係與寶玉同居一室於賈母處；兩人食則同桌，寢則同床，若非孩童，焉有此理！往昔之電影寶玉、黛玉均係以成年演員一人飾演，殊不合理。

第三、導演及演員要熟讀原著，深體本書原意，蓋本書是一極有內涵的著作，所有人物各具特性，一言一行皆具用心，不可等閒視之，如果浮光掠影，只取其表面，則必落村俗。以劉姥姥為例，她雖然是一名貧窮的村婦，但深知世故，洞察人情，作者寫此人物，原在描寫窮人攀富親的辛酸，她不是膚淺可笑的滑稽人物。歷次電影電視的演出，無不粗俗不堪，沒有一個演員能演出她的內心戲。再如此次華視的演出，劉姥姥告別時所獲贈的禮物，大包小包都由自己負荷，與原著不符。這豈是賈府這等人家待客之禮！雖係小事，却不能馬虎也。

第四、要注意全書的內涵、氣勢、高潮與結構。紅樓夢並非單純談情說愛的言情之作，其內容之發展有兩條主線，一爲寶玉、黛玉、寶釵等愛情與婚姻的發展，一爲賈府從興盛到敗亡沒落的歷程，因而它每一環節都具有用心、編劇和導演必須深體斯意，才能將原著的思想與精神表現得出來。本書用筆極細，編劇必須有巧妙的組合才能不致流於沉悶散漫。筆者以爲本書的高潮有七：一爲秦可卿之喪，二爲元妃省親，三爲寶玉捱打，四爲紫鵑試情，五爲抄檢大觀園，六爲寶玉成親與黛玉之死，七爲賈府抄家。編劇與導演應把握各個高潮的經營，方有戲味。

第五、本書的表現手法是「浪漫」與「寫實」兼具，以寫實爲主，浪漫附之。必須向觀衆有明白地交代作者爲何要如此運用？在開卷第一回中說得明白。又作者第一回中特意細寫「好了歌」，在第五回使寶玉「夢遊太虛幻境」，遍觀金陵十二釵之册籍，以及仙女們演唱「新曲紅樓夢」，皆是重要環節，倘不能善加處理，卽難彰本書原意。

第六、本書主要人物除寶玉外，皆爲女性，除賈母年高，邢夫人、王夫人、薛姨媽等中年婦人外，其餘姊妹妯娌、丫環使女，皆屬年輕，大戶人家的婦女，無分主僕都穿紅著綠，釵光鬢影，觀衆很難分出一群裙釵，到底誰是誰？因之，最好在頭幾集中，或某人初次登場時，在螢光幕上打出名字，以資識別。免得觀衆一頭霧水。

此外細節尚多，難以備述。以我國目前影視界人才之多，倘能用心將事，必有可觀的成績，惟不知那位有魄力的總經理，能響應筆者的呼籲，放手一搏！此乃不朽的輝煌事業也，曷興乎來！

# 滄海叢刊已刊行書目(七)

| 書名 | 作者 | 類別 |
|---|---|---|
| 牛李黨爭與唐代文學 | 傅錫壬 | 中國文學 |
| 增訂江皋集 | 吳俊升 | 中國文學 |
| 浮士德研究 | 李辰冬 譯 | 西洋文學 |
| 蘇忍尼辛選集 | 劉安雲 譯 | 西洋文學 |
| 文學欣賞的靈魂 | 劉述先 | 西洋文學 |
| 西洋兒童文學史 | 葉詠琍 | 西洋文學 |
| 現代藝術哲學 | 孫旗 譯 | 藝術 |
| 音樂人生 | 黃友棣 | 音樂 |
| 音樂與我 | 趙琴 | 音樂 |
| 音樂伴我遊 | 趙琴 | 音樂 |
| 爐邊閒話 | 李抱忱 | 音樂 |
| 琴臺碎語 | 黃友棣 | 音樂 |
| 音樂隨筆 | 趙琴 | 音樂 |
| 樂林蓽露 | 黃友棣 | 音樂 |
| 樂谷鳴泉 | 黃友棣 | 音樂 |
| 樂韻飄香 | 黃友棣 | 音樂 |
| 色彩基礎 | 何耀宗 | 美術 |
| 水彩技巧與創作 | 劉其偉 | 美術 |
| 繪畫隨筆 | 陳景容 | 美術 |
| 素描的技法 | 陳景容 | 美術 |
| 人體工學與安全 | 劉其偉 | 美術 |
| 立體造形基本設計 | 張長傑 | 美術 |
| 工藝材料 | 李鈞棫 | 美術 |
| 石膏工藝 | 李鈞棫 | 美術 |
| 裝飾工藝 | 張長傑 | 美術 |
| 都市計劃概論 | 王紀鯤 | 建築 |
| 建築設計方法 | 陳政雄 | 建築 |
| 建築基本畫 | 陳榮美<br>楊麗黛 | 建築 |
| 建築鋼屋架結構設計 | 王萬雄 | 建築 |
| 中國的建築藝術 | 張紹載 | 建築 |
| 室內環境設計 | 李琬琬 | 建築 |
| 現代工藝概論 | 張長傑 | 雕刻 |
| 藤竹工 | 張長傑 | 雕刻 |
| 戲劇藝術之發展及其原理 | 趙如琳 譯 | 戲劇 |
| 戲劇編寫法 | 方寸 | 戲劇 |
| 時代的經驗 | 汪琪<br>彭家發 | 新聞 |
| 書法與心理 | 高尚仁 | 心理 |

# 滄海叢刊已刊行書目(六)

| 書名 | 作者 | 類別 |
|---|---|---|
| 累廬聲氣集 | 姜超嶽 | 文學 |
| 實用文纂 | 姜超嶽 | 文學 |
| 林下生涯 | 姜超嶽 | 文學 |
| 材與不材之間 | 王邦雄 | 文學 |
| 人生小語(一)(二) | 何秀煌 | 文學 |
| 兒童文學 | 葉詠琍 | 文學 |
| 印度文學歷代名著選(上)(下) | 糜文開編譯 | 文學 |
| 寒山子研究 | 陳慧劍 | 文學 |
| 魯迅這個人 | 劉心皇 | 文學 |
| 孟學的現代意義 | 王支洪 | 文學 |
| 比較詩學 | 葉維廉 | 比較文學 |
| 結構主義與中國文學 | 周英雄 | 比較文學 |
| 主題學研究論文集 | 陳鵬翔主編 | 比較文學 |
| 中國小說比較研究 | 侯健 | 比較文學 |
| 現象學與文學批評 | 鄭樹森編 | 比較文學 |
| 記號詩學 | 古添洪 | 比較文學 |
| 中美文學因緣 | 鄭樹森編 | 比較文學 |
| 比較文學理論與實踐 | 張漢良 | 比較文學 |
| 韓非子析論 | 謝雲飛 | 中國文學 |
| 陶淵明評論 | 李辰冬 | 中國文學 |
| 中國文學論叢 | 錢穆 | 中國文學 |
| 文學新論 | 李辰冬 | 中國文學 |
| 離騷九歌九章淺釋 | 繆天華 | 中國文學 |
| 苕華詞與人間詞話述評 | 王宗樂 | 中國文學 |
| 杜甫作品繫年 | 李辰冬 | 中國文學 |
| 元曲六大家 | 應裕康<br>王忠林 | 中國文學 |
| 詩經研讀指導 | 裴普賢 | 中國文學 |
| 迦陵談詩二集 | 葉嘉瑩 | 中國文學 |
| 莊子及其文學 | 黃錦鋐 | 中國文學 |
| 歐陽修詩本義研究 | 裴普賢 | 中國文學 |
| 清真詞研究 | 王支洪 | 中國文學 |
| 宋儒風範 | 董金裕 | 中國文學 |
| 紅樓夢的文學價值 | 羅盤 | 中國文學 |
| 四說論叢 | 羅盤 | 中國文學 |
| 中國文學鑑賞舉隅 | 黃慶萱<br>許家鸞 | 中國文學 |

# 滄海叢刊已刊行書目(五)

| 書名 | 作者 | 類別 |
|---|---|---|
| 往日旋律 | 幼柏 | 文學 |
| 現實的探索 | 陳銘磻編 | 文學 |
| 金排附 | 鍾延豪 | 文學 |
| 放鷹 | 吳錦發 | 文學 |
| 黃巢殺人八百萬 | 宋澤萊 | 文學 |
| 燈下燈 | 蕭蕭 | 文學 |
| 陽關千唱 | 陳煌 | 文學 |
| 種籽 | 向陽 | 文學 |
| 泥土的香味 | 彭瑞金 | 文學 |
| 無緣廟 | 陳艷秋 | 文學 |
| 鄉事 | 林清玄 | 文學 |
| 余忠雄的春天 | 鍾鐵民 | 文學 |
| 卡薩爾斯之琴 | 葉石濤 | 文學 |
| 青囊夜燈 | 許振江 | 文學 |
| 我永遠年輕 | 唐文標 | 文學 |
| 分析文學 | 陳啓佑 | 文學 |
| 思想起 | 陌上塵 | 文學 |
| 心酸記 | 李喬 | 文學 |
| 離訣 | 林蒼鬱 | 文學 |
| 孤獨園 | 林蒼鬱 | 文學 |
| 托塔少年 | 林文欽編 | 文學 |
| 北美情逅 | 卜貴美 | 文學 |
| 女兵自傳 | 謝冰瑩 | 文學 |
| 抗戰日記 | 謝冰瑩 | 文學 |
| 我在日本 | 謝冰瑩 | 文學 |
| 給青年朋友的信(上)(下) | 謝冰瑩 | 文學 |
| 孤寂中的廻響 | 洛夫 | 文學 |
| 火天使 | 趙衛民 | 文學 |
| 無塵的鏡子 | 張默 | 文學 |
| 大漢心聲 | 張起鈞 | 文學 |
| 回首叫雲飛起 | 羊令野 | 文學 |
| 康莊有待 | 向陽 | 文學 |
| 情愛與文學 | 周伯乃 | 文學 |
| 湍流偶拾 | 繆天華 | 文學 |
| 文學之旅 | 蕭傳文 | 文學 |
| 鼓瑟集 | 幼柏 | 文學 |
| 文學邊緣 | 周玉山 | 文學 |
| 大陸文藝新探 | 周玉山 | 文學 |

# 滄海叢刊已刊行書目(四)

| 書名 | 作者 | 類別 |
|---|---|---|
| 精忠岳飛傳 | 李安 | 傳記 |
| 八十憶雙親<br>師友雜憶 合刊 | 錢穆 | 傳記 |
| 困勉強狷八十年 | 陶百川 | 傳記 |
| 中國歷史精神 | 錢穆 | 史學 |
| 國史新論 | 錢穆 | 史學 |
| 與西方史家論中國史學 | 杜維運 | 史學 |
| 清代史學與史家 | 杜維運 | 史學 |
| 中國文字學 | 潘重規 | 語言學 |
| 中國聲韻學 | 潘重規<br>陳紹棠 | 語言學 |
| 文學與音律 | 謝雲飛 | 語言學 |
| 還鄉夢的幻滅 | 賴景瑚 | 文學 |
| 葫蘆・再見 | 鄭明娳 | 文學 |
| 大地之歌 | 大地詩社 | 文學 |
| 青春 | 葉蟬貞 | 文學 |
| 比較文學的墾拓在臺灣 | 古添洪<br>陳慧樺 主編 | 文學 |
| 從比較神話到文學 | 古添洪<br>陳慧樺 | 文學 |
| 解構批評論集 | 廖炳惠 | 文學 |
| 牧場的情思 | 張媛媛 | 文學 |
| 萍踪憶語 | 賴景瑚 | 文學 |
| 讀書與生活 | 琦君 | 文學 |
| 中西文學關係研究 | 王潤華 | 文學 |
| 文開隨筆 | 糜文開 | 文學 |
| 知識之劍 | 陳鼎環 | 文學 |
| 野草詞 | 韋瀚章 | 文學 |
| 李韶歌詞集 | 李韶 | 文學 |
| 現代散文欣賞 | 鄭明娳 | 文學 |
| 現代文學評論 | 亞菁 | 文學 |
| 三十年代作家論 | 姜穆 | 文學 |
| 當代臺灣作家論 | 何欣 | 文學 |
| 藍天白雲集 | 梁容若 | 文學 |
| 思齊集 | 鄭彥荼 | 文學 |
| 寫作是藝術 | 張秀亞 | 文學 |
| 孟武自選文集 | 薩孟武 | 文學 |
| 小說創作論 | 羅盤 | 文學 |
| 細讀現代小說 | 張素貞 | 文學 |

# 滄海叢刊已刊行書目㈢

| 書名 | 作者 | 類別 |
|---|---|---|
| 世界局勢與中國文化 | 錢穆 | 社會 |
| 國家論 | 薩孟武譯 | 社會 |
| 紅樓夢與中國舊家庭 | 薩孟武 | 社會 |
| 社會學與中國研究 | 蔡文輝 | 社會 |
| 我國社會的變遷與發展 | 朱岑樓主編 | 社會 |
| 開放的多元社會 | 楊國樞 | 社會 |
| 社會、文化和知識份子 | 葉啓政 | 社會 |
| 臺灣與美國社會問題 | 蔡文輝<br>蕭新煌 主編 | 社會 |
| 日本社會的結構 | 福武直 著<br>王世雄 譯 | 社會 |
| 財經文存 | 王作榮 | 經濟 |
| 財經時論 | 楊道淮 | 經濟 |
| 中國歷代政治得失 | 錢穆 | 政治 |
| 周禮的政治思想 | 周世輔<br>周文湘 | 政治 |
| 儒家政論衍義 | 薩孟武 | 政治 |
| 先秦政治思想史 | 梁啓超原著<br>賈馥茗標點 | 政治 |
| 當代中國與民主 | 周陽山 | 政治 |
| 中國現代軍事史 | 劉馥 著<br>梅寅生 譯 | 軍事 |
| 憲法論集 | 林紀東 | 法律 |
| 憲法論叢 | 鄭彥棻 | 法律 |
| 師友風義 | 鄭彥棻 | 歷史 |
| 黃帝 | 錢穆 | 歷史 |
| 歷史與人物 | 吳相湘 | 歷史 |
| 歷史與文化論叢 | 錢穆 | 歷史 |
| 歷史圈外 | 朱桂 | 歷史 |
| 中國人的故事 | 夏雨人 | 歷史 |
| 老臺灣 | 陳冠學 | 歷史 |
| 古史地理論叢 | 錢穆 | 歷史 |
| 秦漢史 | 錢穆 | 歷史 |
| 我這半生 | 毛振翔 | 歷史 |
| 三生有幸 | 吳相湘 | 傳記 |
| 弘一大師傳 | 陳慧劍 | 傳記 |
| 蘇曼殊大師新傳 | 劉心皇 | 傳記 |
| 當代佛門人物 | 陳慧劍 | 傳記 |
| 孤兒心影錄 | 張國柱 | 傳記 |

# 滄海叢刊已刊行書目(二)

| 書名 | 作者 | 類別 |
|---|---|---|
| 老子的哲學 | 王邦雄 | 中國哲學 |
| 孔學漫談 | 余家菊 | 中國哲學 |
| 中庸誠的哲學 | 吳怡 | 中國哲學 |
| 哲學演講錄 | 吳怡 | 中國哲學 |
| 墨家的哲學方法 | 鍾友聯 | 中國哲學 |
| 韓非子的哲學 | 王邦雄 | 中國哲學 |
| 墨家哲學 | 蔡仁厚 | 中國哲學 |
| 知識、理性與生命 | 孫寶琛 | 中國哲學 |
| 逍遙的莊子 | 吳怡 | 中國哲學 |
| 中國哲學的生命和方法 | 吳怡 | 中國哲學 |
| 儒家與現代中國 | 韋政通 | 中國哲學 |
| 希臘哲學趣談 | 鄔昆如 | 西洋哲學 |
| 中世哲學趣談 | 鄔昆如 | 西洋哲學 |
| 近代哲學趣談 | 鄔昆如 | 西洋哲學 |
| 現代哲學趣談 | 鄔昆如 | 西洋哲學 |
| 現代哲學述評(一) | 傅佩榮譯 | 西洋哲學 |
| 董仲舒 | 韋政通 | 世界哲學家 |
| 程顥・程頤 | 李日章 | 世界哲學家 |
| 狄爾泰 | 張旺山 | 世界哲學家 |
| 思想的貧困 | 韋政通 | 思想 |
| 佛學研究 | 周中一 | 佛學 |
| 佛學論著 | 周中一 | 佛學 |
| 現代佛學原理 | 鄭金德 | 佛學 |
| 禪話 | 周中一 | 佛學 |
| 天人之際 | 李杏邨 | 佛學 |
| 公案禪語 | 吳怡 | 佛學 |
| 佛教思想新論 | 楊惠南 | 佛學 |
| 禪學講話 | 芝峯法師譯 | 佛學 |
| 圓滿生命的實現(布施波羅蜜) | 陳柏達 | 佛學 |
| 絶對與圓融 | 霍韜晦 | 佛學 |
| 佛學研究指南 | 關世謙譯 | 佛學 |
| 當代學人談佛教 | 楊惠南編 | 佛學 |
| 不疑不懼 | 王洪鈞 | 教育 |
| 文化與教育 | 錢穆 | 教育 |
| 教育叢談 | 上官業佑 | 教育 |
| 印度文化十八篇 | 糜文開 | 社會 |
| 中華文化十二講 | 錢穆 | 社會 |
| 清代科舉 | 劉兆璸 | 社會 |

# 滄海叢刊已刊行書目(一)

| 書名 | 作者 | 類別 |
|---|---|---|
| 國父道德言論類輯 | 陳立夫 | 國父遺教 |
| 中國學術思想史論叢(一)(二)(三)(四)(五)(六)(七)(八) | 錢穆 | 國學 |
| 現代中國學術論衡 | 錢穆 | 國學 |
| 兩漢經學今古文平議 | 錢穆 | 國學 |
| 朱子學提綱 | 錢穆 | 國學 |
| 先秦諸子繫年 | 錢穆 | 國學 |
| 先秦諸子論叢 | 唐端正 | 國學 |
| 先秦諸子論叢（續篇） | 唐端正 | 國學 |
| 儒學傳統與文化創新 | 黃俊傑 | 國學 |
| 宋代理學三書隨劄 | 錢穆 | 國學 |
| 莊子纂箋 | 錢穆 | 國學 |
| 湖上閒思錄 | 錢穆 | 哲學 |
| 人生十論 | 錢穆 | 哲學 |
| 中國百位哲學家 | 黎建球 | 哲學 |
| 西洋百位哲學家 | 鄔昆如 | 哲學 |
| 現代存在思想家 | 項退結 | 哲學 |
| 比較哲學與文化(一)(二) | 吳森 | 哲學 |
| 文化哲學講錄(一)(二)(三)(四) | 鄔昆如 | 哲學 |
| 哲學淺論 | 張康譯 | 哲學 |
| 哲學十大問題 | 鄔昆如 | 哲學 |
| 哲學智慧的尋求 | 何秀煌 | 哲學 |
| 哲學的智慧與歷史的聰明 | 何秀煌 | 哲學 |
| 內心悅樂之源泉 | 吳經熊 | 哲學 |
| 從西方哲學到禪佛教<br>—「哲學與宗教」一集— | 傅偉勳 | 哲學 |
| 批判的繼承與創造的發展<br>—「哲學與宗教二集」— | 傅偉勳 | 哲學 |
| 愛的哲學 | 蘇昌美 | 哲學 |
| 是與非 | 張身華譯 | 哲學 |
| 語言哲學 | 劉福增 | 哲學 |
| 邏輯與設基法 | 劉福增 | 哲學 |
| 知識·邏輯·科學哲學 | 林正弘 | 哲學 |
| 中國管理哲學 | 曾仕强 | 哲學 |